Laura Taylor Namey

Zuhause ist, wohin mein Herz mich führt

W0213211

Laura Taylor Namey

Zuhause ist, wohin mein Herz mich führt

Aus dem Amerikanischen
von Mareike Weber

cbj

Der Verlag behält sich die Verwertung der urheberrechtlich geschützten Inhalte dieses Werkes für Zwecke des Text- und Data-Minings nach § 44b UrhG ausdrücklich vor. Jegliche unbefugte Nutzung ist hiermit ausgeschlossen.

Für Hildelisa Victoria,
meine mutige und wunderschöne Mutter

MIX
Papier | Fördert gute Waldnutzung
FSC® C014496

Penguin Random House Verlagsgruppe FSC® N001967

1. Auflage 2024
© 2024 der deutschsprachigen Ausgabe
cbj Kinder- und Jugendbuchverlag
in der Penguin Random House Verlagsgruppe GmbH,
Neumarkter Straße 28, 81673 München
Alle deutschsprachigen Rechte vorbehalten
© 2020 Lara Taylor Namey
Die amerikanische Originalausgabe erschien 2021 unter dem Titel:
»A Cuban Girl's Guide to Tea and Tomorrow« bei Atheneum,
einem Imprint der Simon & Schuster
Children's Publishing Division, New York
Übersetzung: Mareike Weber
Lektorat: Christina Neiske
Umschlagkonzeption: Kathrin Schüler, Berlin
unter Verwendung eines Fotos von © Getty Images
(Amanda Siegal Photography); © Shutterstock (Johan_R, VaLiza);
© iStockphoto (enviromantic, OceanProd); © Dreamstime.com (Chipus)
MP · Herstellung: UK
Satz und Druck: GGP Media GmbH, Pößneck
ISBN 978-3-570-16695-6
Printed in Germany

www.cbj-verlag.de

Wenn du im Bodensatz deiner Teetasse unaufgelösten Zucker findest, hat sich jemand in dich verliebt.
Aberglaube

Mañana bedeutet übrigens nicht morgen:
Es bedeutet nicht heute.
Billy Collins

Kapitel 1

Man kann es nennen, wie man will. Einen Urlaub. Ein Geschenk zum Highschool-Abschluss. Vielleicht sogar eine Flucht. Alles, was ich weiß, ist, dass ich so weit von Miami weg bin wie noch nie in meinem Leben.

Ich bin hier, weil das kubanische Heilmittel versagt hat. Es ist uralt und liest sich wie ein Rezept. Die Zutaten mögen von Familie zu Familie variieren, doch der Anwendungszweck ist immer der gleiche: Wenn du Herzenskummer hast, wird deine Familie dich wiederherstellen. Nur, dass mein Herzenskummer mit noch so viel Essen und noch so viel Familie nicht zu beheben war, und deshalb haben sie sich eine List ausgedacht – wie in den Telenovelas, die Mami immer so gerne guckt.

»Der Nächste bitte.« Der Zollbeamte von London Heathrow winkt mich heran. »Der Grund Ihres Besuches, Miss?«, fragt er, als ich meinen Pass vorzeige.

Zwei Sekunden verstreichen, dann vier, dann meine unverhohlene Lüge: »Urlaub.«

Ich halte den Mund, denn mein Gastgeber dieses Sommers, Spencer, wartet auf mich, und zu einer weiteren Kontrolle gezerrt zu werden, wäre fast so unangenehm wie Zähneziehen oder eine Gyno-Untersuchung. Aber *Dios*, ich könnte diesen Beamten und diesen ganzen Tag verfluchen. Ich kann mich gerade noch zurückhalten, diesen Typen in seiner adretten Zolluniform anzufauchen: »Ich werde Ihnen sagen, warum ich hier bin. Als Erstes ist meine über alles geliebte Abuelita gestorben, und in den zwei Monaten nach ihrem Tod hat mich dann meine beste Freundin hängen lassen, und mein Freund hat nach drei Jahren Beziehung Schluss gemacht, ausgerechnet kurz vor dem Abschlussball. Ich nenne es den Dreifachen Fluch. Angeblich bin ich nicht schnell genug über all das hinweggekommen, und so hat meine Familie mich hierhergeschickt, damit ›ich mich wieder fange‹. Ich wollte überhaupt nicht in euer England reisen, aber dann hat Mami ihren größten Trumpf aus dem Ärmel gezogen, noch effektiver als Guaventeigtaschen und andere übliche kubanische Heilmittel gegen Kummer. Ihr Trumpf hieß Abuela. Also, um Ihre Frage zu beantworten: *Ich* habe keinen Grund, hier zu sein.«

Zack. Der Beamte drückt einen Stempel in meinen Pass und schiebt ihn zurück zu mir. »Angenehmen Aufenthalt.«

Wohl kaum.

Nach einer ziemlich schweigsamen Busfahrt, gefolgt von einer komplett stummen Taxifahrt, setzt der Fahrer uns zwei Stunden später an einem Ort ab, den ich bisher nur von Bildern kenne. Allerdings hat heute leider jemand die Sonne vergessen. Ich zittere unter einem farblosen Himmel, während Spencer meine beiden großen Koffer aus dem Auto wuchtet.

Das also ist Winchester, Hampshire, England.

Ich überquere die schmale Straße und gehe auf das Gasthaus Owl & Crow zu. Wie so viele der Gebäude, an denen wir in der

Stadt vorbeigekommen sind, sieht das Owl & Crow aus, als wäre es direkt einem Jane-Austen-Roman entsprungen. Eine klotzige Hochzeitstorte aus orangerotem Backstein, die alle Häuser in der Nachbarschaft überragt. Kletterefeu rankt sich vom Eingangsportal die drei Stockwerke des Gasthauses empor, wie grüne Adern an der Wand. Dieser Ort atmet Geschichte.

Nichts in Miami ist so alt – nicht einmal Señora Cabral, die immer noch jeden Montag in die Bäckerei meiner Familie humpelt und schon *tan vieja* war, bevor meine Eltern geboren wurden.

Spencer Wallace rollt meine Koffer unter einem Rosenbogen hindurch zur Eingangstür. Jetzt, da ich Spencer hier sehe und nicht in Miami, wo er uns ein paarmal mit seiner Frau und seinem Sohn besucht hat, begreife ich erst, wie perfekt sein ganzes Äußeres zu diesem traditionellen Gasthaus passt. Rotes, schon ein wenig ergrautes Haar. Gepflegte Kinn- und Schnauzbart-Kombi. Er trägt sogar einen dicken Tweed-Blazer. Und genau das war es, was mir beim Anblick meines entfernten Verwandten auf dem Flughafen als Erstes auffiel. In dem Moment war mir meine Reise sogar noch surrealer vorgekommen als bei meinem Abflug. Mami und Papi haben mich in ein fremdes Land geschickt, in dem Männer Tweed-Blazer tragen. Im *Juni*.

»Komm doch rein, Lila«, sagt Spencer, der jetzt im Hauseingang steht. »Cate müsste inzwischen von der Physio zurück sein. Komm, drinnen ist es mollig warm.« Er stößt gegen meine Schulter, als er die Tür hinter uns schließt. »Sorry«, sagt er und wirft einen weiteren besorgten Blick auf mein Reise-Outfit, das er schon kritisch beäugt, seit ich durch die Zollkontrolle kam. Wie ich bei jedem Schritt durch Heathrows Terminal fünf feststellen musste, sind mein hauchdünnes pinkes Tanktop, meine weißen Jeans und goldenen Sandalen nicht gerade die ideale Wahl für einen Englandurlaub, selbst im Frühsommer. Aber für Miami ist das ein *vollkommen normales* Outfit. Ob mir kalt ist oder nicht, spielt keine Rolle.

Im Gasthaus ist es warm, aber nicht stickig, und es duftet nach Butter und Zucker. Ich atme tief ein und versuche den Duft festzuhalten. Diese vertrauten Gerüche sind das Einzige, was mir im Moment ein Gefühl von Zuhause geben kann.

Tía Cate kommt eine polierte Holztreppe herunter.

»Ah, da ist sie ja.« Sie kommt auf mich zu und schließt mich in die Arme. »Tut mir leid, dass ich nicht mit Spencer zum Flughafen kommen konnte. Und dann hab ich auch noch das Auto gekapert.«

»Der Bus war auch okay«, murmele ich in ihren kratzigen Wollpulli. Ihr blonder Dutt sieht genauso aus, wie ich ihn in Erinnerung habe, aber ihr Akzent ist kaum noch zu hören. Ist es das, was fünfundzwanzig Jahre in England mit einer venezolanischen Frau, geborene Catalina Raquel Mendoza, machen? Hier, in dieser mittelalterlichen Stadt in Hampshire, mit diesem Ehemann, ist sie Cate Wallace.

»Lass dich mal ansehen. Fast schon achtzehn!« Cate macht einen Schritt zurück und mustert mich stirnrunzelnd. »Jetzt komm erst mal mit in den Gästesalon und trink einen Tee mit mir, während Spencer deine Koffer nach oben trägt. Der Kamin ist an, und ich kann dir einen Pulli holen, bis du ausgepackt hast. Diese dünne Bluse – wir wollen ja nicht, dass du dich erkältest.«

Mein Herz zieht sich zusammen und dann … passiert es. Hier im warmen Flur des Owl & Crow mit den verwitterten Holzdielen unter meinen Sandalen und den großen Ständern voller spitzer Regenschirme neben der Tür. Es ist nicht am Flughafen von Miami passiert, wo ich meine mürrische Miene nicht einmal abgesetzt habe, als ich mich mit den obligatorischen Küssen von *mis padres* und meiner Schwester Pilar verabschiedete. Es ist auch nicht passiert, als ich zusah, wie die funkelnden Lichter meiner Stadt hinter den Tragflächen des Jumbojets verschwanden. Da habe ich nicht geweint. Habe mich dagegen gewehrt. Aber Catalina-Cate Wallace hat mich eiskalt erwischt und jetzt kann ich nichts dagegen tun. Meine Augen füllen sich mit Tränen, und eine Erinnerung, die mich nie loslassen wird, schnürt mir die Kehle zu.

¡Ponte un suéter, que te vas a resfriar!

Zieh einen Pulli an, sonst erkältest du dich noch! Das kubanische Mantra aller Mantras. Es wird uns auf die Stirn tätowiert. Es wird mit unlöschbarer Tinte auf unser Notizpapier mit Veilchenduft geschrieben. Und es wird aus vollem Halse aus dem Fenster gerufen, wenn die Kinder in den Straßen von Little Havana spielen und Eis am Stiel essen. Meine Abuela hat, wo sie stand und ging, Pullis hervorgezaubert. Bis zu jenem kalten Märzmorgen, an dem sie es nicht mehr konnte. Dem kältesten aller Tage.

Instinktiv greife ich nach der Kette mit der goldenen Taube um meinen Hals, die Abuela mir vor vier Jahren geschenkt hat. Cate bemerkt es und ihre gelassenen Gesichtszüge entgleiten. »Oh, deine liebe Abuelita. Sie war so eine wunderbare Frau, meine Süße.«

Süße. Nicht *mija*. Nicht aus dem Mund der englischen Cate.

»Abuela hat auch mich praktisch großgezogen.« Cate sieht mir in die geschwollenen Augen. »Ich war untröstlich, dass ich nicht zur Beerdigung kommen konnte.«

»Mami hat das schon verstanden. Es ist ja ganz schön weit.« Über siebentausend Kilometer.

Cate nimmt mein Gesicht in beide Hände. Diese Geste erinnert mich so sehr an Abuela, dass mir schon wieder die Tränen in die Augen steigen. »Sag mir die Wahrheit«, hakt sie nach. »Bestimmt hat deine Mutter einen Grund gefunden, mir Vorwürfe zu machen, obwohl ich gerade meine Halswirbel-OP hinter mir hatte, nicht wahr?«

Ich muss lachen. England hat ihr doch nicht alles genommen. Ihre gekräuselten Lippen, ihre keck ausgestellte Hüfte und ihr herausfordernder Blick – das ist ganz die Cate, die ich vom letzten Besuch der Wallaces in Miami in Erinnerung habe. »Wie hast du das erraten?«

»Ich hab deine Mutter von Herzen gern. Aber sie stellt sämtliche *mujeres* aus ihren geliebten Telenovelas in den Schatten.«

Seifenoper-Dramen. Mami ist nie aufs College gegangen und trotzdem hat sie sozusagen Drama im Hauptfach studiert. Statistenrollen waren Nebenfach. Außerdem hat sie sich darauf spezialisiert, das Gegenteil von dem zu tun, was das Beste für mich ist.

»Setz dich doch schon mal in den Salon. Ich hole schnell den Tee, den Polly für uns zubereitet hat«, sagt Cate und deutet auf den Durchgang, bevor sie davonwuselt.

Ich streife meine schwarze Umhängetasche ab, aus der das Einreiseformular herausguckt. *Wir wünschen Ihnen einen angenehmen Aufenthalt.* Wütend knülle ich das Papier zu einem winzigen Ball zusammen. Kein sogenannter Urlaub wird mich wiederherstellen.

Kapitel 2

Ich kann nachvollziehen, warum Owl & Crow-Gäste von dem Afternoon Tea im Salon schwärmen, aber in diesem Scone ist einfach zu viel Zucker. Auch wenn die Konsistenz nahezu perfekt ist, scheitern viele Bäcker an dem Süßigkeitsgrad. Mehl, Butter und Zucker sind nur die Bühne für andere Aromen – Gewürze und Extrakte, Früchte und Sahne und Schokolade. Ein Gebäck muss nie übermäßig süß sein. Es muss nur unvergesslich sein.

Nicht, dass ich eine Scone-Expertin bin. Genau genommen habe ich noch nie einen gebacken. Einen Scone *gegessen* habe ich zuletzt vor vier Monaten, als Pilar sich zu ihrem einundzwanzigsten Geburtstag einen Afternoon Tea im Miami Biltmore Hotel gewünscht hat.

Genau wie jener altehrwürdige Ort wirkt dieser Salon mit seinen eisblauen Wänden und Brokatstoffen eher wie ein Gemälde als wie ein Zimmer. Hier bin ich eine Figur, gezeichnet in das Leben anderer Leute.

Ich nenne es *Kubanisches Mädchen mit überzuckertem Scone in Nicht-Miami.*

»… und Spaziergänge, und man ist sehr schnell im Grünen.

Du kannst mit einem unserer Gästefahrräder überall hinfahren und dich wirklich erholen. Und in der Innenstadt gibt es Cafés und kleine Geschäfte, die du lieben wirst«, schwärmt Cate, während sie in kleinen Schlucken von dem starken schwarzen Tee trinkt. In den letzten fünf Minuten hat sie versucht, mir Winchester schmackhaft zu machen wie ein Immobilienmakler.

Ich habe mir das alles mit einem starren Lächeln angehört, als ob sie mich tatsächlich überzeugen könnte. »Klingt nett. Danke, dass ich hier sein darf.« Ich bin hin- und hergerissen zwischen dem Drang, all meine Worte in dieser geblümten Teekanne zu ertränken, und dem Respekt vor dieser Frau, die ich seit meiner Geburt kenne.

»Mach mir nichts vor«, sagt Cate. »Du kannst ehrlich mit mir sein.«

»Na gut.« Ich stelle meine Teetasse mit einem wenig eleganten Scheppern auf den Tisch. »Ich will überhaupt nicht hier sein.« Familie hin oder her.

Cate zuckt nicht einmal mit der Wimper. Ihr Blick ist kühl wie der weiße Marmorhimmel vor den Fenstern, als sie mit den Fingern den Rand ihrer Teetasse entlangfährt. Ihre ovalen Nägel glänzen in einem dunklen Kirschrot. »Natürlich willst du das nicht. Du musst auch nicht so tun, als ob. Aber deine Eltern sind der Meinung, dass etwas Abstand dir helfen –«

»Und was ist mit meiner Meinung? Mit *meinen* Gefühlen?« Ich bin wie eine kaputte Schallplatte und wiederhole immer wieder den Text, den ich herunterbete, seit meine Eltern diesen Flug für mich gebucht haben. Alle Hilfe, die ich brauche, befindet sich siebentausend Kilometer entfernt auf der anderen Seite des Atlantiks. Das ist der Ort, wo ich noch vor einigen Wochen alles hatte, was ich wollte. Dort steht unsere Bäckerei, die ich übernehmen und weiterentwickeln werde – die Bäckerei, die immer auf Abuelas Wurzeln ruhen wird. Panadería La Paloma. Ihr Geist und die Erinnerungen an sie leben in diesen Räumen fort und jetzt bin ich auf einmal weg.

Ich brauche England nicht. Miami ist meine Glücksstadt. Meine Heimatstadt, wo ich in den letzten siebzehn Jahren so viele Erfolge erzielt habe. Sie ruft mich, ich spüre es in Mark und Blut. *Du gehörst mir*, sagt sie. *Du kannst neue Erfolge feiern.*

Aber nicht hier. Nicht in England.

Miami hat meine wichtigsten Beziehungen hervorgebracht – diejenigen, um die ich heimlich weine. Abuela. Andrés. Stefanie. In meinem Kopf, meinem Herzen und meiner Erinnerung sind sie noch ganz präsent. In diesen fünfundachtzig Tagen in England können sich zu viele weitere Dinge ändern, und ich werde nicht zu Hause sein, um das zu verhindern.

»Du bist verletzt, Lila. Und du hast deinen Eltern einen Schrecken eingejagt«, sagt Cate. »Deine mentale Gesundheit ist wichtiger, als La Paloma jetzt gleich zu übernehmen.«

Bueno. Na gut. Nichts vormachen – das gilt wohl für beide Seiten. *Dabei wäre ich schon damit fertiggeworden.* Ich brauche mehr Zeit, nicht mehr Gespräche. Nicht mehr Abstand. Warum kapieren meine Eltern das nicht?

Cate zwirbelt eine blonde Haarsträhne, die sich aus ihrem Knoten gelöst hat. »Du musst mir nur eines versprechen, denn wir kennen beide den Zorn von *tu mamá.*«

Das vertraute Spanisch aus ihrem Mund lässt mich aufblicken.

»Versuch dich hier etwas einzuleben. Vielleicht sogar etwas Spaß zu haben. Aber pass dabei auf dich auf, okay?« Es hört sich an, als hätte sich ihr Akzent nach der letzten halben Stunde mit mir schon wieder ein bisschen in Richtung Südwesten bewegt. »Geh nicht nachts alleine joggen oder tue sonst irgendetwas … Leichtsinniges.«

Leichtsinnig. So wie das, was ich vor zwei Wochen gemacht habe? Meine Wangen glühen vor Zorn und Reue. *Ich war total gedankenlos. Unvorsichtig.*

Aber das sage ich nicht. Stattdessen schlucke ich meine Erwiderungen mit den letzten Bissen von Pollys Johannisbeer-Scone hinunter. Eindeutig: zu süß.

Meine Teetasse ist noch halb voll, als Cate mich in den Unterarm knufft. »Jetzt richte dich erst mal ein. Spence hat inzwischen bestimmt deine Koffer aufs Zimmer gebracht.« Sie steht auf und macht mir ein Zeichen, ihr in die Diele und die ausladende Treppe hinauf zu folgen.

Im ersten Stockwerk des Owl & Crow sind acht Gästezimmer untergebracht. Cate hat erzählt, dass alle belegt sind, aber jetzt im Moment sind auf dem getäfelten Korridor nur ein paar Wandleuchter zu sehen. Große goldene Vogelschwingen flankieren die Halterungen.

Wir bleiben vor einer breiten Tür ohne Nummer stehen, an der ein Keypad angebracht ist. »Hier ist der Aufgang zu unserer privaten Wohnung. Der Türcode ist unsere alte Postleitzahl in Miami.« Cates Gesichtszüge werden weich vor Nostalgie. Als ihre Eltern aus Venezuela nach Miami zogen, verbrachte Cate so viel Zeit mit Mami bei Abuela, dass es ihr zweites Zuhause wurde. Pilar und ich haben sie nie Großcousine genannt. Sie wird immer unsere Tía sein.

Sie bedeutet mir, die fünf Zahlen einzugeben, die ich so gut kenne. Mit einem Piepen und einem Klick öffnet sich die Tür zu einer weiteren Treppe mit gedrechseltem Holzgeländer.

Die Stufen führen uns in einen weitläufigen, loftartigen Raum. Cate deutet auf einen der Korridore. »Da hinten haben Spence und ich unsere Zimmer.« Dann dreht sie sich um und führt mich durch das Wohnzimmer hindurch zu den gegenüberliegenden Räumen. »Auf dieser Seite sind dein Gästezimmer, ein Bad und Gordons Zimmer. Er ist gerade mit einer Lerngruppe in der Bücherei.«

Ich erinnere mich dunkel, gehört zu haben, dass die Schulprüfungen sich hier bis in den Sommer hinziehen. »Ich fasse es nicht, dass Gordon sechzehn ist.«

Sie grinst. »Und so hochgeschossen, dass du ihn kaum wiedererkennen wirst. Als ihr euch das letzte Mal gesehen habt, muss er etwa zwölf Jahre alt gewesen sein. Kurz vor unserer Key-West-Reise.«

»Ja, er ist in La Paloma immer total gern in der Küche herumgerannt, während du und Mami auf der Terrasse *Cafecito* getrunken habt.« Mein dunkles Haar fällt mir ins Gesicht, es riecht nach Flugzeug. Ich kämme es mit den Fingern zurück. »Und er hat jedes Mal versucht, eine *Empanada* zu stibitzen, wenn Abuela ein Blech aus dem Ofen geholt hat. Sie hat immer wieder mit ihrem Geschirrtuch nach ihm ausgeholt, aber das hat ihn nicht davon abgehalten.«

Die aufblitzenden Erinnerungen brennen wie ein Gummiband, das einem gegen die Finger schnellt.

Ich wende den Blick ab, bis Cate eine Hand auf meine Schulter legt. Sie öffnet eine getäfelte Tür und deutet hinein. »Hier ist es. Du weißt ja, wo du mich findest. Abendessen gibt es um sieben.«

Dann stehe ich allein in dem Zimmer, das für die nächsten fünfundachtzig Tage mir gehören soll. Es hat doch tatsächlich ein Himmelbett. Nicht irgendeine Ikea-Anfertigung, sondern ein authentisches Teil, das in die Regency-Ära gepasst hätte. Ich lasse meine Tasche fallen und streiche mit den Fingern über die Kirschholzmaserung. Wie alles in diesem Inn fühlt es sich alt an.

Spencer hat meine Koffer neben eine Sitzbank mit grauem Samtpolster gestellt. Ich sehe mich um – eine Kommode mit Fernseher, ein kleines Sofa mit grauem Blumenmuster, ein Schreibtisch. An einer Seite ist ein großes Sprossenfenster, durch das jetzt das dämmerige Licht von der Straße fällt. Die andere Außenwand hat ein breiteres Fenster, aber mit einem Schiebemechanismus. Ich ziehe die cremefarbenen Seidenvorhänge zur Seite. Der Rahmen des Fensters gibt ein übernatürliches Jaulen von sich, als ich es nach oben schiebe und meinen Oberkörper hindurchquetsche. Wenn ich mich über den Fenstersims beuge, kann ich über die Baumwipfel in einen kleinen ummauerten Kirchhof gucken, der an meine Seite des Gasthauses grenzt. Meine Augen haben Schwierigkeiten, sich umzustellen, von Palmen und pfirsichfarbenem Stuck zu verwitterten Backsteinmauern und Kirchen mit Türmen – wie diese winzige steinerne Pfarrkirche nebenan.

Mein neues Zimmer ist wunderschön. Und trotzdem will eine Hälfte von mir mit den Fäusten gegen die Wand trommeln und die animalischen Laute ausstoßen, die schon den ganzen Tag durch meinen Kopf hallen. Eigentlich schon den ganzen März und April und Mai. Und meine andere Hälfte will sich trotzdem am liebsten unter der weichen Daunendecke verkriechen.

Ich begnüge mich damit, meine Koffer neben die Tür zu rollen. Ich bin noch nicht bereit, mich in meiner neuen Realität einzurichten. Ich stelle meine große Umhängetasche auf das Bett und öffne den Reißverschluss. Miami ist darin. Spuren von Mamis Zitronenessig-Fliesenreiniger und meinem Gardenienduft-Raumspray haften an all den Sachen, die ich heute Abend brauchen werde. Abuela könnte diese Tasche gepackt haben.

Ihretwegen würden Pilar und ich nie wagen, in ein Flugzeug zu steigen, ohne eine Extra-Garnitur Unterwäsche und ein paar Wechselsachen im Handgepäck zu tragen. *Schließlich könnte die Fluggesellschaft dein Gepäck verlieren!* Abuela hat diesen Gepäckabfertigern nie über den Weg getraut.

Und ich hatte ihnen diese Dinge nicht anvertrauen wollen. Nach Leggings und einem langen T-Shirt hole ich Abuelas geliebte weiße Schürze aus der Tasche. Die Schürze, die ich während ihrer Beerdigung auf meinem Schoß gehalten habe. Dann ein Familienfoto von mir mit meinen Eltern und Pilar im Garten meines Großonkels. Und noch einen kleinen Schnappschuss von Abuela, den ich letztes Jahr gemacht habe. Ihre schwarzen Haare, die allmählich grau werden, trägt sie in einem feschen Kurzhaarschnitt, der ihre zarte Gestalt betont. Sie sitzt vor ihrem einfachen Frühstück aus *Café con Leche* und *Pan tostado* und lächelt mich an.

Abuela und ich waren die Einzigen in der Familie, denen es total wichtig war, Erinnerungsstücke aufzuheben – *los recuerdos*. Pili hat das sentimentale Gen nicht geerbt, und Mami hasst es, Dinge anzuhäufen. Trotzdem hat Mami den kleinen

Altar aus Karten, Fotos, Figürchen und getrockneten Blumen auf Abuelas Kommode noch nicht weggeräumt. Sie hat Abuelas Zimmer noch nicht zu einem Gästezimmer gemacht oder ihre abgetragenen Gartenschuhe von der Veranda entfernt. Im Moment hebt sogar meine Mutter Dinge auf.

Ich baue meinen eigenen mitgebrachten Altar auf, indem ich meine Miami-Sachen auf den Nachttisch stelle. Mein Herz zieht sich zusammen, als ich das letzte Teil aus meiner Tasche hole: ein weißes *University of Miami*-T-Shirt, das ich für Stefanie gekauft habe. Es ist *un recuerdo* von ganz besonderer Bedeutung, eine Erinnerung an einen Beste-Freundinnen-Plan, den ich noch nicht so einfach in eine Schublade stopfen kann.

Dieses T-Shirt ist ein wesentlicher Grund dafür, dass ich hier bin.

Vor zwei Wochen kam das bestellte weiße T-Shirt in der Panadería La Paloma an, ausgerechnet am selben Tag, an dem Stefanies Flug ging, wie ein schlechter Scherz. Stef würde nicht an die UM gehen und studieren. Meine Freundin würde überhaupt nirgendwo in Miami mehr hingehen. Nicht mit mir.

Der Anfang von unserem Ende ereignete sich zwei Tage vor der Lieferung des T-Shirts. Ich hatte mich auf ihr Bett gefläzt, wie ich es immer tat, nur dass jetzt eine riesige Reisetasche in ihrem Zimmer stand, die den ganzen Teppich einnahm. Ihr Pass, stapelweise Reisedokumente und der Info-Pack vom katholischen Missionsverein Südfloridas lagen verstreut auf ihrem Schreibtisch.

Das Ende unseres Endes ereignete sich, als ich türenschlagend aus einem Haus flüchtete, in dem ich seit Jahren willkommen gewesen war, als gehörte ich zur Familie.

Und irgendwann dazwischen hatte meine beste Freundin mir eröffnet, dass sie seit November dabei war, sich auf einen zweijährigen Einsatz in der Gesundheitshilfe vorzubereiten. Monatelange Schulungen, die sie mit keinem Wort erwähnt hatte. Stillschweigend hatte Stef ihren Studienplatz an der University of Miami gegen ein entlegenes afrikanisches Dorf eingetauscht.

Vor zwei Wochen hatte ich allein im Büro der Bäckerei gestanden und das UM-Logo auf dem T-Shirt angestarrt. Die Worte, die wir uns an den Kopf geworfen hatten, prasselten noch einmal auf mich ein wie Hagel.

Wie, du konntest es mir nicht erzählen?

Lila, es tut mir echt leid. Du hättest versucht, mich davon abzubringen.

Das ist nicht wahr.

Ich muss jetzt gehen.

Du hast hinter meinem Rücken dein ganzes Leben umgeplant?

Ich wollte es dir ja erzählen, aber dann hast du deine Abuela verloren. Und nach der Sache mit Andrés … Außerdem weißt du genau, dass du dagegen angegangen wärst. Und du hättest gewonnen, genau wie immer.

Dann war ich nach Hause gerannt und hatte mir heulend das Schulabschlussfoto von uns beiden angesehen. Meine brünette Mähne und ihr blonder Stufenschnitt schauten unter den Absolventenhüten hervor, die schon in der dunklen Farbe des Betrugs zu glänzen schienen.

Als ich dort im Panadería-Büro stand und das weiche Jersey-T-Shirt in den Händen hielt, wurde mir eine Tatsache immer klarer: Meine Trauer hatte sich verändert. Aus einer Linie zwischen zwei schmerzvoll pulsierenden Endpunkten – Abuela und Andrés – war eine neue Form geworden. Ein Dreieck.

Und dieser Dreifache Fluch war so übermächtig, dass ich mich nicht davon befreien konnte. Unter all der schwarzen Leere konnte ich mich selbst nicht mehr finden. Mein Herz zersprang in Stücke, und mein Atem ging immer schneller, wie ein aufbrausender Sturm. Ich musste mich bewegen. Ich musste rennen.

Was du tun musst, wenn dich deine beste Freundin hat sitzen lassen

Rezept aus der Backwerkstatt von Lila Reyes

Zutaten: Eine gepackte Sporttasche, die in Papis Büro steht. Ein Paar Nike-Laufschuhe. Ein neonblaues Tanktop. Ein Paar Adidas-Kompressionsleggings.

Zubereitung: Ziehe deine Sportklamotten an und flüchte durch den Lieferanteneingang. Mach dich auf in deine geliebte Geburtsstadt, dein Miami. Die Stadt ist groß genug, um dich aufzunehmen. Erobere die Orte und Straßen zurück, die dich kannten, die deine Liebe und dein Glück kannten, bevor die letzten drei Monate dir so viel geraubt haben. Erobere alles zurück.

* Vermeide es, die Stefanie-Geschichte mit deiner Familie noch mal aufzuwärmen. Es ist dein Verlust, und du entscheidest, wie du damit umgehst.

Backtemperatur: 475 Grad Fahrenheit – genauso heiß, wie sich Miami anfühlt, wenn man am Nachmittag durch die Stadt joggt.

An jenem Nachmittag vor zwei Wochen ging ich also zum Parkplatz hinter dem Haus und schloss alles außer meinem Schlüsselbund und meinem Handy in meinen türkisfarbenen Mini Cooper ein. Dann machte ich meine Dehnübungen und bereitete mich auf die Sache vor, die ich von allem am zweitbesten kann. Ich rannte weiter als je zuvor, eine Strecke, für die man sonst Plaketten und Medaillen bekommt. Doch mein einziger Preis war der ausgepowerte Zustand als Folge meines störrischen Trotzes. Stundenlang ignorierte ich jedes Warnsignal, das mein Körper mir gab, und durchquerte ein Stadtviertel nach dem anderen, bis es längst Zeit zum Abendessen war. Ein einziger Gedanke drang durch den Schweiß, die Hitze und den Schmerz, bis meine Beine irgendwann streikten: Wenn ich nur weit genug rannte, könnte ich vielleicht aus meiner eigenen Haut rennen.

Heute frage ich mich, ob Stef recht hatte, ob ich sie wirklich von ihrem Plan hätte abbringen können. Bei meiner eigenen Familie hatten meine Überzeugungskünste allerdings nicht funktioniert.

Ich sinke auf das graue Samtpolster der Sitzbank und versuche, mich nicht zu rühren. Ich rede mir ein, wenn ich mich nicht bewege, tut es der Ort meiner Herkunft auch nicht. In West Dade wird die Zeit stillstehen, bis ich wieder zu Hause bin.

Kapitel 3

Nach vierundzwanzig Stunden in meinem Zimmer habe ich keine Vorstellung von der Außentemperatur oder der Anzahl der Schritte zwischen dem Inn und dem Stadtzentrum von Winchester. Ich kenne jeden dubiosen Fleck an der Zimmerdecke und weiß, dass es von meiner Tür bis zum Badezimmer sechs Schritte sind. Fünfzehn Schritte zur Küche und zurück.

Die Familie Wallace beschwert sich nicht, dass ich mich so eingeigelt habe, und ich finde regelmäßig ein Tablett mit Essen auf der Küchentheke – echt süß von ihnen. Einmal lag ein Zettel dabei:

Ruh dich nur aus. Ich halte deine Familie auf dem Laufenden. Mami hat erst sechs Mal angerufen.
Cate

Cate hat auch nichts zu den Koffern gesagt, die noch immer neben meiner Tür stehen. Oder zu meinem ausgeschalteten Handy, das auf meinem ausgeschalteten Laptop liegt.

Und dann ist da noch Pilar. Ich sehe das schnippische Lächeln meiner Schwester und ihren gelassenen, rationalen Blick vor mir und frage mich, wie viele Nachrichten sie mir wohl schon geschickt hat. Oder hat sie sich auch nicht gemeldet, weil sie genau weiß, dass ich die Funkstille nicht lange durchhalten würde? Ich schiele zu meinem Telefon, die Stimme der wichtigsten Person in meinem Leben nur zwanzig Sekunden entfernt. Aber nein. Noch nicht. Ich bin noch nicht ganz bereit für ein wirkliches Gespräch mit ihr. Zumindest nicht für eines, das nicht gespickt ist mit den besten Schimpfwörtern, die ich kenne, in zwei Sprachen.

Ein weißes UM-T-Shirt hatte vielleicht den Anstoß zu meinem Lauf durch Miami gegeben, aber meinen Flug nach England hätte genauso eine gewisse Pilar Veronica Reyes gebucht haben können. Seit meiner Ankunft habe ich bestimmt ein Dutzend Mal über die mitternächtliche Szene in meinem Zimmer zu Hause in West Dade nachgedacht. Jene Szene, die sich abgespielt hat, nachdem ich stundenlang alleine durch die Stadt gerannt war. Die Nachwirkungen waren katastrophal. Ich bin wirklich sauer auf meine Schwester, aber noch mehr ärgere ich mich über mich selbst, dass ich so unvernünftig war.

Mein Körper hatte für meinen Leichtsinn ebenfalls einen hohen Preis gezahlt. Ich erinnere mich noch genau, wie mir *alles* wehgetan hat. Wie der Stoff meiner grau-weißen Bettdecke gegen meine schmerzenden Muskeln und sonnenverbrannte Haut scheuerte.

»*Más*«, hatte Pilar in jener Nacht gesagt und mir den hundertsten Löffel *Caldo de pollo* hingehalten. Ich hatte Abuelas magische Hühnersuppe auf Vorrat gekocht. Das und eine großzügige Anwendung von »Vivaporú« – Wick VapoRub – kann jedes Leiden heilen. »Mehr, hab ich gesagt, Lila«, beharrte sie, auch wenn ich den Kopf schüttelte und die Lippen zusammenkniff.

»Genug«, sagte ich. Es fühlte sich an, als hätte ich eine Basstrommel im Kopf.

Pili schnaubte verärgert und knallte die Schüssel auf meinen Nachttisch. Stoisch und entschlossen wie eine Armee-Krankenschwester marschierte diese Buchhaltungsstudentin zurück zu unserem kleinen Erste-Hilfe-Kasten.

Ihre Hände verteilten noch etwas mehr von dem kühlenden, prickelnden VapoRub auf meinen Waden. Ich zuckte zusammen, als sie noch einmal die Blasensalbe hervorholte.

»Geschieht dir recht.« Mehr Salbe auf meinen Fersen und Zehen, wo die Haut teilweise richtig abgerieben war. »Wenn du jetzt nie mehr diese roten Stiletto-Sandalen tragen kannst, bist du selbst schuld, *hermana.*«

Stimmt, meine Schuld. Das hatte ich nun davon, nachdem ich mehr als fünf Stunden und mehr als dreißig Kilometer gerannt war, bis ich praktisch nur noch kriechen konnte. Nachdem ich erst mal angefangen hatte, konnte ich nicht mehr aufhören. Mir war einfach alles egal gewesen.

Pilar wuselte in meinem Zimmer umher, schüttelte Kissen auf und füllte mein Wasserglas. Dann steckte sie den Kopf durch die Tür, um zu sehen, wo Mami und Papi waren, und murmelte etwas auf Spanisch vor sich hin.

Du bist echt verrückt. Leichtsinnig. Kopflos und egoistisch. Was, wenn ich dich nicht gefunden hätte? Was dann? Mein Gott, Lila.

Das war das, was ich hörte.

Das war das, was ich sah.

Mami und Papi drängten sich in meinem Türrahmen, um

mir ihr Gerichtsurteil zu verkünden. Papi senkte den Kopf, sodass man sein angegrautes Haar und die kleine kreisrunde Glatze sehen konnte.

Mami hatte ein paar zusammengeknüllte Taschentücher in der Hand. »Wir haben gerade mit Catalina und Spencer telefoniert.«

Ihre hastigen Worte klangen barsch: England. Sommer im Owl & Crow. Sich fangen. Eine Auszeit nehmen.

Am Ende fing Mami an zu heulen und ich fühlte mich ganz hohl und leer.

»England? Soll das ein Witz sein?«

Papi machte einen Schritt ins Zimmer. »Es geht um deine Gesundheit. Dieses Frühjahr war schon so unerträglich für dich und jetzt ist auch noch Stefanie fort.«

Sie mussten mich einfach nur in Ruhe lassen. Dann würde ich schon dafür sorgen, dass alles wieder in Ordnung kam.

Mami strich sich ihre welligen schwarzen Haare aus dem Gesicht. »Denkst du, wir sehen das alles nicht? Wie du seit Wochen im Verborgenen weinst? Wie du gebückt gehst und fast gegen die Wände läufst? Einmal hat Papi dich sogar weinend im Tiefkühlraum der Panadería gefunden. Allein und völlig durchgefroren. Das ist doch nicht richtig, Lila.«

Dabei hatte es sich mehr als richtig angefühlt. Ich erinnerte mich noch gut an die Erleichterung, als sich von Kopf bis Fuß ein Gefühl der Taubheit in mir ausbreitete und die brennende Sehnsucht nach Abuelas Stirnküssen kühlte. Und die nach Andrés auch. Diese Art, wie er mich immer im Arm gehalten hatte – so fest, so vollkommen. Seine Umarmung hatte mich von den Zehenspitzen bis zu den Ohren gewärmt. Es war der einzige Ort gewesen, an dem ich mich so groß wie ein Planet und gleichzeitig so leicht wie eine Feder gefühlt hatte. Im Tiefkühlraum hatte ich nur ein paar Minuten Erleichterung und Ruhe gesucht. Aber Papi war hereingeplatzt und hatte vor Sorge vollkommen überreagiert.

»Ihr könnt mich nicht einfach wegschicken.« Nicht weg von La Paloma. Nicht weg von Miami. Von meiner Familie.

»Aber die Nachbarn, *también*. Sie reden über dich, mehr als je zuvor. Wie willst du dich wieder erholen, wenn …«

Wenn *was*? Wenn in der ganzen Stadt über meine Privatangelegenheiten getuschelt wurde? Also, nicht dass es mich wunderte. Das ging schon seit drei Jahren so. Dazu hatte ich mir nur Andrés schnappen müssen, den Sohn des prominenten Kongressabgeordneten Millan aus dem noblen Coral Gables. Andrés wurde in lokalen Klatschzeitschriften abgebildet. Er hatte sein Filmstargesicht sogar schon im Fernsehen gezeigt, wenn im Wahlkampf über seine Familie berichtet wurde. Kunden, Nachbarn und andere Ladenbesitzer hielten uns für das perfekte Paar. Sie fanden unsere Geschichte einfach hinreißend. Vier Jahre zuvor hatte ich für eine Fundraising-Veranstaltung seiner Eltern das Catering gemacht und er hatte seine erste von mir zubereitete Guaventeigtasche probiert. Zwei Jahre lang kam er jede Woche in unsere Bäckerei, um sich Nachschub zu holen, bis er mich endlich zu einem Rendezvous einlud. Da war ich fünfzehn und über alle *Pastelitos* in den Sohn des Kongressabgeordneten verliebt.

Ein kubanisch-amerikanisches Märchen in West Dade. Doch dann hat Andrés unser Luftschloss platzen lassen.

Meine Eltern sprachen mit Pilar, als wäre ich Luft. »Letzte Woche kam Elena von Dadeland Brautmoden in die Bäckerei«, sagte Mami und unterdrückte ein Schluchzen. »Sie hat mir erzählt, die Verkäuferinnen und einige der Stammkundinnen hätten Wetten abgeschlossen, wann Lila dort ihr *vestido de boda* aussuchen würde.«

Ein Hochzeitskleid? Im Ernst jetzt? Die Wut kochte wieder in mir hoch. »Mami! Merkst du eigentlich, was du da redest?« Da konnten sie mich auch gleich aufschneiden und die letzten drei Monate wie einen weiteren Anstrich blassblauer Farbe überall in meinem Zimmer verteilen.

»Aber es stimmt«, beharrte Mami. »Und es tut mir so leid.«

»Jetzt hat sich das Geschwätz geändert«, sagte Papi zu Pilar. »›Warum hat Andrés mit ihr Schluss gemacht? Wie konnte Stefanie ihre beste Freundin ohne Vorwarnung sitzen lassen? Furchtbar.‹ Die Leute reden in den *bodegas*, im Supermarkt, am Kiosk.«

Pilar setzte sich auf meine Bettkante. »Ich weiß. Ich hab es auch schon mitbekommen.«

Warum behandelten sie mich wie Luft? Ging es hier nicht um *mein* Leben? Die drei übertrieben es wirklich mit dem Oversharing, und dass sie dabei auch noch so taten, als sei ich überhaupt nicht im Zimmer, trieb mich zur Weißglut. »Genug jetzt, okay?«

Endlich sah Mami mich an. »Nein, es ist nicht genug, denn du sagst uns ja nie, wie du dich fühlst. Und wenn wir nicht wissen, was los ist, können wir dir nicht helfen.«

Ich setzte mich auf. Meine Glieder waren schwer und schmerzten. »Ich muss nicht über meine Verluste reden. Ich muss versuchen, über sie hinwegzukommen.«

»Und was, wenn das unmöglich ist?«, fragte Mami.

Unmöglich. Dieses Wort hatte ich schon mal gehört. Ich hatte es aufgeschlagen wie eine harte Kokosnussschale, und dann hatte ich das saftige weiße Fruchtfleisch genutzt, um einen Kuchen zu backen.

»Du hast deine Abuelita verloren«, sagte Papi sanft. »Den größten Teil deines Herzens.«

»Papi.« Meine Stimme klang dunkel und belegt, aber ich würde nicht weinen. Ich gönnte ihnen meine Tränen nicht. Der Schmerz war ganz real und er gehörte mir. Nur ich sollte ihn durchleiden, nur ich mich mit ihm auseinandersetzen. Über meine Verletzungen zu sprechen, machte sie nicht zu ihren, sie mussten nicht »helfen« und mir die Richtung weisen. Und jetzt wollten sie noch mehr »helfen«, indem sie mich wegschickten?

»England wird dir guttun. Diese *chisme*, das Brodeln in der Gerüchteküche, wird abebben, du wirst mit neuer Energie zurückkommen und –« Mamis Telefon klingelte. »Das ist Catalina.« Sie ging mit Papi aus dem Zimmer.

Ich sah Pilar an und streckte ihr hilflos die Arme entgegen. Sie musste einschreiten und dieser albernen Idee ein Ende bereiten. Und das würde sie auch tun. Wir waren schließlich ein Team: *las Reyes*.

Jetzt, wo ich mit der Schule fertig war, konnte ich endlich ganz in meine Rolle als Chefbäckerin und zukünftige Besitzerin der Panadería La Paloma schlüpfen, an der Seite von Pilar. Ich brauchte keinen College-Abschluss – alles, was ich brauchte, hatte ich schon von Abuela gelernt. Innerhalb eines Jahres wären wir so weit, das Geschäft zu übernehmen. Unsere Erbschaft, unsere Zukunft. Abuela hatte das Unternehmen gegründet und wir sollten es mit Beginn dieses Sommers in die Zukunft führen. Und das konnte ich von der anderen Seite des Ozeans nicht machen.

»Ich bin gespannt, was du jetzt vorhast«, sagte ich mit einem sarkastischen Lachen.

Pilar stand auf und hielt mir noch einmal das Wasserglas an den Mund. Dieses Mal gehorchte ich. »Was ich vorhabe?«

»Um dieses England-Komplott abzuwenden. Für so etwas haben wir doch keine Zeit. Wir müssen das neue Geschäftsmodell planen, das Backangebot und die Stellenbesetzung …«

»Lila.« Sie sah mich mit einem mitleidigen Blick an und wandte sich ab. »Sie haben recht. Du brauchst diese Auszeit. So wichtig du mir bist, ich muss dich gehen lassen. Nur für eine kleine Weile, okay?«

Es war, als würde jeder Schritt, den ich an diesem Nachmittag in Miami gemacht hatte, mich wieder einholen und auf meinem Brustkorb herumtrampeln. Ich zitterte am ganzen Körper. Ich konnte nur noch den Kopf schütteln. *Nein. Nein. NEIN.*

»Ich kann nicht.«

Pilar griff nach Abuelas weißer Schürze mit dem gedruckten blauen *L* vorne drauf. Dann legte sie die Schürze in meine Arme, die noch vor ein paar Stunden vor Schweiß und Salz getrieft hatten. »Was würde sie dazu sagen?«, fragte Pilar und deutete auf meinen vollkommen abgekämpften Körper.

»Deine Schwester hat recht, *nena.*« Das kam von Mami, die gerade zurück ins Zimmer trat. »Abuelita hat dir ihr Backtalent und ihre Begeisterungsfähigkeit vererbt. Mehr als nur ihre Rezepte. Das musst du würdigen, Lila. Stattdessen stehst du weinend im Tiefkühlraum. Du ruinierst deine Gesundheit, brichst dreißig Kilometer von zu Hause zusammen und jagst uns einen Riesenschreck ein. Glaubst du, sie würde wollen, dass du so weitermachst?« Tränen liefen über Mamis Wangen.

»Wie kannst du zulassen, dass sie herabschaut und dich so sieht?«

Am liebsten hätte ich geschrien: Wie ich das *kann*? Ich kann es, weil Abuela mir *ein* Rezept nie beigebracht hat, nämlich das, mit dem ich meinen Schmerz hätte lindern können, als sie starb und uns viel zu früh verließ. Das Rezept für mich, als ein Junge mir das Herz brach und meine beste Freundin mein Vertrauen mit Füßen trat.

Aber was ich wirklich sagte, war: »…«

Schweigend und zitternd umklammerte ich die Schürze und hielt mich an der Erinnerung fest.

»*Óyeme, mi amor*«, hatte Abuela vor ein paar Monaten gesagt, als ich mich wieder einmal mit Andrés gestritten hatte. »Du liebst diesen Jungen, wie du das Backen liebst.« Sie war gerade dabei, eine Schüssel mit Mangoglasur zu rühren. »Aber manchmal gibst du zu viel von dir selbst in die Mischung, wie zu viel Zucker in ein Gebäck. Und du drehst die Temperatur zu hoch.«

Ich hatte damals etwas Spöttisches erwidert. Ihre Worte abprallen lassen.

»*Mi estrellita*, wenn du zu hell an seinem Himmel leuchtest, wirst du ihn ausbrennen. Wirst du selbst ausbrennen, *también*.«

An jenem Tag hatte ich meinen ganzen Körper ausgebrannt. Ich hatte meine eigene Temperatur hochgedreht und die Kontrolle verloren.

»Lila, du wirst nach England gehen«, hatte Mami schließlich gesagt. »Wir können das, was Abuela aufgebaut hat, nicht in deine Hände geben, wenn es dir nicht gut geht.«

Und damit hatte es sich.

Mein Lauf – die innere und äußere Erschöpfung – erstickten meine Widerworte. Als Papi sich auf der British-Airways-Website einloggte, konnte ich nichts tun, als das *L* auf der Schürze anzustarren.

Kapitel 4

Zwei Wochen nachdem Papi meinen Flug gebucht hat, liegt Abuelas weiße Schürze zusammengefaltet auf einem Nachttisch in England. Es ist schon mehr als einen ganzen Tag her, dass ich gelandet bin, aber ich bin bisher kaum aus dem Bett gekommen.

Ich werfe einen Blick auf den Wecker: zwanzig Uhr. Von der anderen Seite des Flurs sind schräge Synthesizerklänge und wummernde Beats zu hören. Das muss aus Gordons Zimmer kommen. Ich glaube kaum, dass Cate oder Spencer zu Musik aus den Achtzigern abrocken und gleichzeitig das Wirtshaus führen und Gäste unterhalten können. Gerade als ich die Band als Van Halen erkannt habe, hört die Musik auf. Keine zehn Sekunden später vibriert das Bass-Intro eines anderen Songs durch die dünne Holzverkleidung, die Lautstärke voll aufgedreht. Dann … setzt die Musik nach ein paar Takten wieder aus. *¿Cómo?*

Mein Blick springt umher, um dann auf meinem kleinen Altar von Erinnerungsstücken zur Ruhe zu kommen. Es entspannt mich, die gerahmten Fotos und das weiße T-Shirt zu betrachten. Das verschnörkelt gestickte blaue *L* auf der Schürze.

Los recuerdos – solche Andenken haben eine einzigartige Kraft, eine Kraft der Liebe, der Geschichte und des Vermächtnisses. Und jetzt spricht dieses Erinnerungsstück mit deutlicher Stimme zu mir, in der Sprache meiner Kindheit und um einiges lauter als die Musik. Abuela würde nie dulden, dass ich so träge bin und mehr als einen Tag nicht aus dem Bett komme. Für sie werde ich zumindest aufstehen und auspacken.

Gerade als ich mich aus meiner Bettdecke schäle, schlägt mir eine Welle dröhnender Electro-Techno-Musik entgegen. Also gut, will mir jetzt auch noch das Universum, in der Gestalt von Gordon Wallace, sagen, dass meine Zeit des Einigelns offiziell vorbei ist? Wie auch immer – so einen Lärm halte ich nicht den ganzen Sommer über aus. Bevor ich die Tür erreicht habe, hört die Musik plötzlich wieder auf, genau wie vorhin. Ich warte darauf, dass es gleich wieder losgeht, aber es ist nichts mehr zu hören. »Hm«, sage ich zu mir selbst und mache mich ans Auspacken.

Zehn Minuten später, nachdem ich Schuhe und Kleidung auf den Schrank und die Kommode verteilt habe, bin ich schon beim zweiten Koffer. Mein Bügeleisen und meine Kosmetiktasche liegen obenauf. Aber unter meinem Bademantel finde ich eine quadratische Karte mit der vertrauten krakeligen Handschrift meiner Schwester.

Hermana, reg dich nicht auf, aber ich kenne dich.
Ich hab dich lieb und vermiss dich schon jetzt.
P

Reg dich nicht auf? Wenn Pili das zu mir sagt, ist das normalerweise eine Garantie dafür, dass ich mich aufrege, also bin ich extra misstrauisch, als ich ein dickes Paket hervorhole. Das Erste, was ich aus dem braunen Papier auspacke, ist ein schwarzer Pulli aus Merinowolle.

Ich habe keinen einzigen Pulli eingepackt.

Und es geht noch weiter: ein identischer Pulli in Grau. Ein kurzer, wasserfester Trenchcoat in Schwarz. Zwei Joggingjacken. Ein Paar dunkle enge Jeans. Zwei langärmelige Tops, eines blau-weiß gestreift und das andere einfarbig marineblau. Und schließlich ein übergroßer Schal in grau-schwarzem Leopardenmuster.

Misstrauisch durchwühle ich den Rest des Kofferinhalts. Auf der Suche nach weiteren in mein Gepäck geschmuggelten Dingen stoße ich auf die schwarzen Stiefeletten, die Pilar gekauft hat, als wir letzten Herbst in New York waren. Ich möchte sie umarmen. Ich möchte ihr einen dieser Stiefel gegen ihren runden kubanischen Hintern schleudern. Da keines von beidem möglich ist, breche ich mein schwesterliches Schweigen und greife nach meinem Telefon.

Der Lockscreen leuchtet auf: vier Sprachnachrichten und sechzehn Textnachrichten von Mami. Nichts von Pilar.

»Du hast es gewusst, Pili!«, sage ich, als das ovale Gesicht meiner Schwester auf dem Facetime-Bildschirm erscheint. Sie sitzt in Papis schwarzem Ledersessel im Büro der Panadería.

»Hallo erst mal«, sagt Pilar. »Totale Funkstille für zwei Tage und du hast nicht einmal ein Wort der Begrüßung für mich übrig?«

»Ich hab dir und Mami doch gleich nach meiner Landung eine Nachricht geschickt.« Ich wedele mit dem schwarzen Pulli vor dem Telefon. »Du hast es gewusst.«

»Was, dass du nicht ordentlich packen würdest?«

Ich stoße ein verächtliches Schnauben aus.

»Und«, fährt sie fort, »dass ich in deinem Koffer nichts als *las camisas pequeñas* und Sommerkleider finden würde? Natürlich habe ich das gewusst. Und ich hatte recht. Ein englischer Sommer ist kein normaler Sommer. Mami hat dir gesagt, worauf du dich einstellen musst, Cate hat es dir gesagt und ich hab es dir gesagt, *pero* –«

»Ich werde anziehen, was ich will.«

Sie seufzt. Ich kann ihren heißen Atem fast spüren. »Winchester ist nicht Miami.«

Ich durchbohre den Bildschirm mit bösen Blicken.

»Lila, glaubst du etwa, ich weiß das nicht? Wir beide ohne einander, das ist nicht richtig, aber es war der einzige Weg.«

»Ich hatte alles im Griff«, presse ich zwischen zusammengebissenen Zähnen hervor.

»Alles im Griff? Du bist einfach verschwunden, und Papi hat dein Auto auf dem Parkplatz gesehen und gedacht … na ja, was hättest *du* an seiner Stelle gedacht? Und als ich dich dann gefunden hab … in dem Zustand … *Dios*, Lila, das sah nicht so aus, als hättest du alles im Griff.«

Es kommt selten vor, dass Pilar weint. Sie wägt ab und analysiert die Dinge. Sie organisiert und strukturiert. Das ist einer der Gründe, warum wir so gut zusammenarbeiten. Ich träume und kreiere mit Augen, die größer sind als jeder Magen. Und dann mache ich Leckereien, mit denen sich alle die Bäuche vollschlagen, während Pilar tausend Wege findet, sie zu verkaufen. Doch jetzt schnieft und trieft sie wie ein tropfender Wasserhahn, und mir wird klar, wie dumm ich war, zu glauben, dass ich die ganze Zeit als Einzige traurig war. Dass ich die Einzige war, die ihre Abuela verloren hatte.

»Hör auf, Pili. Ich weiß, dass ich euch einen Schrecken eingejagt hab. Ich will einfach nur wieder nach Hause.« Nach Hause, wo ich die Scherben wieder zusammenfügen kann.

Sie bläst in ein Taschentuch wie in ein Nebelhorn. »Dein Zuhause hat dir aber in letzter Zeit nicht gutgetan. Das hast du uns bewiesen, okay?«

»Die Panadería –«

»Darüber haben wir doch schon x-mal gesprochen. Angelina wird schon zurechtkommen.«

Ich traue der neuen Bäckerin nicht, die erst seit ein paar Monaten bei uns lernt. »Übergangsweise.«

»*Claro*. Es werden immer wir beide sein. Aber ich brauche meine Schwester zurück. Nimm dir eine Auszeit und lass Cate sich um dich kümmern.« Sie putzt sich noch einmal die Nase und beugt sich vor. »Also, wie ist es dort so?«

»Du meinst draußen? Kann ich dir nicht sagen.«

»Das hätte ich mir denken können – bei diesem Krähennest auf deinem Kopf. Aber zwei Tage!«

»Ich werde schon noch …« Ich stoße einen tiefen Seufzer aus. »Morgen, okay?«

Musik übertönt ihre Antwort. Diesmal ist es ein schräger Gitarrenriff. »Gordon«, erkläre ich der verwirrt dreinschauenden Pilar.

»Klingt wie *Gimme Shelter*«, stellt sie fest.

»Wenn du das sagst.« Pilars Faible für klassischen Rock, besonders in Schallplattenform, ist etwas, das wir nicht teilen. »Er ist schon die ganze Zeit dabei –« Die Musik verstummt noch einmal. »Keine Ahnung, was er da macht, aber ich werde jetzt dafür sorgen, dass er sofort damit aufhört. Ich ruf dich morgen wieder an.«

»*Espérate.*« Pilar hält eine Hand hoch, damit ich sie noch nicht wegklicke. »Die neuen Klamotten sind doch schön, oder?«

»Sie sind grauenhaft«, sage ich, aber ich kann nicht aufhören, über die weiche Merinowolle zu streichen.

Sie stößt ein tränenersticktes Lachen aus. »Du versuchst doch schon seit Monaten, mir meine Stiefel abzuluchsen.«

»*Sí, pero* das bedeutet nicht, dass ich sie tragen werde.«

Die Mundwinkel meiner Schwester zucken. »Aber du wirst sie wenigstens in den Schrank räumen. Und die Tops und die Jacke auch.«

Und dann fällt auch mein beherrschter Gesichtsausdruck in sich zusammen. »Vielleicht.«

Dreißig Sekunden nachdem ich aufgelegt habe, dreht Gordon schon wieder die Musik auf. Diesmal renne ich auf den Flur und klopfe an seine Tür. Nach Klopfen versuche ich es mit Poltern und Schreien. Endlich hört der Lärm auf und der rücksichtslose DJ reißt seine Tür auf. Seine dunkelroten Haare – die hat er von seinem Dad – trägt er in einem zerzausten kleinen Pferdeschwanz im Nacken.

»Hi. Du bist also doch nicht tot.« Er hat einen Buntstift in der Hand.

Ich ignoriere die Bemerkung und stammele: »Also, die Musik.«

»Was ist damit?«

»Die Lautstärke.« Ich unterstreiche meine Worte mit einer ausladenden Geste. »Es ist einfach ein bisschen viel. Viel Lautstärke.«

Es ist, als würde mitten in seinem Kopf eine Glühbirne aufleuchten. »Aaah. Wir sind hier oben ziemlich schallisoliert, und ich bin es nicht gewohnt, dass noch jemand anders auf diesem Flur ist.«

»Ich hab mich hier nicht einquartiert.«

Gordon kratzt sich mit der Rückseite seines Zeichenstifts an der Schläfe. »Okay, nun, die Musik hilft mir, in eine bestimmte kreative Stimmung zu kommen.«

»Könnte vielleicht auch eine ruhigere Variante der gleichen Musik deine Kreativität befeuern – für was auch immer?«

»Oh. Für das hier.« Er tritt zur Seite und macht eine einladende Handbewegung.

Und ... wow. Seine Wände sind übersät mit gerahmten Bleistiftzeichnungen von Häusern in allen erdenklichen architektonischen Stilrichtungen. Aufwendige Details und farbenfrohe Gartenausschnitte vervollkommnen jedes Bild. »Die hast du alle gemalt?«

Er deutet mit einem Kopfnicken auf einen Zeichentisch, auf dem diverse Messwerkzeuge bereitliegen, ein Regenbogen von bunten Stiften und ein neues Blatt elfenbeinfarbenes Pergamentpapier. »Über die Jahre, ja. Es ist eine Art Hobby für mich.«

Ich gehe an Gordons winziger Häuserreihe entlang, vorbei an Steincottages, an viktorianischen Gebäuden und Häusern aus der Tudor-Zeit. In der Nähe des Fensters entdecke ich einen schwarzen Crosley-Plattenspieler mit Lautsprechern. In einem Regal stapeln sich Schallplatten und warten auf Gordons Dezibel-Missbrauch. »Ah, daher kommt der Lärm.«

Er kommt auf mich zu. »Sorry wegen dem ständigen An und Aus. Ich hab einfach nicht genau den richtigen Song gefunden, weißt du? Ich versuch, das nicht mehr so oft zu machen.«

»Danke.« Ich nehme eine Rolling-Stones-LP in die Hand, auf der auch *Gimme Shelter* ist. »Pilar sammelt auch solche. Sie ist immer auf der Suche nach seltenen Schallplatten.«

»Es ist der Wahnsinn, wie viel für manche bezahlt wird. Wir haben einen Plattenladen hier – Farley's. Der ist so gut, dass die Leute sogar von weit her kommen, um dort zu stöbern. In der Innenstadt, gleich um die Ecke von der High Street.«

Das merke ich mir gleich für Pilar, bevor ich mir den Rest von Gordons Kunstwerken ansehe. Vielleicht ist es die Farbe oder die Form, aber ein zweistöckiges Gebäude in einem hellen Pfirsichton mit Terrakottadach spricht mich besonders an. Zarte Palmwedel schwingen über der umgrenzten grünen Rasenfläche und pinkfarbene Bougainvillea-Ranken klettern über den hellen Stuck. Ich wirbele herum. »Ist das etwa …?«

Er hebt das Kinn. »Ich dachte mir schon, dass dir das am besten gefallen würde. Direkt aus Miami – Coral Gables, wenn ich das von meinem letzten Besuch richtig in Erinnerung habe. Ich mochte den Stil und die Farben.«

Zuhause. Mein Herz springt sofort darauf an. Dann mache ich einen Schritt zurück und betrachte die gesamte Wand. Neben der Coral-Gables-Zeichnung erkenne ich eine perfekte Nachempfindung des Owl & Crow und ein kleines Fachwerkhaus. Zwischen Herrenhäusern aus Backstein und reetgedeckten Cottages wirkt das pfirsichfarbene Stuckhaus vollkommen fehl am Platz.

Kapitel 5

Dafür, dass ich total spät eingeschlafen bin, wache ich am nächsten Morgen viel zu früh auf. Nach drei Tagen weigert sich mein Körper weiterhin, sich nach den Uhren hier zu richten. Wie mein ganzes bisheriges Leben lang schwinge ich noch immer mit dem Uhrenpendel der östlichen Zeitzone. Meine steifen Beinmuskeln protestieren, als ich die Treppe hinuntergehe. Der goldverzierte Spiegel im Foyer des Owl & Crow sagt mir, dass meine Augen sterbensmüde und verquollen aussehen.

Da nun mal klar ist, dass ich in nächster Zeit nicht zurück nach Miami komme, brauche ich etwas in England, das mir gehört. *Necesito correr.* Ja, ich muss *unbedingt* laufen.

Mein Joggingoutfit habe ich immerhin eingepackt. Über meine halblangen Sportleggings und das Trägerhemd ziehe ich ein langärmeliges Synthetik-Top. In meinem Schrank hängen auch zwei Joggingjacken (Pilar), aber die brauche ich in Miami so gut wie nie. Und hier brauche ich sie auch nicht.

Andere Frühaufsteher gehen vorbei, als ich in der Eingangshalle meine Aufwärmübungen mache. Mein Handy steckt in der Reißverschlusstasche an meinen Leggings. Seit Wochen versuche ich Instagram zu meiden, erst wegen Andrés und jetzt wegen Stef. Aber nach so viel Heimweh und Stille juckt es mir in den Fingern, nur einmal die Seite anzuklicken, die vor gar nicht langer Zeit genauso viel von meinem Leben enthielt wie von seinem. *Hat Andrés schon eine neue Freundin?*

Der Gedanke drängt sich immer mehr auf, aber der Schwur, den ich Pilar gegeben habe, hält dagegen.

Ich habe Pili geschworen, dass ich mit dem Insta-Stalking aufhöre. Ich habe versprochen, nach vorn zu schauen, auch wenn meine Füße eigentlich keinen Schritt nach vorn machen wollen. Aber ein Versprechen gegenüber meiner Schwester bedeutet etwas, auch wenn mich das fuchst. Also bleibt das Handy in der Tasche und ich mache weiter mit meinen Dehnübungen.

Zwei kreischende Mädchen mit Zöpfen flitzen vor ihren Eltern die große Treppe hinauf. Die Luft ist in Bewegung geraten und es duftet nach Gebäck. Ich kann nicht widerstehen. Statt nach draußen zu gehen, laufe ich den gegenüberliegenden Korridor entlang. Die süße Duftspur führt zu einer breiten Schwingtür mit einem Guckfenster. Die Küche.

Qué hermosa. Hinter der Tür befindet sich die offiziell zweitschönste Küche, die ich je gesehen habe. Nur der Anblick unserer Küche in der Panadería La Paloma lässt mein Herz noch höherschlagen. Eine Reihe von Glashängelampen erhellt einen weitläufigen Raum. In der Mitte steht eine Kücheninsel mit rustikaler Holzplatte, auf der jemand beim Teigausrollen weißen Mehlstaub hinterlassen hat. Mein Blick fällt auf französische Nudelhölzer, Rührschüsseln aus Glas, Vorratsbehälter und offene Regale, auf denen Geschirr, Kochutensilien und Töpfe in allen Größen stehen. Ich gehe auf den Etagenofen zu, in dem vier ovale Brotlaibe aufgehen und braun werden wie die Sonnenanbeter in Miami. Dieser *Duft* …

Ich mag aus meiner Stadt vertrieben sein, verbannt in diesen Sommerurlaub, und ich habe furchtbares Heimweh, aber *hier* finde ich einen Hauch von mir selbst. Die Küchengeräte und Zutaten sprechen zu mir – mit einer Stimme, die ich seit meiner Kindheit gehört habe. Abmessen, mixen, würzen und köcheln – das sind meine Worte. Und vor allem fühlt sich dieser warme, nach Hefe duftende Raum ganz nach Abuela und mir an. Koste es, was es wolle – ich werde nicht einfach nur ein Gast im Owl & Crow sein. Ich werde hier backen.

Eine Fliegengittertür nach draußen öffnet sich quietschend und wird dann wieder zugeknallt. »Du hast dich wohl verlaufen?« Die Stimme in meinem Rücken klingt harsch wie das Krächzen eines Papageis. »Der Gästesalon ist auf der anderen Seite des Korridors.«

Ich drehe mich um.

»Ah, sorry. Du musst diese Lila sein.« Die Stimme gehört zu einer hellhäutigen Frau, die ich auf Mitte sechzig schätzen würde. Sie ist so groß, dass ich zu ihr aufsehen muss, und ihre knittrige Haut ist übersät von feinen Falten. Ihr ungeschminktes Gesicht guckt unter einer kreisrunden Haube aus grauem Haar hervor, die mich an eine fliegende Untertasse aus einem B-Movie erinnert.

»Ja, hi, ich bin Lila Reyes.«

»Polly. Die Chefin hat mir ein Foto von dir gezeigt.« Sie geht schnurstracks zum Waschbecken, um sich die Hände zu waschen. »Wenn dir das Frühstück in eurer Wohnung nicht reicht – ich decke gleich das übliche Buffet im Gästesalon auf.« Es ist offensichtlich, dass sie mich loswerden will.

Aber nicht mit mir. Ich baue mich ihr gegenüber auf. Die Holzplatte der Kücheninsel ist wie ein goldenes Land zwischen uns. »Übrigens«, sage ich, »ich bleibe den ganzen Sommer.«

»Das habe ich schon gehört.«

»Meine Familie hat eine Bäckerei. Schon seit über vierzig Jahren.«

Polly wirft einen prüfenden Blick auf eine Digitaluhr an der Wand, dann auf den Etagenofen. »Ja, ich glaube, das hab ich auch schon gehört. Mrs Wallace hat da so einen kleinen kubanischen Laden erwähnt.«

Kleiner. Kubanischer. Laden. Ich presse die Lippen aufeinander, um nicht Feuer zu spucken. Aber so gerne ich auch meine beachtlichen Bäckereierfahrungen aufzählen würde, ich respektiere die Küchengesetze. Und Herrin dieser Küche ist Polly. Wenn ich meinen Sommer mit Butter, Mehl und Zucker verbringen will – den Zutaten, aus denen der einzige noch intakte Teil meines Herzens besteht –, dann werde ich es behutsam angehen müssen. Ich darf hier nicht ein*fallen*, sondern muss mich ein*schmeicheln*. Es nützt alles nichts … ich werde nett sein müssen.

Ich ziehe meinen Pferdeschwanz straff. Setze ein Lächeln auf. »Mrs … äh, Polly, ich habe gestern Ihr Brot und Ihre Scones probiert.« Zu süß. »Und ich hab mich gefragt, ob ich vielleicht etwas Zeit hier in der Küche verbringen könnte. Vielleicht kann ich beim Backen helfen?«

Polly stemmt einen spindeldürren Arm in ihre Hüfte. »Du willst für die Gäste backen? Mit mir?«

»Na, das ist doch mal eine gute Idee!«

Polly und ich drehen ruckartig die Köpfe zur Tür. Catalina »Cate« Mendoza Wallace ist wirklich eine listige Venezolanerin.

»Im Ernst?«, sagen Polly und ich wie aus einem Munde. Aber ich sage es mit freudig quiekender Stimme, während Polly es blafft, als hätte Cate mir gerade den letzten Keks aus der Dose gegeben.

Cate kommt auf uns zu, einen mintgrünen Kaschmirponcho über ihrer engen schwarzen Hose. Sie legt eine Hand auf Pollys Schulter. »Ich würde deine Küche niemand Geringerem anvertrauen. Lila ist äußerst erfahren und kompetent.« Cate wendet sich an mich. »Hoffentlich wirst du dich dadurch hier ein bisschen mehr zu Hause fühlen. Aber jetzt überlasse ich dich mal Pollys Führung.«

Ich könnte schwören, ich höre die Bäckerin schnauben.

»Na dann«, sagt Cate, während sie den Ofen und unsere Gesichter mustert. »Ich muss jetzt dafür sorgen, dass Gordon nicht zu spät zum Zahnarzt kommt, also überlasse ich alles Weitere euch beiden.«

Polly nimmt einen roten Ordner aus dem Regal. »Tja, dann habe ich jetzt fünf Minuten, dir Arbeitsanweisungen zu geben, für die ich eigentlich eine halbe Stunde brauchen würde. Um dir zu erklären, wie wir die Dinge hier machen.« Und mit *wir* meint sie ganz eindeutig *ich*.

»Ich versichere Ihnen, ich kann jedes der Rezepte in diesem Ordner nachkochen und -backen.« Ich bin schon dabei, mir die Hände zu waschen. »Und mit den Geräten und Zutaten werde ich mich auch schnell zurechtfinden.«

»Wir werden sehen. Morgens bereiten wir ein kleines Buffet mit Brot, Marmelade und saisonalen Früchten vor. Ich habe Orangen-Honig-Scones und weißes Toastbrot fertig zum Servieren. Dann bieten wir noch Kuchen und Gebäck zur Teatime um halb vier an.« Polly schlägt ein rotes Ringbuch auf und sucht ein laminiertes, getipptes Rezept heraus. »Heute ist ein Tag für Madeira-Kuchen und Schoko-Biscuits.«

Schoko-Brötchen? Abuela hat mir beigebracht, ruhig mal ungewöhnliche Geschmackskombinationen zu wagen, so wie sie es immer tat. Aber manche Geschmackskombis funktionieren einfach nicht. »Belegte Brötchen mit Schokolade?«, frage ich und spüre, wie ich unwillkürlich die Nase krausziehe.

»Wenn du auch nur *versuchen* willst, in England zu backen, solltest du dich besser mit unseren *Basics* vertraut machen.« Polly klingt, als wollte sie mich in einen Anfängerkurs stecken – *Backen für Kindergartenkinder*. Sie hält mir den roten Ordner vor die Nase. Das Farbfoto auf dem Rezept sagt mir, dass ein englischer *Biscuit* ein *Cookie* ist. Kein Brötchen, sondern ein Keks. Ach so.

»Ich kümmere mich um die *Biscuits*«, sagt sie, blättert durch die Seiten und drückt mir den Ordner in die Hand. Dann zieht sie sich eine saubere Schürze über. »Ich schätze, du könntest den Madeira-Kuchen übernehmen. Bekommst du vier davon hin?«

Manchmal muss man ein wenig angeben, um Respekt zu bekommen – *un poquito*. Ich straffe meinen Rücken. »Als ich dreizehn war und meine Eltern nicht rechtzeitig aus New York zurückkamen, habe ich allein eine Riesenbestellung für die Party unseres Kongressabgeordneten erledigt. Ich habe die ganze Nacht durchgearbeitet und mehr als tausend kubanische Pasteten und Appetizer gemacht. Der *Miami Herald* hat sogar einen Artikel darüber gebracht.« Inzwischen habe ich die richtigen Formen entdeckt und schnappe sie mir. »Vier Madeira-Kuchen sind kein Problem für mich.«

Polly geht mit einem hölzernen Brotschieber zum Ofen. »Hmpf. Das Ergebnis wird für sich sprechen, nicht wahr?« Sie öffnet die gläserne Ofentür und schiebt das Holz unter die goldenen Brotlaibe, um sie zum Abkühlen auf die Kücheninsel zu legen.

Ich überfliege ihr Rezept für den Madeira-Kuchen. Mein Blick bleibt sofort an den Problempunkten hängen. Das Verhältnis von Zucker zu Mehl stimmt nicht und … Margarine? Butter ist doch am besten für diese Art von lockerem Kuchen. Öl vielleicht noch. Aber Margarine? Nein.

»Polly?« *Es ist ihre Küche. Nicht meine Küche. Pollys Küche.* »Ich hab mir Ihr Rezept durchgelesen und frage mich, ob ich vielleicht einen Butterrührkuchen machen könnte, der ganz ähnlich ist. Das Rezept stammt von Abuela – meiner Großmutter.«

Polly atmet hörbar aus. »Ich verstehe. Trotzdem – dieser Madeira-Kuchen ist der einzige, den wir hier je serviert haben. Ein Rezept *meiner* Großmutter übrigens. So wie die ganzen Scones-Rezepte.«

Aah, das erklärt einiges. Eine Großmutter mit einem süßen Zahn und ein Gaumen, der sich diese Neigung nie abgewöhnt hat. Ich blicke auf meine Laufschuhe und murmele: »Das ist wirklich was Besonderes, aber –«

»Mein Gott. Ich habe wirklich zu viel zu tun, um hier herumzustehen und zu diskutieren. Du kannst den Kuchen deiner Oma backen, *meinetwegen.*« Sie hebt die Servierplatte. »Ob du ihn ein zweites Mal machst, bleibt abzuwarten.«

Dios. Ich entdecke ein paar Backutensilien in einem Behälter neben der Spüle. Kurz entschlossen stelle ich den Behälter auf die Kücheninsel, damit man beim Backen besser rankommt, und nehme dann den Ofen in Augenschein. Der Etagenofen des Owl & Crow ist das gleiche Modell wie unserer in der Panadería – wenigstens eine Sache, die mir vertraut ist. Ich kenne die Zutaten für Abuelas Rührkuchen auswendig, aber ich checke trotzdem die Rezepte-App auf meinem Smartphone, um die Mengenangaben für eine große Gästeschar umzuwandeln.

Aber ein iPhone in meiner Hand statt in meiner Tasche bedeutet auch, dass Instagram aufleuchtet, direkt vor meinen Augen. Vielleicht ist es der Jetlag, vielleicht ist es Pollys Gereiztheit, aber ich kann mir nicht verkneifen, einen klitzekleinen Blick darauf zu werfen, bevor ich den Ofen vorheize.

Meistens beginnt mein Feed mit einem Back- oder Koch-Account, aber nicht heute. Stefanies Lächeln strahlt mir entgegen. Sie posiert vor der Universität von Ghana. Den blonden Pferdeschwanz über einer Schulter, breitet sie staunend die Arme aus. Sie wirkt … glücklich. Ohne mich. Und was mich noch mehr trifft – sie hatte Internetzugang und hat sich trotzdem nicht gemeldet. Nicht einmal, um zu sagen, dass es ihr gut geht.

Enttäuschung und Reue haben mich so aufgewühlt, dass ich, ohne es zu merken, zum nächsten Account weiterklicke, auf den ich nie wieder einen Blick werfen wollte: *Andrés Millan*. Und da ist er auch schon und grinst mir auf einem neuen Profilbild entgegen, das er an dem glitzernden Kanal hinter seinem Haus in Coral Gables aufgenommen hat. Ich vergrößere das Foto für einen Moment – olivbraune Haut, schlank und muskulös, die dunklen Haare ultrakurz geschnitten. Das stand ihm schon immer am besten. Tut es auch immer noch. Ich muss das Foto schnell wieder verkleinern.

Seit einer Woche hat er kein neues Foto gepostet, aber als ich sein Profil überfliege, trifft es mich wie ein Schlag in die Magengrube. Es ist einfach … weg. Andrés hat eines meiner Lieblingsselfies von uns beiden gelöscht. Andere Fotos von mir sind noch da, aber das von uns beiden, bei seinem Geburtstagsdinner am Strand in Coconut Grove? Futschikato.

Warum habe ich überhaupt geguckt? Ich klicke zurück zur Rezepte-App, aber in meinem Kopf hallt unser letztes Gespräch wider:

Es geht nicht um Liebe. Ich will mich einfach selbst finden und herausbekommen, wer ich bin.

Andrés' Abschiedsworte brennen noch einmal wie frische Wunden. Mein Andrés ist heute jemand, der mich nach und nach aus dem Bildarchiv seines Lebens löscht.

Zwanzig Minuten später habe ich einen Kuchenteig in der Rührschüssel, korrekt multipliziert für eine größere Menge. Buchhaltungsgenie Pilar hat ihre Freude an den mathematischen Herausforderungen, denen ich jeden Tag ausweiche, aber um Rezept-Mathematik komme ich nicht herum. Und dieses Rezept wird der Küchenmonarchin des Owl & Crow zeigen, was ein Mädchen aus einem »kleinen kubanischen Laden« so alles auf die Beine stellen kann. Vier gefettete Kuchenformen warten schon auf ihren Einsatz. Jetzt nur noch ein letzter Touch.

Während ich in der Vorratskammer nach Mandelaroma suche, ertönt draußen ein lautes Knattern. Das muss entweder ein mutierter Rasenmäher sein oder ein Motorrad mit einem heftigen Husten. Kurz darauf spähe ich aus der Vorratskammer und sehe einen regennassen Typen, ungefähr mein Alter, in meiner Küche … äh, in Pollys Küche. Auf der Anrichte steht eine weiße Transportbox, die vorhin noch nicht da war. Bevor ich auch nur *Hallo* denken kann, marschiert der Typ auf die hölzerne Kücheninsel zu, taucht einen Finger in meine Rührschüssel und leckt ihn ab.

Ich schieße von der Vorratskammer in die Küche. »Was zum Teufel machst du da?«

Er zuckt zusammen.

»Dein Finger! Meine Schüssel!«

»Oh. Sorry.« Von wegen. Dieser über eins achtzig große Typ, der da lässig an der Anrichte lehnt, zeigt keine Spur von Reue. Seine kurz geschnittenen, leicht gelockten blonden Haare sehen aus, als wären sie in einer trüben Regenpfütze gefärbt worden. Er trägt verblichene Jeans und eine braune Bomberjacke aus Leder.

»Wir kennen uns noch nicht.« Er macht einen Satz von der Anrichte auf mich zu, aber mein Gesichtsausdruck lässt ihn seine ausgestreckte Hand zurückziehen. »Orion Maxwell.«

Ich will seinen Namen gar nicht wissen. Ich will ihn für seine Taktlosigkeit über Spencers Formschnitthecken vom Grundstück jagen. »Lila Reyes«, antworte ich trotzdem grummelnd. Mit einer Kopfbewegung deute ich auf die Schüssel. »Und das ist für die Gäste. Was, wenn das eine Baisermischung gewesen wäre? Schon zwei Tropfen Wasser von deinem Finger würden alles verderben.«

»Ist das für Meringue?«, fragt er und wackelt mit den Augenbrauen. »Die mag ich am liebsten.«

»Nein, das ist nicht für Meringue. Aber deine Hände! Du bist auf einem dreckigen Motorrad hierhergefahren.«

Orion deutet in Richtung Spüle und wedelt mit den Fingern. »Hab sie mir gewaschen, bevor ich probiert habe. Mach ich immer.«

»Du meinst, du machst das öfter?« Ich gestikuliere aufgebracht. »Du kommst einfach daher und steckst deine Finger in die Rührschüsseln anderer Leute, wann immer es dir passt?«

Er kommt ein paar Schritte näher, so nah, dass mir seine graublauen Augen auffallen, ein winziges Grübchen am Kinn und seine scharfkantige Nase. Er riecht nach Bäumen und feuchtem Leder. »Ja, das ist so meine Art. Aber nur, wenn man mich einlädt.«

»Ich kann mich nicht entsinnen, eine Einladung ausgesprochen zu haben.«

»Das wird mir jetzt auch klar«, sagt er. »Ich bitte um Verzeihung. Die Macht der Gewohnheit. Polly hat mich immer ermuntert zu probieren.«

Verächtliches Schnauben. »Das glaube ich erst, wenn –«

»Orion. Da bist du ja, mein Junge.« Polly schwebt fast über dem Boden, als sie von der Schwingtür auf Orion zusteuert. »In unseren Dosen sind nur noch Krümel und Staub.«

Er grinst. »Tut mir leid. Ich wollte eigentlich schon früher vorbeikommen, aber wir hatten noch ein Problem im Laden. Wie geht es Ihrer Schwester?«

Knick! Knacks! Polly ist ein Knicklicht. Orion hat sie direkt in der Mitte geknickt und jetzt strahlt sie von den grauen Haaren bis zu den orthopädischen Küchenclogs. »Es geht ihr schon viel besser, danke. Es war nur ein Virus.«

»Freut mich zu hören.« Er deutet auf die weiße Kiste. »Das dürfte erst mal reichen. English Breakfast, grüner Jasmin und diesmal eine doppelte Lieferung Earl Grey, wie Mrs Wallace gesagt hat. Und Dad hat noch eine Probe von einer neuen Darjeeling-Sorte dazugelegt, die er entdeckt hat. Sehr weich im Geschmack.«

»Oh, den muss ich gleich nachher probieren«, sagt Polly.

»Sie werden ihn bestimmt mögen. Bis bald.« Er geht zur Tür und lässt seinen Blick über mich wandern, wie ich da mit einer weißen Schürze über meinen Joggingklamotten herumstehe und ein Fläschchen Mandelaroma umklammert halte.

»Warte.« Polly eilt ihm mit einer kleinen braunen Tüte und einem breiten Lächeln hinterher. »Kekse von gestern Nachmittag.«

»Danke, ich werde mich bemühen, sie nicht schon unterwegs alle aufzufuttern.« Er steckt seine Nase in die Tüte und schnuppert. »Zitrone! Die mag ich am liebsten.«

Ach, ich dachte, Meringue mag er am liebsten.

Jetzt mustert er mich nicht nur im Vorbeigehen, sondern sieht mir direkt in die Augen. Eine einzelne Locke fällt ihm ins Gesicht, als er mir zunickt. »Lila.«

Ich gebe einen kleinen, unverbindlichen Laut von mir.

Pollys Leuchten verblasst, sobald Orion die Tür hinter sich schließt. Ihre Gesichtszüge spannen sich sofort wieder an, aber sie erklärt mir: »Orions Familie gehört der beste Teeladen in Hampshire – Maxwell's. So ein netter Junge.«

Klar. Ein netter Junge. Ich fülle den Kuchenteig in die Formen.

»Den wirst du hier noch öfter sehen.« Mit einem empörten Schnauben befördert sie meine schmutzigen Rührschüsseln in die Spüle und stellt mit großem Getue den Behälter mit den Backutensilien wieder an seinen ursprünglichen Platz auf der Anrichte. »Die Dinge hier bleiben am besten, wie sie immer waren. Und das gilt auch für etablierte Geschäftsbeziehungen. Also versuch wenigstens, nett zu sein. Er bringt unsere Bestellungen immer persönlich vorbei, ohne Extragebühr.«

Perfekt. Es wird wirklich immer besser. Orion steckt seinen Finger in meine Schüssel und wird dafür mit einer glücklichen Polly *und* mit Keksen belohnt? Bäh. Ich ziehe einen hitzefesten Handschuh über, öffne den Ofen und schiebe meine Kuchen hinein. Und dann knalle ich die Tür zu.

Kapitel 6

Ich merke es schon am Geruch. Zu sagen, dass ich mich mit dem Backen ganz gut auskenne, ist eine Untertreibung. Ich *weiß*, wann ich ein Gebäck oder einen Kuchen vermasselt habe. Was nie passiert. Und was genau jetzt passiert ist.

Ich stürme durch die Schwingtür und schalte den Ofen aus, während mir vor Schreck ganz flau im Magen wird. Die untere Etage des Ofens ist voller Rauch. Ich muss die Kuchen rausholen. Hustend ziehe ich mir Handschuhe über und nehme schnell die vier Kastenformen heraus, während mich eine rußige Wolke umhüllt, wie sie normalerweise auf verpfuschte Zaubertricks oder das Entweichen eines Flaschengeists folgt.

Ich bin sicher, dass Polly auch vom Küchengarten aus den Rauch riechen kann. Die Gäste denken wahrscheinlich, das Gasthaus steht in Flammen. Hustend und fluchend warte ich, bis die Luft sich so weit aufgeklart hat, dass ich die schwarzen Kuchen erkennen kann, die zu trockenen Ziegelsteinen zusammengeschrumpft sind. *¿Qué pasó?*

Ich habe Abuelas Rezept schon tausendmal gemacht, mit der gleichen Art Kuchenformen, in dem gleichen Ofen, aber … *oh*. Jetzt kommt mir eine entscheidende Tatsache in den Sinn, die mir seit Jahren bekannt ist und die ich trotzdem vollkommen ausgeblendet habe, als ich den Ofen vorheizte. England kocht und backt in Celsius, nicht in Fahrenheit. Als ich die Temperatur auf 350 Grad Fahrenheit einstellen wollte, heizte dieser englisch geeichte Ofen auf über 600 Grad auf. Standard für Pizza. Verheerend für Kuchen.

Pollys herbeieilende Schritte unterbrechen meine Gedanken.

Ich kneife die Augen zusammen, umklammere den Saum meiner Schürze und wappne mich gegen die verbale Attacke, die sich mit denen von *mis tías* oder Mami, wenn Pilar und ich mal wieder unseren Hausarrest ignoriert hatten, messen kann. Der Ton wird der gleiche sein, vielleicht sogar die akrobatischen Handbewegungen dazu. Nur der Akzent und vielleicht die Wortwahl werden sich unterscheiden.

Sie rümpft die Nase, räuspert sich und beugt sich kurz über meine Schulter. »*Tja*«, sagt sie schnippisch.

Ich zwinge mich, meine Augen zu öffnen. Polly steht am Gefrierschrank. Als sie sich umdreht, hat sie eine Pyramide von kleinen Kastenkuchen in den Händen. »Die hatte ich noch in petto, für einen Moment wie diesen«, sagt sie. »Ingwerkuchen. Die tauen noch rechtzeitig zur Teatime auf.«

Polly legt die Kuchen auf ein Gestell. Dann geht sie schnurstracks zur Spüle und betrachtet stirnrunzelnd meine schmutzigen Backutensilien, die sich dort stapeln. »Einfach furchtbar! In dieser Küche räume ich immer gleich alles weg.« Sie deutet vage auf die Berge von Schüsseln und Löffeln, die ich gerade abwaschen wollte, als mein Kuchendesaster passierte. »Mrs Wallace wird diese Stapel von fettigen, ungeordneten Dingen nicht gerne sehen. Was, wenn sie einem besonderen

Gast die Küche zeigen will?« Polly stampft zurück zur Schwingtür und blafft: »Ich verlasse mich darauf, dass du das sofort in Ordnung bringst.«

Zitternd kratze ich meine misslungenen Kuchen aus den Formen und werfe sie in den Abfalleimer – oder, wie Polly sagt, in den Mülleimer. Müll, *verdad*. Ich schrubbe die Backformen und Küchenoberflächen ganz besonders sorgfältig. Voller Wut.

Tja. Das kleine Wort sticht noch immer, als ich meine Schürze abwerfe. Küchen waren immer der Ort, wo ich mich auf garantierten Erfolg verlassen konnte, doch heute ist diese Küche nur der Schauplatz einer weiteren Niederlage. Ich kann den verbrannten Geruch meines Versagens keine Minute mehr ertragen. Von der Kleidung her bin ich ja schon für eine schnelle Flucht vorbereitet. Ich trinke eine halbe Flasche Wasser und gehe durch den Nebeneingang nach draußen, um dieselbe Strecke zu laufen, die ich mir vor zwei Stunden vorgenommen habe.

Anscheinend liegt das Owl & Crow in St Cross, einem Stadtviertel von Winchester. Ich steuere auf einen malerischen Pfad am Fluss Itchen zu, meine Schritte schwer von Jetlag und Celsius. Ich schnaufe und schleppe mich eine schmale, regennasse Gasse entlang, die von Backsteinhäusern gesäumt ist. Auch hier ist das übergeordnete architektonische Thema: alt. An der nächsten Kreuzung stößt die Gasse auf eine breite Hauptstraße. Der Wind weht und die Gedanken wirbeln durch meinen Kopf. Ich wusste, dass das passieren würde. Es ist nicht das erste Mal, dass ich meinen Frust in Turnschuhe und Schweiß stecke.

Tja.

Die Backmeisterin in mir begreift genau, was Pollys Reaktion oder vielmehr ihre ausbleibende Reaktion bedeutet. Angehende Bäcker werden oft von Vorgesetzten kritisiert, die wollen, dass sie sich noch mehr verbessern. Abuela hat mich mit Liebe unterrichtet, aber sie hat trotzdem nie weniger von mir erwartet als die Art von Backkreationen, für die unsere Kunden gerne anstehen würden. Wenn ich etwas Mittelmäßiges gebacken hatte, sagte sie mir das auch. Und dann machte ich es nächstes Mal besser.

Doch in Pollys Augen bin ich nicht einmal kritische Worte oder ein »Ich habe es dir ja gesagt« wert. Wenn es so wäre, hätte sie wenigstens nachgefragt, wie oder warum ich den Ofen zu heiß eingestellt habe. Sie hätte mich daran erinnert, dass professionelle Bäcker keinen Spielraum haben, nachlässige Fehler zu machen. Aber für sie bin ich überhaupt keine ernst zu nehmende Bäckerin. Ich bin nur ein Kind, das eine Kochmütze aus der Kostümkiste aufprobiert und »Bäckerin« spielt.

Selbst die Küche sagt mir, dass ich nicht hierhergehöre.

Mein Körper ist genauso durcheinander. Auf britischem Boden zu joggen, ist ein ganz anderer Sport. In Miami benetzt die feuchte Hitze meine Haut, während die Sonnenstrahlen wie Peitschenhiebe auf meinen Rücken treffen, zu grell und zu heiß. Hier bremst mich eine andere Art Schmerz. Kälte streicht über mein Gesicht und presst meine Lungen zusammen, steigt in meine Nase. Ich ziehe meine Ärmel über die Hände. Der Regen ist weitergezogen, aber der Wind bewegt die Bäume und schüttelt Tropfen auf meine Haare.

Doch dann führt mich die Karte zu einem Fußweg durch endlose Wiesen von pistazienfarbenem Gras. Spencer hat den

Fluss Itchen gestern Abend erwähnt, während er seinen Vanillepudding löffelte. Hier treffe ich auf die schmale Rinne des berühmten Wasserlaufs, der sich bis ins Stadtzentrum schlängelt. Der Fußweg windet sich entlang des sanft fließenden Wassers. Ich bin allein. Und ich weiß nicht, was ich mit dieser Stille anfangen soll.

Mein Miami-Leben ist laut. Ich kann kaum einen Gedanken fassen, ohne dass im Hintergrund Klaviermusik, Getrommel und der kläffende Hund unseres Nachbarn zu hören sind. Ich lebe unter gackerndem Gelächter und scherzhaften Sticheleien in der Küche der Panadería. Unter krachenden Wellen und Touristen, die mir hinterherpfeifen. Meine Landschaft, das ist Donner und das Flattern von Vögeln, die sich um Blüten streiten, mein täglicher Wecker das Krähen von wilden Hähnen.

Aber jetzt bin da nur ich und ein Fluss und nasses Gras und das, was von meinem Herzen übrig ist. Mein Gehirn füllt die Leere, indem es die Geräusche meiner Heimat nachahmt. Es erinnert mich lautstark, dass Joggen doch das war, was Stefanie und ich immer zusammen gemacht haben, jeden Samstag über die Key Biscayne Bridge. Es verknüpft die Orte auch mit den Menschen – erinnert mich, wie Andrés und ich den belebten Miami Riverwalk entlangbummelten, meine Hand in der hinteren Tasche seiner Jeans, und Küsse austauschten, die nach Butterpecan-Eiscreme schmeckten. In meinem Kopf erklingt Abuelas warme Altstimme: »*Mi estrellita.*« Mein kleiner Stern. »Es ist Zeit, die Tamales zu machen. *Ven.*« Komm.

Nicht heute und nie wieder.

Dios, ich weiß nicht, wohin damit. Auf keinen Fall kann ich diesem fremden Grün und durchwachsenen Grau die letzten drei Monate anvertrauen. Egal, was meine Eltern denken – Miami weiß, was mir guttut.

Und als der Weg in der Stadt endet, wird mir noch klarer, wie weit ich von zu Hause weg bin. Ich verlangsame meine Schritte zu einem flotten Gehen. Alt … älter … am ältesten. Ich sollte meine Elastan-Klamotten und Turnschuhe gegen ein Kleid mit Korsett und Pumps eintauschen. Dieser Ort verlangt danach. In welcher fernen Zeit wurden diese getünchten Reihenhäuser mit ihren roten Türen und Kletterranken überhaupt gebaut? Überall stechen verschnörkelte Fenster und kunstvolle Wappen ins Auge. Viele der steinernen Fassaden sind verwittert und scharfkantig. Ein Schubs gegen eine solche Wand und man würde sich die Haut aufschürfen.

Ich gehe langsam durch Straßen, die so schmal sind, dass zwei Fahrradfahrer kaum aneinander vorbeifahren könnten. Es ist alles da: Cafés, Geschäfte, kleine Teestuben, Autos, die auf der falschen Straßenseite vorbeisausen. Als ich eine quirlige Hauptstraße erreiche, ist aus meiner Joggingrunde eine Art Sightseeingtour geworden. Aber ich habe keine Ahnung, wo ich bin.

»Lila, nicht wahr? Aus dem Owl & Crow?«

Da gibt es Dutzende von Straßen, durch die ich in meinen Nike-Tretern hätte latschen können, und ich muss ausgerechnet ihm über den Weg laufen … Ich sehe von meinem Handy auf und hoffe, dass ich mich geirrt habe. Doch anderthalb Meter von mir entfernt steht Orion Maxwell, eine Plastikschutzbrille auf der Stirn. Er hat seine Lederjacke ausgezogen und trägt ein kariertes Hemd, die Ärmel bis zu den Ellenbogen hochgekrempelt, und blaue Gummihandschuhe. »Äh, hi.«

»Jetzt hast du aber die Finger in meiner Rührschüssel«, sagt er, und als meine Augenbrauen sich zusammenziehen, fügt er hinzu: »Meiner Straße.« Ich ziehe die Nase kraus und er lächelt und deutet über die nächste Straßenkreuzung. »Unser Geschäft ist gleich dort drüben.«

Mein Blick folgt seiner Hand zu einer Ladenfassade mit einer weißen Holztäfelung. Schon von hier aus kann ich das große geschwungene *M* über einem stilisierten Blatt erkennen. Maxwell's Tea Shop. »Wenn dein Laden dort drüben ist, warum bist du …« Oder vielmehr was macht er? Eine Sprühflasche steht neben seinen robusten Stiefeln, zusammen mit einem gefüllten Eimer und einem kleinen Sortiment von Bürsten und Schwämmen.

Ein Schatten geht über sein Gesicht. »Jemand hat die Fassade von Victorias Laden besprüht.« Er nimmt eine Bürste und deutet auf die Ziegelwand, auf der jetzt nur noch ein wässriger schwarzer Fleck zu sehen ist. »Das muss letzte Nacht gewesen sein, und ich wollte mich darum kümmern, bevor sie aufmacht. So etwas kommt hier in letzter Zeit immer häufiger vor.«

Ich mache einen Schritt zurück und betrachte den Laden. Ausgefallene Schaufensterpuppen posieren in unterschiedlichen Outfits. Ich lese den Namen, der in das Fensterglas eingraviert ist, laut vor. »Come Around Again. Cooler Name für einen Secondhandshop. Aber der Laden gehört doch nicht dir. Warum machst du dann das Graffito weg?«

Er taucht die Scheuerbürste ins Wasser und geht auf die Hauswand zu. »Wir helfen einander einfach.«

Ich spüre, wie sich auf meiner nassen Haut etwas Wärme ausbreitet – wenn auch nicht mehr als ein Viertel Teelöffel. Ich mache einen Schritt nach rechts, als Orion sich von der Hauswand umdreht und einen Schritt nach links machen will. Er weicht mir geschickt aus.

»Sorry«, sagt er und greift nach einem feuchten Schwamm. Mit kreisenden Bewegungen schrubbt er die Wand, um den Putz von den schwarzen Spuren zu befreien.

»Mir fällt auf, dass ihr, und mit *ihr* meine ich ihr Engländer, das total oft sagt.« Nicht »Entschuldigung« oder »Tut mir leid«. Nur sorry, sorry, sorry.

»Noch eine Angewohnheit von uns.« Orion hat die Augen auf die Farbreste an der Wand gerichtet und sieht mich nicht einmal an. Doch einer seiner Mundwinkel zuckt nach oben. »Du bist wohl zu Besuch da, nehme ich an?«

»Ja, aus Florida. Miami.« Diese Worte, Zuckerguss auf meiner Zunge. »Cate ist die Cousine meiner Mutter, aber sie sind wie Schwestern aufgewachsen. Und beste Freundinnen.«

Jetzt dreht er sich um und nickt. »Und Gordon ist einer meiner Freunde. Dann bist du Venezolanerin, wie Mrs Wallace?«

»Kubanerin«, antworte ich, und dann gebe ich ihm eine 60-Sekunden-Zusammenfassung meiner bisherigen Sommerferien und meiner Rolle in der Panadería La Paloma. Die Katastrophe mit dem Celsius-Ofen lasse ich genauso weg wie Abuela und den Rest des Dreifachen Fluchs.

Er lacht leise auf. »Du hast es sogar schon geschafft, in Pollys Küche einzudringen? Ich bin beeindruckt. Wie hast du das gemacht?«

»Tja, das ist eben *meine* Art.«

Orion lächelt. So ein Lächeln mit blendend weißen Zähnen und Grübchen in den Wangen, das manchen Mädchen gefährlich werden kann. Manchen Mädchen. Nicht mir natürlich. »Du sahst vorhin etwas verloren aus«, bemerkt er.

»Ach, ich hab nur gerade überlegt, ob ich zurück zum Owl & Crow gehen oder in diesen alten Schallplattenladen reinschauen soll, von dem Gordon erzählt hat.«

»Genau – Farley's«, sagt er. »Zum Owl & Crow geht es geradeaus, durch Kingsgate oder St Cross. Ungefähr zwanzig Minuten Weg oder schneller, wenn du joggst.« Er neigt den Kopf in die entgegengesetzte Richtung. »Farley's ist ein paar Straßen in die Richtung. Interessierst du dich für alte Platten?«

»Meine Schwester.« Ich stopfe eine Haarsträhne unter mein Stirnband. »Allerdings hat sie meinen Eltern geholfen, diesen dreimonatigen ›Traumurlaub‹ für mich zu planen. Ich weiß nicht, ob sie ein Souvenir verdient hat.«

Orion sieht tatsächlich verletzt aus. »Was hast du denn gegen England? Oder ist es Winchester im Speziellen?«

Ich atme scharf aus. »Es ist nicht Miami.«

»Wohl kaum. Aber dass du so lange gegen deinen Willen hier bist, kann nur einen von vier Gründen haben.« Orion spritzt einen vollen Eimer Wasser gegen die Wand. Die Farbe ist weg. »Ich korrigiere – sagen wir drei Gründe. In China glaubt man, dass die Zahl Vier Unglück bringt.«

»England und China, da ist ja auch kein Unterschied.«

»Man kann nicht vorsichtig genug sein.« Er streift die Gummihandschuhe ab. »Also, die Gründe. Eins: ein Problem mit deinem Reisepass. Zwei: ein familiäres Problem. Drei: etwas zwischen deiner Mum und Cate, das deinen Einsatz erfordert.«

»In erster Linie der zweite.«

»Verzwickt, diese Familienprobleme. Und deine Familie

glaubt, Winchester kann da helfen?« Er sieht mir in die Augen. Graublau, direkt in mein Schokobraun.

Oh, nein. Nicht jetzt, nicht dieser Junge. »Du stellst ziemlich viele Fragen.«

Orion schmeißt die Handschuhe und die Schutzbrille in den leeren Eimer. »Sorry.«

Es ist Stunden her, dass ich vom Joggen zurückgekommen bin, aber nachts um halb zwölf ist mein Kopf immer noch hellwach und meine Gedanken sprinten weiter. Es ist schwer, hinterherzukommen, so anders sieht mein Leben hier aus.

Mit einem schweren Seufzer taste ich nach dem Amulett, das ich nie abnehme. Pilar trägt genau die gleiche Kette. Abuela hat sie uns vor vier Jahren geschenkt, als wir wie meistens am Sonntag Tamales zubereiteten. Ich war dreizehn und Pilar siebzehn Jahre alt.

Das Amulett besteht einfach aus dem Umriss einer kleinen Taube – eine goldene Nachbildung des Panadería-La-Paloma-Logos. In der dunklen Einsamkeit schließe ich die Augen und spüre der Erinnerung an den Moment nach, als Abuela mir die Kette um den Hals legte. Ihre faltigen Hände waren ganz weich und rochen nach Masa und Knoblauch und würziger Schweinefleischfüllung.

»*Un regalito*«, hatte sie zu uns beiden gesagt. Ein kleines Geschenk. »Was ihr beide letzten Monat für den Kongressabgeordneten Millan auf die Beine gestellt habt, hat unserer Familie und unserem Geschäft viel Anerkennung gebracht. Euer Vater muss im Büro noch jemanden anstellen, weil wir durch die ganze Publicity so viel zu tun haben.« Abuela lächelte und ließ ihre sauberen weißen Zähne blitzen.

Pilar nickte. »Der finanziell erfolgreichste Monat in der Geschichte der La Paloma.«

Und alles, weil ich nicht auf Papi gehört hatte, als er anrief, weil er mit Mami und Abuela in einem New Yorker Schneesturm feststeckte. Ich sollte die riesige Catering-Bestellung für Andrés' Vater canceln, aber ich dachte nicht daran, mir diesen prestigeträchtigen Auftrag entgehen zu lassen, und Pilar hatte keine andere Wahl, als mich in meinem verwegenen Ehrgeiz zu unterstützen. Ich hatte das Kommando übernommen, scheuchte Angestellte umher und arbeitete die Nacht durch, um einen ganzen Lieferwagen voll kubanischer Appetithappen zuzubereiten. Und ich hatte gewonnen, ja sogar die Aufmerksamkeit der anwesenden Reporter auf mich gezogen. In den folgenden Jahren hatte ich an diesen Erfolg angeknüpft, meine Position als zukünftige Mitinhaberin gefestigt und meinen größten Traum vorangetrieben.

Aber an diesem Morgen hatte ich versagt und verloren. Abuela hat mir beigebracht, meine Stadt zu verpflegen und mit den Menschen das Beste zu teilen, was wir auf die Beine stellen können. Das war nicht ich mit den verbrannten Kuchen in der Küche des Owl & Crow. Ich stehe auf, ziehe Abuelas Schürze über meinen Schlafanzug und gehe nach unten, um für die Gäste des Inns mein Bestes zu geben.

Eine Stunde später vermischt sich der Duft einer köchelnden Mandel-Orange-Glasur mit dem nach warmer Butter und Zucker und erfüllt die Küche des Inns.

Es dauert nicht lange und meine Glasur fängt an zu blubbern. Ich nehme den Topf vom Herd und schwenke ihn herum, als Cate durch die Tür lugt. »Oh. Hi. Ich hoffe, ich hab dich nicht aufgeweckt«, sage ich erschrocken.

»Nicht wirklich.« Sie gähnt und zieht ihren flauschigen Bademantel fester um ihren Körper. »Ich brauchte eine Schmerztablette, und da fiel mir ein, dass ich die Packung im Büro gelassen hatte. Ich wollte mich nur vergewissern, dass keine kulinarischen Geister in unserer Küche herumspuken.«

»Sorry.« Jetzt klinge ich schon wie Orion.

»Und was steht heute auf dem Speiseplan?« Sie geht zum Ofen und späht durch die Glastür. Meine Kuchen sind fast fertig. »Lila. Pollys Ingwerkuchen waren okay, und für morgen, oder vielmehr für heute, wird sie sich bestimmt etwas anderes ausdenken. Du hast einfach einen kleinen Fehler gemacht. Du hättest nicht aufbleiben müssen, um das wiedergutzumachen.«

»Ich mache keine Fehler beim Backen«, murmele ich und beuge mich über den Topf mit der abkühlenden Glasur. Aber die Wahrheit ist, wenn ich nicht Andrés auf Instagram gestalkt hätte, wäre ich nicht abgelenkt gewesen und hätte nicht das ganze metrische System vergessen. Ich ärgere mich, dass Pilar recht hatte. Ich ärgere mich, dass mein Backdesaster überhaupt etwas mit einem Jungen zu tun hatte.

»Ich weiß, was du draufhast«, sagt Cate. »Ganz West Miami weiß das. Du wirst ja nicht umsonst *Estrellita* genannt. Aber selbst kleine Sterne müssen irgendwann schlafen.«

Ich nehme mir einen Backpinsel.

Cate schüttelt den Kopf. »Es ist nicht richtig, dass du so spät noch in der Küche bist und morgen früh aufstehst, um mit Polly zu backen. Das ist nicht gut für dich. Ich bin für dein Wohlergehen verantwortlich.«

»Jaja, ich weiß, um mich wie verwandelt nach Miami zurückzuschicken«, murmele ich. Cates besorgtes Gesicht dämpft meinen Sarkasmus. »Ich verspreche, das ist meine letzte mitternächtliche Backorgie.«

»Ach, genau wie du versprochen hast, Father Morales zu treffen, und dann hinter dem Rücken deiner Eltern abgesagt hast?«

Natürlich hat Mami ihr davon erzählt. Und es stimmt, ich habe meinen Termin bei unserem Priester abgesagt und meine Eltern waren stinksauer. Ich kapiere schon, dass Seelsorge und Therapie manchen Leuten helfen können. Aber ich werde selbst entscheiden, mit wem ich spreche und wann. Ich konnte Stefanie nicht davon abhalten, in ein Flugzeug nach Afrika zu steigen, oder Andrés' Abschiedsrede zurückspulen oder … Abuela. Ich konnte den Willen Gottes nicht ändern. Aber ich konnte die Kontrolle über meine Worte, mein Herz, meinen Schmerz behalten.

Der Ofen piept. Ich schnappe mir zwei Topflappen und transportiere meine Kuchen auf die Holzplatte der Kücheninsel. Abuelas Rührkuchen, perfekt gebacken. »Ich gehe sofort zu Bett, wenn ich die Kuchen glasiert habe, damit Polly sie gleich morgen früh vorfindet. *Versprochen.*«

Cate beugt sich über die Kuchen. »Dann hat das Ganze also mit Polly zu tun.«

Nein. *Sí.* »Sie hat kaum etwas gesagt, nachdem … nach der Sache vorhin. Sie denkt, ich bin die totale Versagerin.«

»Nein, das denkt sie nicht. Polly arbeitet seit fünfzehn Jahren hier und hat ihre Routine. Ich verstehe, dass du dich beweisen willst. Aber wenn du so weitermachst, wirst du krank«, sagt Cate. Als ich nicht reagiere, seufzt sie. »Ich werde nachsehen, ob du in einer Stunde tatsächlich im Bett bist. Das ist *mein* Versprechen.«

Und dann bin ich wieder allein in der Küche.

Mich beweisen? War es das, was ich tun wollte? Oder wollte ich einfach versuchen, wenigstens dieses eine zerfallene, verbrannte Ding in meinem Leben in Ordnung zu bringen, die eine Sache, die ich mit Sicherheit geradebiegen konnte?

Ein paar Minuten später sind die Kuchen glasiert, auf Tellern angerichtet und in meinen eigenen Instagram-Fotos dokumentiert. Und noch ein paar Minuten später bin ich an der Treppe zur Privatwohnung.

Cate hat auf dem Flur ein schwaches Licht für mich angelassen. Als ich vor meinem Zimmer stehe, entdecke ich etwas, das jemand an die Türleiste gelehnt hat. Ich muss es auf meinem Weg nach unten übersehen haben. Verwundert starre ich hinunter auf die gerahmte Zeichnung eines Coral-Gables-Hauses. Ich hebe den Rahmen auf und lese den daran befestigten Zettel, während ich in mein Zimmer gehe.

Ich dachte mir, vielleicht würdest du dich freuen, das hier als Erinnerung an zu Hause in deinem Zimmer aufzuhängen. Aber komm nicht auf die Idee, es in deinen Koffer zu stopfen. Es ist nur eine Leihgabe, solange du hier bist.
Gordon

Ich schüttele den Kopf und stelle das Bild auf meinen Nachttisch. Dann schaue ich beim Aufwachen immer als Erstes auf den pfirsichfarbenen Stuck und das Ziegeldach. Nach einer kurzen Katzenwäsche liege ich unter meiner weißen Bettdecke und strecke die Hand zum Nachttisch aus, um die winzige weiße Haustür hinter dem Glas zu berühren. Ich hatte als kleines Mädchen nie ein Puppenhaus. Ich spielte lieber mit Holzlöffeln und klappernden Schüsseln. Aber jetzt, bevor ich die Augen schließe, erwecke ich in Gedanken mein Traumhaus zum Leben. Als Erstes schiebe ich eine puppengroße Stefanie durch die Tür und ziehe ihr das University-of-Miami-T-Shirt an. Dann setze ich Andrés mit angewinkelten Beinen auf Gordons akribisch gezeichnete Veranda, wo er Cola und Limette trinkt. Und dann kommen Mini-Pilar und Mini-Ich, die wir – ganz im Family-Business-Stil – Pläne schmieden, wie wir mit unserem Gebäck die Welt erobern werden. Natürlich dürfen auch Mami und Papi nicht fehlen, die sich zusammen aufs Sofa kuscheln und ihre Lieblingsfernsehsendung gucken – *Family Style.* Als Letztes setze ich Abuela ins Haus. Sie kommt in die Küche, wo wir Tamales und tausend andere Gerichte zusammen gemacht haben. Ich platziere sie an der Spüle, genau dort, wo ich sie vor drei Monaten gefunden habe. Ich stelle sie ganz aufrecht hin. In diesem kleinen pfirsichfarbenen Haus gibt es einen Herzschlag.

Kapitel 7

Drei Abendessen später, nach Spencers Brathähnchen (le-cker), begleitet von Gordons Geschwafel über Winchesters Bauvorhaben, die das geliebte mittelalterliche Flair seiner Stadt zerstören (gähn), schließe ich mich in meinem Zimmer ein. Die Uhr sagt, dass es in Miami früher Nachmittag ist. Pilar müsste gerade fertig sein mit ihrem Sommerkurs an der Florida International University.

Ich schalte FaceTime ein und das Gesicht meiner Schwester taucht auf. Wieder sitzt sie im Hinterzimmer der Panadería, das jetzt immer mehr nach ihrem als nach Papis Büro aussieht. Genauso wie die Küche jeden Tag mehr zu meiner Küche wird, selbst wenn ich siebentausend Kilometer weg bin. Mami und Papi ziehen sich nach und nach aus La-Paloma-Angelegenheiten zurück und konzentrieren sich darauf, eine Immobilie für eine neue Konditorei zu finden. In weniger als einem Jahr werden Pilar und ich das gesamte Management übernehmen, und ich kann es kaum erwarten, loszulegen. Nach einer kurzen Begrüßung kann ich nicht anders und sage: »Nimm mich mit rein.«

Pilar weiß, was ich damit meine. »Aber du –«

»Mach es einfach, okay?« Der Gedanke *Es ist auch deine Schuld, dass ich hier bin, und es fehlt mir einfach so sehr* steht mir wohl ins Gesicht geschrieben, denn sie seufzt und geht mit dem Laptop durch den hinteren Flur.

»Auch nach einer Woche ist die Farbe der Wand noch dieselbe und der Fußboden auch, *también.*«

»Halt die Klappe, Pili.« Während meiner Panoramatour fallen mir die vielen Mehl- und Zuckersäcke vom Großhandel auf, die sich im Vorratsraum auftürmen. Vor der Küche stehen mehrere Regalwagen. Jetzt schwenkt Pilar über die Neonlampen, die riesige Spüle aus Metall und die mehlbestäubten Arbeitsflächen.

»*¡A ver!* Sagt mal Hallo zu Lila in England!«, ruft Pilar. Durch den heutigen Hinterzimmer-Soundtrack von afro-kubanischem Jazz höre ich meinen Spitznamen. *Estrellita.* Javi, Marta und Joe stürmen zum Bildschirm und werfen mir Kusshände zu.

Rührung schnürt mir die Kehle zu, während ich ihren Gruß erwidere. Dann erfahre ich, dass meine Eltern auf einem großen Catering-Einsatz sind. »Ist Angelina auch da?«

»Die macht gerade Pause.« Pilar geht mit dem Laptop zu einem Abkühlgitter, auf dem reihenweise *Empanadas* liegen. Die muss Angelina gemacht haben. »Sie spielt deine Rolle gut. Wirklich gut.«

»Warte. Bring mich mal näher ran.« Ich beuge mich über mein Telefon. »Ich hab Angelina doch gesagt, sie soll sich Zeit nehmen, wenn sie die *Empanadas* bestreicht, und das Eigelb nicht daraufklatschen wie abstrakte Kunst. Bei den meisten reicht es ja nicht einmal bis an die Ränder. Meinst du, wir werden mit so etwas jemals für *Family Style* nominiert werden?«

Es war schon immer unser Traum, für die beliebte Food-Network-Serie über familiengeführte Gastro-Unternehmen gefilmt zu werden. Aber mit schludrig gebackenen Teigtaschen wird das nichts werden. »Marta hätte das auffallen müssen.«

Pilar dreht ihre Kamera herum, sodass ich gerade noch sehen kann, wie sie die Augen verdreht. »Ich hab vor fünfzehn Minuten eine gegessen. Köstlich«, versichert sie.

»Pili! Du musst ihr das sagen.« La Palomas Küche hat ihre Standards.

»Oh, nein. Das ist nicht mein Bereich. Ich werde Javi sagen, er soll sich darum kümmern, oder so.«

Ich lasse mich auf mein Himmelbett plumpsen. »Aber echt jetzt? Der Geschmack war top und die Konsistenz auch?«

»*Sí, hermana*. Und jetzt erzähl mir, dass du inzwischen wenigstens mal in der Stadt warst.«

»Ich war … joggen.«

»Lila …« Pilar spricht meinen Namen ganz gedehnt aus, lang und weinerlich – *Liiiiiiila*. »Glaubst du, wenn du Winchester meidest, wird es sich auf magische Weise verwandeln, damit du schneller wieder in Miami bist? Ist das deine Taktik?«

Grrr. Ich könnte meine Schwester erdrosseln, weil sie so recht hat. Und das zeigt sich auch in meinem finsteren Gesichtsausdruck. Doch dann fängt mein Kinn an zu zittern und meine Augen laufen über. Es ist, als würde ich neben ihr auf unser Sofa schlüpfen. Unser Lieblingsplatz zum Reden, wenn wir spätabends Schulter an Schulter zusammensitzen und Snacks knabbern, die meistens aus meiner Produktion stammen.

Pilar vergräbt das Gesicht in ihren Händen. »Ich würde dir ja sagen, geh raus, lerne neue Leute kennen oder sonst was – mach es für *mich*. Oder wenn ich noch dicker auftragen wollte, vielleicht sogar für Abuela. Aber das wird nichts bringen. Du musst es für *dich* wollen, das ist mir klar.«

Sie meint, ich muss selbst weitergehen wollen, weitermachen, weiterleben. So viel *weiter*. Ich wende einen Moment den Blick ab. »Wenn die Leute fragen – mir geht es blendend hier, okay? Ein Traumurlaub.«

Sie runzelt die Stirn. »Deine gefakte Instagram-Story ist eine Sache. Fotos von leckeren *Pasteles* und der Blick aus deinem Fenster. Aber lügen werde ich nicht für dich.«

Ich wollte einfach, dass Andrés und Stefanies Eltern mich von der besten Seite sehen. »Sieh es doch mehr als kreatives Marketing. Dafür bist du schließlich Expertin.«

Doch Pilar schüttelt nur den Kopf.

»Pili«, sage ich schließlich, »Angelinas *Empanadas* waren gut, aber doch nicht ganz so gut wie meine, stimmt's?«

Pilar ist zurück im Büro, das bald offiziell ihres sein wird. Sie presst ihre weinrot geschminkten Lippen aufeinander. »An dich und mich reicht doch nichts heran.«

Wir haben aufgelegt, aber meine Augen sind noch ganz feucht, als ich nach der Fernbedienung des Fernsehers greife. Gedämpftes Gemurmel erfüllt mein Zimmer, dabei habe ich noch gar keinen Knopf gedrückt. Ich höre entfernte Stimmen – fröhliche, lachende Stimmen. Aus Gordons Zimmer kommen die Geräusche auch nicht, aber als ich aus dem seitlichen Fenster gucke, sehe ich eine kleine Gruppe von Gestalten, die im angrenzenden Kirchhof herumlungern.

Das Fenster gibt ein geisterhaftes Kreischen von sich, als ich es hochschiebe. Die Stimmen verstummen und alle Augen richten sich auf mich. Und natürlich ist es Orion Maxwell, der den Hals reckt, um zur Hauswand des Inns herüberzusehen.

»Lila aus Florida«, ruft er, während seine Geschwister oder Freunde oder gehirngewaschenen Teekultjünger zusehen.

Ich bringe ein kurzes höfisches Winken zustande.

»Wenn dieses Fenster ein Balkon wäre, würdest du glatt als Julia durchgehen«, sagt er. Der melodische Singsang seines Akzents klingt warm in der kühlen, dunklen Nacht.

Aber Julia? Wohl kaum. Es sei denn, Shakespeare wollte Romeos Geliebte insgeheim so darstellen – mit unordentlich hochgesteckten Haaren und in schwarzem T-Shirt und Boyfriend-Jeans. »Gute *Nacht*, Orion und Orions –«

»Komm doch dazu.«

Ich werfe einen flüchtigen Blick zurück in mein schummerig erleuchtetes Zimmer. Ach, ich habe ja so viel zu tun. Ich wollte ein paar Episoden *Family Style* bingen, eine feuchtigkeitsspendende Gesichtsmaske auflegen und versuchen, in den festen Schlafrhythmus zurückzufinden, den ich in West Dade hatte. »Ich. Ähm.« Meine Schwester ist zwar von meinem Bildschirm verschwunden, aber ich sehe ihr Gesicht vor mir, kann schon das warme Grinsen spüren, das sie über den Ozean schicken würde, wenn ich ihr erzählen könnte, dass ich nicht nur nach draußen gegangen bin, sondern sogar mit echten Teenagern gesprochen habe.

»Es ist wirklich in deinem eigenen Interesse, wenn du runterkommst.« Die anderen sind schon wieder ins Gespräch vertieft, aber Orion wendet sich ab und kommt herüber zur Hauswand. »Ich war schon mal im Gästezimmer der Wallaces. Dein Bett zeigt nach Norden, und ich kann dir gar nicht sagen, was für ein Unglück das bringen kann.«

Das war's – ich muss lachen. Ich kann einfach nicht anders. Dabei wusste ich gar nicht mehr, dass ich das noch kann, denn für das Lila-Lachen war Ende März sozusagen Saisonende. Seitdem ist es ein seltenes Pflänzchen, aber hier unter einem gelben Mond sprießt es auf einmal und schießt in die Höhe.

Drinnen bleiben oder nach draußen gehen – es ist meine Entscheidung. Ich stelle die Bedingungen. Niemand zwingt mich zu mehr, als ich bereit bin zu geben. Und heute Abend werde ich mich selbst auch nicht belügen. Dieses überschwappende, fröhliche Lachen fühlte sich genauso gut an wie das Backen. Ich hebe zustimmend die Hände.

Orion grinst.

Im Flur stoße ich fast mit Gordon zusammen.

Er sieht von seinem Handy auf. »Sorry.« Noch einer, der ständig Sorry sagt. »Ich wollte nur runtergehen, um ein paar Freunde zu treffen.«

»Ich auch.« Als wir im ersten Stock angekommen sind, habe ich Gordon von meiner kurzen Bekanntschaft mit Orion erzählt – und von seiner Einladung, mit ihm und seinen Freunden auf dem Kirchhof abzuhängen.

»Dann hat er dich bestimmt auch gewarnt, dass dein Bett nach Norden zeigt, was?« Er stößt ein spöttisches Lachen aus. »Alberner Kerl. Hat ständig irgendwelchen Aberglauben im Kopf.«

In China glaubt man, dass die Zahl Vier Unglück bringt. Jetzt ergibt das Sinn.

»Interessant«, sage ich und folge ihm in die Diele. Wir nehmen die Küchentür, da sie näher zum Kirchhof ist. Matte Neonbeleuchtung ist hier immer an, und heute Abend steht schon Pollys Schale mit den Erdbeeren vom Wochenmarkt auf der Anrichte, damit sie – oder ich – morgen früh ein Kompott für gefülltes Buttergebäck daraus machen. Es ist drei Tage her, dass ich bis Mitternacht in der Küche gearbeitet habe, um mein episches Rührkuchen-Missgeschick wiedergutzumachen. Und Polly musste zugeben, dass mein neu gebackener Kuchen mehr als gelungen war und ich mir damit wohl einen Platz in ihrer Küche verdient hätte.

Unter einer Bedingung: »Wir benutzen die Rezepte aus meinem Ordner. Und zwar nur diese Rezepte«, sagte Polly. Wenn ich mit Mehl und Zucker arbeiten wollte, musste ich einwilligen. Aber Lila Reyes aus Miami hatte da so ihre Ideen. Und Tricks.

Heute Abend gehe ich mit Gordon über den Parkplatz neben dem Owl & Crow. Eine Holzplakette weist das benachbarte Steingebäude als eine der vielen Church-of-England-Gemeinden aus. Kein Schild, das einer Gruppe von Teenagern ausdrücklich verbietet, am Abend auf dem ummauerten Kirchhof abzuhängen.

Orion gibt Gordon einen freundlichen Klaps auf die Schulter und deutet dann auf meine kurzen Ärmel. »Vielleicht willst du dir noch schnell einen Jumper holen.«

»Einen was?«

»Sorry. Einen Sweater.«

»Mir ist nicht kalt«, behaupte ich. Die Wahrheit ist, meine Zehen sind Eisklumpen in Flipflops und die Härchen auf meinen Armen stehen schon jetzt zu Berge. Trotzdem – nein. Ich versuche mich gedanklich in eine Sommernacht in Miami zu versetzen. Warmes Pflaster unter nackten Füßen und eine blumige Brise, noch schwer von der Hitze des Tages.

Orion zuckt die Achseln. »Wie du meinst.« Er schwenkt herum und sagt zu den anderen: »Das ist Lila. Sie ist aus Miami und verbringt ihren Sommer im Crow. Da sie nun seit einer Woche mit Gordon ein Badezimmer teilt, hat sie sich wahrscheinlich schon an seinen Eau-de-Cologne-Missbrauch gewöhnt.«

Gordon steht ein paar Meter entfernt. Mit einer Hand tippt er auf seinem Telefon, mit der anderen zeigt er Orion den Stinkefinger.

Die Freunde stehen in einem Dreieck. Sofort tritt ein farbiger Typ vor, einen Kopf größer als Orion, und blockiert meine Sicht. Er streckt eine Hand aus. »Remy.«

»Lila.«

Remys Lächeln ist fröhlich und voller Herzlichkeit. Er trägt ein kariertes Hemd mit hochgekrempelten Ärmeln, gepflegte Jeans und Turnschuhe im europäischen Stil.

»Hey, Leute, die hab ich doch schon am Fenster gesehen.« Die nasale Stimme kommt von einer Holzbank. Dort liegt ein Mädchen auf der Sitzfläche und lässt die Beine in den schwarzen Jeans und pinken Converse-High-Tops über die Rückenlehne baumeln. »Ich hab es gleich.« Sie schaut kopfüber zu uns herüber. Ihr kurviger Körper ist in ein graues Stretch-Top und eine Weste mit Lederfransen gekleidet, akzentuiert durch eine Halskette mit einem riesigen türkisfarbenen Anhänger. Bei mir würde so ein Outfit überhaupt nicht aussehen, aber bei ihr funktioniert es und bildet einen super Kontrast zu ihrer blassen Elfenbeinhaut und dem weißblonden Haar.

Sie klappt ein lilafarbenes Notizbuch zu und steht mit einer einzigen schnellen Bewegung auf. »Sorry, ich muss meine Ideen immer sofort aufschreiben, oder sie sind für immer weg«, sagt sie und blättert durch die Seiten. »Ich bin Jules. Bloß nicht Juliana.«

Nachdem Orion seine Freunde im Schnelldurchlauf vorgestellt hat, weiß ich, dass sie und Remy ein Paar sind, Remys Familie den besten Pub in der Stadt besitzt und Jules Songtexte schreibt.

»Eine Sache noch«, fügt Orion hinzu. »Pass auf, was du sagst, sonst kommt es irgendwann in einem ihrer Texte vor.«

»Das ist keine Übertreibung«, bestätigt Remy.

Ich wundere mich selbst, als mich sofort ein ungutes Gefühl beschleicht, und versuche, es schnell mit einem Lächeln zu vertuschen. »Ich werd's mir merken.«

»Aber das ist nichts gegen das Fettnäpfchen, in das ich getreten bin, als ich Lilas Teigschüssel mit Pollys verwechselt und mir eine Kostprobe genehmigt habe«, erzählt Orion, malt die Geschichte in allen Details aus und gibt offen zu, wie peinlich ihm die Sache war. Ich weiß nicht, ob diese lockere, selbstkritische Art ein britisches Ding ist oder ein Orion-Maxwell-Ding.

Als er zu Ende erzählt hat, stößt Remy eine kichernde Jules an. »Na, was denkst du, kannst du Ris ruhmreichen Moment in einem Song verarbeiten?«

»Ich denke, einen solch glorreichen Fehltritt kann ich der Musikgeschichte nicht vorenthalten«, antwortet Jules.

»Genau«, sage ich kichernd. »Meine Abuela hätte dich mit ihrer Gummisandale aus der Küche gejagt und dich gefragt, ob deine Mutter dir denn keine Manieren beigebracht hat.«

Noch bevor ich den Mund zugemacht habe, hinterlassen meine Worte Spuren. Orion lässt den Kopf sinken und nickt langsam. Remy hat sein Handy hervorgeholt, aber hält es so falsch herum, wie Jules auf der Bank gelegen hat, als ich dazukam. Die Songschreiberin starrt wieder auf ihr Notizbuch.

¿Qué hice?

Offenbar habe ich etwas Falsches gesagt, aber ich weiß nicht, *was*.

Nach einer Pause, die sich wie eine Ewigkeit anfühlt, ergreift Jules das Wort. »Du kommst also aus Miami? Vor ein paar Jahren sind meine Eltern im Juli mit mir nach Los Angeles geflogen. Du weißt schon, der typische Urlaub. Hollywood, Walk of Fame, Beverly Hills. Wir hatten eine Hitzewelle und mein Make-up löste sich ständig auf. Ich wollte als unnahbare britische Rockerin rüberkommen, aber bei der Hitze wurde daraus eher ein verschwitztes Stinktiergesicht aus Hampshire, das West Beverly erobern will.«

Ich habe sie gerade erst kennengelernt, aber ich spüre ein plötzliches Verlangen, Jules-bloß-nicht-Juliana »Danke«-Kekse und »Du hast mir den Arsch gerettet«-Pastelitos zu backen.

Remy grinst über das ganze Gesicht. Orion kommt ein Stück näher. Seine Gesichtszüge wirken wie gebügelt und gestärkt; keine Spur mehr von seiner gerunzelten Stirn.

Ich bemerke, dass ich doch tatsächlich angefangen habe, die Daumen zu drehen. Dann sprudeln Worte aus mir heraus, um meine eigene Neugier und die Verlegenheit der anderen zu überspielen. »Miami im Sommer, das ist, als würde man L. A. nehmen und in einen Bottich mit heißem Teer tauchen, kombiniert mit einer Dampfsauna und heißem Regen. Gordon kann das bestätigen, er ist …« Doch Gordon sitzt inzwischen auf dem breiten Rand eines trockenen Brunnens mit einer Statue – wahrscheinlich irgendein Heiliger – in der Mitte des Kirchhofs. Er unterhält sich mit einem Mädchen, das neben ihm sitzt und ein paar Jahre jünger aussieht als Orions andere Freunde. »Warum trefft ihr euch eigentlich hier?«

»Wir wohnen alle in der Nähe und das Gelände des Crow selbst ist tabu, außer für Gäste«, erklärt Orion. »Die meiste Zeit des Jahres ist es aber sowieso zu kalt, um draußen abzuhängen.« Er zuckt die Achseln. »Der Sommer in Winchester ist kurz. Wir treffen uns zum Quatschen und genießen das angenehme Wetter, solange es anhält.«

»Das ist nicht gerade das, was ich unter angenehmem Wetter verstehe.« Das Pflaster ist noch nass vom letzten Regenguss und ein frischer Abendwind weht über den Kirchhof. Über meine Füße. Ich kann meine Zehen kaum noch spüren.

Orion mustert mein Outfit von oben bis unten. »Hat Mrs Wallace dir empfohlen, für England diese Klamotten einzupacken?«

Grummel. »Nein, die habe ich selbst für England ausgesucht.«

»Tja.« Er schlüpft aus seiner grauen Strickjacke mit Zopfmuster, einem breiten Kragen und großen Knöpfen. Ausgezogen sieht sie aus wie etwas, das ein britischer Opa tragen würde. Aber an Orion wirkt sie, als wäre sie eigens für ihn entworfen und gestrickt worden. An seinem schlaksigen Körper sitzt sie perfekt, wirkt lässig und modern. Verlegen hält er mir die Strickjacke hin. »Wenn ich weiter zusehe, wie du mit den Zähnen klapperst und Gänsehaut bekommst, wird mir auch noch ganz kalt. Es käme uns also beiden zugute, wenn du die hier draußen überziehst.«

¡Ponte un suéter, que te vas a resfriar!

Abends tut es besonders weh. Und am Morgen, wenn ich Brotteig mit feuchten Tüchern zudecke, damit er aufgeht. Eigentlich immer.

Doch mein Körper verrät mich. Er braucht mehr Wärme, als ich ihm in letzter Zeit geben konnte. Schon habe ich die Strickjacke in der ausgestreckten Hand. Orion hat ein Lächeln auf dem Gesicht und, *Dios*, die Wolle ist so weich. Zuerst lege ich mir die Jacke nur über die Schultern, aber dann tauchen meine Hände tief in die langen Ärmel. Ich schlage die Bündchen um, sodass sie meine Finger wärmen wie Fausthandschuhe.

»Danke«, sage ich, aber wir schauen alle zu Jules, die etwas in ihr Buch kritzelt.

»Echt jetzt? Das hat dich inspiriert? Ein Cardigan und ein frierendes Mädchen aus Florida?«, fragt Orion.

»Beachtet mich einfach nicht.« Jules schreibt weiter. »Zumindest steht fest, dass Ritterlichkeit nicht out ist.« Ihr Gesicht ist ein einziges Zwinkern. »Ritterlichkeit – ach ja, das erinnert mich an Sonntag.« Jules knufft Remy in die Seite und deutet mit dem Kinn auf Orion.

»Richtig«, sagt Remy zu Orion. »Mein Dad hat schon alles parat für diese, ähm, Sache, die du für dieses Treffen bei dir zu Hause brauchst.«

Jules schlägt sich mit dem Handrücken an die Stirn. »Nun rede doch nicht so einen Mist! Was ist denn falsch daran, zu sagen, dass Orion ein Mädchen zu Besuch haben wird und dein Dad ihm versprochen hat, ihm ein schönes Essen zu liefern, das er aufwärmen kann?«

»Es ist ein gutes zweites Date nach eurem Kinobesuch«, sagt Remy. »Zeigt, dass du dir Gedanken gemacht hast.«

Ich habe gedacht, der Vorfall mit der Teigschüssel hätte mir einen Richtwert für Orions Gesichtsfarbe in peinlichen Situationen gegeben. Aber offenbar war das nur ein Vorgeschmack.

Ein roter Fruchtpunschfleck, greller als Gordons Musik, breitet sich von Orions Wangen bis zu seinem Kragen aus. »Könnt ihr beide bitte mal auf –«

Eine Bewegung unterbricht Orions Gedankengang, als das Mädchen vom Brunnen auf das Kirchhoftor zugeht. Ihr elfenartiger Körper ist hochgeschossen und endet in einem süßen Bobschnitt aus blonden Locken.

»Warte, Flora«, ruft Orion. »Du hast Lila noch gar nicht Hallo gesagt.«

Flora verdreht die Augen und hält ihr Handy in die Höhe.

»Eine halbe Minute wirst du ja wohl noch haben.« Seine Worte klingen scharf wie ein Fleischerbeil.

Sie stampft in schwarzen Doc Martens und hautengen grauen Jeans auf uns zu.

»Lila, meine Schwester Flora.«

Schwester, aha. Aus der Nähe betrachtet, sehen die beiden sich durchaus ähnlich. Sie haben die gleichen Locken und die gleiche Pfirsichhaut. Und ozeanblaue Augen, auch wenn sich in Floras gerade ein Sturm zusammenbraut.

»Freut mich, dich kennenzulernen«, sage ich.

Sie hebt immerhin das Kinn. »Ja. Viel Spaß in England«, antwortet sie ausdruckslos. Dann sagt sie zu ihrem Bruder: »Muss jetzt los.«

»Wo willst du überhaupt hin?«, fragt Orion.

»Geht dich gar nichts an.«

Orion sieht nach links und dann nach rechts, bevor er Flora sanft am Ellenbogen zur Seite zieht. Aus ein paar Metern Entfernung schnappe ich Satzfetzen auf: »Nur weil Dad unterwegs ist, ändern sich die Regeln nicht.« Sie werfen sich zischende Worte und finstere Blicke zu.

Die anderen drei haben sich zu Jules auf die Bank gesetzt. Gordon und Remy gucken auf Gordons Handybildschirm, während Jules in ihr Notizbuch schreibt, den Kopf auf Remys Schoß und die Beine über der Holzlehne baumelnd.

Ich sitze allein auf dem Brunnenrand, spüre, wie die Steinkälte durch meine Jeans dringt, bis Orion zu mir kommt. Aus meinem Einzeltisch wird sozusagen ein Tisch für zwei. Orion sitzt vornübergebeugt und verschränkt die Hände ineinander. »Sie ist fünfzehn und hasst es, dass ich vier Jahre älter bin und damit verantwortlich für sie, wenn Dad nicht da ist.«

»Er ist wohl viel unterwegs?«

»Fürs Geschäft. Ein paarmal im Jahr macht er größere Reisen in entlegene Ecken der Welt, um die neuesten Teemischungen oder Ernten zu entdecken. Im Moment ist er in China.«

Was ist nur mit ihrer Mutter? Sie muss mehr als ein bisschen damit zu tun haben, wie vorhin alle auf meinen Tritt ins Fettnäpfchen reagiert haben. Aber ich habe nicht das Gefühl, dass es mir zusteht, nachzufragen. Ich habe überhaupt nicht das Gefühl, dass mir hier irgendetwas zusteht. Meine Gedanken driften zu dem, was ich kann, und mir kommt eine Idee. »Ich könnte auch helfen. Mit Sonntag und deiner …« Ich runzele die Stirn.

»Sie heißt Charlotte.« Ein kurzes Augenrollen und ein flüchtiges Lächeln. »Es ist kein großes Geheimnis und meine Freunde sind einfach albern.«

»Wohnt sie in der Gegend?«

»Nein, aber nicht weit weg. In einem Nachbarort. Ihre Familie mag den Tee in unserem Geschäft.«

»Sieht so aus, als ob sie selbst mehr mag als nur den Tee.«

In Orions Gesicht blitzt etwas auf – eine gewisse Verschmitztheit und eine Spur von Verlegenheit. Seine blauen Augen richten sich auf etwas Fernes und Konturloses außerhalb der Mauern dieses winzigen Kirchhofs. »Wie war das mit deinem Angebot?«

Ich ziehe seine Strickjacke fest um meinen Körper und vergrabe meine Nase in dem Geruch von Baumharz und dem verblassenden Waldduft eines Kölnischwassers. »Genau. Ein ganz besonderes Dinner –«

»Ein Tea. Das ist das Abendessen. Und bedeutet eine Einladung zum Essen, im Gegensatz zu einer Einladung auf eine *Tasse* Tee.«

Puh, England. »Eine Einladung zu einem besonderen *Tea* braucht auch ein besonderes Dessert –«

»Pudding.«

Ich funkele ihn wütend an. »Nein, kein Pudding. Was ich sagen wollte, ist, dass ich in der Crow-Küche einen Kuchen oder Gebäck für dein Date machen könnte.«

»Zunächst einmal – du musst dir die Mühe nicht machen. Und zweitens wird Dessert hier oft Pudding genannt, egal was es ist. Umso verwirrender ist, dass verschiedenste Puddings, also cremige Süßspeisen, tatsächlich häufig als *Pudding* serviert werden.«

Oje, mir schwirrt der Kopf. Und diesmal liegt es nicht am Jetlag. Sondern einzig und allein an England. »Weißt du, es würde mir guttun, mir die Mühe zu machen. Du kannst mir glauben, wenn ich dir sage, dass ich nichts Besseres zu tun habe. Und du kannst mir auch glauben, dass meine *Puddings* zu Recht als köstlich gelten.«

Orion lächelt. »In Ordnung, Angebot angenommen. Danke.« Er öffnet den Mund und schließt ihn wieder, rutscht unruhig umher und neigt den Kopf von einer Seite zur anderen. »Ich habe auch einen Vorschlag.«

Ich sehe ihn erwartungsvoll an.

»Also, ich hab mir gedacht, da du neu hier bist, brauchst du vielleicht jemanden, der dich ein bisschen herumführt. Ich lebe schon mein Leben lang hier.« Er deutet mit dem Daumen auf seine Freunde. »Genauso wie sie. Und da sie bald mit ihren Prüfungen fertig sind, könnten wir doch alle … ähm … könnten wir das doch machen. Dich herumführen, meine ich.«

Mein kubanischer Radar meldet sich. *Espérate* – da stimmt doch etwas nicht. Orions Finger streichen nervös über seine Jeans, und sein Blick springt umher wie ein Reh, das den Schritten eines Jägers ausweicht.

»Mich herumführen. Okay. Und das ist deine Idee?«

Seine Turnschuhe müssen interessant sein. Er mustert sie eingehend. »Nun, ich meine, es wäre doch hilfreich –«

Ich stoße ein heiseres Lachen aus. »Sie hat dich darauf angesetzt, stimmt's?«

Er blickt ruckartig auf. »Was?«

»Dein Vorschlag riecht förmlich nach Latina-Mutter, und zwar penetrant. Es war Cate, stimmt's? Ist sie zu dir ins Teegeschäft gekommen oder hat sie dich zufällig auf dem Wochenmarkt getroffen?« Als sein Kinn zuckt, ist das genug Bestätigung für mich. »Ich wusste es!«

Orion hebt eine Hand. »Lila, es tut mir echt leid.« Er schüttelt den Kopf. »Es ist wirklich nicht so ein, ich weiß auch nicht, so ein Komplott, wie es den Anschein hat. Mrs Wallace hat dich und deinen Aufenthalt hier erwähnt. Und dann hat sich das einfach ergeben.«

Ja, klar. Diese Art, für mich zu entscheiden, was ich brauche, anstatt mich das selbst entscheiden zu lassen – das kommt doch direkt aus Mamis Erziehungsratgeber, auch wenn Cate schon zwanzig Jahre in England lebt. Und dann kommt mir ein anderer Gedanke in den Sinn und ich möchte mich am liebsten hinter der Brunnenstatue verstecken. Ich werfe einen Blick hinauf zu meinem Fenster im zweiten Stock. Julia, so ein Quatsch. »Na ja, ich habe es dir wohl ziemlich leicht gemacht.«

Er sieht mich mit offenem Mund an und fuchtelt mit den Händen wie ein Schiedsrichter. »Nein.« Es ist ihm offensichtlich alles furchtbar peinlich. »Mist, ich weiß, wie das jetzt aussieht, aber Mrs Wallace hatte wirklich nichts damit zu tun, dass ich dich vorhin zu uns heruntergerufen hab.«

Ich hebe die Augenbrauen.

»Ich schwöre, das war total spontan.« Er wird ganz ernst. »Ich bin vieles, aber ich bin kein Lügner.«

Ich nicke gleichgültig. Es gibt keinen Grund, warum ich seine Ernsthaftigkeit anzweifeln sollte. Sie ist so warm wie seine Strickjacke. Und es ist ja nicht seine Schuld, dass er von einer wohlmeinenden, aber aufdringlichen Venezolanerin eingespannt wurde.

Trotzdem, wie meine Tage und Nächte hier aussehen, entscheide ich immer noch selbst. »Wegen Cates Plan – vergessen wir's. Und das hat nichts mit dir oder deinen Freunden zu tun. Die scheinen echt nett zu sein. Aber was auch immer die Mutter deines Freundes dir da genau vorgeschlagen hat, kümmere dich einfach nicht drum. Ich kann durchaus einen Stadtplan lesen. Ich finde die Sehenswürdigkeiten schon, wenn ich will.«

Orion stößt langsam die Luft aus. »In Ordnung. Aber du kannst jederzeit mit uns hier abhängen. Oder wo auch immer.«

»In Ordnung.«

Wir gehen zu den andern, und ich muss zugeben, es wird ein ganz netter Abend.

Irgendwann später löse ich mich von dem Gelächter, von dem silbernen Flachmann, den Gordon herumgehen lässt. Ich streife Orions Strickjacke ab und spüre, wie die Temperatur auf kalte Nicht-Miami-Celsiusgrade abstürzt. Ich denke daran, dass man Nahrungsmittel einfriert, um sie später zu verwenden. Um sie zu konservieren, damit sie nicht vergammeln. Vielleicht ist es das, was meine Familie wollte. Ein flammendes Herz, einen glühenden Körper einfrieren, um heilen zu können.

Kapitel 8

Ich schnappe mir eines der grünen Pashley-Fahrräder für die Owl-&-Crow-Gäste und radele zwei Häuserblöcke in Richtung Innenstadt, bevor ich aufgebe und mit mürrischem Gesicht zurückfahre. Ich habe noch kein einziges Mal einen von Pilars Pullis angezogen. Und die schwarze Aufwärmjacke, die ich jetzt aus dem Schrank nehme und über meinen frierenden Körper ziehe, will ich mir eigentlich auch nicht eingestehen. *¡Carajo!* Ich weigere mich, darüber mit mir zu debattieren.

Da Polly sonntags immer freihat, nachdem sie am Samstag zusätzliches Frühstücks- und Teatime-Gebäck gebacken hat, bin ich heute während der normalen Backzeit früher joggen gegangen. Und jetzt bin ich während meiner normalen Joggingzeit mit dem Fahrrad unterwegs. Die Straßen von St Cross sind noch feucht und verschlafen. Ein Chor aus Hundebellen und das Läuten von Kirchglocken begleiten mich auf meinem Weg. Luft streift mein Gesicht – sauber und lieblich –, und in ein paar Minuten bin ich im Stadtzentrum und schließe mein Fahrrad in der Nähe der Fußgängerzone an.

Ich schlendere die von Geschäften gesäumte Straße entlang und lasse mich vom schläfrigen Winchester in Sonntagsstimmung versetzen. Ich glaube nicht an Magie oder Legenden. Aber für einen kurzen Moment wird diese kleine Stadt groß genug, um mich vergessen zu lassen, wo ich herkomme und warum ich hier bin. Es ist ganz seltsam – als würde ich aus meiner Haut schlüpfen. Ich fühle mich auf einmal leicht und nicht mehr so hungrig nach gestern.

Diese Magie hält allerdings nicht lange an. Schon bald ist der Zauber dahin, und ich bin wieder die, die immer zu viel zurückblickt. Als ich bei Farley's Records ankomme, fühle ich mich schon wieder ganz schwer und geerdet. Eine Klingel kündigt mich an, als ich einen holzgetäfelten Raum betrete, in dem der muffige Geruch nach Patschuliöl und altem Papier in der Luft hängt. Kunden stehen um hölzerne Vitrinen herum, eng gefüllt mit Schallplatten, oder stöbern durch Wandregale mit weiteren alten Fundstücken.

Ich stöbere selbst ein wenig herum und blättere durch Punk- und Jazz-Legenden und britische Bands, von denen ich noch nie gehört habe. Ich habe keine Ahnung, was ich Pilar *vielleicht* mitbringen soll. Ich will diesen Laden schon fast verlassen und zum Markt gehen, als mein Blick an einem uralten braunen Albumcover hängen bleibt. *Orquestra Epoca.* Salsamusik! Innerlich fange ich schon an zu tanzen. Ich drehe das Cover um, und der erste aufgelistete Song, *Trampas*, durchflutet mich mit alten Erinnerungen, füllt meine Heimwehleere mit Trommelklängen, Klaviertönen und Bläserriffs.

Nach einer Weile öffne ich die Augen. Mein Blick fällt auf eine schwarze Bomberjacke mit Aufnähern und einen blonden Lockenkopf. Orions Schwester Flora ist auch eine Farley's-Kundin. Sie sieht mich nicht, weil ich hinter einer der Vitrinen stehe. Flora guckt sich gerade eine gebrauchte CD an, als ein großer Mann – eigentlich ein älterer Teenager – auf sie zugeht. Sein asymmetrisch geschnittenes schwarzes Haar verdeckt sein halbes Gesicht. Er trägt Karottenjeans und eine moosgrüne Lederjacke. Von dort, wo ich stehe, kann ich ihre Unterhaltung nicht verstehen. Ihre Gesichter verfinstern sich, bis Flora schließlich die CD-Hülle wieder zurückstellt und aus der Tür stürmt. Doch der Typ folgt ihr, und Flora verlangsamt ihr Tempo, bevor sie aus dem Blickfeld verschwinden.

Weiß großer Bruder Orion davon? Jetzt klinge ich schon wie die *chismosas* von West Dade, irgendwelche Wichtigtuerinnen, die jeden meiner Schritte mit Andrés verfolgt haben. Ob sie in den Geschäften, Friseursalons und Restaurants unserer Gegend wohl immer noch über mich reden?

Doch hierher verfolgt mich kein Getratsche. Ich kann aus dem Haus treten und zum Markt gehen und niemand kennt meine Geschichte. *Claro*, ich bin immer noch das Mädchen, das einen Dreifachen Fluch des Verlustes mit sich herumschleppt. Das werde ich immer sein. Aber jetzt, wo ich hier den Fußweg entlanggehe, bin ich einfach eine Siebzehnjährige, die Zutaten für kubanische Karamellcreme kaufen will. Und das kommt mir gerade vor wie das Beste an zu Hause.

Kubanische Karamellcreme – Flan – das ist es, was ich geplant habe. Für Orion und … Charlotte? Nach Orions ganzem Pudding-Palaver neulich Abend habe ich mich für eine Nachspeise entschieden, die im Grunde nur ein raffinierter Vanillepudding ist. Kubaner kennen viele Süßspeisen: *Natilla* und *Arroz con leche* gehören zu den besten. Vanille-Zimt-Pudding und Milchreis sind einfache Nachspeisen, die man an Wochentagen isst. Wohltuendes Seelenfutter, aber kein beeindruckendes Dessert für ein Date.

Flan aber ist geschmeidig und sexy und vielleicht sogar elegant. Der Karamell-Zuckersirup obendrauf glänzt in kupferfarbenem Gold. Es gibt mehrere Variationen von Flan, die aus den europäischen Ursprüngen weiterentwickelt wurden. Ich mache natürlich Abuelas kubanische Version, die etwas fester und süßer ist. Es ist eines der wenigen Desserts, bei denen ich etwas mehr Zucker verwende. Und es ist wirklich unvergesslich.

Die Crow-Küche gehört heute ganz mir, sodass ich sorg- und Polly-los kochen kann. Ich habe schon alle Zutaten abgewogen und bereitgestellt. Die Eier hier sind anders als zu Hause, kleiner und heller. Ich verquirle glänzendes Eiweiß und leuchtend orange Eigelbe, die aussehen wie kleine Sonnen.

Die Hintertür schwingt auf und Spencer und Cate kommen mit einem Korb voll frischem Gemüse aus dem Küchengarten herein.

»Selbst am Sonntag bekommt man sie nicht aus der Küche«, sagt Spencer scherzhaft.

Cate späht in meine Rührschüssel. »*Flan Cubano*?«

Ich rühre die Kondensmilch hinein. »Eine Art Sonderauftrag für Orion.«

»*Flan Cubano* ist wirklich etwas Besonderes. Spence und ich haben seit bestimmt vier Jahren keinen richtig guten mehr gegessen«, sagt Cate sehnsüchtig.

Ich deute auf die zwei Glasbackformen. »Das habe ich mir gedacht. Deshalb habe ich die Zutaten verdoppelt, damit ihr beiden auch einen abbekommt.«

»Na, du verwöhnst uns aber.« Spencer legt ein paar Tomaten und Gurken in eine Holzschale. Dann geht er aus der

Küche, während Cate in den Vorratsraum huscht, um eine Teedose zu holen. Ich habe noch kein Wort über ihre kleine Abmachung mit Orion gesagt und frage mich, ob sie mich selbst darauf ansprechen wird. Oder wartet sie, bis ich davon anfange? Glaubt sie vielleicht sogar, dass dieser Flan irgendetwas mit ihrer Kuppelei zu tun hat? »Kein Wunder, dass es Orion nichts ausmacht, dir deine Lieferungen selbst vorbeizubringen. Er scheint ja nicht gerade oft im Geschäft zu arbeiten, wenn er nebenbei so viel Zeit hat, um Stadtführer zu spielen.«

Cate hat den Anstand, ein beschämtes Gesicht zu machen. Aber nur für eine halbe Sekunde, bis sich einer ihrer Mundwinkel nach unten bewegt. »Ich konnte einfach nicht anders.«

»Das dachte ich mir«, sage ich leichthin und nehme den Schneebesen. »Natürlich habe ich ihn abblitzen lassen.«

»Das dachte ich mir.« Tja. Unsere Blicke verhaken sich ineinander, bis wir beide nachgeben. Ihr Grinsen. Mein Kopfschütteln und dramatisches Augenrollen.

Cate beugt sich zu mir, bevor sie geht, die langen Haarsträhnen lose und zerzaust von der Gartenarbeit. »Als ich hereinkam, hast du gelächelt.«

»In der Küche bin ich immer glücklich.«

»Mh-hmmm.« Cate zieht die letzte Silbe in die Länge, sodass sie noch nachklingt, nachdem sie den Raum verlassen hat.

Scherze hin oder her, als ich mich meinem Flan zuwende, bin ich wieder mit vollem Ernst bei der Sache. Für die nächste Stunde laufen die gewohnten Handgriffe wie automatisiert ab. Als die Eimischung fertig ist, greife ich nach einem Backblech, und mein Blick fällt auf mein Handy auf der Arbeitsfläche. Es hier liegen zu lassen, ist eigentlich Blödsinn, weil mich jetzt bestimmt niemand anrufen oder antexten wird. In Florida ist es ja noch früh am Morgen. Wer soll sich da melden? Aber Instagram schläft eben nie.

Andrés Millan. University of Miami. Fan von Hurricanes Football und Miami Marlins. Eiscreme-Junkie.

Früher einmal hätte in seiner Instagram-Bio *Pastelito*-Junkie gestanden. Lila-Junkie. Nicht mehr. Seinen Feed durchzugucken, ist, als würde man den Schorf von einer Wunde kratzen. Ich weiß, so wird sie nie heilen. *Claro que sí*, ich sollte sie bandagieren, nicht hingucken. Aber wenn es darum geht, Erinnerungen ins Auge zu sehen, bin ich nicht so stark wie beim Hantieren mit Rührschüsseln.

Auf Andrés' Seite ist ein neues Bild von gestern, mit Geotag South Beach. Ich kann die blendende, heiße Sonne fast spüren – meine Sonne, nicht die gefilterte, scheue Englandversion. Ich kann das Salzwasser und seine Lieblingssonnencreme riechen. Es ist ein Close-up von seinem ausgebreiteten Handtuch, seinen Kopfhörern und Regenbogen-Flipflops im Vordergrund. Die Caption lautet: *Es ist Samstag und ich fühle mich …*

Ja, wie fühlst du dich, Andrés?

Ich kann den Gedanken nicht verdrängen, der wie ein loser Faden von Abuelas Schürze hängt: Andrés geht nie alleine an den Strand. War er mit Freunden zusammen, oder …?

Ich lasse mein Handy fallen wie eine heiße Kartoffel.

¡Basta! Genug. Letzte Woche habe ich diese nutzlosen Gedanken gewinnen lassen und dann habe ich meine Kuchen ruiniert und mich blamiert. Wie eine Amateurin stand ich da. Ich habe ihn bei meinem Rührkuchen dazwischenfunken las-

sen, aber ich werde nicht zulassen, dass er meinen Flan kaputt macht. Ich nehme das Telefon und drücke auf das kleine Kamera-Icon, um Instagram verschwinden zu lassen.

Ich atme ein und wieder aus, halte den Moment für einen Herzschlag fest, bevor auch er verschwindet. Jetzt ist es Zeit zu arbeiten.

Ich verteile die Eiermischung auf die zwei Backformen, die ich schon mit meinem gekochten Zuckersirup gefüllt habe, und stelle sie auf das Backblech in dem vorgeheizten Ofen. Dann kommt das *baño maria* – das heiße Wasserbad. Das sorgt dafür, dass mein Flan gleichmäßig und langsam gebacken wird, ohne Risse obendrauf. Ein elektrischer Wasserkocher piept laut. Ich gieße etwas kochendes Wasser in das Backblech mit dem hohen Rand und überlasse den Ofen der Wissenschaft, die mir vorkommt wie Magie. Die Art von Magie, an die ich glaube.

Nach Spencers Pasta Carbonara mit Salat aus dem Gemüsegarten und meinem (perfekten, köstlichen) Flan verbringe ich den Abend in meinem Zimmer, falte meine Wäsche und starre aus dem Fenster in die Dämmerung. Vor zwei Stunden habe ich Gordon, den Flan-Boten, zu Orion geschickt, nachdem er mir einen Schwur geleistet hat: *Ja, Lila, ich passe gut auf den Teller mit der Glaskuppel auf und lasse ihn nicht fallen.*

Nach einem Signalton öffnet sich FaceTime auf meinem Laptopbildschirm. Meine Eltern sitzen am Küchentisch und drängen sich um Papis Computer. Außerhalb des Kamerablickfelds spielt der Fernseher die eingängige Titelmelodie von *Family Style*. Es ist früher Nachmittag und die Sonne Miamis wärmt ihre Rücken.

Es ist nicht unser erster Chat, überhaupt nicht. Aber am Anfang wissen wir immer noch nicht so recht, was wir sagen sollen. Wir sind einfach nicht mehr *wir*, seit für mich die Welt zusammengebrochen ist und sie mich an ihr anderes Ende geschickt haben, damit ich hier wieder zu mir finde.

»Da ist ja mein hübsches Mädchen«, sagt Papi, doch seine braunen Augen mit den schweren Lidern sprechen eine andere Wahrheit. *Wirst du je wieder dieselbe Lila sein, die wir kannten?*

»Ihr seht gut aus«, sage ich. So abgedroschen. So oberflächlich. Ich kann die Küche durch den Bildschirm riechen. Orangen und Guaven und frisch gemahlener Kaffee, aber keine Tamales. Können sie das durch den Bildschirm hören? Können sie hören, was ich in Wirklichkeit aus vollem Halse schreie? *Ihr dürft keine Tamales essen, bis ich zurück bin! Die haben Pilar und Stefanie und ich sonntags immer mit Abuela gemacht. Dann Pilar und ich mit Stef. Jetzt, wo zwei dieser Hauptzutaten nicht mehr da sind, darf Pilar die Tamales nicht ohne mich machen.*

Mami fragt: »Nachdem du dich ein bisschen eingelebt hast, hast du denn alles, was du brauchst?« *Hast du ein paar neue Leute kennengelernt? Kommst du klar?*

Stef muss einfach aus Afrika zurückkommen und mit mir reden. Und Andrés muss kapieren, dass er sich selbst finden und mich trotzdem noch lieben kann. Ich brauche einfach …

»Schickt mir Guavenpaste. Die gibt es hier in Winchester nicht zu kaufen und im Internet ist sie total teuer. Und kubanischen Kaffee. Es gibt hier Tausende Cafés, aber der Espresso ist einfach nicht das Gleiche. Und dann diese ganze Teebesessenheit.« Ich denke an Orion.

»Ich besorge die *guayaba* gleich übermorgen«, sagt Mami. »Da hat Stop and Shop sie im Angebot.«

Es war, als hätte sich Abuela selbst in unser Gespräch eingeschaltet. Sie hat immer darauf geachtet, dass ihr Sparkonto stetig anwuchs.

»Nächste Woche ist okay, Mami.« Ein kleines Zugeständnis im Angedenken an Abuela.

Papi plaudert noch eine Weile, dann wirft er mir eine Kusshand zu und verabschiedet sich, verschwindet im Geschäft. Mami bleibt sitzen. »Und brauchst du sonst noch etwas?«

»Ein Flugticket.«

»Lila.« Meine Mutter bringen alle möglichen Dinge zum Weinen – Hundefutterwerbung und reizende kleine Mädchen in bauschigen Kleidern, die sich auf dem Rückweg von der Kirche etwas Gebäck kaufen. Ihre Hände flattern wie Flügel zu ihrer Brust. Sie verzieht das Gesicht und ihre Augen füllen sich mit Tränen. Jetzt kommen die wahren Worte, voll von eigenem Schmerz und Muttergefühlen. »Wirklich? Glaubst du noch immer, wir *wollten* dich zu Catalina schicken? Glaubst du, wir verstehen nicht, wie schwer diese Trennung ist? Wir vermissen dich.«

Aber alle diese Worte bringen mich auch nicht zurück ins Flugzeug. Und ich weiß nicht, warum, aber es wird mir erst jetzt klar: drei Verluste, drei Monate. War das Pilis Idee? Hat sie mich in einen ihrer Buchhaltungsalgorithmen gesteckt, damit dabei wieder die Schwester herauskommt, die sie kennt und liebt?

»Du bekommst dein Rückflugticket bald, versprochen.« Mami holt tief Luft. »Aber es ist auch nicht alles schlecht, oder? Cate hat mir erzählt, dass du die Küche erobert hast.«

Das Wort *Küche* ist das Einzige, was mich davon abhält, den

Anruf zu beenden. »Ja, die ist erstklassig«, sage ich und erinnere mich daran, dass Mami ja erst vor zwei Jahren hier war, als Papi sie zum Geburtstag mit einem Flugticket überrascht hat. »Zeig mir mal, wie es draußen aussieht.« *Zeig mir mein Zuhause. Meine Nachbarschaft, meine Welt.*

Meine Mutter ist wie eine dieser weichen Puppen, bei denen man das Kleid und den Kopf umstülpen kann, um zwei unterschiedliche Gefühlsausdrücke zu zeigen. Trauriges Gesicht, glückliches Gesicht. Mami kann ganz einfach von ihrem weinenden Gesicht zu ihrem schadenfrohen *»Hast du schon gehört«*-Gesicht wechseln. Und das letztere füllt jetzt meinen Bildschirm aus. Dann dreht sie ihren Computer herum, sodass ich durch das große Fenster in der Essecke spähen kann. »Vielleicht sollte ich das nicht erzählen.«

Inneres Augenrollen.

Keine zwei Sekunden später höre ich: »Ich habe Angel aus Chanys Haus kommen sehen.« Sie beugt sich vor. »*Sí*, es war vielleicht sieben Uhr morgens.«

»Interessant.« Aber ich bekomme von dem Geschwätz über die Ex meines Nachbarn nur die Hälfte mit, weil ich durch den kleinen Computerbildschirm auf unsere Straße starre.

Mami redet weiter und ihre Gerüchtefetzen vermischen sich mit meinen Erinnerungen.

»*Óyeme*, Señora Cabral hat sich die Gallenblase entfernen lassen …«

Kinder, die vor dem Abendessen auf der Straße Baseball spielen. Wilde Hähne, die frei herumlaufen und mich nie ausschlafen lassen. Glorias Tochter, die in der Garage Saxofon übt.

»Neulich habe ich Stefanies Mutter bei Dillard's gesehen. Ich hab sie nicht angesprochen, aber …«

Das Kolibri-Futterhaus, die Mangobäume und Andrés, der drei Häuser entfernt parkt, um mich in seinem silbernen Camaro zu küssen.

»Mami«, frage ich leise, »reden sie eigentlich noch über mich?« Über Andrés und Stefanie? Darüber, wie ein Mädchen es fertiggebracht hat, so schnell so viele Menschen zu verlieren?

»*Cariño*, mach dir keine Sorgen über so was.«

»Aber was habt ihr –« Ich werde von einem seltsam hartnäckigen Klopfen unterbrochen. Mit einem Abschiedsgruß kappe ich meinen Gedanken und die Verbindung und schwöre mir, Pilar später noch mal über die Gerüchte auszufragen. Auf der anderen Seite der Tür steht Gordon.

»Jules und Remy stehen vor dem Haus und fragen nach dir«, sagt er. »Na ja, eigentlich nach uns beiden, aber vor allem nach dir.«

Nach mir? Ich zucke die Achseln und folge Gordon ins private Treppenhaus. Als wir das Foyer erreichen, eilt er voraus, um Remy und Jules aus der Abendkälte hereinzuholen.

Jules streckt ihre Arme aus einem Cape mit Schneeleopardenmuster und winkt mir flüchtig zu, während sie hektisch auf ihrer Handytastatur herumtippt.

»Ich hab gerade eine Nachricht von Orion bekommen«, erzählt Remy. »Eine kleine Panne bei ihm zu Hause.«

»Bitte sag nicht, dass ihm der Flan auf den Boden gefallen ist«, flehe ich.

»Eher hat sein Date *ihn* fallen gelassen«, sagt Jules und steckt ihr Handy in ihre Jeanstasche. »Charlotte hat abgesagt. Angeblich ist sie krank.«

»Aber das ist noch nicht das Schlimmste. Teddy – ein Mitarbeiter bei Maxwell's – hat Charlotte in Twyford in ein Café gehen sehen. Mit einem anderen Typen, der sie die ganze Zeit angehimmelt und abgeknutscht hat«, berichtet Remy und sagt dann an mich gerichtet: »Das ist eine Stadt in der Nähe. Er hat Orion gerade davon erzählt.«

»Das ist aber wirklich scheiße«, sagt Gordon mitfühlend.

Jules bemerkt mein teilnahmsvolles Entsetzen und fügt hinzu: »Genau. Und deshalb gehen wir jetzt alle zu ihm und lenken ihn ein bisschen ab. Remys Dad hat ihm zwei Riesenportionen Sonntagsbraten mit Kartoffeln und Gemüse gebracht. Und dann ist da ja noch die ganze Nachspeise, die du für die beiden gemacht hast.«

»Die ihn nur an seinen verdorbenen Abend erinnern würde«, sagt Remy betrübt.

»Gordon und ich haben schon gegessen. Wir hatten auch gerade Flan.«

»Lila, willst du wirklich, dass dein Flan ein Symbol der Traurigkeit wird?«, fragt Gordon und sagt dann zu den anderen: »Ihr Flan ist echt verdammt gut. Außerdem können wir nicht zulassen, dass er sich allein in seinem Unglück suhlt.«

Da muss ich zustimmen, aber dann werfe ich einen Blick in den Spiegel. Ich bin ein Desaster in Yogahosen, Flipflops und Schlabber-T-Shirt. Mein hochgestecktes Haar sieht aus wie ein Vogelnest. »Gebt mir fünf Minuten.«

Unser kleiner Ablenkungstross macht sich auf den kurzen Weg zu Orions Haus. Zuerst hat Orion die Idee zwar abgetan, aber als wir die nahe gelegene Straße mit den schmalen Reihenhäusern aus Backstein erreichen, steht er bereits in der Tür, die Arme über einem königsblauen Pullover verschränkt. Dunkelgraue Socken lugen über die Türschwelle.

»Na, dann kommt mal rein.« Orion tritt zur Seite und seine Freunde drängen ins Haus. Jules wirft ihr Cape ab und macht sich an Orions Home-Entertainment-Anlage zu schaffen. Dunkle Bässe elektronischer Tanzmusik erfüllen das Wohnzimmer.

Ich bleibe im Flur stehen, während Orion die Tür hinter uns abschließt, und spüre, wie die Bässe unter den Holzfußboden kriechen. »Es tut mir echt leid.«

»Danke.« Sein Blick huscht durch das Zimmer. »Aber so läuft das eben manchmal. Oder meistens«, fügt er hinzu, fast als wäre er an solche Enttäuschungen gewöhnt. Doch dann lächelt er mich an. »Egal, willkommen.«

Nach fast zwei Wochen in den hohen und weitläufigen Räumen des Crow kommt mir Orions Haus besonders gemütlich vor. Langsam gehe ich weiter. Direkt hinter der Eingangstür führt eine schmale Treppe nach oben, ideal, um sich unbemerkt aus dem Haus oder wieder hereinzuschleichen. Im Wohnzimmer bestimmen gedämpftes Licht, Perserteppiche und abgenutzte dunkelrote Ledermöbel das Bild. Die Bücherregale quellen über und an den kalkweißen Wänden hängen gerahmte Fotocollagen. Ich sehe mir eine genauer an. Schwarz-Weiß-Fotos zeigen die Chinesische Mauer und einen endlosen Bambuswald. Sonnenuntergänge in der Wüste und abstrakte Ausschnitte von Brücken und Baudenkmälern. Die ganze Welt an einer Wand.

»Die Reisen meines Vaters«, sagt Orion hinter mir.

»Fährst du manchmal mit?«

»Nicht so weit.« Er zeigt auf ein Foto eines riesigen, flachen Berges. »Der Tafelberg in Südafrika.«

»Ri, wir haben alles vorbereitet«, ruft Jules aus der Küche. »Ich kann diese Barbaren nicht mehr länger zurückhalten.«

»Wenn deine Freunde auch nur annähernd so sind wie meine Familie, sollten wir uns besser beeilen«, sage ich.

In weniger als fünf Minuten haben Jules und Remy es geschafft, die Teller mit dem wieder aufgewärmten Essen kunstvoll auf Orions Küchentheke zu arrangieren. Die beiden bewegen sich in der Küche, als wären sie hier zu Hause. Das Roastbeef mit einer dicken Pflaumenglasur, winzigen Kräuterkartoffeln und Grillgemüse riecht fast so gut, wie es aussieht.

Remy reicht Orion einen Teller. »Du fängst an, und wir vertilgen das, was übrig bleibt.«

»Wie die Tiere auf dem Bauernhof.« Gordon gibt mir einen Teller und nimmt sich auch einen. »Sollen wir Flora was aufheben?« Er reckt den Hals. »Wo ist sie überhaupt?«

»Bei Katy zum Pizzaessen und was sie sonst noch alles machen«, sagt Orion und belädt seinen Teller mit den Delikatessen von Remys Dad. »Sie wollte von der Bildfläche verschwinden, während, du weißt schon … aber eigentlich hat sie Hausarrest.«

Ich habe überhaupt keinen Hunger, aber ich nehme trotzdem von allem ein bisschen, bevor ich mich zu Orion an einen runden Bauerntisch setze. Jules holt sich einen leeren Stuhl. Sie dreht ihn herum, sodass die Rückenlehne mit den Holzspindeln den Tisch berührt, und schwingt sich darauf wie auf ein Pferd. Sitzt dieses Mädchen eigentlich jemals normal auf einem Stuhl?

Remy und Gordon setzen sich als Letzte und knallen fünf eiskalte Flaschen auf den Tisch. Ich lese das Etikett – Oldfields Cider – und erinnere mich, dass Orion alt genug ist, hier Alkohol zu kaufen. Ich habe noch nie Apfelwein getrunken. Mein erster Schluck ist eine Explosion hopfigen, säuerlichen Apfelglücks. Nicht zu bitter oder süß oder irgendwas. Der Cider ist perfekt ausbalanciert, genau wie ein gelungenes Dessert.

Es dauert nicht lange, bis Jules mehr als flüchtige Bekanntschaft mit ihrem Cider geschlossen hat. Sie unterdrückt einen Rülpser, aber ihr Brustkorb bläht sich dabei auf wie ein Ballon.

»Lasst uns anstoßen«, sagt Orion und hält seine Flasche in die Höhe. »Auf Freunde, die nicht darauf hören, wenn man ihnen sagt: Bleibt, wo ihr seid. Auf euch aufdringliche Muppets!«

Kichern in der Runde. »Auf Jules, die in der Eile hierher ihr Songbuch vergessen hat«, sagt Remy. Nach jedem Schluck wird ein neuer Toast ausgesprochen: Gordon lobt das köstliche Essen von Remys Dad, und Jules bedankt sich bei Remy, dass er ihre launischen kreativen Schübe erträgt.

Und dann richten sich alle Augen auf mich, das neue Mädchen mit dem neuen Cider und den alten Wunden. Ich versuche sie aus dieser Runde herauszuhalten. Sie gehören hier nicht hin, zu Freunden wie diesen, die für einen von ihnen alles stehen und liegen lassen. »Auf eine bessere Alternative zu Netflix«, sage ich.

Vier Flaschen neigen sich zu meiner. Ich nehme noch einen Schluck, genieße den Geschmack von spritzigem, saurem Apfel und fühle mich ganz warm.

»Aber ein ganzer Sommer so weit weg«, sagt Jules, nachdem sie ihr Roastbeef heruntergeschlungen hat, »ohne deine Freunde in Miami … Du musst sie furchtbar vermissen.«

»Ich …« Ich bin sicher, es gelingt mir nicht, die Welle der Bitterkeit zu verbergen, die mich überkommt.

»Besonders dieses eine Mädchen, oder? Die Blonde, die ständig da war, als wir euch besucht haben«, meint Gordon.

»Stefanie«, sage ich.

»Genau. Hätte sie nicht wenigstens für einen Teil der Zeit mitkommen können?«

Hätte sie mir nicht von ihren neuen Zukunftsplänen erzählen können? Hätte sie nicht einfach ehrlich sein können? »Nicht, wenn sie in einem entlegenen Dorf in Ghana ist.«

Augenbrauen schnellen in die Höhe, Gabeln werden abgelegt, aber auch diesmal drängt mich niemand, Einzelheiten aus meinem Herzen preiszugeben. Wenn ich rede, ist das meine Entscheidung. Doch der Alkohol und die gemütliche Stimmung in der kleinen Küche tun ihr Übriges und irgendwie öffne ich mich. Ich drehe mich zu Orion.

»Ich will euch nicht den Abend verderben, aber meine Freundin hat mich für die nächsten zwei Jahre total hängen lassen.« Ich gebe ihnen eine Zehn-Sekunden-Beschreibung von La Paloma und davon, wie ich praktisch in der Bäckereiküche aufgewachsen bin. »Und Stefanie sollte eigentlich an meiner Seite bleiben, wie seit unserer Kindheit. Ihr Plan war, eine Ausbildung als Krankenschwester zu machen und in Teilzeit bei uns zu arbeiten. Wir hatten überlegt, uns nächstes Jahr zusammen eine Wohnung zu nehmen.«

Doch dieser Plan ist abgekühlt und zu einem vollkommen neuen Rezept geworden. Ich erzähle den anderen von Stefanies Einsatz in Ghana.

»Das ist ja krass«, sagt Orion. »Und sie hat nie ein Wort über Afrika verloren?«

»Ich hatte keine Ahnung. Ihre ganze Familie kam zweimal in der Woche in unsere Bäckerei – kein Wort. Erst, als ich rüberkam und die riesige Reisetasche in Stefanies Zimmer sah und den Pass auf ihrem Schreibtisch. Sie meinte, ich hätte bestimmt versucht, sie von ihren Plänen abzubringen. Dabei hätte ich sie natürlich unterstützt und ihr meinen Segen gegeben.« Die letzten Worte muss ich herauswürgen. Sie wollen wie Honig in meinem Rachen kleben.

Jules fragt: »Und was ist aus eurer Freundschaft geworden?«

»Zerbrochen.« Das einzige Wort, das passt.

Die Zeit vergeht endlos langsam. Ich kann sogar das *Klick, klick, klick* der Wanduhr über meinem Kopf hören. Jetzt ist es offiziell. Ich passe nicht in eine Aufmunterungstruppe. Ich bin Lila Reyes, vertriebene Bäckerin aus Miami und eine echte Stimmungskillerin. Sind wir nicht hergekommen, um Orion aufzumuntern? Ich stöhne innerlich über mich und springe auf. »Flan?«

Jules grinst wie ein Clown und die Jungs sitzen gleich etwas aufrechter auf ihren Stühlen und strahlen mich an. Flan, das einzige Wort, das ich brauche.

Kapitel 9

Der Teller mit meinem Flan steht ganz oben in Orions Kühl-schrank. Ich nehme die Glasglocke ab und präsentiere die runde gelbliche Vanillecreme mit der Karamellglasur. Sie riecht nach Kalorien und Sünde.

Orion bekommt die erste Portion und starrt verträumt, ja fast anhimmelnd auf seinen Teller. Ich schätze, das ist der Blick, den Charlotte jetzt verpasst, verschwendet an ein kubanisches Dessert. Und jetzt richtet sich der Blick auf mich – winterblaue Augen und sanftes Lächeln. »Das ist irre. Du kennst uns erst seit ein paar Tagen und hast dir all diese Mühe gemacht.«

»So bin ich eben«, antworte ich und beobachte, wie aus seinem zaghaften Lächeln ein Grinsen wird.

Ich reiche die anderen Portionen herum und vergesse, dass Gordon vorhin im Crow schon zwei gegessen hat. An mein eigenes Ein-und-ein-Viertel-Stück erinnere ich mich gewissenhaft, aber einen kleinen Bissen kann ich mir hier nicht verkneifen.

Die anderen essen und durch die Musik ist ein genussvolles Stöhnen zu hören. »Ihr solltet euch alle mit eurem Flan ein

Zimmer nehmen.« Kalte, samtige Vanillecreme und süßer Karamellsirup durchdringen jeden Bissen.

»Entschuldige unsere Ekstase, aber …«, beginnt Remy.

»*Gott*, ich meine, es schmeckt ähnlich wie unsere traditionellen Vanillecremes.« Jules deutet mit ihrem Löffel auf sich selbst. »Aber es ist, als hättest du die Mischung mit einem Schuss Erotik durchtränkt. Dieser Nachtisch ist wie ein heißer Kuss.«

Da müssen wir alle lachen. »Keine Sorge, dieser Flan wurde ganz ohne Zungenküsse und Geknutsche zubereitet«, versichere ich. Was leider genauso gut auf meine jüngste Vergangenheit zutrifft.

Aber ich freue mich, wenn die Leute mein Essen lieben. Darauf konzentriere ich mich jetzt, bis sich alle mehrfach nachgenommen haben und von meinem Flan fast nichts mehr übrig ist. Um irgendetwas zu tun, fange ich an, die leeren Teller aufeinanderzustapeln, aber Jules hält mich davon ab. »Lass das ruhig, Lila. Wer gekocht hat, muss in meiner Familie nie abräumen.«

Die Jungs packen auch mit an, also stehe ich auf und sehe mich im Wohnzimmer nebenan um. Vorhin habe ich dort meine Handtasche auf einer Klavierbank aus Ebenholz liegen gelassen. Ich hole mein Handy heraus. In Miami ist es früher Nachmittag, aber niemand hat mir geschrieben. Da sind auch keine wichtigen E-Mails oder verpassten Anrufe, wie sonst immer. Ich bin jetzt offiziell nach England verschollen.

»Lila?«

Ich wirbele herum. Orion streckt mir einen weiteren Cider entgegen, als würde er mir flüssiges Gold anbieten.

»Nein, danke.«

Remy wirft Gordon ein Geschirrtuch zu. »Meine Mum hat angerufen. Einer der Tellerwäscher im Pub ist krank nach Hause gegangen, also muss ich einspringen.« Er deutet auf den Cider und sagt zu Orion: »Trinkst du noch einen für mich mit? Und Kopf hoch, Alter.« Er schließt die Haustür auf und lobt noch einmal meinen Flan.

Jules hängt sich eine graue Tragetasche über den Arm und wirft sich das Leopardencape über die Schultern. »Warte, Babe. Ich komm auch mit und helfe. In diesen gestreiften Schürzen sehe ich immer umwerfend aus.«

Remy hält ihr die Tür auf. »Sie will nur mit den Köchen Rocksongs singen.«

Gordon ist der Nächste, der auf die Tür zusteuert und uns beiden zuwinkt. »Bei mir hat die Scheiß-Englischklausur angerufen«, sagt er. Ich will ihm folgen, aber er redet weiter: »Du bringst Lila nachher nach Hause, oder, Ri? Irgendjemand muss doch noch ein bisschen hierbleiben und aufpassen, dass du dich nicht in einer Pfütze aus deinem eigenen Salzwasser auflöst.«

»Gordy – optimistisch wie immer«, sagt Orion. Dann hält er seinen Freund im Eingangsbereich zurück. »Warte mal.«

Da ich ja anscheinend noch eine Weile hierbleiben werde, mustere ich das Klavier, das an der Treppenhauswand steht. *Bösendorfer* steht in goldener Schrift auf dem Firmenzeichen. Feine Kratzer verunstalten die glatte Oberfläche aus mattem Ebenholz. Die Messingbeschläge sind dunkel geworden, und die Tasten, die allerdings in ordentlichem Zustand zu sein scheinen, haben einen leichten Gelbstich. Dieses Klavier wird geliebt und benutzt.

So faszinierend das Instrument auch ist – es sind die gerahmten Fotos darauf, die meine Aufmerksamkeit wecken.

Das erste Foto zeigt eine Braut und einen Bräutigam unter einem Blumenbogen. Der Mann könnte Orion sein – die gleiche drahtige, aber stattliche Statur unter einem grauen Cutaway, das gleiche dunkelblonde Haar mit den gelockten Spitzen. Untergehakt hat ihn eine schlanke Frau in einem langen Kleid mit elfenbeinfarbener Spitze. Blonde Haare fallen über ihren Rücken und ein Rosensträußchen blüht in ihren Händen. Das müssen Orions Eltern sein. Daneben steht ein Studioporträt derselben Frau, mit einem kleinen Jungen auf dem Knie und einem Baby im Rüschenkleidchen auf dem Arm. Schließlich ist da noch ein Familienfoto vor einem Hintergrund aus wogendem Gras und schroffer Meeresküste. Ich nehme den großen silbernen Rahmen in die Hand. Unter einem grauen Himmel kuscheln sich die Maxwells in Wolle und Tweed aneinander. Orion sieht aus wie zehn oder zwölf und die kleine Flora mit ihren langen sonnenblonden Locken klammert sich an ihre Mutter.

»Irland. Cliffs of Moher in der Grafschaft Clare.«

Ich drehe mich zu Orion, seine Familie in meinen Händen. Sein Gesicht spannt sich an, als würde das Gewicht der ungesagten Dinge an ihm zehren. Meine Neugier siegt über die Höflichkeit, und ich frage den Jungen, dem ich vorgeworfen habe, zu viele Fragen zu stellen: »Ist das deine Mutter?«

Er nimmt den Bilderrahmen und nickt. »Meine Mum.«

»Ist sie … nicht mehr da?« Wie Abuela?

Ich sehe, wie sein Mund unerwartet zu zucken beginnt. »Ja und nein.«

»Sie ist weggegangen?« Wie Stefanie?

»Gewissermaßen.« Er stellt das Foto langsam zurück, fast andächtig. »Aber nicht auf die Weise, wie du denkst.«

Was ist bloß los mit mir? Man könnte meinen, für mich wäre es das Normalste der Welt, anderen das Herz auszuschütten. »Es tut mir leid. Ich hätte nicht fragen sollen«, sage ich mit erstickter Stimme. Hastig nehme ich meine Tasche von der Klavierbank. Mein Blick springt hin und her: die Bilder. Die Wand mit den Reiseerinnerungen seines Dads. Die Küche. Die Haustür. »Ich sollte jetzt gehen. Du musst mich nicht –«

Orion stellt sich vor mich und deutet auf das Sofa. »Bitte setz dich doch.« *Darf ich?*, scheint sein Gesicht zu sagen, als er zögernd nach meiner schwarzen Tasche greift und sie zurück auf die Bank legt. »Alles okay, Lila. Bleib einfach noch ein bisschen.«

Ich nicke und lasse mich in das dicke dunkelrote Leder sinken.

Orion nimmt sich seinen Cider, der auf einer Kommode steht. »Nichts mehr zu trinken? Bist du sicher?«

»Vielleicht einfach etwas Wasser.«

Er kommt mit einem Kristallglas wieder zurück. Dann schaltet er die Musik aus und setzt sich zu mir aufs Sofa, ein Kissen zwischen uns. Und sagt nichts.

Das Schweigen scheint ewig zu dauern. Ich hebe mein Glas in Richtung der Flasche in seiner Hand. »Also. Cheers?« Ich rümpfe die Nase. »Oder ist das jetzt weird?«

Er weicht mir aus, aber die Stille des Raumes ist unterbrochen. »Den alten Griechen zufolge könnte das tatsächlich tödlich für uns beide sein. In der Unterwelt tranken die Toten aus dem Fluss Lethe, um ihre vergangenen Leben zu vergessen. Deshalb nahmen die Griechen immer Wasser, um einen Toast auf ihre Toten zu sprechen und ihre Reise über den Fluss in die Unterwelt zu versinnbildlichen.« Er macht eine ausladende Geste. »Und aus diesem Grund glaubt man, dass mit Wasser anzustoßen das Gleiche ist, wie dem anderen und sich selbst Pech zu wünschen, oder sogar den Tod.«

»Wow. Okay. Kein Cheers also. Aber all diese abergläubischen Ideen, die du da immer von dir gibst – du glaubst doch nicht wirklich daran.« Ich sehe ihn mit zusammengekniffenen Augen an. »Oder?«

Er zuckt zusammen und sieht total gekränkt aus. »Hey, und wenn es so wäre? Wär das so schlimm?«

»Äh, echt jetzt?«

»Ja, echt«, gibt er zurück.

»Es gibt doch aber unzählige abergläubische Regeln aus Hunderten von Kulturen«, sage ich und fuchtele mit meiner freien Hand in der Luft herum. »Wenn man die alle beherzigen wollte, könnte man ja überhaupt nichts mehr machen! Ich meine – das Bett darf nicht in die falsche Richtung zeigen, auf dem Fußweg darf man nicht auf die Ritzen treten, unter Leitern sollte man nicht hindurchgehen und schwarze Katzen bringen Unglück, und das ist noch längst nicht alles!«

Orion sieht mich arglistig an. »Da wird deine Stimme aber gleich zwei Dezibel lauter.«

Na gut. Da bin ich voll drauf angesprungen. Meine Wangen sind rot wie kandierte Äpfel, um das zu wissen, brauche ich keinen Spiegel. »Du wolltest mich wohl nur dazu bringen, meine … ich sage jetzt nicht *kubanische* Seite zu zeigen, denn nicht alle Kubaner haben ein vulkanisches Temperament.« Ich erwidere seinen Blick und ziehe eine Grimasse – oder eigentlich ist es mehr ein aufgesetztes Grinsen.

»Keine Unterstellungen.« Noch ein Schluck. »Ich wollte eigentlich nur den Klugscheißer geben. Wie immer.« Als mein Grinsen sich in ein spöttisches Zähnefletschen verwandelt, fügt er hinzu: »Und nein, Lila. Mit dem Aberglauben ist das mehr so, dass ich diese Dogmen sammele. Eine Art Hobby. Außerdem interessiert mich die Geschichte dahinter.« Er zuckt mit den Schultern. »Ich mache das schon einige Jahre, seit …« Hastig geht er zu einem Bücherregal aus Kirschholz und kommt mit einem Foto zurück. Er presst den Bilderrahmen mit der Vorderseite an seine Brust.

»Ich wollte deiner Frage nach meiner Mum eben nicht ausweichen oder dir ein schlechtes Gewissen machen. Es ist eine lange Geschichte. Aber ich erzähle dir das Wichtigste.«

Ich stelle mein Glas auf einen Untersetzer und nicke.

»Vor sieben Jahren ist sie mit einer frühen Form von Demenz namens FTLD diagnostiziert worden: Frontotemporallappen-Degeneration. Ich war knapp zwölf und Flora acht. Und Mum war gerade mal zweiundvierzig.«

Diese Enthüllung wirbelt in meinem Inneren alles durcheinander und katapultiert die Sticheleien von vorhin aus dem Weg. Mein Tonfall verändert sich. »Das tut mir echt leid«, sage ich aufrichtig. »Ist sie hier? Oben?«

»Nicht mehr. Dad wollte sie so lange wie möglich zu Hause behalten. Jahrelang hatten wir Pfleger, die hier ein und aus gingen. Und für die letzten sechs Monate meiner Schulzeit wurde ich freigestellt, um zu Hause zu lernen und mitzuhelfen.« Er starrt geradeaus. »Aber vor ungefähr neun Monaten war ihre Krankheit dann zu weit fortgeschritten. Wir haben sie in einer betreuten Wohngemeinschaft untergebracht, wo man sich fantastisch um sie kümmert. Ich besuche sie ungefähr jeden zweiten Tag.«

Er drückt mir das Bild in die Hand. »Das war eines der letzten Fotos, die Dad vor ihrer Diagnose von ihr gemacht hat.«

Ich schlucke den Kloß in meinem Hals hinunter. Seine Mutter sieht wunderschön aus. Sie trägt einen cremefarbenen Pullover, die feenblonden Haare locker über den Schultern. Orion hat ihre Augen. Der Anblick dieser Frau, seiner Mum, die unter einem blühenden Kirschbaum steht, macht mich ganz sprachlos. »Oh, Orion, sie ist …«

»Sie ist alles.« Seine Stimme bricht. »Die Kirschblüte in London mochte sie besonders gerne. Daher hat Flora ihren Namen. Aber inzwischen erkennt sie weder mich noch Dad oder Flora. Sie weiß nicht einmal mehr ihren eigenen Namen.«

Ich öffne den Mund, um irgendeine Art Trost auszusprechen – aus meinem Innersten zu schöpfen, wo mein eigener Verlust wuchert –, als jemand quietschend die Haustür öffnet.

Flora kommt herein und bringt einen kühlen Windstoß mit. Als sie mich sieht, macht sich auf ihrem Gesicht so etwas wie Verwirrung breit. Es ist ziemlich eindeutig, dass ich nicht Charlotte aus Twyford bin.

Orion springt auf. »Hey, Pink, willst du etwas von dem epischen Flan-Dessert essen, das Lila gemacht hat?«, fragt er, als hätten wir gerade über Filme oder Musik oder irgendetwas anderes gesprochen, nur nicht über ihre Mutter. Floras Spitzname fällt mir natürlich auch auf. Pink wie die Kirschblüten? Vielleicht. Aber Floras schwarz-graues Outfit ist das Gegenteil von Pink oder Floral.

Noch bevor sie ein *Nein danke* erwidern kann, ist sie schon ein Drittel der Stufen hinaufgestürmt. Orion folgt ihr zur Treppe und flüstert ihr leise etwas über die Balustrade zu. Und dann ist sie weg.

Er dreht sich um, legt den Kopf schief und greift nach einem Bündel aus dunkelgrauer Wolle, das über dem Geländer hängt. Es ist die Strickjacke, die ich neulich Abend auf dem Kirchhof getragen habe. »Hier. Du zitterst ja.«

Meine Unterarme, die unter meinem dreiviertellangen blauen Top herausgucken, sind von Gänsehaut überzogen. Aber mir wird bewusst, dass ich eher überwältigt bin als kalt. Dennoch tausche ich bereitwillig den Bilderrahmen gegen die weiche Wolle und lege mir die Strickjacke über die Schultern. »Danke.«

Orion stellt das Foto wieder weg, dieses Mal auf das Klavier. »Das hat meiner Mum gehört. Sie war eine fantastische Klavierspielerin.« Er schüttelt den Kopf. »Beim Klavierspielen hat sie auch zuerst gemerkt, dass etwas nicht stimmte. Stücke, die sie seit Jahren auswendig kannte und ständig spielte … tja, sie hat einfach langsam die Noten vergessen.«

»Und dabei war sie erst zweiundvierzig. Es ist schwer vorstellbar, dass einem so etwas in dem Alter passieren kann.«

Orion setzt sich wieder neben mich, diesmal näher. »Es kommt häufiger vor, als es sollte, medizinisch gesehen. Aber man denkt nie, dass es einen selbst oder jemanden aus der eigenen Familie treffen könnte. Vor allem nicht, wenn man erst zwölf ist.«

»Da musstest du bestimmt auf einmal ziemlich schnell erwachsen werden.«

Ein einzelnes Nicken. »Deshalb habe ich mich auch so an dem Aberglauben festgeklammert. Als eine mentale Flucht, nicht als Verhaltenskodex. Dad und die Ärzte haben versucht, zu helfen und mich aufzuklären – immer ganz offen über das, was gerade passierte –, aber in mir drinnen war noch so viel mehr. Verunsicherung und Bitterkeit. Das Sammeln gab mir etwas zu tun. Aberglaube kann einige Dinge, die wir nicht verstehen, erklären oder ihnen einen Sinn verleihen.« Orion nimmt seinen Cider und fährt mit dem Finger um den Flaschenrand. »Viele Kulturen haben diese Verunsicherung auf Gegenstände oder Vorstellungen übertragen und so nachvollziehbar gemacht. Dadurch konnten die Menschen besser mit Schicksalsschlägen abschließen und fühlten sich nicht mehr ganz so machtlos.«

Einige Dinge können wir nicht verstehen. Zum Beispiel warum Stefanie ihre Vergangenheit mit mir teilen kann, aber mir ihre Zukunft nicht anvertrauen will. Warum Andrés sagen kann, dass er mich noch liebt, und trotzdem nicht mit mir zusammen sein will. Warum Abuela Jahre zu früh von uns gegangen ist. »Meine Familie hat auch versucht, mir zu helfen.« Besser gesagt, mich zu therapieren und zu beglucken. »Aber ich habe mich dagegen gewehrt und deshalb haben sie mich hierhergeschickt.«

Orion beugt sich vor, die Hände verschränkt. »Aber gleich drei Monate. Und das alles wegen deiner Freundin?«

»Ich wünschte, das wäre alles gewesen.« Ich kaue auf der Innenseite meiner Wange.

»Verstehe. Also, die Story mit meiner Mum scheint endlos lang zu sein. Aber das war die stark gekürzte Fassung. Die einfache, wenn man so will.«

Ich mustere ihn mit einem misstrauischen Auge. »Du meinst, dann könnte ich dir auch eine kurze und einfache Fassung meiner Story liefern, so als würde man eine fertige Backmischung verwenden, statt etwas von Grund auf selbst zu backen?«

»Das könntest du, ja«, sagt er und zeigt auf mich. »Aber ich wette um meinen nächsten Gehaltsscheck, dass du noch nie eine Backmischung verwendet hast. Und es auch nie tun wirst.«

Mein Mund öffnet sich weit, eigentlich nur um Luft zu holen. »Also gut. Ultrakurzversion kann ich auch«, höre ich mich sagen. Ich habe die ganzen traumatischen Erinnerungen an den letzten Frühling so lange für mich behalten. Aber genau wie vorhin mit Orions Freunden wird hier jetzt niemand meine persönlichen Angelegenheiten zum neuesten Geschwätz in der Nachbarschaft machen. Niemand hat über mich geurteilt oder jedes meiner Worte und jede meiner Bewegungen auf die Waagschale gelegt. Orion hat mir gerade von seiner Mum erzählt. Wir sind immer noch in dem kleinen, stillen Raum, der dadurch entstanden ist. Und in diesem Raum fühle ich mich … sicher.

Also fange ich an. »Ich nenne es den Dreifachen Fluch. Stefanie ist nur ein Teil davon. Was die anderen beiden anbelangt … Mein Freund hat mich vor ungefähr sechs Wochen nach drei Jahren sitzen gelassen. Und meine Großmutter. Meine Abuela.« Ich sehe ihm in die Augen. »Sie ist im März an einem Herzinfarkt gestorben. Das Rezept für den Flan heute Abend war von ihr.«

»Oha, das ist aber viel auf einmal.« Er schaut auf den Boden und dann hinauf zu mir. »Es tut mir echt total leid. Und das ist nicht nur so dahingesagt. Ich kann das nachempfinden – solche Verluste.«

»Ich weiß. Aber immerhin habe ich noch meine Mom. Sie und mein Dad sind fantastisch. Sie haben mich aufgezogen«, meine Stimme zittert, »aber Abuela … hat mich wachsen lassen.«

Im Gegensatz zu meinem vollen Haar, das in dichten Wellen über meine Schultern fällt, sind meine Hände klein und zierlich. Er greift zögernd nach der Hand, die in der Nähe seines Oberschenkels auf dem Sofa liegt. Als ich mich mit einem Nicken einverstanden erkläre, umschließt er meine Hand mit seiner, biegt meine Finger zu einer runden Faust. Ein Miniaturplanet im Griff seiner starken Anziehungskraft. Ich schließe unwillkürlich die Augen. Das habe ich so vermisst. Nein, nicht nur einen Jungen, lebendig und warm an meiner Seite. Überhaupt jemanden außerhalb der Familie.

Orion horcht auf, als Floras schleppende Schritte über die Zimmerdecke trampeln. Bruchstücke ihrer Telefongespräche dringen gedämpft durch die Lüftungsschächte. Wir trinken unsere Getränke aus und schlendern durch die Straßen von St Cross zum Crow.

In der Zwischenzeit muss es geregnet haben. Wir gehen nebeneinander den nassen Fußweg entlang. Aber es dauert länger als vorhin, als ich mit seinen Freunden zu ihm gekommen bin. »Ist das ein anderer Weg?«

Im Schein der Straßenlampen sehe ich, wie sich sein Mund zu einem Lächeln verzieht. »Länger, ja. Ich dachte, das könnte ich gebrauchen nach zwei Portionen Flan.«

Ich stoße ein Lachen aus. »Du meinst wohl drei.« Wir schwenken beide zur Seite, um einer besonders tiefen Pfütze auszuweichen. »Tut mir echt leid wegen Charlotte, wollte ich noch mal sagen.«

»Ja. Ich fand sie toll, aber das hab ich schon abgehakt. Solche Spielchen spiele ich nicht mit.«

Seine Worte hallen in meinem Kopf wider und erinnern mich daran, dass es auch für mich Zeit ist, ein Spiel aufzugeben, das ich nicht mehr gewinnen kann. Hier, vor dem Hintergrund der schwarzen Baumwipfel und der trutzigen alten Steinmauern, höre ich auf, mein Spiel mit England zu spielen. *Also gut*, sage ich zu dieser kleinen mittelalterlichen Stadt. *Du bist gar nicht so übel. Zufrieden?*

Wir gehen um eine Straßenecke, die ich wiedererkenne. Kurz darauf kommen wir an der Kirche und dann an dem ummauerten Innenhof mit dem trockenen Heiligenbrunnen vorbei. Schließlich stehen wir vor dem Inn. Hinter den Fenstern im ersten Stock brennt noch Licht.

Vor dem Rosenbogen hält mich Orion noch einmal zurück. »Du und die anderen, aber vor allem du, habt meinen beschissenen Abend gerettet. Danke also dafür.« Er steht total nah vor mir. So nah, dass jeder, der vorbeiginge, uns für ein Liebespaar unter dem Sternenhimmel halten würde, kurz vor dem Kuss. Aber wir sind kein Paar. Wir sind Lila Reyes aus Miami und Orion Maxwell aus Winchester.

»Darf ich dich um etwas bitten?« Der süßsaure Geruch von Cider schwingt in seinem Atem mit.

Ich zucke zusammen und zittere ein bisschen. Vielleicht ist es die Kälte. »Das *darfst* du«, sage ich und amüsiere mich etwas über seine Förmlichkeit.

Er schnaubt leise. »Was ich vorschlagen wollte … ich will nicht verlegen um den heißen Brei herumreden, Lila.«

Wenn jemand schon so anfängt, ist er die Verlegenheit in Person. »Du hättest auch sagen können, dass du mal nicht so britisch sein willst.«

Damit ernte ich ein Lachen, heiter und herzlich. Als es verklungen ist, sagt er: »Weißt du, auch wenn es gerade ziemlich kühl ist, der Sommer *wird* kommen und mit ihm auch höhere Temperaturen. Und ich hatte gehofft, Charlotte würde ein paar Dinge mit mir unternehmen. Es gibt das Kino und einige tolle Events, die jedes Jahr stattfinden. Und Jules und ihre Band, Goldline, spielen alle möglichen coolen Gigs.«

Ich spanne mich an. »Du willst, dass ich für Charlotte einspringe?« Ich bin kein Lückenbüßer für irgendjemanden.

»Nein. Überhaupt nicht. Ich kapiere, was du durchgemacht hast. Du hast dich ja gerade erst von diesem Typen getrennt. Wie hieß er noch mal?«

»Andrés.« Andrés Christian Millan.

Seine Augenbrauen zucken. »Andrés. Das ist aber ein ausgefallener Name.« Ich will schon beleidigt den Kopf einziehen, aber seine nächsten Worte lassen mich wieder aufschauen. »Lila, was ich vorschlage, ist mehr so was wie eine Vereinbarung.«

»Das könnte man über Prostitution auch sagen. Damit kannst du mich nicht überzeugen.«

Orion atmet schwer aus. Er reibt sich das Gesicht, von der Stirn bis zum Kinn. »Ich verstehe, warum du neulich mein Angebot ausgeschlagen hast – als Mrs Wallace mich gedrängt hat, dich herumzuführen.«

Ich presse die Lippen zusammen.

»Aber in einem Punkt hatte sie recht. Du kannst wirklich nicht die ganze Zeit in dieser Küche verbringen. Du musst auch mal rauskommen, und nicht nur allein. Also ist mein vollkommen unaufdringlicher Vorschlag folgender: Ich zeige dir die Gegend und ich bin auch nicht allein. Diesmal kommt die Frage ganz von mir. Nicht von der Mutter eines Freundes.«

Es ist das gleiche Angebot und doch vollkommen anders. Heute Abend ist es echt. Ich probe meine Antwort in meinem Kopf. Miami wird auch auf mich warten, wenn ich mir in der

Zwischenzeit etwas mehr Mühe gebe, mich hier einzuleben, oder? Also sage ich es laut. »Ja.«

Orion grinst. »Großartig.«

Ich lächele zaghaft zurück. »Sieht so aus, als würde ich doch noch einen Tourguide bekommen.«

»Klar, nennen wir es mal fürs Erste so. England hat vieles zu bieten, was dir keine Karte zeigen kann. Aber ich kann es.«

Ich reiche ihm seine Strickjacke. »Und was passiert, wenn Charlotte morgen bei dir vor der Tür steht?«

»Nichts passiert dann. Nicht nach dem, was ich von Teddy gehört habe. Weißt du, Backmischungen sind schön und gut.« Er geht rückwärts ein paar Schritte zurück und zwinkert mir zu wie die Sterne. »Aber ich bin für das Echte.«

Kapitel 10

Ich versuche gerade, die Spuren eines ganzen Back-Vormittages von den Küchenutensilien zu waschen, als der Timer des Ofens piept. Und piept. Aber Polly ist nicht in Sicht. Ihre Jammie-Dodger-Cookies – äh, – Kekse – werden noch verbrennen und meine Ohren platzen. Also streife ich meine Hände an Abuelas Schürze ab und gehe zum Etagenofen.

Ich habe schon zwei der drei Backbleche auf die Holzplatte der Kücheninsel befördert, als die Bäckermeisterin des Crow durch die Schwingtür gerauscht kommt. »Was machst du denn da?«

Ich lackiere mir die Fingernägel und tanze Stepptanz. Ich knalle das dritte Backblech auf die Kücheninsel und die Ofentür zu. »Ihre Kekse. Ich dachte, Sie hätten den Timer nicht gehört.«

Polly zieht ihre Schürze über. »Natürlich hab ich ihn gehört. Schließlich bin ich hier, oder etwa nicht?«

Dios. Nicht meine Küche. Pollys Küche. Ich hebe in gespielter Kapitulation die Hände und mache mich wieder daran, die unzähligen Schüsseln und Utensilien abzuwaschen, die ich gebraucht habe, um den heutigen Auftrag aus Pollys rotem Ordner zu erledigen.

Ich habe die Arme bis zum Ellenbogen im Spülwasser, als Orion durch die Hintertür in die Küche kommt. Er trägt weite Trainingshosen und ein langärmeliges Joggingtop. Im Grunde die männliche Version dessen, was ich trage, ohne das Stirnband und den Pferdeschwanz.

Polly legt ihre Kekse auf die Abkühlgitter. »Ach, hallo. Du hast doch heute gar keine Lieferung für uns, oder?«

Orion sieht mit dümmlichem Blick in meine Richtung und antwortet gelassen: »Nein, habe ich nicht. Aber wenn ich mich recht erinnere, seid ihr um diese Zeit mit dem ersten Backen fertig, und dann macht Lila ihre Joggingrunde. Und ich habe beschlossen, auch wieder mit dem Joggen anzufangen.«

Ach wirklich?

Polly legt den Kopf schief. »Ein Grund mehr, sich erst mal mit etwas Süßem zu stärken. Im Salon ist schon etwas Gebäck angerichtet.«

»Es *war* angerichtet.« Das ist Cate, die gerade mit zwei Kaffeekannen hereingeplatzt ist. »Ein paar Fladenbrote sind noch übrig, aber kein einziger Krümel von den Chelsea Buns.«

Ich hänge mein Geschirrtuch auf und höre neugierig zu. Polly hat die Brote gemacht – herzhafte, runde Fladenbrote –, aber ich habe die Chelsea Buns gebacken. Rosinengefüllte Hefeschnecken, so ähnlich wie Zimtschnecken.

Polly dreht sich zu mir. »Hast du nicht die angegebene Menge gemacht? Bisher hat es immer für ein ausgebuchtes Gasthaus gereicht und es ist sogar noch etwas übrig geblieben für die Reinigungskräfte und die Landschaftsgärtner.«

Wirft sie mir jetzt etwa vor, beim Backen faul gewesen zu sein? Ich schwenke ihren roten Ordner. »Vier Dutzend, genau wie *Ihr* Rezept es vorgibt.«

»Interessant«, sagt Cate. »Tatsächlich habe ich gesehen, dass Mr Howell aus Zimmer sechs drei auf seinem Teller hatte.« Dann wendet sie sich an Polly: »Wir brauchen auch Kaffeenachschub.«

Ein kurzes Nicken von Polly, bevor sie sich zwei Kannen mit frischem Kaffee schnappt und aus der Tür hastet.

Ich werfe Orion einen kurzen Blick zu, der mit verschränkten Armen und verschmitztem Grinsen am Tresen lehnt und sich offensichtlich köstlich über die neueste Polly-Lila-Konfrontation amüsiert. Besser als jede von Mamis Telenovelas. »Polly hat mich in den letzten Tagen mit der süßen Frühstücksauswahl beauftragt«, sage ich zu Cate. »Sollte ich vielleicht einfach mehr davon backen?«

Sie geht auf die Küchentür zu, Gartenschere und Stoffbeutel in der Hand. »Ja, das solltest du. Ich dachte, es wäre nur ein Zufall, aber es ist seit letzter Woche nichts mehr vom süßen Frühstücksgebäck übrig geblieben.«

Orion blättert durch Pollys Buch. »Was tust du nur in dein Gebäck, Lila?«

Ich vergewissere mich, dass wir allein sind. »Es ist mehr das, was ich nicht hineintue. Polly besteht darauf, dass ich nach ihren Familienrezepten backe und nicht nach meinen eigenen. Aber manchmal stimmen die Mengenverhältnisse einfach nicht. Also hab ich die Rezepte ein bisschen optimiert.« Ich stelle die Schüsseln auf das Abtropfgestell.

»Aber diese Rezepte sind britische Klassiker und werden seit Jahrzehnten in ihrer Familie weitergereicht.«

Ich wirbele herum. »Hast du jemals eine von Pollys Hefeschnecken probiert?«

»Schon oft. Sie gibt mir oft welche davon mit, wenn ich Tee bringe.«

Ich greife nach einem kleinen Teller neben dem Kühlschrank. »Das ist eine meiner Hefeschnecken. Sie kam etwas verformt aus dem Ofen, deshalb hab ich sie zur Seite gelegt. Greif zu.«

Er verzieht den Mund, bevor er ein großes Stück abbeißt. Und dann noch eines.

Ich räume die abgewaschenen Löffel und Messbecher weg. »Ich meine, die Gäste nehmen sich *bestimmt* nur aus Mitleid nach und ich dumme Gans habe das Frühstück total –«

»Lila.«

»Und das Familienrezept ver–«

»Lila.«

»Was?« Ich reiße mir Abuelas Schürze herunter.

»Das ist der köstlichste und betörendste Chelsea Bun, den ich je gegessen habe.«

Ich sehe ihn an, als wüsste ich das schon längst.

»Und«, fährt Orion fort, »er ist irgendwie noch so wie die Chelsea Buns, die ich schon gegessen habe, als ich noch Windeln trug, aber auch um Welten besser. Hast *du* denn heute schon etwas von dem abbekommen, was du gebacken hast?«

»Nur eine Bäckerkostprobe.«

Orion reißt den Rest der Hefeschnecke entzwei und hält mir die Hälfte hin. »Verrat mir, warum deine Buns besser schmecken.«

Zwischen Bissen klebriger Gaumenfreude erkläre ich ihm: »Eine Spur weniger Zucker im Teig. Eine Prise Kardamom zusätzlich zum Zimt dazu und die Glasur mit etwas geriebener

Zitronenschale ziehen lassen.« Genau wie Abuela es gemacht hätte.

Er leckt sich die Finger. »Ich werde nie wieder an dir zweifeln.«

Ich lecke mir ebenfalls die Finger. »Das will ich dir auch geraten haben, wenn du mit mir Sport machen willst. Übrigens bin ich eine ziemlich gute Läuferin.«

»Ich komm schon hinterher. Aber ich hätte dich vorher fragen sollen. Entweder du sagst mir, dass du gern allein joggen gehst, um nachzudenken, was absolut okay ist. Oder du erlaubst mir, dir eine paar neue Laufstrecken zu zeigen. Die meisten Einheimischen schlagen Besuchern vor, die Runde in die Stadt zu laufen, den College-Fußweg am Fluss entlang.«

»Das ist die einzige Strecke, die ich bisher gelaufen bin«, gebe ich zu. »Die einzige, die ich kenne.« Ich hatte nicht einmal daran gedacht, etwas zu ändern, was eigentlich ganz gut funktionierte.

»Also gut.« Sein Gesicht verzieht sich zu einer Mischung aus einem Schmunzeln und einem Lächeln. »Ich kann dir zeigen, was du verpasst hast.«

Kapitel 11

Orion läuft neben mir und versucht wahrscheinlich, mit Schweigen und stoßweisem Atmen zu kaschieren, dass ihm die Lunge brennt, weil er überhaupt keine Kondition hat. Ich sage ihm nicht, dass ich gar nicht so schnell laufe wie sonst. So fies bin ich nun wirklich nicht. Meistens. Aber die Ausblicke sind unsere Langsamkeit wert.

Er schnauft und stößt hervor: »Was ist denn das? Ein leuchtender runder Himmelskörper. Eine seltene Erscheinung.«

Ich lache, aber ich brauche gar nicht in den Himmel zu gucken. Wir wechseln vom Fußweg auf einen versteckten Pfad. Ich versuche nicht einmal, mein Staunen zu verbergen, als Orion mich in ein lebendes Kaleidoskop führt. Bäume neigen sich tief unter dem Gewicht sternförmiger Blätter, während Büsche ihre spindeldürren Arme in die Höhe recken und hohe Spaliere bilden. Sonnenlicht scheint hindurch und wirft changierende filigrane Muster auf den harten Boden. Licht und Schatten lassen Orion gestreift aussehen wie eine getigerte Katze.

»Na, ist das nun die unerwartete Begleitung wert?«, fragt er.

»Absolut. Fantastisch.« Aber der Pfad zerrt nicht nur an meinen Muskeln, denn das ist genau so ein Ort, wie ich ihn aufsuchen würde, um allein zu sein und zu weinen. Um Menschen zu vermissen. Ich würde hier sitzen wie im waldigen Oleta River State Park an der Biscayne Bay. Und darauf warten, dass das helle Licht schwarz wird, passend zu den Schatten in meinem zerbrochenen Herzen.

Aber jetzt sitze ich nicht. Ich laufe, langsamer als sonst, aber immer noch entschlossen und mit ganzem Einsatz. Vorwärts – ich hatte ganz vergessen, wie sich das anfühlt. Wird das von Dauer sein? *No se.* Aber dieser luftige Blättertunnel engt mich nicht so ein wie eine British-Airways-Kabine oder das One-Way-Ticket, das mich hergebracht hat.

Wir behalten unser Tempo bei, bis der Pfad sich öffnet, näher am Stadtzentrum, als ich gedacht habe. Die vier Spitzen der Kathedrale von Winchester ragen in der Ferne in den Himmel. Autos und Geschäfte enttarnen das moderne Leben.

Orion stößt mich an. »Ich habe dich in einer Art Halbkreis hierhergeführt, eine Strecke von etwa fünf Kilometern.«

»Willst du damit sagen, wir sollen aufhören?«, frage ich. Aber eigentlich war das schon ein ganz guter Anfang für jemanden, der lange nicht gejoggt ist.

»Vielleicht können wir ein Stück gehen? Von hier ist es nicht weit zu Maxwell's. Ich muss nur schnell eine Bestellung fertig machen und sie ein paar Straßen weiter vorbeibringen. Und du kannst ein paar Teesorten probieren.«

»Teeverkostung. Ist das auch so ein Initiationsritus in Winchester?« Ich verlangsame mein Tempo und lasse meinen Nacken kreisen.

Er antwortet nicht, sondern steht vornübergebeugt und saugt die Luft ein, als wollte er einen Speicher für später auffüllen. Das ist wirklich ziemlich … *süß*.

Ich laufe zu ihm zurück. Pikse ihm spielerisch in die Schulter. »Lebt es noch?«

»Haha, sehr witzig«, sagt er und richtet sich auf. »Du bist eine gute Läuferin, Lila aus Miami. Aber ich werde versuchen, dir nachzueifern. Los, komm. Wir können an der Kathedrale vorbeigehen.«

Ich folge ihm einen Fußweg in der Nähe des Winchester College entlang. Die morgendliche Luft kühlt meine erhitzte Haut. Diesen Teil des Weges kenne ich gut, aber Orion bleibt an der niedrigen Steinmauer am Ende noch einmal stehen.

Ich sehe sofort, warum. Genauso wie der Secondhandladen letzte Woche ist die Mauer mit schwarzer Sprühfarbe beschmiert worden. »Schon wieder?«

»Das waren dieselben Leute.« Er deutet auf die verzerrten Graffiti-Umrisse. »Woran erinnert dich das?«

»Sieht so aus wie diese Papierketten, die wir damals in der Schule gebastelt haben, bei denen man an vierundzwanzig Tagen bis Weihnachten ein Kettenglied abreißt. Nur kürzer.«

Er nickt und sagt: »Ich glaube, es sind Unendlichkeitssymbole. Aber im Gegensatz zu dem einzelnen Zeichen, das ich bei Come Around Again weggeschrubbt habe, sollen das wohl mehrere sein, die aneinanderhängen.« Er fährt mit dem Finger die Linien entlang und er hat recht. Es ist eine Kette von drei Unendlichkeitssymbolen.

»Wer macht so was und warum?«

»Niemand aus dem Ort. Darauf würde ich unseren Laden verwetten. Es gibt da eine Londoner Indie-Band – das heißt ein Frontman mit seinem Bassisten und Schlagzeuger und ihrer ganzen Entourage. Sie verbringen ziemlich viel Zeit in

Winchester. Zu viel Zeit für unseren Geschmack. Jedes Mal durchstöbern sie bei Farley's den ganzen Laden, um etwas besonders Seltenes und Interessantes zu finden. Und meistens machen sie Krawall in den Pubs und geraten ständig in irgendwelche Prügeleien und Tumulte. Sie sind etwa in unserem Alter und die totalen Flachwichser.«

Ich ziehe die Augenbrauen hoch. »Und die Graffiti?«

Orion schlendert weiter und bedeutet mir mitzukommen. »Die anderen Ladenbesitzer und ich haben keinen konkreten Beweis, dass sie es sind. Aber guten Grund, es zu vermuten. Das mit den Graffitis geht jetzt schon etwa ein Jahr. Jedes Mal nehmen sie ein Symbol aus ihren Songtexten. Nicht aus den Titeln, das wäre zu offensichtlich. Aber in einem ihrer Jams kommt die Zeile ›*throw me into infinity*‹ vor. Unendlichkeit. Wir hatten auch schon Pfeile, Kronen … alles zentrale Bilder, die sich in ihren Songs finden. Trotzdem können wir nichts dagegen tun, weil es bisher noch nie jemand geschafft hat, sie auf frischer Tat zu ertappen.«

Ich spüre, wie sich meine Stirn in Falten legt. »Man sollte meinen, eine Band, die Gigs spielt, wüsste Besseres mit ihrer Zeit anzufangen, als Winchester zu terrorisieren.«

»Unsere kleine Hampshire-Stadt hat etwas, das ihr Frontman Roth Evans zu gerne haben würde. Mehr noch als seltene Schallplatten von Farley's.« Er sieht mir direkt in die Augen. »Jules.«

»Da wird Remy doch sicher auch noch ein Wörtchen mitreden.«

Orion macht eine unbestimmte Geste. »Klar, das tut er, aber nicht so, wie du denkst. Ich hab dir ja erzählt, dass Jules talentiert ist, aber das ist eine Untertreibung. Sie ist nicht nur eine brillante Songschreiberin. Jules ist auch eine außergewöhnliche Sängerin. Sie wird einen Plattendeal an Land ziehen und berühmt werden – so gut ist sie.«

»Wow.« Ich lächele, auch innerlich. Ich mochte Jules von Anfang an. »Dann will dieser Roth also, dass Jules in seine Band eintritt?«

»Ja, er ist ganz versessen darauf. Er versucht schon lange, sie von Goldline, ihrer Band, abzuwerben.« Wir gehen durch einen Park, bebilderte Schilder weisen den Weg zur Kathedrale. »Vor allem, seit er es geschafft hat, einmal mit ihr zu singen. Und dahinter steckte leider Flora.«

Ich stolpere fast über meine eigenen Füße. »Flora?«

Er seufzt. »Letztes Jahr waren Roth und seine Kumpane mal wieder bei Farley's. Flora hat sich wegen irgendeiner belanglosen Musikfrage mit ihnen angelegt. Sie haben eine Wette abgeschlossen, bei der es tatsächlich um Geld ging, von dem Flora wenig hat.«

Ich schüttele den Kopf. »Und sie hat die Wette verloren.«

»Genau. Und Roth hatte eine Goldader gefunden. Er sagte zu Flora, sie seien quitt, wenn sie Jules überzeugen könnte, auf dem Win-Fest einen Song mit ihm zu singen.« Als ich die Stirn runzele, fügt er hinzu: »Wir haben hier jeden Oktober ein riesengroßes Street Festival. Roth sollte auftreten und er wollte Jules für die andere Hälfte eines Duetts. Du hättest den Menschenandrang sehen sollen.«

»Dann ist es also wirklich zu dem Duett gekommen?«

»Ja, weil Jules Flora so sehr mag, dass sie sogar mit Goldlines größten Rivalen auftritt, um ihr den Arsch zu retten. Jules stimmte zähneknirschend zu und das Ganze sorgt immer noch für Streit bei Goldline.« Er nickt langsam. »Roth und Jules haben *Blackbird* gesungen, unplugged. Mein Gott, ich gebe es ungern zu, aber es war absolut umwerfend.«

Mein Herz zieht sich zusammen – Stefanie ist ein großer Paul-McCartney-Fan. Immer wenn ich uns durch Miami fuhr, bestand sie darauf, seinen Spotify-Kanal zu hören.

Orion öffnet einen Browser auf seinem Telefon. »Das ist Roth, kurz für Maximillian Evans Rothschild III. Doch niemand, dem sein Leben lieb ist, nennt ihn so.«

Ich zucke innerlich zusammen, aber aus einem anderen Grund. »Warte, lass noch mal sehen.« Ich nehme sein Handy. »Als ich neulich bei Farley's war, habe ich diesen Typen mit Flora gesehen. Sie schienen eine hitzige Diskussion zu haben, aber sie sind zusammen gegangen.«

Orion flucht leise vor sich hin. »Man sollte meinen, sie hätte gelernt, dieses Gesocks zu ignorieren, aber meine Schwester lässt sich so leicht beeinflussen. Roths Bassist, Fitz, hat einen Bruder, der Technik und Promo für sie macht. Und der steht auf Flora. Bisher scharwenzelt er nur um sie herum, aber wenn mehr daraus wird, habe ich ein Problem damit. Nach dem, was Jules für sie getan hat, ist das wirklich Scheiße. Außerdem ist er neunzehn und sie gerade mal fünfzehn. Das gefällt mir überhaupt nicht.«

Ich mustere Orions Gesicht. Er sieht bedrückt und abgekämpft aus, und zwar nicht nur vom Joggen. »Du willst sie am liebsten jede Sekunde im Auge behalten, was?«

»Zumindest jede Sekunde, auf die es ankommt. Aber es ist, als würde man eine Hummel verfolgen«, sagt er scherzhaft, und ich denke an Pilar, die all diese Jahre auf *mich* achtgegeben hat. Mich beschützt und gelenkt hat und mir die Hölle heißgemacht hat, wenn ich aus der Reihe getanzt bin. Und meistens habe ich ihr daraufhin noch mehr die Hölle heißgemacht und sie in ihre Schranken verwiesen. Die Erinnerungen an Miami durchfluten meinen Kopf und mein Herz. Ich vermisse meine Schwester.

Orion dehnt kurz seine Schultern. »Jetzt kennst du die Story hinter unserem Graffiti-Problem. Roth und seine Leute wollen uns nur manipulieren. Du weißt schon, Schikane und Provokation, weil sie ihren Willen nicht bekommen. Und eines Tages werden wir sie erwischen.« Er reibt sich das Gesicht und holt tief Luft. »Aber jetzt werden wir zwei uns mal kurz eine kleine Kirche angucken, bevor wir in die Stadt gehen.«

Kleine Kirche? Wohl kaum. Mein Heimweh verfliegt, als wir auf die Kathedrale von Winchester zukommen. Ich habe das riesige gotische Gebäude schon aus der Ferne gesehen, aber jetzt stehe ich zum ersten Mal vor der imposanten Fassade mit den bunten Bogenfenstern. Die Kathedrale ist so prunkvoll. Ich weiß überhaupt nicht, wohin zuerst mit meinem Blick.

»Beeindruckend, stimmt's?« Als ich nur nicken kann, fügt er hinzu: »Elftes Jahrhundert. Eine der größten Kathedralen im Vereinigten Königreich.«

Wir gehen das lang gestreckte Mittelschiff entlang, das aussieht wie ein großer Brustkorb, durchsetzt mit Hunderten von Buntglasfenstern. Das Querschiff ragt zu beiden Seiten etwas heraus – kreuzartig –, genau wie bei Notre Dame in Paris. Aber die Kathedrale in Paris kenne ich nur von Fotos.

Orion schnalzt mit der Zunge, seine Augen blitzen auf – echt süß –, und ich weiß, was jetzt kommt. »Ein russischer Aberglaube besagt, wenn du mit einer alten Münze dreimal um eine Kirche gehst und die Münze dann zu Hause an einen Ort legst, wo du Wertsachen aufbewahrst, wirst du reich.«

»Ach, so einfach ist das? Und da habe ich schon Pläne geschmiedet, wie ich Millionärin werden kann, indem ich ganz Miami mit kubanischem Gebäck versorge.«

Wir verlassen das Gelände der Kathedrale durch eine schmale Zugangsstraße. Noch mehr urige Häuser und Geschäfte, noch mehr *Altes*. »Und wie steht es nun mit diesem kubanischen Gebäck?«, fragt er.

»Du meinst wohl, wann du davon zu essen bekommst?« Ich stoße ein prustendes Lachen aus. »Ich fange hier ja gerade erst an, aber nach einem ersten Supermarktbesuch ahne ich, dass ich vor einigen Herausforderungen stehe. Keine Guavenpaste in den Regalen, und die ist ein absolutes Muss. Meine Mutter will mir welche schicken. Alles, was ich auftreiben konnte, war Feigenpaste. Echt jetzt, *Feige*!«

»Halt.« Er bleibt tatsächlich stehen. »Lektion eins von deinem Tourguide: Kein böses Wort hier über die Feige. Wenn du einen Blick in Pollys Buch geworfen hast, musst du doch auf Feigenpudding und Feigentörtchen und Feigenbrötchen gestoßen sein.«

»*Me cago en diez*«, murmele ich vor mich hin. »Erinnere mich bloß nicht an dieses monströse rote Buch.«

»Sieh an.« Er bindet seine Schnürsenkel zu. »Ich hab dich so verärgert, dass du ins Spanische verfallen bist. Ich wette, das war ein Fluch. Ich muss mir mal ein paar spanische Kraftausdrücke aneignen.«

Er erntet meinen besten Seitenblick. »Da brauchst du nur weiter von Polly zu sprechen.«

In Maxwell's Teeladen blättere ich durch die Broschüre mit den Teesorten und der Preisliste. Teddy und Marjorie, zwei

Studenten, die als Verkäufer aushelfen, habe ich schon kennengelernt. Sie kümmern sich gewandt um die Kunden, während Orion im Hinterzimmer verschwindet.

Doch dieser Laden hält mehr Überraschungen für mich bereit als Gourmet-Teesorten. Ich hätte nicht gedacht, dass er dem Verkaufsraum der Panadería La Paloma so ähnelt. Der gleiche helle Holzfußboden und weiße Tresen. Ähnliche Hängelampen und cremefarben gestrichene Wände.

Orion taucht wieder auf, unerhört sauber und frisch in einem neuen langärmeligen T-Shirt (hat er hier etwa einen Kleiderschrank?). Er deutet mit dem Daumen auf den bogenförmigen Durchgang hinter dem Tresen. »Wir haben ein kleines Bad da hinten, wenn du möchtest.«

Oh, meine klebrige Stirn und meine Schweißflecken möchten durchaus. »Danke.« Der Weg führt durch eine kleine gewerbliche Küche, aber es ist eine kulinarische Geisterstadt mit zugedeckten Geräten und Arbeitsflächen, die nur noch als Ablage dienen. Hier kocht niemand mehr. Ich kann nicht anders – mir tut dieser Raum leid, wie jeder Raum, der so offensichtlich seinen eigenen Küchenchef vermisst. Albern. Ich verdrehe die Augen über mich selbst und freue mich an der Gardenienseife und dem warmen Wasser im Toilettenraum.

Als ich zurückkomme, packt Orion gerade eine Bestellung für einen Großkunden zusammen. Wie er da losen Tee abwiegt und in kleine beschichtete Tüten füllt, könnte er auch ein Apotheker aus einer alten Zeit sein, der in einen modernen, lichtdurchfluteten Raum der Zukunft gebeamt wurde, in dem er Joggingkleidung trägt. An der Wand hinter ihm stehen Dutzende Metalldosen. Seine Art von Kräutern und Essenzen.

»Alles fertig. Die bringe ich auf dem Rückweg nach Hause beim Bistro vorbei, damit hier wieder Platz ist.« Er winkt mich zu der kleinen Verkostungstheke am Ende des Tresens.

Ich lasse mich auf einen Hocker fallen. »Arbeitest du heute tatsächlich?«

»Später, wenn Teddy zum College muss. Aber erst gehe ich noch Mum besuchen.« Das kleine Wort schwebt zwischen uns. Wir halten es für einen kurzen Moment fest, bevor Orion resigniert lächelt und hörbar ausatmet. »Also, wie viel weißt du über Tee?«

»Ungefähr so viel, wie du über kubanischen Kaffee weißt. Abgesehen davon ist in Miami eher Eistee in den Straßencafés angesagt.«

Orion grinst und das winzige Grübchen an seinem Kinn wird wieder sichtbar. »Oh Gott, das ist wirklich ein Sakrileg. Da habe ich ja noch einige Überzeugungsarbeit zu leisten.« Er geht hinüber zu der riesigen Teeauswahl an der Wand. »Wo soll ich anfangen? Hm, lass uns erst mal einen schlichten Klassiker probieren. English Breakfast.«

Ich beobachte seine Handgriffe in einem kleinen Arbeitsbereich, wo er einen Wasserkocher befüllt und eine kleine Porzellankanne mit etwas heißem Wasser ausspült, um sie vorzuwärmen. Er bewegt vielsagend seine Augenbrauen auf und ab und greift nach einer der Teedosen. Misst ab. Stellt zwei Teetassen auf ein Tablett mit einem Milchkännchen und einem Zuckerdöschen.

Es beruhigt mich richtig, ihn zu beobachten. Mein Atem wird langsamer. »Das ist ja ein ziemliches Ritual.«

Orion wischt mit einem Geschirrtuch über die Theke. »Wenn du Rituale magst, warte nur, bis ich dir einen von den asiatischen grünen Tees zubereite. Oder Oolong.« Er stellt das fertige Tablett vor mich hin und lässt sich auf einen anderen Hocker fallen.

Dass er das hier alles für mich macht, ist mehr als süß. Es ist liebenswürdig. Lächelnd greife ich nach der Teekanne, aber er stoppt mich mit einer erhobenen Handfläche. Seine Finger sind lang und schlank. »Noch eine Minute. Timing ist alles. Tee lässt sich nicht hetzen.«

Timing. Für die nächsten drei Monate hat meine Familie meine Zeit gekapert, von der Uhrzeit bis zum Kalender. Ich habe es nicht geschafft, ein früheres Rückflugticket zu bekommen. Auch hier nützt es nichts, zu hetzen.

»Lila?«

»Ich … danke.« Orion gießt tiefbraunen duftenden Tee in unsere Tassen. »Normalerweise können die Kunden also nur losen Tee kaufen, aber keine Tasse davon hier trinken? Vielleicht mit einem kleinen Gebäck oder einem Scone?«

»Im Moment nicht, nein. Wir haben die Küche hinter dem Laden mit der Immobilie übernommen, aber wir sind nicht auf Gastronomie ausgerichtet.«

Ich erwidere seinen Blick und nicke, bevor ich meine Finger durch den Henkel fädele. Mit Geschmack kenne ich mich aus. Aber der English-Breakfast-Tee zaubert Geschmacksnoten auf meine Zunge, die ich nicht benennen kann. »Der ist wirklich gut. Kräftig und aromatisch.«

Orion lächelt. »Das lasse ich gelten. Und, willst du jetzt wirklich mal britisch sein und einen Schuss Milch dazutun?«

Ja, in dieser kleinen, unbedeutenden Sache will ich ruhig einmal britisch sein. Vielleicht liegt es an der Art, wie er gefragt hat, an seinem weichen, honigsüßen Akzent, gewürzt mit einer Prise Dreistigkeit. Ich gebe die Milch hinzu und beobachte, wie der Tee einen hellen Mokkaton annimmt.

Orion gießt auch etwas Milch in seine Tasse. »Ach, bei all dem Gerede über Jules und Goldline vorhin habe ich ganz vergessen, dich zu ihrem Auftritt nächstes Wochenende einzuladen.«

Ich nehme noch einen Schluck. Orions Lobeshymnen auf Jules' Stimme und ihr Bühnentalent noch im Ohr, nicke ich natürlich sofort.

»Großartig! Dann haben wir ein D…« Seine Wangen glühen in einem Rot, das nichts mehr mit unserem Lauf zu tun hat. »Dein Winchester City Guide wollte nur sichergehen, dass du am Samstagabend nicht allein zu Hause sitzt.«

»Ich freu mich schon«, sage ich und merke, dass es stimmt.

»Also, Lila aus Miami.« Er deutet auf meine Tasse. »Die meisten Leute hier haben einen Tee, den sie als *ihren* Tee bezeichnen. Du weißt schon, einen speziellen Lieblingstee. Victoria vom Secondhandladen zum Beispiel liebt diesen schwarzen Ceylon, den wir anbieten. Den zieht sie allen anderen Teesorten vor. Wir müssen unbedingt deinen Favoriten finden. Dafür musst du natürlich noch mehr Sorten probieren, aber kommt English Breakfast in die engere Auswahl?«

Ich habe meine Tasse fast ausgetrunken. »Ich bin mir nicht sicher. Ich meine, ich mag ihn sehr. Ich bin vielleicht keine Teekennerin, aber ich erkenne Qualität. Und darauf kommt es an. Trotzdem, ich weiß einfach noch nicht, ob das so ganz meiner ist.«

»Kein Problem. Ich habe ja noch fast drei Monate, um es herauszufinden.« So wie er das sagt, klingt es, als wäre das gleichzeitig viel und nicht annähernd genug Zeit.

Kapitel 12

Heute ist mein bisher wärmster Tag in Winchester. Ich habe sogar ein kurzes Kleid anziehen können, um auf der Suche nach passablen Zutaten für die kubanische Küche den Wochenmarkt zu durchkämmen. Am späten Nachmittag überzieht das Sonnenlicht den Himmel wie eine dünne, zitronige Glasur. Grund genug für mich, mir eine Jeansjacke überzuwerfen und mir einen Liegestuhl im Garten des Gasthauses zu suchen. Ich möchte hier mit Pilar facetimen. Auf der anderen Seite des Rasens ernten Spencer und Cate Gemüse aus dem Küchengarten.

Ich sehe, wie er ihr einen liebevollen Kuss auf die Stirn drückt, und kann nicht verhindern, dass ich in meinen Erinnerungen einen anderen Garten vor mir sehe – den meines Großonkels im Little-Havana-Viertel von Miami. Das war der Ort, an dem Andrés mich zum ersten Mal geküsst hat.

In diesem kleinen Stück Land stecken all unsere Familienwurzeln. Vier Jahre nachdem Abuela Kuba verlassen hatte, war mein Großonkel ihrem Weg über den Ozean gefolgt. Bei sich hatte er nur ein paar ärmliche Habseligkeiten und einen Stoffbeutel mit getrockneten Maiskörnern aus dem Feldanbau der Familie. Der Mais in Miami, der Mais in den ganzen Vereinigten Staaten war nicht gut genug. Er pflanzt immer noch jedes Jahr Mais an. Wir mahlen ihn dann und machen daraus Masa. Noch mehr als fünfzig Jahre danach essen wir das, was einst kubanischem Boden entsprang.

Tíos Haus ist auch der Ort, an dem die meisten unserer großen Familienessen stattfinden. Viele Jahre lang kam Stefanie mit, um mit uns Schweinebraten, schwarze Bohnen und Abuelas Flan zu schlemmen. In dem Sommer, nachdem ich fünfzehn geworden war, lud ich auch Andrés mit ein. Stefanie hatte nach diesem Dinner eine wichtige Aufgabe: Abuela und *mis tías* mit ihren ständigen neugierigen Blicken abzulenken, während ich mit Andrés hinter dem Haus verschwand. Ich hatte einen Plan.

Ich führte ihn ganz harmlos durch die Beete mit *calabazas y lechuga y cebollas*. Wir gingen zwischen Avocado- und Limettenbäumen entlang. Dann kam das Maisbeet – das Juwel des Gartens. Mit karibischer Kühnheit packte ich Andrés' Hand und zog ihn in ein Versteck zwischen den Halmen.

Der Mais verschluckte uns ganz. Und spuckte uns an einem geheimen Ort wieder aus.

Als er mich dort küsste, ging ein Prickeln durch meinen Körper und entzündete ein Feuer in meinem Bauch. Er schmeckte nach Flan, Cola und der Limette, die mein Vater ihm in die Hand gedrückt hatte. Ein stillschweigendes Zeichen, dass er ihn akzeptiert hatte.

Todo está bien – alles ist gut.

Tausende von Kilometern entfernt, in diesem englischen Garten, frage ich mich, wie gut es Andrés wohl wirklich geht. Ist er noch Single? Diese Gedanken haben sich in mir eingenistet, lasten immer schwerer auf mir, seit ich sein Instagram-Bild gesehen habe. Auf FaceTime brechen sie schließlich aus mir heraus, nachdem Pilar mit ihrem Miami-Update durch ist.

Pili verschluckt sich an ihrer Limo und bekommt Kohlensäure in die Nase. »Lila.« Sie hustet noch einmal und funkelt mich dann über ihr Glas böse an.

»Sag es mir einfach. Ich schwöre, ich war seit Tagen nicht mehr auf seiner Instagram-Seite, aber das letzte Mal, als ich geguckt hab, war da dieses Foto von ihm in –«

»South Beach.« Natürlich hat sie das Foto auch gesehen. Das ist typisch Pilar. Sie sagt mir hundertmal, dass ich nach vorn schauen und diesen Jungen ignorieren soll, der mir das Herz gebrochen hat. Aber so wahr sie meine Schwester ist, ist sie sofort zur Stelle, um Bilanz zu ziehen und mir Tipps und Hinweise zu geben. Das ist nun mal *ihre* Art.

»Und?«, hake ich nach. »Weißt du, mit wem er dort war? Irgendein Hinweis?«

Sie atmet geräuschvoll aus. »Okay. Annalise geht jetzt mit Christophers Freundin Jacqui zum Ballett und …«

»Spuck's einfach aus.« Ich weiß ja, wie schnell sich so was herumspricht.

»Also, an dem Tag am Strand war Andrés mit Chris und Jacqui zusammen und … mit Alexa.«

Alexa Gijon. Sie ist mit Andrés in Coral Gables aufgewachsen und war sogar manchmal dabei, wenn wir in der Gruppe unterwegs waren. Und plötzlich sehe ich eine ganze Abfolge von Bildern vor meinem inneren Auge, erinnere mich an jede Interaktion, die ich zwischen den beiden mitbekommen habe.

»*Hermana*«, beschwichtigt mich Pilar, »ich weiß wirklich nicht mal, ob es irgendwas zu bedeuten hat.« Ich glaube ihr. Wir schmücken vielleicht ganz gerne mal was aus, aber Pilar und ich lügen einander nicht an. Das ist einer der Gründe, warum wir als Geschäftspartnerinnen Erfolg haben werden.

»Schon gut.« Der Tag in South Beach war wahrscheinlich nur ein Ausflug mit Freunden. Das kann alles total harmlos gewesen sein. Oder vielleicht war es *doch* ein doppeltes Date? Vor diesem Gedanken will ich einfach nur davonrennen, bis ich jeden Joggingpfad in Winchester gelaufen bin.

»Steigere dich da nicht weiter rein, okay?«, mahnt Pilar. »Halte dich an das, was wir wissen, und –«

»Pili, ich muss jetzt Schluss machen. Wir reden später weiter. *Besitos.*« Ich beende das Gespräch, bevor sie antworten kann. Ich muss erst mal verdauen, was sie da erzählt hat. Meine Schwester ist immer für mich da, aber während sie Fakten und Tatsachen sammelt, war Stefanie immer ganz anders. Bei einer Neuigkeit wie Andrés' Strandverabredung würde sie wütend und aufgebracht durch diesen idyllischen englischen Garten tigern. Nach einer Lösung suchen? Nichts da. Stef würde voll und ganz auf meine theatralische Art einsteigen. Wir würden lästern und wettern und große Rachepläne schmieden, die jeder Telenovela würdig wären. Am Ende würden wir wie so oft gleichzeitig lachen und weinen.

Diesen Teil unserer Freundschaft vermisse ich. Und ob es nun Theater oder Telenovela-Plotline ist oder das echte, ehrliche Leben – mir fällt einfach kein Vorwand mehr ein, um mich nicht bei ihr zu melden. Die ganze Zeit habe ich es vor mir hergeschoben. Ich habe *sie* vor mir hergeschoben. Ich rufe meine E-Mails auf, und nachdem ich mindestens zehn verschiedene Zeilen getippt und wieder gelöscht habe, ringe ich mich zu neun kleinen Worten durch:

> Liebe Stef,
> hi. Ich glaube, wir sollten reden.
> Lila

Jetzt ist sie dran. Ich drücke auf *Senden* und stecke das Handy in meine Jackentasche. Aus dem Augenwinkel sehe ich, wie Spencer seiner Frau von den Gartenbeeten aufhilft. Statt durch die Küchentür zu gehen, kommen sie auf mich zu.

»Gute Ausbeute?«, frage ich, als die beiden sich auf den zwei verbliebenen Liegestühlen niederlassen.

»Der Garten entwickelt sich gut. Gut genug für annehmbare Salate diese Woche.« Cate schwenkt ihren Korb, bevor sie ihn auf den Rasen stellt. »Was ich noch erzählen wollte: Polly hat uns heute mitgeteilt, dass sie in zwei Wochen geht.«

Ich bin null Prozent überrascht über den Freudensprung, den mein Herz macht. Nach dem frustrierenden Gespräch mit Pili ist meine Genugtuung umso größer.

»Sie hat nicht gekündigt«, stellt Spencer klar. »Es ist nur vorübergehend. Pollys Mutter ist herzkrank. Ihre Pflegerin muss sich am Knie operieren lassen und ist bis irgendwann im August krankgeschrieben. Pollys Mutter weigert sich, eine Vertretung zu akzeptieren. Starrköpfig. Polly hat keine andere Wahl, als selbst einzuspringen. Wir werden uns nach einer Hilfe für diese Zeit umsehen. Da du ja mit ihr gearbeitet hast, wollten wir, dass du Bescheid weißt.«

Sofort sehe ich die wunderschöne Crow-Küche vor mir. Ein freier Raum ohne roten Ordner und ohne eine lauernde Polly, die meinen Stil unterdrückt? »Ihr müsst nicht nach einer Aushilfe suchen. Ich kann das Backen auch komplett übernehmen, kein Problem. Und Polly muss nicht einmal die zwei Wochen abwarten, bevor sie geht.«

Spence legt den Kopf schief. »Nun ja, gut genug bist du auf jeden Fall.«

»Gut genug, ja, aber die ganze Arbeit willst du dir vielleicht nicht aufhalsen«, fügt Cate hinzu. »Du bist ja nicht als Aschenputtel hier. Den ganzen Tag schuften und keine Zeit für Vergnügungen.«

Ich starre auf meine Hände und bemerke die kleinen Brandwunden meiner unaufmerksamen Momente und die hartnäckigen trockenen Stellen von zu viel Mehl. Aber ich empfinde das als schön. Die Küche ist das einzige Märchenschloss, das ich brauche. »Bitte, ich möchte das.«

Cate stimmt sich schweigend mit Spencer ab. Und nickt. »Also gut, aber unter einer Bedingung. Du machst das Gebäck für Frühstück und Teatime, aber ich bereite den Afternoon Tea vor und serviere ihn auch, so wie Polly das immer macht. Und dann nimmst du dir Zeit, mal rauszukommen.«

»Einverstanden«, sage ich, und dann traue ich mich endlich, einen Wunsch auszusprechen. »Ich weiß, dies ist ein traditionelles britisches Inn, aber wäre es okay, wenn ich dem Menü ein paar kubanische Brote und Teigtaschen hinzufügen würde?«

»Wir haben nichts dagegen, wenn du etwas Abwechslung reinbringst«, sagt Spencer. »Wir schauen einfach mal, wie es ankommt, in Ordnung?«

Sie lassen mich mit mehr als einem neuen Job zurück. Die Gedanken an Andrés und Alexa zusammen in South Beach sprießen schon wieder, gedeihen so gut wie alles andere in Tíos Garten. Diesmal kann ich sie nicht ausrupfen wie Unkraut. Vielleicht habe ich nicht ganz die Wahrheit gesagt, als ich mit Pili gesprochen habe. Es ist eben nicht gut. Und ich will wissen: Hat Alexa uns vielleicht schon seit Jahren beobachtet, wenn wir in der Gruppe unterwegs waren? Hat sie alles registriert? Andrés' Mund auf meinem; seine Hand, die meinen nackten Schenkel hinaufwanderte, wenn wir alle an seinem Pool lagen. Hat sie die ganze Zeit nur gewartet, und ist sie jetzt diejenige, deren Haut er mit seiner Lieblingssonnencreme einölt, während sein Finger neckend den Bikiniträger zwischen ihren Schulterblättern zurückschnalzen lässt?

Stefanie hat immer von emotionalen »Haken« gesprochen, kleine traumatische Gedanken oder Erinnerungen, an denen man immer wieder hängen bleibt.

Ist Andrés noch Single? ist offensichtlich meiner.

Kapitel 13

Orion soll in fünfzehn Minuten hier sein, um mich für Jules' Gig abzuholen, und ich starre wie versteinert in meinen Kleiderschrank. Es ist, als würde ich mir mit dem Schrank ein Blickduell liefern. Im Moment sieht es so aus, als würde ich gewinnen. Was nicht heißt, dass ich tatsächlich schon angezogen bin. Und das liegt nicht nur an meiner Angewohnheit, immer im letzten Moment fertig zu werden. Es ist einfach schwer, ein Outfit auszusuchen, wenn meine Gedanken selbst wie ein Kleiderschrank sind, in dem all diese Bilder hängen – alte Freundinnen und Neuigkeiten über Ex-Freunde am Strand und unbeantwortete Fragen.

Rezept für eine Trennung

Aus der Backwerkstatt von Lila Reyes

Zutaten: Ein kubanisches Mädchen. Ein kubanischer Junge. Ein champagnerfarbenes Prom-Kleid. Ein Paar goldene Riemchensandalen. Eine goldene Handtasche. Eine beste Freundin. Eine Schwester. Mehl. Wasser. Hefe. Zucker. Salz. Schmalz.

Zubereitung: Höre zu (fassungslos), wie dein Freund dir nach drei Jahren erklärt, dass er dich verlässt – und zwar nicht etwa, weil er dich nicht mehr liebt, sondern, weil er seinen Freiraum braucht. Renne zum Haus deiner besten Freundin und heule stundenlang, während sie sich tausend kreative Arten ausdenkt, seinen Tod herbeizuführen. Am Prom-Abend, während deine Schulkameraden tanzen, backe ein Dutzend Brote.

* Lasse den ganzen Prom-Flitter einfach weg. Deine Schwester wird die Klamotten aus deinem Schrank verschwinden lassen, bevor du sie noch einmal angucken musst.

Backtemperatur: 450 Grad Fahrenheit, die perfekte Temperatur für *Pan Cubano*.

Ich schrecke aus meinen Gedanken auf, als es dreimal laut an meiner Zimmertür klopft. »Lila? Ein Freund holt mich ab. Ich geh dann schon mal los!«, ruft Gordon. »Ri kommt übrigens nie zu spät. Nur so ein kleiner Tipp.«

Ich werde Gordon bestimmt nicht an meiner Trödelei und meinen Gedankenspielereien teilhaben lassen. »Alles okay hier, danke!«, rufe ich zurück. »Bis später im Club!«

»In Ordnung!«

Zieh dich warm an, hat Orion mich heute Morgen während unseres Laufs am Fluss gewarnt. Und noch einmal, als er mich vor der Arbeit wieder beim Crow vorbeigebracht hat. Nachdem ich ein Glättungsmittel in meine Haare gekämmt habe, gehe ich in Gedanken ein paar weitere Outfitoptionen durch.

Mein Handy auf dem Schreibtisch pingt.

Orion: Bin draußen.
Ich: Du bist früh!

Gordon hat keinen Quatsch erzählt.

Ich: Gib mir fünf Minuten.
Orion: Klar, ich erfriere nur inzwischen.

Darauf antworte ich nicht.

Als ich wieder vor dem Kleiderschrank stehe und nun wirklich keine Zeit mehr habe, gebe ich auf und entscheide mich für einen von Pilars Merinopullis. Den schwarzen. Ich reiße das Etikett ab und ziehe eine dunkle enge Jeans dazu an. Und da ich mich nun schon mal an dem orientiere, was man in Miami im Juli ganz bestimmt *nicht* tragen sollte, ziehe ich auch noch dünne Socken und die schwarzen Stiefeletten meiner Schwester an. Orions Akzent klingt in meinen Ohren wider, also werfe ich zu guter Letzt auch noch den dicken Schal mit dem grau-schwarzen Leopardenmuster über. Einmal mit dem knalligen MAC-Lippenstift über den Mund und meine Lippen haben die Farbe einer roten Grapefruit.

Ich renne die Treppe hinunter und reiße die Haustür auf. Ich bin mehr aus der Puste, als es eine halbwegs trainierte Läuferin sein sollte. Na ja. Orion sieht mollig warm aus in seiner braunen Leder-Bomberjacke und dem blau karierten Wollschal, den er um den Hals geschlungen hat.

»Von wegen, du erfrierst hier draußen«, sage ich. »Ist das eigentlich auch so eine britische Angewohnheit, zu früh zu kommen?«

Er macht einen Schritt zurück und ich schließe die Tür

hinter uns ab. »Nennt sich Pünktlichkeit, und wenn du schon so fragst, vermute ich mal, dass Spät-dran-Sein eine Lila-Angewohnheit ist.«

»Nicht immer.« Mein leuchtend pinker Schmollmund verzieht sich zu einem Lächeln. »Und nie, wenn es um Küchendinge geht.«

Sein Lächeln ist noch wärmer als seine Kleidung. »Du siehst hübsch aus. Und du hast meine Warnung beherzigt. Mehr oder weniger«, fügt er verlegen hinzu.

Ich schlinge meine Tasche um meinen Körper. »Was meinst du damit, ›mehr oder weniger‹?«

An diesem ganzen Wochenende sind die Parkplätze vor dem Crow wegen Bauarbeiten gesperrt. Als wir um die Ecke gehen, bleibe ich wie angewurzelt stehen. »Moment mal. Soll ich etwa darauf mitfahren?« Ich bin wirklich kein Angsthase. Aber ich bin noch nie mit einem Motorrad gefahren und es kommt ungefähr auf Platz fünftausend meiner Top-Ten-Bucketlist.

»Das«, sagt Orion und deutet auf die schwarze zweirädrige Todesmaschine mit braunem Ledersitz, »ist eine Triumph Bonneville Baujahr 1982. Komplett instand gesetzt, auch wenn sie ein bisschen laut ist.«

Ich erinnere mich an das Knattern, das in die Crow-Küche drang, als ich ihm zum ersten Mal begegnete. »Ähm. Aber.«

Er schüttelt schmunzelnd den Kopf. »Komm näher, Lila. Hunde, die bellen, beißen nicht. Sie ist definitiv nicht so gefährlich, wie sie sich anhört.«

Ich komme nicht näher, bestimmt nicht. »Sie?«

»Ja, klar. Sie heißt Millie und sie gehörte meinem Großvater. Er hat mir die Gute vererbt. Solche werden gar nicht mehr hergestellt. Millie ist ein Oldtimer.«

Ein leichtes Zittern geht durch meinen Körper. »Vielleicht gibt es einen guten Grund dafür, dass die nicht mehr hergestellt werden. Vielleicht weil man eigentlich einen Waffenschein dafür bräuchte.«

»Schau mal, sie ist echt harmlos.« Er nimmt mich am Ellenbogen und führt mich zu Millie. »Ich hab sie vorhin extra noch poliert und alles. Du hast doch keine Angst, oder?«

¡Carajo! »Natürlich nicht. Es ist einfach ziemlich gefährlich auf … der Straße.«

Orion positioniert sich als Vermittler zwischen mir und dem Motorrad. »Ich kutschiere dieses Gefährt seit meiner Kindheit, lange bevor ich einen Führerschein hatte. Hunderte von Stunden ohne Unfall, und die Strecke zum Club könnte ich mit verbundenen Augen fahren. Natürlich kann ich nicht versprechen, dass uns *nie* etwas passieren wird. Aber kannst du das voraussehen, wenn du in der Stadt über eine x-beliebige Straße gehst?«

Konnte ich voraussehen, dass etwas oder vielmehr drei Dinge passieren, die meine Welt aus den Fugen reißen? Bestimmt nicht. Ich schüttele den Kopf.

»Genau. Aber ich brauche es nicht für meinen Kick, Leute in Gefahr zu bringen.« Er hebt eine Augenbraue. »Vor allem als Tourguide würde ich keine lebensgefährlichen Aktivitäten vorschlagen.«

Nein, das würde er nicht – das könnte er nicht. Nicht dieser Junge, der so viel Trauriges erlebt hat, dass man damit jede Straße in Winchester pflastern könnte. Meine Anspannung löst sich. »Gut, okay.« Ich nehme das Haargummi, das ich ums Handgelenk trage, und binde meine geglätteten Locken zu einem Pferdeschwanz zusammen. »Ich hol mir wohl besser noch schnell eine Jacke.«

»Nicht nötig. Außerdem müssen wir sehen, dass wir loskommen, sonst verpassen wir Goldline.« Er öffnet einen Rucksack und holt eine vertraute graue Wollstrickjacke heraus. »Nach dem, was du von deiner Reisegarderobe für Winchester erzählt hast, war ich mir nicht sicher, wie es mit deiner Oberbekleidung beschaffen wäre.«

Ich ziehe seine Strickjacke über meinen Merinopulli. Sie ist weicher als der Trenchcoat, der in meinem Schrank hängt. Ich versinke fast darin. Ich knote meinen Schal um den Hals, sodass die Enden über meine Brust fallen. »Das wird ja schon zur Angewohnheit.«

»Da kenn ich schlimmere«, sagt er und schwingt sich aufs Motorrad. »Und jetzt du.«

Ich setze mich rittlings hinter ihm auf den Ledersitz und stelle meine Füße so ab, wie er es mir zeigt.

Orion dreht sich zu mir um. »Fass mich um die Taille und halt dich fest. Und lehn dich mit mir in die Kurven.« Er lässt Millies Motor aufheulen. Ich spüre die Vibration unter meinen Oberschenkeln. »Festhalten, Miami!«

Zuerst fährt Orion langsam durch St Cross, doch sobald die Straße vor uns breiter wird, ignoriert er meine Motorrad-Jungfräulichkeit. Ich bin diese Straße schon gejoggt. Wir sind hier zusammen langgejoggt. Aber auf Orions Motorrad sind alle meine Sinne überwältigt von Nacht und Geschwindigkeit.

In den ersten zögerlichen Minuten muss ich an Andrés' silbernes Cabrio denken. Selbst als Orion Vollgas gibt, verfolgen mich unsere Tage in Miami weiter, und ich spüre die sonnendurchtränkte tropische Brise, wenn wir auf der Collins Avenue dahinglitten. Doch Orions Motorrad meldet sich gegen meine Erinnerungen zu Wort. Lauter als die alten Worte in meinem

Kopf kämpfen der röhrende Motor und der geschickte Fahrer dagegen an. Ein Duft nach frischen Pinien und Gräsern schlägt mir mit dem Wind entgegen und steigt mir in die Nase wie eine Straßendroge.

Die rasende Geschwindigkeit presst mich gegen Orions Rücken. Auf halbem Weg klammere ich mich fester an ihn und schmiege meine Wange an das abgewetzte Leder seiner Jacke. Mir ist warm in seiner Strickjacke und meine Arme schlingen sich um seinen kräftigen Rücken. Ich schließe die Augen und *fühle* einfach nur, bis das Motorrad langsamer wird und Orion auf einen überfüllten Parkplatz fährt. »Schon?«

Habe ich das gerade wirklich gesagt?

Anscheinend habe ich das, denn Orion lacht, während er das Motorrad parkt. Er hilft mir beim Absteigen. Mein Körper glaubt immer noch, wir fahren um Straßenbiegungen und schwindelerregende Kurven, und das grollende Motorengeräusch tönt noch in meinen Ohren wider.

»Na siehst du, ich hab dich heil hierhergebracht und es hat dir sogar Spaß gemacht.«

»Ich … ja«, sage ich, während meine Beine sich wieder an das Laufen gewöhnen.

»Würdest du dann vielleicht auch die arme, unschuldige Jacke des Fahrers wieder freigeben, bevor wir nach drinnen gehen?«

Ich sehe an mir herunter. Meine Hand hat sich instinktiv wie ein Schraubstock um seinen Unterarm geschlossen. »Oh – sorry. Das hab ich gar nicht gemerkt.«

»Das ist Millies Wirkung.« Er lacht noch einmal, sein Gesichtsausdruck voll Wärme, aber auch Selbstzufriedenheit. »Dann hat es dir also tatsächlich gefallen.«

Kapitel 14

Meine Beine haben sich nach der Motorradfahrt allmählich wieder ans Gehen gewöhnt, als wir das weiße Gebäude mit dem schrägen Dach und den schwarzen Giebelrändern erreichen. Auf dem Schild über dem Eingang steht Heaven's Gate, aber die Leute hier nennen diesen Club einfach nur Gate.

Drinnen tauchen Scheinwerfer den Saal in ein gespenstisches Licht. Ein Geruch nach Schweiß und Bier und ein Bouquet aus Hunderten von Parfümsorten folgen uns, als wir uns unseren Weg durch die Menge bahnen. Orion legt mir eine Hand auf den Rücken und lenkt uns geradewegs auf die Bühne zu. Remy und die anderen haben uns Plätze frei gehalten – ein Glück, denn es sind keine mehr übrig.

Unsere Gruppe hat zwei Bistrotische ergattert und sie zusammengeschoben. Am anderen Ende entdecke ich Flora mit ein paar Mädchen und Typen. Wir zwängen uns auf unsere Stühle.

Gordon winkt und Remy nickt mir von meiner Linken zu. »Dann hast du also Millie überlebt?«, witzelt er. »Da schlägt aber ein mutiges Herz unter deiner Schürze, Lila. Ri ist ein wildes Tier auf dem Ding. Normalerweise schnappt er sich das

Auto seines Dads, wenn er ein Mädchen herumkutschieren will.«

Orion beugt sich ruckartig vor. »Genug jetzt.«

Ich drehe mich um und werfe meinem Chauffeur einen Seitenblick zu. »Ein Auto? Du hast ein Auto zur Verfügung und –«

»Goldline kommt als Nächstes.« Orions linkes Auge schielt in meine Richtung. Seine Lippen verziehen sich verärgert.

»Das Thema ist noch nicht vom Tisch«, sage ich.

»Jetzt ist erst mal die Musik dran, Lila.«

Das stimmt und so kommt er noch einmal davon. Die Menge jubelt, als Goldline die Bühne betritt. Remy nennt mir der Reihe nach die Namen. Leah, die Schlagzeugerin, kommt zuerst, dann Tristan und Jack – der eine am Keyboard, der andere am Bass. Als Letztes tritt Carly, eine zierliche Brünette mit einer akustischen Gitarre, an ein Galgenmikrofon und stellt Jules vor. Die Leadsängerin kommt in einem burgunderroten Maxikleid und einer schwarzen Motorradjacke aus Leder auf die Bühne. Ihr glatt geföhntes Haar hat die Farbe von rosa Limonade.

Keine Spur mehr von dem unbeholfenen Mädchen, das von Apfelwein aufstoßen muss und nicht richtig auf einem Stuhl sitzen kann. Mit dem Mikro in der Hand und einer fähigen Band im Rücken ist sie eine professionelle Verführerin, voll Glanz und Strahlkraft. Jules nimmt die Bühne für sich ein.

Nach ein paar Songs habe ich ein Gefühl für ihre Art Musik. Pilar könnte sie besser beschreiben, aber selbst ich weiß, dass Goldline seine elektronischen Vibes aus vielen Klangwelten und musikgeschichtlichen Richtungen entlehnt. Teils Alternative Rock, teils Folkmusic, streuen sie genug schräge Töne ein, damit die polyfonen Klänge von Synthesizer und Gitarre nicht zu melodisch klingen.

Orion fängt meinen Blick ein. »Und?«, fragt er. Seine Stimme ist so leise und gedämpft wie das Licht, und ich weiß, dass er die Musik meint. Mein Atem stockt mir noch auf der Zunge.

»Sie ist die geborene Sängerin.« Ihre lässige, aber beherrschte Stimme erwischt mein Herz wie ein Angelhaken.

Leder streift gegen meinen Arm, als Orion sich auf seinem Stuhl bewegt. »Die meisten Texte schreibt sie selbst. Du weißt ja, dieses lila Notizbuch, das sie immer bei sich trägt.« Er macht eine ausholende Handbewegung in Richtung Bühne. »Das ist der Grund, warum wir ihre Launen ertragen.«

Zwischen einer akustischen Ballade und einem düsteren, alternativen Jam vergesse ich die Zeit. Blinzelnd kehre ich in die Gegenwart zurück, als das Saallicht angeht und die Band eine kleine Pause ankündigt. Fünf Songs sind wie im Flug vergangen.

Remy reckt den Hals, um seinen Blick durch den Saal schweifen zu lassen, und lehnt sich dann zu Orion und mir herüber. »Oh Gott. Jason Briggs ist hier. Sechs Uhr.«

Orion deutet auf einen großen Mann mit roten Haaren und einem ungepflegten Zwei-Wochen-Bart. »Er ist Produktionsassistent bei Four Points Records. Jules hat Remy beauftragt, die Twitter-Feeds der Londoner Scouts und Manager zu verfolgen, um zu sehen, auf welchen Gigs sie auftauchen könnten. Das kann jederzeit passieren.«

»Denkt ihr, er ist wegen Jules hier?«, frage ich, was Gordon aufhorchen lässt.

»Nachher kommen noch andere Bands, aber wir hoffen es«, sagt Remy. »Ich weiß nicht, seit wann er hier ist.« Remy dreht sich unruhig von einer Seite zur anderen. »Verdammt, er muss sie unbedingt hören, aber es sind keine Plätze mehr übrig, und die Veranstalter erlauben nicht, dass sich jemand lange an der Seite herumdrückt.«

Nach weniger als zehn Sekunden Beratschlagung spielen wir schnell Reise nach Jerusalem. Gordon dirigiert Briggs auf seinen nun leeren Platz neben Flora und setzt sich selbst auf Remys Stuhl, der sich wiederum auf meinen Stuhl setzt. Und ich? Ich lande auf dem logischsten Platz: Orion Maxwells Schoß. Ich habe eigentlich nicht die Angewohnheit, bei irgendwelchen Jungen auf dem Schoß zu sitzen, vor allem, wenn ich sie noch nicht einmal zwei Wochen kenne, aber Jules ist diese peinliche Situation wert. Der Besitzer des Schoßes strahlt auch über das ganze Gesicht und winkt mich näher, als wäre es keine große Sache.

Trotzdem … »Ist das …? Bist du sicher? Bin ich nicht zu schwer oder irgendwas?« Während ich das sage, spüre ich ein Flattern wie von tausend Motten in mir.

»Nein, alles gut. Keine Sorge.« Orion schiebt mich ein Stück zur Seite, sodass meine Beine über seinem rechten Oberschenkel liegen.

Das Saallicht geht aus und die Menge ruft die Band zurück auf die Bühne. Jason Briggs macht es sich auf Gordons früherem Platz bequem und tippt auf seinem Smartphone herum, aber wir nehmen es hin. Ich bin sowieso mehr damit beschäftigt, auf Orions Schoß das Gleichgewicht zu halten, ohne ihm zu sehr auf die Pelle zu rücken. Jules singt die ersten Takte einer Coverversion von Aerosmiths *Dream On*, die unter die

Haut geht. Ich rutsche unruhig hin und her, als hätte ich ein paar betrunkene kubanische Ameisen in der Hose.

Orions tiefer Seufzer, der warm meinen Nacken streift, hilft da auch nicht gerade. Er schließt die Arme um mich und zieht mich an seine Brust. »Entspann dich«, sagt er, während Jules mit ihrem atemberaubenden Sopran in den Refrain einstimmt. »Ist doch auch nicht anders als wir beide auf dem Motorrad.«

Er hat recht. Ich werde ruhiger. Für den Rest des Auftritts genießen wir die Fahrt, lehnen uns in die Kurven und Songzeilen, gehen mit den melodischen Wendungen und Biegungen mit. Ich verliere mich wieder in Klang und Gefühl, aber es ist mehr als eine atemberaubende Motorradfahrt und eine Reihe großartiger Songs. Es ist all das Neue um mich herum und es passiert immer öfter. Passiert genau in diesem Moment – ein Mädchen aus Miami geht in einen englischen Club, hört sich eine englische Band an, sitzt auf dem Schoß eines englischen Jungen, gewärmt von seiner wollenen Strickjacke. Und ich kann nicht anders, als es wirklich zu genießen. Meine Atmung und mein Puls nehmen einen gleichmäßigen Rhythmus an, pulsieren gegen raues braunes Leder und den Zitrus-Minz-Geruch von Orions Seife.

Backstage herrscht ein Gedränge wie bei einem Faschingsumzug. Orion und ich schaffen es, zusammenzubleiben, verlieren aber die anderen. Ich werde fast von einer Girlgroup in paillettenbesetzten Lederminiröcken und Lackstiefeln mit eispickelartigen Absätzen über den Haufen gerannt. Endlich taucht Jules auf und eilt durch den engen Gang mit Kabeln und getunten Gitarren, ihre Band im Schlepptau.

Nachdem Orion und ich sie mit Lobeshymnen für ihren Auftritt überschüttet haben, packt Jules mich an den Schultern. »Sag mir, dass Remy keinen Quatsch geredet hat und es wirklich stimmt. Jason Briggs saß an eurem Tisch? Ich konnte in dem Scheinwerferlicht da oben überhaupt nichts erkennen.«

Ich räuspere mich und beschließe, den Teil mit unserem Sitzarrangement auszulassen. »Ja, wirklich. Und er hat auf jeden Fall den zweiten Teil deines Auftritts gesehen. Als wir gegangen sind, war er immer noch da.«

»Dann muss ich ihn unbedingt auf Twitter stalken. Er postet immer ein Wochenend-Wrap-up und deutet an, was ihm gefallen hat«, erklärt mir Jules und wendet ihren Blick Richtung Decke. »Warum soll ich mir das antun?« Sie deutet auf das Programm mit den Namen der Bands an der Wand. »Wolltet ihr noch bleiben? Gleich kommt GLYTTR.«

GLYTTR? Wow. Ich erinnere mich an die Stilettos und Pailletten im Gang. Sehr passend.

»Wir sind doch deinetwegen gekommen«, sagt Orion. »Außerdem hab ich die schon mal gehört. Ihr Sound ist so ein kosmischer Mischmasch aus EDM, amphetamingedoptem K-Pop und einer Zirkusnummer.«

Ich ziehe eine Grimasse, doch bevor ich meinen Kommentar dazu geben kann, drängt sich Gordon zwischen uns. »Leute, habt ihr Flora gesehen? Sie war noch bei uns, als Remy und ich losgegangen sind, um Drinks zu holen, und dann ist sie … verschwunden. Alle wollen den Abgang machen, aber wir wollen sie nicht allein lassen. Sie geht nicht ans Telefon und reagiert nicht auf unsere Nachrichten.«

Orion verwandelt sich von jetzt auf gleich vom entspannten Konzertbesucher zum brüderlichen Beschützer. Besorgt sieht er Gordon an. »Wir suchen sie. Hol die anderen und wartet am Ticketschalter auf uns.«

Orion und ich suchen zusammen den Saal ab. Unsere vorherigen Plätze sind jetzt besetzt und Jason Briggs guckt noch immer zu. Aber keine Spur von Flora. »Ist das typisch für sie, dass sie verschwindet und ihr Telefon ignoriert?«, frage ich.

»Nein … ja. Ja, das ist verdammt typisch für sie.« Orion vergräbt seine Hände in den Jackentaschen. »Vor sechs Monaten hätte ich dir eine andere Antwort gegeben.«

Wir teilen uns auf. Ich suche in der Damentoilette, während Orion sich beim Lieferanteneingang umsieht. Auf meinem Rückweg, ohne Flora, sehe ich im Foyer Konzertbesucher eine schmale Treppe herauf- und heruntergehen. Die Treppe führt mich nach oben auf eine Galerie, wo die Leute sich aufhalten können, doch große Stützpfeiler verdecken den größten Teil der Bühne.

Ich kann in ganz Winchester keine Guavenpaste finden, aber Orions Schwester entdecke ich, zehn Sekunden nachdem ich mich durch die Menge auf der Galerie geschlängelt habe. Flora steht an der Wand, ein Typ mit Flanellhemd und Beanie vor ihr. Schnell schicke ich Orion eine Nachricht, während GLYTTR unten jammt. Orions Beschreibung der Band war äußerst treffend; ihr Sound klingt strange, in schlechtem Sinne.

Orion taucht auf, geht an mir vorbei und ruft Flora etwas zu. Ihr Gesichtsausdruck wechselt schlagartig von verträumt zu genervt, als sie ihren Bruder entdeckt. »Du bist nicht ans Handy gegangen«, sagt er. Kein Pink oder andere liebevolle Spitznamen heute Abend.

»Es ist laut hier oben«, gibt sie zurück.

Orion baut sich vor ihr auf und verschränkt die Arme. »Deine Freunde warten am Ticketschalter, sie wollen gehen. *Mit* dir.«

Der Junge weicht zurück, aber nur einen Schritt. »Ich bring Flora nach Hause. Heil und ganz.«

»Ein andermal, William«, sagt Orion.

Flora macht ein wütendes Gesicht und sieht auf ihre Uhr. »Aber wir wollten noch –«

»Ein *andermal* dann. Heute Abend bist du mit Gordon und deinen Freunden unterwegs. Und die wollen jetzt noch einen Happen essen gehen.«

William hebt kapitulierend beide Hände. Dann verengen sich seine dunklen Augen zu Schlitzen und er sieht Flora eindringlich an. »Ruf mich an, sobald du kannst.«

Er bekommt als Einziger ein Lächeln ab, bevor Flora ohne ein weiteres Wort an uns vorbeistürmt. William reckt das Kinn und wirft Orion einen Blick zu, bevor er zum Geländer der Galerie zurückgeht.

»Dann habt ihr zwei euch wohl schon mal getroffen«, sage ich auf dem Weg nach unten.

»Ja, das war Will. Ich hab dir doch erzählt, dass einer von Roth Evans Technikleuten sich an Flora ranschmeißt, weißt du noch?«

Instinktiv werfe ich einen Blick zurück nach oben. »Es sah definitiv danach aus. Hm, nicht so gut.«

Er lenkt mich nach draußen. »Könnte sein, dass es noch schlechter steht. Wenn Will sich hier rumtreibt, sind oder waren die anderen aus Roths Truppe bestimmt auch hier.«

»Dann war Jason Briggs also nicht der Einzige hier, der Goldline in Augenschein nehmen wollte.«

Wir gehen zum Parkplatz hinüber und schlängeln uns an in zweiter Reihe geparkten Autos vorbei. »Ganz genau. Jules hat heute drei neue Songs vorgestellt, unter anderem den über Zugfahrten, der dir so gefallen hat.« Er deutet auf einen silbernen Land Rover. »Da. Das ist Roths. Hab ich es doch gewusst. Die sind heute Abend nicht den ganzen Weg von London hierhergekommen, um GLYTTR zu sehen. Es gibt hundert großartige Sängerinnen in London, aber Roth will Jules und ihren unverwechselbaren Sound, und das kann ich ihm nicht wirklich verdenken. Er wird nicht lockerlassen.« Keine zwei Meter vor seinem Motorrad bleibt Orion auf einmal stehen. Sein verbitterter Gesichtsausdruck weicht einem halben Lächeln. »Nach der Sache mit Flora und alldem könnte ich einen Spaziergang gebrauchen. Es gibt einen coolen Ort hier in der Nähe, der ohnehin auf deiner Winchester-To-do-Liste steht. Bist du dabei oder musst du morgen früh aufstehen?«

Ich hab Orion schon von meinem Owl & Crow-Backeinsatz erzählt. Aber ich habe heute Morgen vorgearbeitet und schon alle Backarbeit für heute und Sonntag erledigt (Schoko-Scones, Frühstücksbrötchen, Abuelas Rührkuchen und Zuckerplätzchen), die einzige Angewohnheit von Polly, die ich beibehalten werde. »Ich kann morgen ausschlafen, kein Problem. Es gibt also eine To-do-Liste?«

»Ich wäre ja wohl ein armseliger Tourguide, wenn ich keine hätte.«

Orions Strickjacke hält mich gerade richtig warm, als wir durch das kleine Stadtviertel in der Nähe des Gate schlendern. An dieser Stelle fließt der Fluss Itchen durch das Stadtzentrum. Wir gehen über uralte Brücken, unter denen das Wasser entlangströmt. Und Orion ist das reinste Geschichtsbuch.

»Diese alte Mühle steht hier seit 1086. Im Ersten Weltkrieg war sie eine Wäscherei.«

»Unser Fluss Itchen ist 45 Kilometer lang.«

»Winchester existiert seit prähistorischer Zeit, aber im Jahr 1104 zerstörte ein Feuer einen Großteil unserer Stadt. Der Erzbischof ließ vieles davon wiederaufbauen.«

Ich höre interessiert zu, aber die Landschaft und die Straßen kommen mir allmählich bekannt vor. Zu bekannt. Und so reime ich mir eine kleine Geschichte anderer Art zusammen. »Moment mal. Wenn The Broadway hier ist, dann hätten wir doch auch mit dem Motorrad direkt hierherfahren können. Ein paar Minuten auf der St Cross Road. Und stattdessen haben wir diese superlange Landschaftstour um die Stadt herum gemacht und sind hintenrum hierhergekommen?«

Er wippt mit seinen wettergegerbten Stiefeln auf und ab. »Und?«

»Und? *Und* Remy hat gesagt, du kannst das Auto deines Dads nehmen.«

»Das mache ich auch oft.« Sein Magen knurrt und wir müssen beide lachen. »Kleiner Snack also? Wir können ja kurz bei Tesco reinspringen. Mein Abendessen vorhin war so ziemlich … nicht vorhanden.«

Wir machen uns auf den Weg zum Supermarkt ein paar Straßen weiter. »Versuchst du etwa, von deinem dubiosen Motorradgebrauch abzulenken, indem du einer obsessiven Köchin erzählst, dass du schlecht isst?«

»Ich benenne hier lediglich Tatsachen. Ich konnte nur einen Apfel und ein Käsebrot auftreiben.«

Es funktioniert. »Echt traurig. Jetzt, wo die Crow-Küche mein Reich ist, werde ich anfangen, alle kubanischen Gerichte zu kochen, die ich mit englischen Zutaten zustande bringen kann.« Meine Stimme wird leiser. »Ich vermisse das.«

»Das kann ich mir vorstellen. Es gibt ein paar Restaurants in London, aber ich glaube, ich habe noch nie kubanisch gegessen. Du teilst doch sicher mit mir?«

Dubiose Briten, die unnötige Motorradspritztouren machen, haben eigentlich kein Lächeln verdient, aber Orion Maxwells leerer Magen, seine jungenhafte Eifrigkeit und auf und ab wippenden Augenbrauen sind stärker als meine finstere Miene. »Ich werde nicht zulassen, dass mein Tourguide von Tee und Sandwiches leben muss.« Wir erreichen Tesco. »Du kümmerst dich um die Snacks, und ich gucke, ob ich in der Kosmetikabteilung eine neue Gesichtsmaske finde.« Meine Haut vermisst Floridas Feuchtigkeit.

Als wir aus dem Supermarkt kommen, lassen wir das Stadtzentrum hinter uns. Orion will mir nicht verraten, wo er mit mir hinwill, als er mich durch eine wohlhabende Gegend mit herrschaftlichen Häusern und eine immer steilere Anhöhe hinaufführt.

Das Wohnviertel führt uns zu einem Pfad mit schmiedeeisernem Geländer und breiten Stufen. »Der Weg ist ziemlich dunkel und ein bisschen steil, aber wir haben ja beide robuste Stiefel an. Und das, was uns am Ende erwartet, ist es wirklich wert.« Er holt sein Handy hervor und tippt auf das Taschenlampen-Icon, während er mich drängt, das Gleiche zu tun. »Vertraust du mir?«

Es gibt drei Dinge, denen ich bedingungslos vertraue: Abuelas Rezepte und ihre ganz speziellen Abwandlungen. Unser Familienunternehmen – die Art, wie es funktioniert, und die Stadt, in der es funktioniert. Aber dieser Junge hat bisher alles getan, um eine unfreiwillig aus Miami hierherverpflanzte Besucherin herumzuführen, zu unterhalten, mit Informationen zu versorgen und mit weicher grauer Wolle warm zu halten. Und deshalb vertraue ich jetzt in diesem Moment auch ihm. Vielleicht sogar mehr, als ich ihn kenne. »Geh du vor.«

Kapitel 15

Der Weg und die Stufen sind steil, aber kein Problem für meine Joggerlungen. Der verborgene Pfad endet auf einer eingezäunten Fläche mit einem Blick, der mir den Atem verschlägt. Wie Stef und ich damals als Kinder in Disney World renne ich auf das Geländer und die erleuchtete nächtliche Stadt zu. Wie eine golden schimmernde Galaxie erstreckt sich Winchester unter uns. Wir sind so weit oben. Bäume leuchten und Gebäude glimmen vor einem schwarzblauen Himmel. Eisenbahnlinien verlaufen kreuz und quer durch die Stadt wie Kometenschweife. In der Mitte steht die riesige Kathedrale, in gelbes Scheinwerferlicht getaucht.

»St Giles Hill.« Orion deutet auf die ausgedehnte hügelige Parklandschaft zu unserer Linken. »Komm. Ich hoffe nur, dass das Gras nicht zu sumpfig ist.«

Es ist, nun ja, nicht direkt sumpfig – aber doch ziemlich feucht, denn schließlich sind wir in England. Orion amüsiert sich köstlich über mein verkniffenes Gesicht und mein Zögern, bevor ich mich mit meiner Jeans im taunassen Gras niederlasse.

»Da du meinen nassen Hintern so komisch findest, wirst du

bestimmt gleich irgendeinen kulturellen Mythos über Gras zum Besten geben«, sage ich.

»Jetzt fragst du schon nach neuen Aberglauben-Geschichten? Und ich dachte, all meine Fakten und historischen Informationen über Winchester würden dich so langweilen, dass du sofort wieder nach Miami zurückfliegst.«

Es ist, als würde das Wort mich aus dem Hinterhalt überfallen, und ich fühle mich ganz wehrlos und schwach vor lauter Landschaft, Motorrädern und Musik. *Estoy aqui – Ich bin noch immer hier*, sagt Miami. Als ob ich das vergessen könnte. Aber dieses Mal kratzt Miami mich nur an der Hautoberfläche, denn der Blick auf diese funkelnde Stadt hat meinen Blick verändert. Ich kann an einem anderen Ort zu Hause sein, aber für den Moment werde ich auf diesem Hügel sitzen und diesen Ort genießen. Ihn vielleicht sogar lieben.

»Lila. Ich wollte wirklich nicht –«

»Zeig mir, was in der Tüte ist«, sage ich.

»Ja. Aber ich weiß, du willst –«

»Ich will, dass dein knurrender Magen endlich Ruhe gibt.«

Er stößt einen langen Atemzug aus, ob aus Erleichterung oder aus Spaß, weiß ich nicht. Aber er schwenkt die braune Tüte hin und her. »Ein paar klassische britische Snacks für deine Initiation.«

»Hey, es gibt in meinem Leben durchaus einige britische Dinge.« Ich hole mein Handy hervor und zeige ihm ein Foto von meinem türkisfarbenen Mini Cooper.

»Ach nee.« Er sieht auf und lächelt mich an. »Passt zu dir. Die Farbe ist perfekt für Miami. Sieht richtig frisch aus.«

»Und schnell. Ich vermisse es, ihn zu fahren.«

»Es ist ja nicht für lang. Ehe du dichs versiehst, seid ihr wieder vereint.« Er spricht die Worte aus wie einen Schwur. »Drei Monate, schon weniger. Die Zeit vergeht schnell.«

Ich entdecke den Mond hinter einem Baum am Hügelrand, prall und rund, doch auch von ihm wird jeden Tag etwas weniger übrig sein. Dann drehe ich mich zu Orion und vielleicht lässt mich der eine schöne Anblick den anderen mehr würdigen. Orion Maxwell ist ein attraktiver Kerl. *Richtig* attraktiv, um ehrlich zu sein. Seine abgewetzte Lederjacke, die zerschrammten Stiefel, die Haare, die sich immer locken wollen – all das stellt einen interessanten Kontrast zu seinem stadterleuchteten Gesicht mit den fein geschliffenen Konturen und den blauen Augen dar, das aussieht wie gemalt. Meine nächsten Worte klingen, als würde ich gerade aus meiner nebulösen Vorstellungswelt auftauchen. »Was bin ich nur für eine Gastronomin? Ich hab dich ganz von deiner Junk-Food-Tüte abgebracht.«

»Stimmt.« Mit großer Geste arrangiert Orion unser kleines Snack-Picknick. »Walkers Bacon-Crisps, die ihr Chips nennt. Fälschlicherweise. Und für einen Zuckerschub – Aero und einen Cadbury's Dairy-Milk-Schokoriegel.« Zuletzt holt er eine bekannte übergroße Flasche hervor. »Ja, noch mal Oldfields. Ich war in Eile, also hab ich mich für eine sichere Wahl entschieden.«

Er gießt den Cider in zwei durchsichtige Plastikbecher. »Der Kassierer bei Tesco hat mir die mitgegeben, als er unseren Snack-Vorrat sah und ich erzählt habe, dass wir auf den Hügel wollen. Damit wir nicht wie die Heiden aus der Flasche trinken müssen.«

Ich kuschele mich in Orions Strickjacke, trinke Cider und probiere die Snacks. Die Bacon-Chips – Crisps – sind ein schneller Favorit. Was auch auf den Ausblick zutrifft. In dieser Aussicht könnte ich mich verlieren, auch mit einem Tourguide – und vielleicht sogar neuen Freund – wie ihm an meiner Seite, der mich überall herumführt.

Orion bemerkt, dass ich in den Himmel schaue. »Siehst du dir die Sterne an?«, fragt er.

Ich lehne mich zurück an den Hang, mein Haar im feuchten Gras, aber das ist mir egal. »Ich habe nach dir gesucht. Deinem Sternbild.«

Er lächelt. »Das war Dads Entscheidung und der Grund, warum Mum Floras Namen aussuchen durfte. Orion ist ein Jäger aus der griechischen Mythologie. Dad hat immer schon ferne Länder bereist. Kombiniere das mit einer Liebe für Astronomie und das Ergebnis ist ein Name, für den die anderen dich in der Schule hänseln.«

»Es ist ein toller Name. Einzigartig und kraftvoll«, höre ich mich sagen.

»Danke, heute gefällt er mir auch. Ich musste erst hineinwachsen. Aber heute Abend wirst du mich an diesem Himmel nicht finden.«

»Warum nicht?«

»Orion ist in der nördlichen Hemisphäre nachts nur in den Wintermonaten zu sehen. Anfang August taucht er hier wieder auf, aber nur in der Morgendämmerung.« Er gibt mir einen Knuff. »Orion hält sich eben an Bäckerzeiten.«

»Im August werde ich noch in Winchester sein und frühmorgens Brotteig machen. Da muss ich mal rausgehen und danach schauen, wenn ich ihn bei all dem Nebel und der Straßenbeleuchtung überhaupt erkennen kann. Ich war noch nie an einem guten Ort zum Sternebeobachten. Unsere Reisen waren meist Städtereisen und in Miami geht es auch nicht.« Meine wunderschöne, helle Heimatstadt ist nie dunkel genug.

»Das kann doch wohl nicht wahr sein.« Selbst im Dämmerlicht sehe ich das gespielte Entsetzen in seinem Gesicht. »Deine Touristen-To-do-Liste wird ja immer länger. Es gibt hier einen traumhaften Ort zum Sternebeobachten, stockdunkel. Ein Stück zu fahren, aber mit Millie gut zu erreichen.«

»Das wäre schön.« Ich atme tief ein und aus. »Noch vor ein paar Wochen konnte ich nicht einmal in den Himmel gucken, ohne in Tränen auszubrechen. Nach der Beerdigung meiner Abuela ging das einfach nicht.« Ich drehe meinen Kopf zu ihm und er sieht mich ruhig und erwartungsvoll an. »In Miami, in meiner Nachbarschaft, nennen sie mich *Estrellita*. Kleiner Stern. Als würde ich den Nachthimmel – und die Küche – erhellen, während alle anderen schlafen.«

»Das tust du auch«, sagt Orion. »Das merkt man an deinem Essen.«

»Danke. Diesen Antrieb brauche ich auch für das, was ich nach meiner Rückkehr vor mir habe.«

»Für euer Familienunternehmen? Mit denen kenne ich mich auch aus.«

Ich nicke. »Meine Mutter backt nicht, aber sie kann sehr gut Kuchen dekorieren. Wenn Pilar im nächsten Mai mit der Uni fertig ist, wollen meine Eltern eine kleine Konditorei aufmachen und speziell verzierte Kuchen verkaufen. Und Pilar und ich werden La Paloma übernehmen – das bedeutet Taube. Ich werde die Küchenangestellten beaufsichtigen und mich um alles kümmern, was mit dem Backen zu tun hat. Und Pilar wird die Buchhaltung und den Geschäftskram übernehmen.«

»Ein perfektes Team.« Er streckt einen Finger aus, ohne

mich zu berühren. »Das erklärt auch diesen Anhänger. Wenn zu Hause all das auf dich wartet, verstehe ich, warum es dir schwerfällt, weg zu sein.«

Ich setze mich auf und taste nach der goldenen Taube. So wie mein Schal gebunden ist, hängt der kleine Vogel knapp unter der Wolle mit dem Leopardenmuster. »Von zu Hause weg zu sein, ist, als hätte ich mein Herz zurückgelassen. Aber ich bin selbst schuld. Ich hab ja noch ganz andere Sachen abgezogen als Flora.«

Jetzt richtet sich auch Orion auf, während er seinen Cadbury-Riegel knabbert. »Ich schätze mal, sie haben dich nicht drei Monate weggeschickt, weil du dich mal abgeseilt hast und nicht ans Handy gegangen bist.«

»Nein, aber irgendwann hat der Schmerz mich so fertiggemacht, dass ich leichtsinnig geworden bin. Andrés fehlte mir und Abuelas Tod nagte an mir. Und dann hat Stefanie sich auch noch davongemacht. Alles, was ich kannte, ist mir entglitten, und ich hatte das Gefühl, ich müsste meine ganze Stadt zurückerobern, damit es mir besser ginge und ich wieder geerdet wäre.«

»Und wie erobert man sich eine Stadt zurück?«

»Ich bin so viel von Miami abgerannt, wie ich konnte. Stundenlang. Ohne auf meine Nachrichten zu antworten. Irgendwann hat Pilar es geschafft, mein Handy zu orten, und mich über dreißig Kilometer von zu Hause entfernt gefunden. Ich lag total dehydriert in irgendeinem Park im Gras und hab vor mich hin geheult. Ein Häufchen Elend.«

»Oje, jetzt verstehe ich, warum sie sich solche Sorgen gemacht haben. Was, wenn dich jemand ausgeraubt hätte … oder Schlimmeres.«

»Ich weiß«, sage ich leise. Es ist das erste Mal, dass ich über diese Nacht spreche. Es fühlt sich besser an, als ich dachte, ein paar dieser Bilder loszuwerden, die mir noch immer durch den Kopf gehen, wenn meine Hände Teig kneten. Die Panik, als mir die Lungen brannten und ich nicht genug Luft bekam, der Hals ausgetrocknet, als wäre ich in der Wüste und nicht in Florida. Und Pilar, wie sie sanft meine gewaschenen Haare durchkämmte, bevor sie Suppe für mich aufwärmte.

Ich bin selbst überrascht, dass ich weitererzählen will. »Verstehst du, meine Familie würde nie jemanden von uns wegschicken, wenn sie es nicht für den letzten Ausweg hielte. So muss man mein Flugticket hierher wohl nennen. Als meine Abuela als Teenager nach Amerika ging, war das eher eine einmalige Chance, die meine Urgroßeltern nicht verstreichen lassen konnten – ein Austauschprogramm über ihre Kirche. Aber nach ein paar Jahren folgten die meisten meiner Verwandten, wohnten auf engem Raum zusammen, bis sie Arbeit fanden und sich ihre eigene Wohnung leisten konnten. Wir halten zusammen und dieser Familienverbund bedeutet uns alles.« Mein Blick trübt sich. »So viel von mir ist …«

»So viel von dir ist Miami«, sagt er.

»Genau. Dort war unser Anfang, in gewissem Sinne.«

Orions Telefon pingt. »Schau ruhig nach. Vielleicht ist es Flora«, sage ich.

Er nickt mir kurz zu, bevor er die Nachricht liest. »Nicht Flora. Es ist Remy. Weißt du noch, dass Jules die Produzenten auf Twitter stalken wollte?« Als ich zustimmend nicke, fährt er fort: »Jason Briggs hat über ein paar Samstags-Highlights aus der Kleinstadt Winchester getweetet. Aber kein Wort über Goldline.«

Ich setze mich aufrechter hin. »Das ist doch lächerlich. Jules ist eine der besten Sängerinnen, die ich je gehört habe.«

»Ja, und das ist so ein Moment, wo eine Textnachricht nicht genug ist. Wir sollten sie anrufen.« Das tut er dann auch, und als Jules rangeht, stellt Orion sie laut. »Was für eine verdammte Scheiße«, sagt er.

»Das ist mal ein passender Songtext, Ri«, antwortet Jules ausdruckslos. »Briggs hat sogar GLYTTR erwähnt – *GLYTTR*!«

»Jules, hier ist Lila. Du und deine Band wart viel besser als irgendjemand anders heute Abend auf der Bühne. Ich hab ein Stück von dieser GLYTTR-Gruppe gehört und die sind totale Loser. Es tut mir echt leid.«

»Danke, das ist lieb von dir.«

»Das Studio von diesem Briggs ist in London, sagtest du?«, rede ich weiter. »Ich kann ihm gerne mal etwas Besonderes backen, du weißt schon, mit einer extra Zutat, die ihm lange unangenehme Stunden auf dem Klo beschert.«

Unser gemeinsames Lachen klingt über den stillen Hügel.

»Sie ist ganz schön bissig, das mag ich an Lila.« Der Kommentar kommt von Remy.

»Ich auch, und ihr Plan klingt verlockend, aber ich denke, besser nicht«, sagt Jules. »So läuft das eben. Diese ganze Branche ist total subjektiv, und es geht nur darum, zur richtigen Zeit bei jemandem einen Nerv zu treffen. Ich werde mich einfach am Riemen reißen und meine neuen Songs entwickeln, egal was dieser Jason Briggs sagt. Und von jetzt an will ich von euch allen keine einzige Bemerkung mehr zu meinem lila Buch hören.«

Wir stimmen ihr zu und versprechen es ihr. Dann legen wir auf, und Orion erwischt mich noch einmal, wie ich in den klaren, dunklen Himmel starre. »Suchst du jetzt nach anderen Typen mit Sternbildnamen?«

»Haha, sehr witzig«, ahme ich ihn nach, was ihm ein amüsiertes Grinsen entlockt. »Ich dachte, ich hab eine Sternschnuppe gesehen, aber es war nur ein Flugzeug. Und ich hab an Jules gedacht und daran, dass sie nicht einfach wartet und hofft, dass ihr der große Erfolg vor die Füße fällt. Sie arbeitet so hart dafür.«

»Sie hängt ihre Zukunft nicht an irgendwelche Sternschnuppenwünsche, so viel ist sicher. Sie macht sich selbst zum Star.«

Ich schaue wieder nach oben und in die Ferne. »Aber es macht trotzdem Spaß, sich etwas zu wünschen. Wenn dieses kleine Licht kein Flugzeug wäre, was würdest du dir wünschen?«

»Dein kubanisches Essen zu probieren.«

Ich werfe ihm einen Blick zu. »Das steht doch schon fest.«

»Wirklich?« Er stützt sich auf einen Ellenbogen und dreht sich zu mir. »Du *sagst* das immer, aber noch habe ich es nicht –«

»Wirst du aber. Wir fangen mal mit einem Cubano-Sandwich an. Dafür wird Schweinefleisch geschmort und Schinken gebraten – mehr verrate ich dir nicht. Es kann sich nur um Tage handeln, Maxwell. Nicht nötig, dafür einen Sternschnuppenwunsch zu opfern. Also, was wünschst du dir wirklich?«

Sein fröhliches Grinsen friert ein. Er macht eine ausladende Handbewegung über den stillen Sternenhimmel. »Das mit den Sternschnuppenwünschen habe ich schon lange aufgegeben. Ich meine, ich habe immer noch Hoffnungen und Träume. Und es bedeutet bestimmt nicht, dass ich herumsitze und darauf warte, dass die Dinge passieren. Aber ich habe da diesen Deal mit dem Universum gemacht. Ich habe gelernt, nicht mehr von ihm zu verlangen, als ich bekomme, sowohl im Guten wie im Schlechten.«

»Seit … der Sache mit deiner Mutter?«

»Ja, seitdem. Ich habe meinen Frieden gefunden, indem ich die Dinge, die ich nicht beeinflussen kann, akzeptiere und nicht dagegen ankämpfe. Ich stehe nicht mehr als Bettler vor Gott oder dem Universum. Das hat mir geholfen.« Seine Lippen fangen leicht an zu zucken. »Und siehe an, manchmal gewährt mir das Universum richtig schöne Abende, an denen ich kubanischen Bäckerinnen auf Besuch in Winchester alles Mögliche zeigen kann – die Musik meiner Freunde, Motorräder und unsere einheimischen Snack-Angebote. Mag sein, dass du am liebsten zu Hause wärst. Ich verstehe das und alle Gründe, die dahinterstehen. Aber jetzt in diesem Moment bist du hier, und ich kann nicht anders, als zu denken, dass das so schlimm nun auch wieder nicht ist, Lila.«

»Nein. Es ist überhaupt nicht schlimm.« Die Worte platzen aus mir heraus, überstimmen zahllose Miami-Echos und kubanische Wurzeln und alles, was ich für diesen kalten, fremden Ort in meine Tasche gepackt habe. Es ist absolut wahr. Ich trage seine Strickjacke, und es ist okay und auf eine neue Weise gut, wenn ich das Gefühl habe, dass mir auch seine Stadt immer besser passt.

Ein Nachtwind kommt auf, weht durch all die Schwere und wirbelt unsere leeren Plastikbecher den Hügel hinunter. Also teilen wir den Rest des Ciders, indem wir die Flasche hin- und herreichen. Wie die Heiden. Und es macht nichts, dass das Sternbild, nach dem er benannt ist, im Juli nur in Australien oder Neuseeland sichtbar ist. Ich bin hier, in seiner Hemisphäre. Ich finde Orion trotzdem.

Kapitel 16

Es ist Spencers Schuld, dass mein Vormittagslauf in der Crow-Küche beginnt und endet. Nur vier Worte musste Spence zu Orion sagen, als er am Rosenbogen mit ihm zusammenstieß: kubanische Pasteten, kubanisches Brot.

Ganz außer Atem wasche ich mir das Gesicht und werfe meinem Joggingpartner eine Wasserflasche zu. »Ich glaube, so schnell sind wir die Runde noch nie gelaufen. Dein Tempo hat nicht zufällig etwas mit *Pastelitos* zu tun, oder?«

Er wischt sich mit der kalten Plastikflasche über die Stirn und kommt zum Waschbecken. »Die hatte ich ja ganz vergessen.«

»Lügner.« Ich ignoriere sein empörtes Schnauben und schnappe mir seinen Geheimvorrat. Die Küche glänzt, neu organisiert und sortiert, meiner Ordnung in La Paloma angepasst. Seit Polly weg ist, gehört die Küche endlich mir. Zumindest bis zum Ende des Sommers. Vorhin habe ich eine von Orions Teelieferdosen zur Gebäckdose umfunktioniert. Ich hebe den Deckel und präsentiere ihm ein halbes Dutzend *Pastelitos.* Die rechteckigen Teigtaschen sind oben eingeritzt, sodass die süßen Füllungen hindurchschauen.

»Oh Gott. Jetzt verstehe ich, warum du mich bis nach unserem Lauf hast warten lassen. Keine Chance, dass ich es bei einem Bissen belassen hätte, und dann wäre ich nicht mehr in Gang gekommen.« Er inhaliert den Duft von Butter und zartem Blätterteig.

Ich erkläre ihm die zwei Sorten, *Coco y Guayaba.* »Kokosnuss und Guave. Meine Mom hat mir Guavenpaste geschickt, aber die nehme ich nur für Freunde, nicht für die Gäste. Und nein – die sind nicht alle für dich.« Ich schüttele den Kopf über seinen Schmollmund. »In deinem Haus wohnen noch zwei andere Menschen.«

Er beißt in die Guaventeigtasche und macht ein hingerissenes, halb benommenes Gesicht, als hätte er Drogen genommen. »Das müsste eigentlich illegal sein. Ich kann mich nicht erinnern, wann ich zuletzt so etwas Gutes im Mund hatte.«

Mein Blick trifft seinen, schneller als ein Fingerschnipsen. Achtung, fertig, knallrot. Ich kann nichts dagegen machen. Bitte lass ihn denken, dass mein rotes Gesicht noch vom Laufen kommt.

In seiner Brust sprudelt ein Lachen. Mist. »Was du nur wieder denkst. Ich rede hier einzig und allein von dem Blätterteig – so leicht. Hast du den auch selbst gemacht?«

¡Tranquila! Chill mal, Lila. Ich räuspere mich und werfe ihm einen Blick zu, der sagen soll: *Du kennst mich wirklich überhaupt nicht.* »Ich habe gestern den ganzen Tag damit verbracht, Blätterteigvorräte für die nächsten Wochen zu machen. Die ganze Gefriertruhe ist voll damit.«

Während er noch seine Teigtasche mampft, bringe ich einen großen goldgebackenen ovalen Brotlaib, oben eingeschnitten und noch ofenwarm. »*Pan Cubano.* Kubanisches Brot. Viele

Kulturen haben ein traditionelles Brot und das hier ist unseres. Es ähnelt französischem Brot, ist aber mit Schmalz gebacken. Wir lieben unsere Schweinefleischprodukte.«

»Da kann ich nur zustimmen.« Er hebt eine Augenbraue, als ich ihm den Brotlaib zuschiebe. »Das ganze Ding ist für mich?«

»Für dich und deine *Familie*. Ich bin froh, dass ich das Brot hier hinten zurückgelegt habe. Cate sagt, sie hatte nur noch ein halbes Brot und sechs *Pastelitos* für die Angestellten übrig. Ich muss meine Mengen noch mal nach oben korrigieren.« Ich greife nach einem Brotmesser, schneide einen Kanten ab und beschmiere ihn dick mit einem meiner neuen Lieblingsaufstriche – der irischen Butter aus Weidehaltung, die ich in einem kleinen Tontopf aufbewahre.

Er stürzt sich auf den kohlenhydrat- und fettreichen Leckerbissen und macht noch einmal ein verzücktes Gesicht. »Wirklich perfekt. Das wäre auch lecker als Käse-Toastschnitte.«

»Ich wusste, dass du das sagen würdest. Meine Mom schuldet mir noch eine Kaffeelieferung, damit ich dir einen *Café Cubano* machen kann.« Den hat meine Mutter in meinem letzten Carepaket doch tatsächlich vergessen, aber einen Extra-Pullover und eine neue Packung Unterwäsche musste sie natürlich hineinlegen. *Por Dios.* »Jedenfalls tunken wir das Brot in den Kaffee und das schmeckt himmlisch.«

Er hat seine Brotscheibe schon fast verputzt. »Ich probiere alles, was du machst.«

Ich lasse meine Augenbrauen auf und ab wippen. »Als Nächstes musst du kubanische Sandwiches probieren. Morgen Abend, denn das Fleisch dafür muss den ganzen Tag schmoren. Komm so gegen sieben, wenn du kannst. Dann lernst du auch gleich, wie man sie macht.«

»Oh, das kann ich.« Er kratzt sich mit einer Hand am Kinn. »Allmählich frage ich mich, ob nicht bald jeglicher Effekt unserer Joggingrunden wieder dahin sein wird.«

Ich probiere auch ein bisschen, knabbere an dem warmen Butterbrot und der Ecke des *Pastelito de guayaba*, die mir Orion reicht. Es schmeckt nach Zuhause. »Die meisten kubanischen Köche haben es darauf abgesehen, dich zu mästen, bis du nicht mehr laufen, atmen oder normale Gespräche führen kannst.« Ich ziehe die Schultern hoch. »Was du mit deinem Körper machst, ist deine Sache. Sorry, da übernehme ich keine Verantwortung.«

»Soso.«

Wir liefern uns noch einmal ein Blickgefecht. Ich verliere, schaue als Erste weg und fange an zu kichern. Er stimmt in mein Lachen ein und wendet sich wieder seinem *Pastelito* zu. Seine Zunge schnellt hervor, um einen Klecks Guavenfüllung aus seinem Mundwinkel zu schlecken. Er hat einen wirklich hübschen Mund. Voll, nicht zu schmal und nicht zu breit. Natürlich habe ich das auch schon vorher registriert. Aber jetzt bemerke ich es nicht nur, sondern staune darüber. Ich kann mir nicht vorstellen, dass mein Staunen irgendetwas anderes zu bedeuten hat oder sein könnte. Doch auch ein gebrochenes Herz wie meines pumpt noch heißes rotes Blut.

Spencer und Gordon platzen in meine Gedanken, schleppen pralle Tüten mit Markteinkäufen durch die Hintertür. Spence nickt Orion zur Begrüßung zu und sagt zu mir: »Das war ein Erfolg. Wir haben deine Feigen nicht nur bekommen, sondern sie waren auch noch im Angebot.«

Gordon legt die Feigen in eine Rührschüssel und stellt sie auf die Kücheninsel.

»Super, dass ihr so viele mitgebracht habt. Danke, Leute«, sage ich, bevor Spence seine Einkäufe in den Vorratsraum bringt.

Gordon hat schon die Guaven-*Pastelitos* entdeckt, die ich für die Familienküche zurückgelegt habe. Die Hand auf dem Tellerrand, sieht er mich mit Rehaugen an.

Seufzend gebe ich nach. »*Einen* noch. Heb deinen Eltern auch noch welche auf.«

Gordon zögert nicht länger und nimmt einen Bissen. »Von allem, was ich in Miami probiert habe, mochte ich die immer am liebsten. Außerdem hab ich meine Schuldigkeit getan und mich im Fitnessstudio abgerackert«, sagt er und zupft an seinem verschwitzten Trainings-T-Shirt.

»Ach. Und ich hab die ganze Zeit gedacht, diese schicken neuen Sportklamotten wären nur zum Angeben«, witzelt Orion.

Gordon baut sich vor ihm auf und stopft sich ein großes Stück der Teigtasche in den Mund. »Halt die Klappe, Ri«, murmelt er mit vollem Mund, aber verständlich genug. Wir kichern, als er die Küche verlässt.

Da fallen mir die Feigen wieder ein und ich beäuge die Früchte von allen Seiten. Misstrauisch.

»Lila«, sagt Orion, »das sind harmlose Früchte und keine Eier, aus denen gleich winzige Monster schlüpfen und dich angreifen.«

»Das denkst *du*.« Ich sehe seufzend zu ihm auf. »Aber ich muss mich mit den Feigen anfreunden, weil ich meine Guavenpaste rationieren muss. Es gibt nicht viele Früchte, die sich als Füllung für *Pastelitos* eignen.« Ich nehme eine der schwarzvioletten Feigen in die Hand. Von der Größe und Konsistenz sind sie meinen geliebten Guaven ziemlich ähnlich. »Meine Abmachung mit den Wallaces bestand darin, dass ich sowohl kubanische als auch britische Backwaren anbieten würde. Aber ich werde mal versuchen, Zutaten und Zubereitungsarten tatsächlich zu kombinieren, statt sie nur nebeneinander anzubieten.«

Orion nickt. »Feigen-*Pastelitos* also? Eine Art britisch-kubanische Komposition?«

Meine Mundwinkel zucken bei dem Wort *Pastelitos*, ganz verkehrt ausgesprochen und doch einfach hinreißend in Orions warmem britischen Tonfall. »Ja, meine Abuela hätte das auch so gemacht. Sie hat genauso gerne ihre Rezepte abgewandelt, wie auf traditionelle Art zu backen.« Ich schneide eine der Feigen auf. Das violett-rote körnige Fruchtfleisch kann ich herauslöffeln und mit Zucker, Öl und Pektin einkochen.

Mein Handy pingt in der Tasche meiner Laufhose. Es ist eine Nachricht von Mami – früh für ihre Verhältnisse, aber das bringt ein ausgefüllter Kuchentag eben so mit sich.

Luisa war gestern Abend hier. Stef ist bald in einer Gegend, wo sie besseres Wi-Fi hat. Sie meldet sich dann bei dir. Ich hab noch mehr Neuigkeiten. Muss nur erst noch ein paar Bestellungen erledigen. *Besitos*

Luisa Lopez, Stefanies Mutter. Ich kann mich immer noch nicht daran gewöhnen, dass Stef und ich jetzt andere Leute brauchen, um miteinander Kontakt aufzunehmen.

Ich lese die Nachricht noch einmal, dann übersetze ich sie laut für Orion. »Niemand aus Stefanies Familie hat sich in La Paloma blicken lassen, seit sie nach Afrika aufgebrochen ist. Stattdessen haben sie bei der Konkurrenzbäckerei eingekauft. Bis gestern Abend.«

»Dieser andere Laden ist auf keinen Fall so gut wie eurer.«

Ich verziehe das Gesicht und schüttele den Kopf. »Das allein zeigt schon, wie schwierig die Situation ist. Alle wissen Bescheid.« Ich zeige Orion die E-Mail, die ich Stef neulich geschickt habe. Noch immer keine Antwort.

Orion beugt sich vor, die Arme auf die Kücheninsel gestützt. Er sieht mir immer noch in die Augen, als er in sein Brot beißt. Nachdem er einen Bissen hinuntergeschluckt hat, sagt er: »Vielleicht traut sie sich nicht, und es war im Moment einfacher für sie, über ihre Mutter zu gehen. Was denkst du, was deine Mum mit den weiteren Neuigkeiten meint?«

»Keine Ahnung, aber ich werde es herausfinden, entweder durch Mami oder durch Pilar. Allerdings …«

»Was?«

»Ich …« Worte, die ich noch nie zu jemandem gesagt habe, schaffen es bis auf meine Zungenspitze. Aber dann schrecken sie zurück, trauen sich nicht zu springen.

»Okay«, murmelt er und sieht sich suchend um. Dann greift er nach einer kleinen Schale mit Meersalz. »Vor langer, langer Zeit«, beginnt er mit einem Funkeln in den Augen, »symbolisierte Salz Freundschaft. Einer der ersten abergläubischen Bräuche, die ich gelernt habe. Salz war ein wertvolles Gut, und es zu verschütten, war nicht nur kostspielig und sollte Unglück bringen, sondern deutete angeblich auf den bevorstehenden Verlust eines Freundes hin.« Er schiebt mir die kleine Schale zu. »Um das zu verhindern, wirfst du eine Prise Salz über deine linke Schulter.«

Mami benutzt Salz, um Ölflecken zu lösen. Aber es ist nicht nur das Salz, das mir das Gefühl vermittelt, etwas von meinen verborgenen Wahrheiten preisgeben zu können. Es ist Orion, der mein Essen probiert und mir dafür etwas von ihm selbst zurückgibt. Und wenn es nur ein Aberglaube ist. Es zeigt mir, dass er nicht einfach nur neugierig ist oder Small Talk machen will. Er interessiert sich wirklich.

Gerade als ich weitersprechen will, tritt er näher. »Ich muss jetzt zur Arbeit, aber wie wäre es, wenn du nachher im Laden vorbeikommst?« Auch wenn wir beide noch ganz erhitzt vom Joggen sind, öffnet er die Arme für eine Umarmung, die ich mehr brauche, als ich ahnte, mehr als das Essen von zu Hause. »Du kriegst das schon wieder hin, Lila. Alte Freundschaften sind wertvoll, viel wertvoller als altes Salz. Aber neue auch.«

Mein Kopf findet ein Zuhause an seiner Schulter. Er riecht nach Seife und sauberem Schweiß. Ungefähr in dem Moment, in dem ich mich normalerweise abwenden würde, stelle ich fest, dass ich es nicht will. Ich schmiege meine Wange in die Kuhle direkt über seinem Schlüsselbein. Er bemerkt die Veränderung und zieht mich näher zu sich, die Hand fest auf der Mitte meines Rückens. Während die Minuten verstreichen, verlangsamt sich mein Puls von einem lebhaften Salsa zu einem langsamen Standardtanz. Die ganze Küche scheint einfach nur zu atmen. Schließlich hebe ich den Kopf, und er lächelt mich an, während er mir eine lose Haarsträhne hinter das Ohr streicht.

Als Orion geht, durchfährt eine jähe Angst meine innere Ruhe. Vor ein paar Minuten habe ich mich mehr als nur okay gefühlt, vielleicht sogar ein bisschen glücklich, in Winchester zu sein. Für dreißig reale Sekunden wollte ich lieber in den Armen Orions mit seinem Aberglauben und seinem offenen Ohr sein als in einem British-Airways-Flugzeug nach Hause.

Vor langer, langer Zeit symbolisierte Salz Freundschaft.

Ich nehme das Holzschälchen und werfe eine Prise Salz über meine linke Schulter, genau wie Orion gesagt hat. Es ist absurd und albern, aber ich tue es trotzdem. Allerdings tue ich es nicht für meine Freundschaft mit Stefanie. Ich will Miami nicht verlieren. Meine älteste Freundin von allen.

Ich fahre Fahrrad. Ich fahre mit einem grünen Fahrrad die Jewry Street hinunter. Ich fahre mit einem grünen Fahrrad die Jewry Street hinunter – mit sechs Pfund Schweineschulter und einem Fünf-Pfund-Schinken in meinem Korb.

Und ich gerate nicht so ins Schwitzen, wie ich es beim Fahrradfahren in West Dade tun würde. Allmählich kenne ich mich ein bisschen aus in Winchester. Jetzt kann ich vom Crow losfahren und spontan meine Strecke abwandeln – vorbei an Backsteinhäusern, Blumenbögen und Denkmälern –, ohne befürchten zu müssen, dass ich nicht mehr zurückfinde.

Ich stelle das Fahrrad auf der gegenüberliegenden Straßenseite von Maxwell's ab. Die zwei Tüten mit Fleisch, Gourmet-Gewürzgurken und gelbem Senf nehme ich mit. Als ich den Verkehr abwarte, um über die Straße zu gehen, höre ich ein Klopfen am Fenster einer Saftbar hinter mir. Ich drehe mich um und entdecke Jules, die an einem Tisch sitzt und mich zu sich winkt.

Eine bimmelnde Glocke heißt mich in dem winzigen Laden willkommen, der nach frisch geschnittenem Gras und Orangen riecht. Ich rutsche auf den leeren Stuhl an ihrem Tisch und stelle meine Einkäufe ab. »Da hast du mich ja gut abgepasst!«

»Ja, perfektes Timing«, sagt Jules strahlend. So relaxed gekleidet habe ich sie noch gar nicht gesehen – grau meliertes Sweatshirt und Boyfriend-Jeans, die Haare zu einem Knoten gewickelt. »Carly aus der Band ist gerade gegangen. Wir haben zusammen für die Prüfungen gelernt und jetzt raucht mir der Kopf. Leistest du mir Gesellschaft, bis meine Mum kommt?«

Ich grinse. Ich mag ihre Art. Ihr Selbstbewusstsein.

»Willst du was zu trinken bestellen?«, fragt sie. »Es gibt kein besseres Aufputschmittel als Weizengrassaft.«

Das glaube ich ihr, aber ich schüttele den Kopf. »Nächstes Mal. So viel gesundes Grünes verträgt sich bestimmt nicht mit all den Kohlenhydraten und Fetten, die ich vorhin zu mir genommen habe.«

»Das kann natürlich sein«, räumt Jules ein, bevor sie anfängt, mir von ihren bevorstehenden Sommer-Gigs zu erzählen. Ich berichte von meiner Arbeit im Inn und erzähle ein paar Neuigkeiten aus Florida. Es dauert nicht lange und unser lautes Geplauder erfüllt den kleinen Laden. Wir stellen fest, dass wir beide unverbesserliche Snobs sind, wenn es ums Essen geht. Und ihre Eltern sind genauso vernarrt in britische Serien wie Mami in ihre Telenovelas. Ich muss nicht einmal erklären, wie das auf den Rest des Hauses abfärben kann, selbst wenn der Fernseher gerade aus ist. Jules versteht das, und noch mehr.

Jules versteht, wie es sich anfühlt, eine fürsorgliche große Schwester zu haben (ihre studiert gerade in Schottland). Und all die traurigen und verwirrenden Gefühle, wenn man einen geliebten Menschen verliert. Ihr Lieblingsonkel ist letztes Jahr an Krebs gestorben. Er war ihr größter Fan, musikalischer Mentor und der erste Mensch, dem sie erzählt hat, dass sie Jungen und Mädchen mag. Onkel Albert war es, der sie angespornt und inspiriert hat, ihren ersten Song zu schreiben.

Alles, was sie mir anvertraut hat, geht mir noch wie ein vertrauter Refrain durch den Kopf, als mein Handy pingt. Als ich von Mamis Nachrichten aufsehe, fragt Jules: »Gibt's was Neues zu Hause?«

Normalerweise würde ich einfach abwinken, aber in den letzten zwanzig Minuten habe ich erfahren, dass Jules mehr als ein cooles Mädchen mit außergewöhnlichem Talent ist. Nicht nur haben wir ähnliche Ansichten über Familie und die Angewohnheit, das Dessert zuerst zu essen – wir verstehen auch sonst, wie die andere tickt. Unmöglich, dass sie in ihren sechzehn Jahren nicht auch schon mindestens einen ausgewachsenen Krach mit einer Freundin gehabt hat. Also beschließe ich, mehr von *meiner* Freundin zu erzählen und von Mamis Update.

»Stefanie – ich hätte nicht gedacht, dass sie dort durchhalten würde«, sage ich nach einer kurzen Pause.

»In Afrika?«, fragt Jules und rückt ein Stück näher.

»Ja. Das war einer der Gründe, warum ich nicht aus Miami wegwollte. Ich dachte, nach ein paar Wochen würde sie wieder auf meiner Veranda stehen und hätte eingesehen, dass all das, was wir zusammen geplant hatten, wichtiger war als ihr Auslandseinsatz. Sie hätte festgestellt, dass Afrika vielleicht doch nicht ihr Ding war. Ich meine, die Stef, die ich kannte, war total wählerisch beim Essen, und mit leichtem Gepäck zu reisen, war nie ihr Ding.«

Jules zieht die Nase kraus und hebt langsam eine Hand. »Das kommt mir irgendwie bekannt vor.«

Unser Lachen ist das beste Aufputschmittel – besser als Weizengras.

»Vor allem«, fahre ich fort, »hatten wir unseren Miami-Plan. Den wollte ich nicht fallen lassen. Bevor ich hierherkam, bin ich noch einmal zu unseren Lieblingsorten gejoggt, habe in unseren Lieblingsgeschäften eingekauft und an unserem Lieblingsplatz in South Beach gesessen.«

»Als würde sie das irgendwie wieder zurückbringen?«

»Unsere Pläne, die Krankenschwesterausbildung an der Uni, unsere Erlebnisse als Kinder würden sie wieder zurückbringen, dachte ich. Aber sie kommt so schnell nicht wieder nach Hause. Immerhin, ich habe es versucht. Ich bin an diesen Miami-Orten geblieben, für uns beide.«

»Das verstehe ich.« Jules beugt sich vor, als wären ihre nächsten Worte ein Geheimnis. »Weißt du, warum sie auf diese Weise gegangen ist?«

Diese Frage habe ich überall mit mir herumgeschleppt, sogar von einem Kontinent zum anderen. »Ich war zu aufgebracht, um noch länger dazubleiben und auf eine echte Antwort zu warten. Und mir fällt immer noch nichts ein, was Sinn ergeben würde.« Ich fahre mit dem Finger die Maserung der Holztischplatte entlang, gebeizt in der Farbe von Strandsand. »Ich schätze, die Menschen sind nicht immer die, für die wir sie halten. Was Stef getan hat, verletzt mich noch immer. Aber ich weiß, sie war nicht allein daran schuld. Und ich fand es furchtbar, auseinanderzugehen und die Dinge so zu lassen.«

»Verstehe – *zerbrochen*, wie du gesagt hast«, grübelt Jules. Sie hat den gleichen konzentrierten Gesichtsausdruck wie beim Schreiben ihrer Songs. »Das Ding ist, wenn man etwas wieder zusammenklebt, ist es nie genau so wie zuvor. Was, wenn sie eure Freundschaft wieder reparieren will, aber trotzdem alles zwischen euch anders sein wird als früher? Könntest du das?«

Wenn es etwas gibt, was die letzten paar Monate gezeigt haben, ist es, dass ich mit »anders« nicht besonders gut zurechtkomme. Trotzdem antworte ich: »Ich hoffe es. Aber ich weiß nicht, wie das überhaupt aussehen könnte. Ich weiß nur, wie unsere alte Freundschaft aussah.«

»Na ja, sie muss sich zuerst mal bei dir melden und das scheint sie ja auch vorzuhaben. Und ihre Mum hat deiner erzählt, dass sie glücklich ist.« Jules zieht die Augenbrauen zusammen. »Die Frage ist, freust du dich für sie?«

»Auf jeden Fall. Egal, was zerbrochen ist.« Meine Stimme klingt leise.

Jules schenkt mir ein warmes Lächeln. »Ich glaube, dann bekommt ihr beide das schon hin.«

Sie winkt durch das Fenster zu einem schwarzen BMW, der am Bordstein hält.

»Ich werde abgeholt«, sagt sie und sucht ihre Sachen zusammen. »Also, du siehst ja, wie das hier ist. Kleine Stadt, eingeschworene Gemeinschaft. Ich weiß, einige meiner Freunde werde ich mein Leben lang behalten.« Ihre blauen Augen sehen mich an – nachdenklich, aber lebhaft, genau wie ihre Musik. »Aber es gibt andere, die ich nicht mehr so oft treffe, und ich habe eingesehen, dass das auch okay ist.« Sie lächelt gedankenverloren. »Manchmal stecke ich sie in Songs und da bleiben sie mir erhalten. Außerdem gibt es immer auch Raum für neue Freunde.«

Mein Herz schwillt an, scheint sich in meiner Brust auszudehnen. Orion hat fast genau das Gleiche gesagt. Während ich an die Momente mit ihm zurückdenke, bekomme ich gar nicht mit, wie Jules aufsteht und zur Tür geht.

»Hey, Jules … danke.«

»Klar doch«, sagt sie mit einem Lächeln und lässt die kühle Luft von draußen rein. »Bis bald, Lila!«

Kurz darauf gehe ich über die Straße zu Maxwell's. Nach dem Gespräch mit Jules sind meine Schritte leichter, als sie vorher waren. Orion hat eine ganze Parade Teetüten auf dem Tresen aufgereiht und berät einen älteren Herrn im Regenmantel (dabei ist es draußen eigentlich sonnig). Zu beschäftigt, um zu grüßen, hebt er nur kurz die Augenbrauen, als ich hereinkomme.

Ich vertreibe mir die Zeit, indem ich ein paar Ecken des Ladens erkunde, die mir letztes Mal gar nicht aufgefallen sind. Auf Einbauregalen stehen filigrane Teetassen aus Porzellan und kleine asiatische Teekannen aus rotbraunem Ton und schwarzem Gusseisen. Ein frei stehender Tisch bietet eine Auswahl an Büchern über Teezubereitung an, ebenso wie Teewärmer und Geschirrtücher aus Leinen.

Ich werfe einen Blick zum Tresen, als Orion einen genervten Seufzer ausstößt. Er trägt ein blau kariertes Button-down-Hemd und sein Blick wirkt wie ein Hilferuf. Der Kunde ist anscheinend übermäßig wissbegierig oder auf andere Weise nervig. Und natürlich mache ich es noch schlimmer. Kubanerinnen können genauso frech sein wie gewisse Briten.

Hinter dem Rücken des ahnungslosen Mannes schnappe ich mir die eingepackte Schweineschulter und tue so, als wäre es ein lang entbehrter Geliebter. Ich bewege die Lippen, als würde ich ihm etwas Schnulziges zuflüstern, klimpere mit meinen langen Wimpern und blicke verträumt in seine »Augen«. Orions Mundwinkel beginnen zu zucken, aber er lässt sich nichts anmerken und greift nach einer weiteren Dose – Earl Grey diesmal. Oh, er ist gut, aber ich bin besser.

Ich vollführe eine Drehung und gleite über den Fußboden wie über eine Tanzfläche, als wäre ich Clara und die Schweineschulter mein ganz besonderer Weihnachtsnussknacker. Damit gewinne ich. Der Hals meines Zielobjekts wird feuerrot, und er ist gezwungen, sein prustendes Lachen mit einem allzu offensichtlich vorgetäuschten Hustenanfall zu vertuschen. Als der Kunde endlich fertig ist und zur Kasse geht, nutzt Orion die Gelegenheit, mir einen warnenden Blick zuzuwerfen, scharf wie Spielzeugmesser.

»Man muss sich wirklich vorsehen mit dir, Lila Reyes«, sagt er, als wir uns an der Verkostungstheke treffen.

Ich setze mich hin und hebe den Ärmel meines gestreiften Tops, das Pilar mir ausgesucht hat. »Tja, mein Warnschild muss sich wohl abgelöst haben.«

»Haha, sehr witzig.« Er presst die Kiefer aufeinander, als wollte er unbedingt ein teilnahmsloses Gesicht machen. Was ihm nicht gelingt. »Nach diesen Mätzchen hast du eigentlich keinen Tee verdient, aber ich kann eben nicht lange böse sein. Außerdem müssen wir ja noch deinen Lieblingstee finden.«

Interessiert beobachte ich, wie er eine Dose hervorholt und dieselben Schritte befolgt wie beim letzten Mal. Nach ein paar Minuten schenkt er uns den Tee ein. Dieser füllt unsere weißen Tassen mit einem tiefen Burgunderrot. »Was ist das für einer?«

»Assam«, antwortet er. »Ein reiner Schwarztee, der in Indien angebaut wird. Probier mal.«

Das tue ich. »Er schmeckt kräftig … und malzig«, sage ich. »Ein besseres Wort fällt mir nicht ein.«

»Ganz genau. Er ist stark. Deshalb wird er auch vor allem in

Irish-Breakfast-Mischungen verwendet und die gehören zu den stärksten überhaupt.« Er schiebt mir die Milch zu. Ich gebe einen großzügigen Schluck hinzu.

Dann nippe ich noch einmal, und der Tee wärmt meine Zunge, wohlig und würzig. Jetzt verstehe ich, warum die Briten sich jeden Nachmittag auf dieses Ritual freuen. »Ich schwöre, man kann das Land schmecken, in dem er angebaut wird, und alle Pflanzen, die in der Nähe wachsen. Aber ich glaube, ein Kandidat für meinen Lieblingstee ist er nicht. Gut, aber vielleicht etwas zu rauchig?«

»Ah, dann muss ich noch dranbleiben.« Er lugt in meine beiden Einkaufstüten. »Es klingt vielleicht seltsam, aber das ist verdammt viel Fleisch.«

Ich lache. »Mr Robinson, der Metzger, hat mir das angedreht. Ich will morgen nämlich verdammt viele *Cubanos* machen. Du wirst wahrscheinlich auch mindestens anderthalb essen, wenn nicht zwei.«

»Mindestens«, bestätigt er.

Unser Plaudern und Teetrinken erfüllt den Raum zwischen uns mit Licht und Leichtigkeit, so wie die Milch den starken Assam in unseren Tassen abmildert.

Ein Mann kommt aus dem Hinterhaus in den Laden, und ich weiß sofort, dass es Orions Dad ist. Orion plus dreißig Jahre – das ergibt diesen groß gewachsenen blonden Mann in Kakihosen und einem dünnen schwarzen Pulli. Als er Orion und mich entdeckt, kommt er zu uns herüber.

»Philipp Maxwell«, sagt Orion zu mir. »Dad, das ist Lila.«

Mr Maxwell schüttelt mir die Hand. »Du bist also die brillante Bäckerin, die diese köstlichen Teigtaschen auf meiner Küchentheke gebacken hat.«

»Ich freue mich, dass sie Ihnen geschmeckt haben.«

Orion deutet mit dem Daumen auf mich. »Wenn ich sechs Kilo zunehme und meine Hosen nicht mehr passen, ist das ihre Schuld. Und nimm dich in Acht, Dad, sie will mir für dich und Flora auch kubanische Leckerbissen mitgeben.«

Seine Augen sind freundlich, genau wie die seines Sohnes. »Das ist wirklich großzügig. Kann gut sein, dass ich bald hinter euch herjogge.« Sein Lächeln verblasst, als er sein Handy hervorholt. »Das hier hat Elliot gerade an eine Reihe von Ladenbesitzern geschickt. Schau dir das an. Das gewinnt bestimmt keinen Kunstpreis.«

Wir beugen uns beide vor, und da ist es wieder – schwarzes Graffito auf einer großen weiß getünchten Backsteinwand.

»Elliot ist der Besitzer eines Werkzeugladens in der Nähe von Farley's. Das ist seine hintere Hauswand, zur Gasse hin«, erklärt Orion und wirft mir einen vielsagenden Blick zu.

Ich studiere eine weitere Nahaufnahme. Da ist wieder dieses Unendlichkeitssymbol, plus ein paar andere krakelige Symbole oder Designs, die ich nicht richtig erkennen kann. »Nach dem, was du erzählt hast, sieht das ganz nach Roth und seiner Truppe aus.«

»Aber sie schaffen es immer wieder, mit diesem Blödsinn weiterzumachen, ohne erwischt zu werden. Ri, Elliot will wissen, was du benutzt hast, um Victorias Ladenfassade sauber zu bekommen. Ob du dich mal bei ihm melden könntest?« Mr Maxwell gähnt, als er sich wieder zurückzieht. »Sorry, der Jetlag. Und dann auch noch Abrechnungszeit. Es war sehr nett, dich kennenzulernen, Lila.«

»Gleichfalls«, sage ich, und dann zu Orion: »Wenn dein Dad seinen Laden auch nur halb so sehr liebt wie ich meinen, muss es ihm sehr schwerfallen, ihn zurückzulassen, auch wenn er noch so gern reist.«

»Mum zurückzulassen, ist das Schlimmste für ihn. Was Maxwell's anbelangt, so gehört der Laden inzwischen zu einem Teil mir. Und wenn mein Vater unterwegs ist, gibt mir das die Chance, alles mal alleine zu managen.« Er lässt seinen Blick durch den Raum schweifen. »Aber genug von meinem Laden. Ich möchte viel lieber von deinem hören. Ich habe eure Bäckerei gegoogelt. Ihr bekommt ja wirklich hymnische Bewertungen! Und ganz offensichtlich haben wir einen ähnlichen Geschmack, was Inneneinrichtung anbelangt.«

»Danke. Pilar ist natürlich diejenige, die sich um die Website kümmert. Und ja, vor ein paar Jahren haben meine Eltern den Verkaufsraum umgestaltet, alles ganz modern und professionell. Auch wenn die Räumlichkeiten in den Grundzügen noch dieselben sind, mit denen meine Großeltern angefangen haben.«

»Alt und neu kombiniert«, überlegt Orion. »Eine Mischung, ein bisschen wie das moderne Winchester.«

»Und Feigen-*Pastelitos.*«

Und vielleicht eine alte Freundschaft zwischen zwei West-Dade-Girls, die nur mit neuen Regeln fortbestehen kann. Wenn sie überhaupt fortbestehen kann.

Kapitel 17

»Du weißt schon, dass ich in der Küche ein nutzloser Tölpel bin, oder?«, sagt Orion, ein paar Sekunden nachdem er meine Küche im Crow betreten hat. Seine Augen weiten sich, als er die Zutaten sieht, die ich für die einzelnen Arbeitsschritte der *Cubano*-Sandwich-Produktion bereitgestellt habe.

»Nutzlos, aha.« Ich halte meine Hand kurz ein paar Zentimeter über die Grillplatte auf dem Herd. Fast schon heiß genug. »Kannst du ein Sandwich machen oder brauchst du eine Anleitung zum Käseschneiden und Senfstreichen?«

Er wirft mir einen genervten Seitenblick zu, den sein prustendes Lachen allerdings zunichtemacht. »Gott, es duftet echt fantastisch hier. Das habe ich schon von draußen gewittert.«

»Das ist der kubanische Sirenengesang. Ich locke meine Opfer mit Schweinefett.«

»Dann bin ich verloren.« Orion wäscht sich die Hände und zwinkert mir zu. »Aber wenn ich vor meinem Ableben das hier zu essen bekomme, ist es das wert.«

Er stellt sich neben mich. Ich hole zwei meiner kubanischen Brötchen herüber und reiche Orion ein Buttermesser. »Remy und Jules kommen nicht?«

»Remy hatte Spätschicht in der Bridge Street Tavern – das ist der Pub seiner Familie –, und Jules hat Bandprobe mit Goldline. Aber ich glaube, als ich Schweinefleisch und selbst gemachtes Brot erwähnt habe, wurden im Gruppenchat echte Tränen vergossen.«

»*Bueno*. Niemand soll weinen, weil er oder sie nichts von meinem Essen abbekommt. Ich werde ihnen ein extra Carepaket machen.«

Gordon wirbelt durch die Küche wie unser persönlicher Hurrikan. »Lasst euch nicht stören. Bin gleich wieder weg«, sagt er und hebt entschuldigend die Arme, als würde er uns unterbrechen. »Ich dachte mir, ich schnappe mir eines der Gästefahrräder, um zum Fitnessstudio zu radeln – noch ein bisschen Extra-Bewegung.«

Bevor wir ihn aufziehen können, ist er auch schon wieder verschwunden, also verdrehen wir nur die Augen. »Er hat vorhin zwei *Cubanos* verputzt. Das erklärt einiges«, sage ich.

»Tatsächlich?« Orion späht in den Topf mit dem Fleisch, das ich sechs Stunden lang gegart habe. Ich zupfe ein Stück ab. Er kaut. Schluckt. »Ich hatte schon recht: Man muss sich ganz schön vorsehen mit dir.«

Ich gehe in die Offensive und führe Orion durch die einzelnen Schritte für die Zubereitung der kubanischen Sandwiches. Als Erstes kommt eine Mayo-Senf-Mischung, dann Schweizer Käse, fein geschnittene Gewürzgurken, Schweinefleisch, Schinken und eine weitere Lage Käse. Sein erster Versuch ist durchaus lobenswert. Zum Schluss bestreichen wir die Brötchen außen mit zerlassener Butter und ich transportiere sie zum Herd.

Orion folgt mir. »Ach, die isst man warm?«

»Ja, der Käse muss schmelzen. Zu Hause benutzen wir eine große Sandwichpresse, wie ein Panini-Grill. Aber hier muss ich improvisieren.« Ich greife nach einem Topflappen und der großen gusseisernen Pfanne, die ich angewärmt habe. Unsere Sandwiches brutzeln auf der Grillplatte und ich presse die Pfanne auf die Oberhälften der Brötchen. »Bei dieser Methode müssen wir die Sandwiches wenden, aber das geht zur Not auch.«

Ich grille beide Seiten unserer *Cubanos*, bis sie kross sind und der Käse über das Fleisch läuft. Zwei Küchenhocker und weiße Teller später beobachte ich, wie Orion seinen ersten Bissen nimmt. Er schmilzt nur so dahin, eine klassische Pantomime einer Ohnmacht. Seine freie Hand sinkt an sein Herz.

Ich lache und mache mich über mein eigenes Sandwich her. Eine Weile essen wir schweigend und genusstrunken. Miami erfüllt meine Sinne, nährt mein ganzes Ich.

»Ich nenne *Cubanos* die vierte Mahlzeit Miamis. Die Leute haben sie ursprünglich nach dem Tanzen in Salsaclubs gegessen. Das tun sie auch immer noch. Außerdem sind sie eine unserer beliebtesten Catering-Speisen für Partys. Abschlussfeiern, Geburtstage …«

»Wann ist eigentlich deiner?«, fragt Orion. »Dein Geburtstag«, fügt er hinzu. »Ich wollte dich vorhin schon danach fragen, und jetzt wundere ich mich, dass ich mich nach deinem betörenden Essen überhaupt noch an meinen eigenen erinnern kann.«

Ich quittiere das Kompliment mit einem Nicken. »Zehnter August. Die große Achtzehn.«

»Dann bist du ja noch hier.«

»Jetzt weißt du, wie ernst es meinen Eltern damit war, mich wegzuschicken. Wie … verzweifelt sie waren, muss man wohl sagen. So verzweifelt, dass sie das Flugticket gekauft haben, obwohl sie wussten, dass sie meinen Geburtstag verpassen würden.«

Wir sehen uns über unsere Brote hinweg an. »Für deine Schwester wird das bestimmt auch nicht leicht. Die würde sicher gern mit dir feiern.«

»Willst du die Wahrheit hören?« Seine Augen werden größer. Ich stehe auf, hole ein paar aufgeschnittene Brötchen für Orions Familie und Freunde und bestreiche sie dick mit dem Senfaufstrich. »Eigentlich war geplant, dass ich meinen achtzehnten Geburtstag mit Andrés in Disney World verbringe. Das stand schon seit Monaten fest.« Ich lege Fleisch und Käse auf acht Brötchenhälften. »Dann ist Pilar eingesprungen und hat gesagt, wir würden stattdessen mit Stefanie und einer ihrer Freundinnen gehen. Mädelstour.«

Ich lege meine fertigen Sandwiches auf die Grillplatte, um sie gleich zu toasten. »Dann ist Stef abgesprungen und ich wollte nicht mehr darüber nachdenken. Ich hab also keine epischen Pläne zurückgelassen, wenn das deine nächste Frage ist.«

»Das war nicht meine nächste Frage.« Er stützt einen Ellenbogen auf die Kücheninsel. »Es war etwas, das ich nicht fragen werde, weil es taktlos und aufdringlich wäre.«

»Ich beantworte dir jede Frage.« *Santo cielo*, die Worte sind mir einfach so herausgerutscht. Ich nehme etwas quadratisches Butterbrotpapier, um die *Cubanos* zum Mitnehmen einzuschlagen. Die letzten zehn Sekunden laufen noch einmal vor mir ab, und ich begreife, dass Orion Maxwell ein verdammtes Genie ist, geschickter im Verhör als alle meine Verwandten. Bei ihnen kenne ich ihre Methoden. Aber Orion?

Bringt mich aus dem Konzept. Lässt mir eine Gänsehaut über die Arme laufen, macht mich neugierig und lässt mich ein Wagnis eingehen. Es ist wie ein verlockendes Essen, dem ich nicht widerstehen kann. »Frag schon.«

Blaue Augen wie glatte Murmeln. »Andrés. Liebst du ihn noch?«

Ich atme langsam aus. Hitze erfüllt mich, hundert Grad heißer als die Hitze des rauchenden, brutzelnden Grills. Ich habe Andrés jahrelang geliebt. Und ich habe versucht, meine Gefühle zu konservieren, bis er zurückkäme, genau wie bei Stefanie. Aber dabei habe ich mich so darauf konzentriert, ihn zu vermissen und ihn zu wollen, dass ich gar nicht darauf gekommen bin, zwischendurch mein Herz zu befragen, ob ich wirklich hinter all meinen Bemühungen stehe. Heute Abend, während ich koche und die friedliche Ruhe seiner Stadt auf mich wirken lasse, fragt Orion mich. Ein Mädchen, das an seiner Liebe festhalten will, sollte sofort und ohne zu zögern, mit Ja antworten. *Ja! Ich liebe Andrés noch immer*. Sollten diese Worte nicht einfach aus mir heraussprudeln?

Aber das tun sie nicht. »Andrés ist noch immer da. Die Gefühle sind da, aber sie sind anders, als hätten sie die Form geändert.« *Das* kommt wie aus der Pistole geschossen. »Ich weiß, wie es sich anfühlt, sich zu verlieben. Aber ich bin mir nicht sicher, wie es sich anfühlt, sich zu entlieben.« Diesen Teil hat Abuela mir nie beigebracht. Und dann hat sie meine Welt verlassen, bevor ich sie hätte fragen können.

Er verzieht den Mund. Anscheinend kaut er auf der Innenseite seiner Wange. Dann nimmt er eines der Butterbrotpapiere, beginnt es zu falten und zu knicken. »Ich habe mal einem Mädchen gesagt, dass ich sie liebe, aber das ist lange vorbei. Als es zu Ende ging – ihre Entscheidung«, sagt er und begleitet seine Worte mit einem Nicken, »war es furchtbar. Doch irgendwann stellte ich fest, dass ich Dinge denken und tun konnte, ohne dass meine Gedanken als Erstes zu ihr gingen. Sie war noch da, wie du gesagt hast, für eine Weile. Dann nicht mehr so oft und jetzt so gut wie nie.«

Nach einem weiteren Knick zaubert er eine Origami-Tulpenknospe aus Butterbrotpapier hervor. »Wenn deine Gedanken nicht mehr so oft auf Andrés stoßen, wirst du Bescheid wissen.« Er legt die Origamiblüte in meine Hand.

Ich sitze da und betrachte das kleine Kunstwerk. »Vielleicht hast du recht. Und das ist ja total süß. Wo hast du denn Origami gelernt?«

Orion nimmt ein zweites Butterbrotpapier. »Du bist nicht die Einzige, die von einer großartigen Frau ein paar Tricks gelernt hat.«

Ich sehe ihn forschend an und suche nach einer Spur von Traurigkeit, aber ich kann keine entdecken. Er arbeitet mit kindlichem Eifer, formt und dreht das Papier und faltet mir noch eine Tulpe.

»Hat deine Mutter dir das gezeigt, damit du etwas mit den Dinnerservietten anstellen kannst, um, sagen wir mal, eines Tages bei einem Date ein Mädchen zu beeindrucken?«, frage ich, denn ich bin genauso *desgraciada*. Taktlos.

Er sieht mich nicht einmal an. »Hat deine Abuela *dir* denn beigebracht, solch unglaubliche Sandwiches zu machen, damit du einem Jungen den Kopf verdrehen kannst?«

»Nein«, sage ich lachend. »Nicht unbedingt dafür. Aber wenn mein Essen so etwas bewirkt, nehme ich das auf meine Kappe.«

»Dann hast du deine Antwort.« Er legt die zweite Tulpe in meine Hand und mein Lächeln blüht auf wie ein ganzer Blumenstrauß in Pink.

Nach etwas mehr als einem Monat bin ich anders getunt. In unserem Haus in West Dade würden lärmende Stimmen, die durch die Wände dringen, mich nicht einmal von meinem Buch aufschauen lassen. Hier stehe ich sogar auf und spähe aus dem Seitenfenster. Inzwischen kenne ich die Leute hier, ihre Formen und Silhouetten. Jules und Flora stehen vor dem Kirchhof, mit drei Typen, die definitiv nicht Orion, Gordon oder Remy sind. Ich greife nach dem Fensterheber, aber dann fällt mir ein, dass er lauter quietscht als ein hoher Trompetenton. Also entscheide ich mich für das andere Fenster.

Ich gehe hinüber, öffne es und lausche. Ich kann sie von hier nicht sehen, aber ich weiß, dass es Jules ist, die fragt: »Wie lange habt ihr denn schon gewartet? Minuten, Stunden?«

»Wenn du unsere Nummern nicht blockiert hättest, müsste ich nicht –«

»Müsstest du nicht was, Evans?« Das ist wieder Jules und … *oh!* Roth und seine Truppe.

»Hörst du jetzt endlich mal zu, verdammt?«

»Sie sagen ja nicht, dass deine Songs für Goldline nicht fantastisch sind.« Das kommt von Flora. »Das sind sie, aber –«

»Nicht jetzt, Flora. Und es ist nicht meine Schuld, dass ihr noch keinen Vertrag mit North Fork habt.«

»Natürlich ist es das! Sie haben *Blackbird* gehört. Dich, mich. Das ist der Sound, den sie wollen.« Roths Stimme wird noch schärfer. »Ich werde nicht zulassen, dass mir deine Baby-Gig-Freunde meine Chance verbauen.«

Holla. *No me gusta* – das gefällt mir nicht. Bevor ich überlegen kann, ob ich es tun sollte, *tue* ich es. Ich werfe eine Joggingjacke über mein Schlabber-T-Shirt und die Yogahose, die ich für FaceTime mit Pilar angezogen habe. Dieses eine Mal muss meine Schwester warten.

Ich schlüpfe in meine Flipflops und schleiche die Treppe hinunter. Zwischen der Wohnung der Wallaces und dem Foyer überlege ich mir eine Strategie, um die Situation aufzumischen, ohne sie schlimmer zu machen. Mein Weg führt mich wie selbstverständlich in die Küche. Hier habe ich mein Waffenarsenal.

Blitzschnell greife ich nach den *Cubanos*, die ich für Jules und Remy aufgehoben habe, und fülle eine Dose mit den Frucht-Butterkeksen, die ich gebacken habe, während das Schweinefleisch den ganzen Tag schmorte. Ich habe noch mehrere Gestelle voller Kekse, mehr als genug für zwei Teatime-Rationen, obwohl Orion beim Rausgehen noch ein paar verputzt hat.

Als ich durch die Hintertür nach draußen gehe, laufen Dutzende entgleister Szenen vor meinem inneren Auge ab. Trotzdem gehe ich weiter. Aufrecht und bewaffnet mit scharfer Backwarenmunition, erreiche ich die Gruppe und ignoriere die fünf verdutzten Gesichter. Die Unterhaltung bricht ab. Ich halte Jules die Papiertüte hin. »Hier, die hatte ich schon für euch eingepackt und dann habe ich euch hier draußen gehört. Kubanische Sandwiches, wie versprochen.« Ich werfe einen Blick auf meine Uhr. »Remy müsste schon auf dem Weg sein, oder? Ich meine, die sind jetzt besser in eurem Kühlschrank aufgehoben als in meinem.«

»Ähm, ja. Danke. Er, äh, ist bestimmt unterwegs.« Jules greift in Zeitlupe nach meinen Sandwiches. Ihr Gesicht ist ein origineller Song. Eine zögerliche Melodie der Verwirrung, durchzogen von »*Ich ahne, was du vorhast*«-Harmonien.

Ich schaue kurz zu Flora und sehe einen mausartigen Blick und eine geduckte Haltung, sie wirkt kleinlauter, als ich erwartet hätte. Ich öffne die Dose mit Abuelas Lieblingskeksen – so butterig, dass der Duft Nachmittagsregen und blühende Hecken überlagert. Die Jungen machen instinktiv ein paar Schritte auf mich zu. Ha! Der kubanische Sirenengesang entfaltet wieder seine Wirkung. »Ich bin die neue Bäckerin im Owl & Crow und habe mit ein paar Füllungen experimentiert. Gerade habe ich Feige, Erdbeer und Zitrone ausprobiert.« Und jetzt die Temperatur hochdrehen. »Ich meine, ich bin ja neu hier und kann nicht so gut einschätzen, welche die Gäste am liebsten mögen werden, versteht ihr? Da könnte ich die Meinung von Einheimischen brauchen.«

Will/William/Wie auch immer – Heaven's-Gate-Konzertbesucher und der Grund, weshalb Flora sich vermutlich über ihre Ausgangssperre hinweggesetzt hat – zuckt mit den Achseln, als sagte er sich: *Ich weiß zwar nicht, was die da labert, aber es gibt Kekse.* Er schnappt sich einen mit Zitronenfüllung aus meiner Dose. Flora entscheidet sich sofort für Erdbeer.

Mein Lächeln ist mit mehr Zucker überzogen, als ich je in ein Rezept geben würde. Ich halte die Dose Roth und dem anderen Flanellhemd-Typen hin, der Will ähnlich genug sieht, um für seinen Bruder gehalten zu werden. Beide greifen zu und dann nimmt Jules sich Feige und Erdbeer.

Jetzt gibt es keine angespannten Gespräche mehr, keine Vorwürfe. Nur Kauen und genussvolle Geräusche sind auf dem Gehweg zu hören.

»Was gibt es denn da zu essen?« Gordon schlurft in Jogginghosen und Jeansjacke herbei. Gähnend fährt er sich mit den Fingern durch die Haare, die sich aufbauschen wie eine rote Unwetterwolke. »Ich hab hier draußen Zoff gehört.«

»Kein Zoff. Nur eine kleine Keksverkostung mit Abstimmung.« Ich reiche Gordon die Dose. Einer von jeder Sorte für ihn.

Er beißt in einen Keks und verschlingt dann die anderen zwei in weniger als dreißig Sekunden. »Die sind alle superlecker. Aber backst du eigentlich rund um die Uhr? Wie spät ist es jetzt, halb elf?«

»So um den Dreh«, sage ich und werfe Flora einen unschuldigen, aber vielsagenden Blick zu. Orion wird an die Decke gehen. So spät draußen *und* mit diesen Typen unterwegs – all das lasse ich aus meinem Gesicht sprechen und stemme einen Arm in die Hüfte.

Flora reagiert mit einem entnervten Seufzer. »Wahrscheinlich würde ich mich für Erdbeer entscheiden. Ich geh jetzt wohl besser.«

Ich werde Will und Flora bestimmt nicht die Gelegenheit für ein Gespräch unter vier Augen vor ihrer Haustür geben. Schnell wende ich mich an Gordon: »Hey, kannst du sie vielleicht –«

»Ich bring dich nach Hause«, sagt er zu Flora und ist sofort bei ihr. »Wenn dein Vater aus seinem Fenster späht und nur den alten Gordon die Straße runtergehen sieht, ist die Gefahr geringer, dass er dir die Hölle heißmacht.« Er dreht sich zu mir um, während er ein Haargummi von seinem Handgelenk streift, um seinen krausen Schopf zusammenzubinden. »Und ich stimme für Zitrone.« Eine alberne vornehme Verbeugung und sein angebotener Arm entlocken Flora ein widerstrebendes Lächeln. »Die Dame?«

Bien hecho, Gordon. Aber jetzt, wo ich sein dümmliches Grinsen sehe, frage ich mich, ob sein Angebot mehr ist als eine willkürliche nette Geste. Die anderen drei Typen stimmen tatsächlich noch über die Kekssorten ab. Erdbeer und Zitrone sind die klaren Favoriten. Ich stelle mich neben Jules, eine gemeinsame Front, und ich werde nicht von ihrer Seite weichen. Wenn Roth und seine Kumpel sie drangsalieren wollen, müssen sie erst eine Tüte Sandwiches und mich überwinden.

Schweigen.

Roth kratzt sich an der Schläfe – die Seite, an der ihm sein schwarzes Haar nicht wie ein Krähenflügel ins Gesicht hängt. Dann mustert er seine Kumpel. »Okay. Dann machen wir uns wohl auch mal auf den Weg. Jules, wir sehen uns.«

»Mach dir keine falschen Hoffnungen«, sagt sie.

Als die Band abgezogen ist, stößt Jules meine Keksdose von sich. »Verdammte Kekse. Ich fass es nicht, dass du hier rausgekommen bist, um diese Wichser mit Keksen zu füttern und sie in zahme Kätzchen zu verwandeln.«

»Das ist eben so meine Art.«

»Ich wollte die Dinge gerade auf meine Art regeln, als du hier aufgekreuzt bist.«

Moment mal. Ist sie jetzt etwa angepisst? Bin ich zu weit gegangen? Habe ich meine Löffel und Teigspachtel irgendwo reingesteckt, wo sie nicht hingehören?

Jules lehnt sich gegen die Kirchhofmauer und wickelt sich in ihre dicke Wollstrickjacke mit Zopfmuster, die mich an eine andere in Grau erinnert. »Deine Tricks mögen ja alle schön und gut sein«, sagt sie. »Aber ich bin es gewohnt, mich selbst aus der Scheiße zu ziehen.«

»Es … es tut mir leid«, sage ich und meine es auch so. Im Gegensatz zu meinen neuen britischen Freunden teile ich meine Entschuldigungen aus, als wären sie rare und kostbare Zutaten. Ich trenne mich nicht leicht von ihnen und setze sie sparsam ein. »Ich hab euch hier draußen gehört und dann Flora gesehen. Orion hat mir die ganze Vorgeschichte erzählt und ich wollte einfach nur helfen.« Das mache ich oft, manchmal sogar ohne nachzudenken. Ich reiße eine Situation an mich. »Ich hätte dich das handeln lassen sollen.«

»Na ja.« Jules winkt ab. »Dafür wird es sicher noch mal die Gelegenheit geben, wie ich diese Konsorten kenne.«

Ich lehne mich auch gegen die Mauer, spüre den kühlen Stein in meinem Rücken. »Auch das tut mir leid.«

»Flora.« Jules stößt ein frustriertes Schnauben aus. »Sosehr ich diese kleine Elfe mag, jetzt gerade könnte ich ihr den Hals umdrehen. Sie hat bei Will ausgeplaudert, dass wir in Tristans Garage jammen würden. Dort haben wir eine Anlage.« Sie deutet mit dem Kopf in eine Richtung. »Es ist gleich um die Ecke von hier. Sie haben gewartet, einfach wie zufällig zwischen Tristans Schuppen und meiner Wohnung abgehangen. Und dann sind sie uns hierher gefolgt und haben wieder mit diesem Scheiß angefangen, was du ja offenbar mitbekommen hast.«

»Unterschwellig. Kapiert Flora denn nicht, dass du kein Interesse hast?«

»Die Sache ist die: Flora hat es nicht leicht, und es gibt zwei Männer, die sie sehr lieben. Und damit meine ich nicht diesen Arsch Will. Ich kenne sie seit unserer Kindheit und habe immer wieder versucht, sie zur Vernunft zu bringen. Aber sie kommt einfach nicht zur Ruhe. Sie ist wie ein Fähnchen im Wind und vergisst … sie vergisst immer wieder, dass etwas, das sie heute tut, Auswirkungen auf morgen haben kann.«

Ihre Worte stoßen mich sanft an, wie Abuela, wenn sie mich beim Morgengrauen geweckt hat, um den Brotteig anzusetzen. »Das klingt wie ein Songtext. Wo hast du dein Notizbuch?«

»Ha. Vielleicht hast du recht.« Jules zieht das lilafarbene Notizbuch aus ihrer Umhängetasche und schwenkt es stolz durch die Luft. »Meine Mum und mein Dad fragen mich manchmal immer noch, warum ich mich nicht einfach mit Evans zusammentue. Ich meine, er hat ein gut gefülltes Bankkonto und das neueste und beste Equipment.«

»Und warum tust du es nicht?«

»Ganz einfach. Ich traue ihm nicht. Er hat mal ein Mädchen angebaggert, mit dem ich zusammen war, vor Remy. Ihrem Dad gehört einer der lokalen Clubs. Und dann hat er es total abgestritten.«

Ich verziehe mitfühlend das Gesicht.

»Und professionell gesehen ist er ein super Sänger, aber er will alles bestimmen. Bei Goldline arbeiten wir alle zusammen. Hören einander zu und sorgen dafür, dass jeder seine Ideen einbringen kann. Roth schwört, dass ich viel kreative Mitsprache hätte. Dass wir meine Songs spielen würden und all das. Aber …« Ihre Augen führen den Gedanken zu Ende.

»Das klingt, als würde er alles tun, um deine Zusage zu bekommen. Und dann müsstest du immer nach seiner Pfeife tanzen.«

»Genau, und das ist einfach nicht mein Ding. Ich glaube, meine Musik würde verloren gehen«, fügt sie mit einem hörbaren Seufzer hinzu. Ihr Blick schweift ab und sie mustert die Tüte mit den *Cubanos* zu ihren Füßen. Dann zieht sie ein Sandwich heraus. »Die hatte ich ja fast vergessen. Orion hat mir noch eine Nachricht geschickt, bevor ich Roth getroffen habe. Du hättest ihn total umgehauen mit dem, was in diesem Fresspaket ist. Und jetzt denke ich, was macht es schon, dass es fast elf ist und ich todmüde bin?« Sie wickelt das Sandwich aus.

»Stell dir vor, es gibt auch eine Version, die sich *Medianoche* nennt – Mitternachts-Sandwich, mit einem weicheren eihaltigen Brot. Der Name kommt daher, dass diese Sandwiches üblicherweise spät am Abend gegessen wurden, nach dem Clubbing.« Ich fordere sie auf reinzuhauen. »Ich würde sagen, Salsatanzen und Bandprobe, ist das nicht fast das Gleiche?«

Jules grinst und nimmt einen kräftigen Bissen. »Absolut genial.«

Sie hat meine Entschuldigung angenommen. Es ist alles wieder okay zwischen uns, als wir uns an die moosverzierte Mauer lehnen, die vor Ewigkeiten gebaut wurde, lange bevor unsere Leben auch nur angedacht waren. Eine Freundin, die nach einem langen Musikabend mein Essen probiert. Miami, Winchester – wie Salsatanzen und Bandprobe sind sie unterschiedlich, aber irgendwie auch gleich.

Kapitel 18

Bei dieser Affenhitze heute könne man nicht joggen, verkündet Orion. Er hat andere Pläne – und einen geheimnisvollen Rucksack, den er auf Millies karamellfarbenen Ledersitz geworfen hat. Ich hatte nur eine Aufgabe: ein Picknick zu packen. Dieses Mal gleite ich mühelos hinter Orion auf das Motorrad. Ich trage seinen Rucksack und balanciere Cates Kühltasche über einer Schulter.

Wir sind passend zu den steigenden Temperaturen im Zwiebelprinzip gekleidet, offene Chambray- und karierte Baumwollhemden flattern über T-Shirts, Jeans und wie aufeinander abgestimmten Chucks. Ich atme die Sonnen-Wind-Frische dieses Tages ein. Kann ich davon etwas abfüllen und mit nach Hause nehmen?

Wir fahren bis an den Stadtrand und parken Millie an einer baumgesäumten Straße. Ein grasbewachsener Hügel erhebt sich stolz in die Höhe. »Das Ziel deiner heutigen Tour: St Catherine's Hill.« Orion spricht mit seiner Radioansagerstimme. »Standort eines Forts aus der Eisenzeit und heute ein erstklassiger Picknickplatz.« Er deutet zu einem kleinen Wäldchen ganz oben auf dem Hügel.

Der Hang ist zu steil, um ohne Hilfe hinaufzuklettern, und die von Menschen angelegten Stufen erinnern an Eisenbahnschienen, die durch Gras und Wildblumenwiesen führen. Dreihundert Stufen, erzählt Orion mir. Wir gehen sie langsam hinauf, denn wir wollen uns nicht verausgaben, sondern einfach reden. Auf halber Höhe tauschen wir Neuigkeiten über Jules und Roth und Flora aus. Meine magischen fruchtgefüllten Ablenkungskekse haben leider nicht verhindern können, dass Orions Dad Floras nächtlichen Ausflug mitbekam. Mr Maxwells Reaktion lag irgendwo zwischen verärgert und richtig angepisst.

»Willst du Fliegen fangen fürs Mittagessen?«, fragt Orion grinsend.

Wir haben den Gipfel erreicht und mir steht der Mund offen. Richtung Norden liegt unter uns die Stadt, eine Variation meines Ausblicks vom St Giles Hill. Aber südwärts … *qué bonito*. Im Süden erstreckt sich endloses Hügelland. Grün, grüner, am grünsten, weiter, als ich sehen kann.

Meine Augen sind zu klein für diesen englischen Sommertag. »Ich könnte diesen ganzen Ort zum Mittagessen in mich aufsaugen. Aber ich habe kubanisches Essen mitgebracht.«

Orion knufft mich in die Seite und sieht mich schon jetzt mit genussvoll verschleiertem Blick an. »Das habe ich mir doch fast gedacht.« Bei der Auswahl unseres Picknickplatzes richtet er sich nach mir und ich will für die nächsten siebenundzwanzig Stunden Richtung Süden gucken – mindestens. »Dieses Mal bin ich besser vorbereitet«, sagt er und breitet eine dicke Tartan-Wolldecke aus. »Wenn ich sage, dass ich an deinen Po gedacht habe, ist das kein Grund, mich zu schlagen.«

»Dafür gibt es ja noch genug andere Gründe.« Mein Lachen klingt befreit, als ich mich hinsetze. Orion beäugt meine Kühltasche wie ein Raubtier seine Beute. Ich lasse mir Zeit. »Übrig gebliebene *Cubanos*, frisch aufgewärmt.«

Orion vollführt eine Pantomime, als würde ihn ein Messerstich ins Herz treffen.

»Zitronenkuchen, den ich für die Teatime gebacken habe.« Ich packe einen kleinen Beutel mit zwei Kuchenstücken und zwei Gabeln aus.

»Wow«, stößt er hervor. »Perfekt!«

»Und die hier sind vom Frühstück. Heute durften die Crow-Gäste *Empanadas* probieren.« Ich zeige ihm die kleinen halbkreisförmigen Teigtaschen, mit Ei bestrichen und mit Puderzucker bestreut, die Ränder mit einer Gabel verziert. »Noch einmal: Kuba trifft England. Diese sind mit Erdbeere und Frischkäse gefüllt.«

Er beißt in eine *Empanada* und stößt einen Laut aus, der auch aus einer heißen Liebesszene hätte kommen können. Ich kann mir einen Kommentar nicht verkneifen. »Du bist wirklich schamlos und verrucht, Lila Reyes. Aber das bin ich ja auch und diese Teigtasche ist einfach verdammt gut.«

Wir essen in einvernehmlichem Schweigen, bis mir einfällt, dass ich nicht nur das Essen auf diesen Hügel geschleppt habe. »Ich habe da so eine Idee, die ich mit dir besprechen möchte«, erzähle ich ihm.

»Hm.« Jetzt ist er es, der nicht sofort reagiert, die langen Beine auf der Decke ausgestreckt, die Arme über Kreuz unter dem Kopf. Sein T-Shirt ist hochgerutscht und seine Jeans sitzen tief. Orion Maxwell trägt also rote Boxershorts und hat unter seinem T-Shirt einen Waschbrettbauch versteckt? »Ich kann jetzt eigentlich nicht nachdenken, so voll bin ich.«

»Lila?«, sagt er etwas lauter und unterbricht mich in meiner mentalen Wanderung über die Waschbretthaut oberhalb seines Hosenbunds. Wie viele Bauchpressen macht er wohl?

»Ähm.« Schnell beschäftige ich meine Hände, indem ich mein Top zurechtziehe und meine Haare entwirre. »Ich meine, ich hatte da so eine Idee. Bei uns kümmert sich zwar Pilar um die Finanzen, aber ich habe genügend Sinn fürs Geschäft, um das zu sagen und nicht ganz falschzuliegen.« Ich hole noch einmal tief Luft, dann schieße ich los. »Ich glaube, euer Business braucht etwas von meinem.«

»Eine kubanische Zuckermagierin?«, fragt er mit einem ironischen Gesichtsausdruck. Verdammt. »Ich rede Quatsch, Lila. Winchester hat dich doch nur ausgeliehen.« *Und ich auch.* Die ungesagten Worte klingen ohrenbetäubend auf diesem Hügel.

Ich kann sie nicht ausblenden. Aber alle Argumente für meine Idee auszubreiten, würde mehr Zeit kosten, als ich zwischen meinen Sätzen habe, also beschränke ich mich auf das Wesentliche, was ich sagen will. »Ihr habt ja schon den Internetshop, aber euer richtiges Geschäft könnte noch etwas anbieten, abgesehen von der persönlichen Beratung. Wie fühlst du dich, wenn du eine meiner Teigtaschen isst?«

»Ich will sofort mehr.«

Ich ignoriere das Flattern in meinem Magen. *Business, Lila.* Mein Lächeln gerät ins Wanken. »Also, wie wäre es, wenn ihr frisch zubereiteten Tee und eine kleine Auswahl von Gebäck anbieten würdet? Wenn die Backwaren so gut wären, dass die Kunden schon früh für Tee anstehen würden, um einen der Leckerbissen mitzunehmen, bevor sie ausverkauft sind, oder gleich bleiben würden, um sie bei einer Tasse Tee zu essen? Und es würde sich herumsprechen …«

»Ja, ich weiß, worauf du hinauswillst. Mit einer oder zwei Bäckereien kooperieren.«

»Wenn ihr das macht, wird euer Business noch mehr wachsen, da bin ich mir sicher. In unserer La Paloma haben wir auch ein paar Cafétische, wo Freunde bei einem Kaffee und einem Leckerbissen zusammensitzen und quatschen können. Manchmal sitzen sie da den ganzen Vormittag und bestellen noch mehr zu essen. Oder sie beschließen, dass sie Brötchen *und* Brot wollen. Wir lassen sie da so lange sitzen, wie sie wollen, und verkaufen am Ende mehr. Und bringen die Kunden dazu, immer öfter zu uns zu kommen.«

Orions Gesichtsausdruck wird etwas mürrisch. »Ja, aber ich hab dir doch schon gesagt, dass wir nicht auf so was ausgerichtet sind.«

»Willst du nicht wenigstens mal darüber nachdenken? Mit ein paar kleinen Änderungen könntet ihr das hinkriegen.«

»Kleine Änderungen? Ich glaube kaum. Wir haben schon mal keine Tische und keine Vitrinen, wie ihr in eurem Laden. Und dann sind da tausend Vorschriften, wenn man mit Lebensmitteln hantiert, und man bräuchte mehr Personal, um Tee zu kochen. Auch wenn an deiner Idee etwas dran ist, sei nicht enttäuscht, wenn ich Dad davon erzähle und er die Dinge ein bisschen anders sieht als du, okay?«

Seine Worte klingen so kratzbürstig, dass meine auch etwas schärfer werden. »Na ja, manchmal sehen wir einfach nichts Neues, weil wir so daran gewöhnt sind, alles so zu sehen, wie es schon immer war.« Neue Orte. Neue Menschen.

Ich strecke meinen Rücken, ziehe die Knie an und vergrabe mein Gesicht in den Händen. Mir wird bewusst, wie eng begrenzt mein Leben zu Hause doch gewesen ist. Die Plätze, an denen ich gelebt und gekocht habe, kommen mir auf einmal so klein vor gegenüber all diesem Grün – und all der Länder und Kontinente – jenseits dieses Hügels.

Ich spüre Fingerspitzen auf meinem Arm, aber ich ignoriere sie.

»Lila.« Ein Flüstern so nah, dass warmer Atem über mein Ohr streicht.

Ich drehe den Kopf. Orion hat sich aufgerichtet, sein Gesicht ganz nah an meinem. »Sorry, dass ich so gereizt reagiert habe. Es ist einfach ein bisschen viel im Moment.«

Ich suche nach seiner Hand und drücke sie. »Ich weiß. Ich bin die Letzte, der du das erklären musst.«

Er nickt und drückt zurück. »Wo wir gerade von neuen Dingen reden – du wirkst etwas glücklicher hier in letzter Zeit. Du lächelst viel. Besonders, wenn ich dich zu solchen Plätzen bringe, wo die Landschaft so weit ist, wie du es wahrscheinlich in Miami nicht finden wirst. Außer am Meer, nehme ich an. Der Atlantik erstreckt sich auch weiter, als das Auge reicht«, sinniert er leise. »Ist dieses Lächeln echt?«

»Echter als echt. Auch wenn ich dieses Meer vermisse und es hier kälter ist. Aber dafür gibt es ja Pullover und … warum flüstern wir eigentlich?«

»Weil wir total albern sind. Und ja, jede Menge Pullover und wollige Schafe dafür.«

Das würde mir in Miami nicht passieren. Ich sitze mit einem Jungen auf einem Hügel, so dicht, als wären unsere Seiten miteinander verwachsen, die Gesichter in den wolkenlosen Himmel gerichtet, als wollten wir jedes bisschen Blau in uns aufsaugen. In letzter Zeit berühren wir einander immer öfter – und das nicht unbedingt absichtlich und bewusst. Auch wenn Andrés' Gesicht immer noch in meinem Kopf herumspukt, scheint mein Körper immer öfter in Orions Nähe zu driften. Und seiner driftet zu mir. Mehr als ein paar Mal haben sich seine Finger mit meinen verschränkt oder seine Hand hat sich auf die Wölbung meiner Wirbelsäule gelegt. Wir umarmen uns immer etwas zu lang, aber wir reden nie darüber. Wir müssen darüber reden.

Jungen, mit denen ich nur befreundet war, haben mich nie auf diese Weise berührt. Sicher, Orion *ist* ein Freund, aber er ist auch etwas anderes. Was auch immer dieses andere ist, ich spüre es auf meinem Gaumen, ein Geschmack, den ich nicht beschreiben kann. Er ist nicht mein Boyfriend oder versucht der zu werden, den ich vor so kurzer Zeit verloren habe. Er verhält sich auch nicht wie ein Typ, der davon ausgeht, in Kürze eine Affäre mit mir anzufangen. Vierzehntausend Kilometer hin und zurück und das, was ich zurückgelassen habe und was auf mich wartet, sagen mir das. Und zwar laut und deutlich.

Ich werde es tun. Ich werde ihn fragen. Aber gerade als ich denke, dass ich genug Worte gefunden habe, um anzufangen, leuchtet das FaceTime-Icon auf meinem Handy auf und bringt mich aus dem Konzept.

»Hast du Lust, Pilar kennenzulernen?«, ist jetzt erst mal meine einzige Frage.

»Klar hab ich Lust, Pilar kennenzulernen.«

Wir drehen uns um, liegen bäuchlings auf der Picknickdecke, die Köpfe eng zusammengesteckt und das Telefon zwischen uns. Die Intros sind kurz und freundlich: Buchhaltungs-Queen meets Tee-Experte. Wichtigster Mensch in meinem Leben meets … Orion.

»Also, Pilar, deine Schwester versucht mich hier mit Teigtaschen und anderen kubanischen Gerichten zu mästen.«

»Davon kann man sie nicht abhalten. Und Lila, seine Stimme ist ja wie *Natilla*. Kannst du die mal zwei Tage nonstop aufnehmen?« Und sie wirft mir diesen gewissen Blick zu. Nachher werde ich mit Sicherheit noch einen Anruf bekommen, in dem ich erklären soll, was es mit diesem Typen auf sich hat, und ich werde nicht in der Lage sein, es zu erklären.

Ich stoße einen langen Atemzug aus und sehe zu, wie er diesen Märchenhügel hinunterdriftet. »Kein Problem, *hermana*, er redet ohnehin pausenlos.«

Orion wirft mir einen gespielt wütenden Blick zu, als Pili fragt: »Wo seid ihr da überhaupt? Das sieht ja aus wie Mamis Terrarium hinter euch.«

Orion erweist ihr die Ehre und gibt Pilar eine Panoramatour vom St Catherine's Hill.

»Oh … Lila.« Und mehr muss sie nicht sagen. Unsere Worte und Gesichter sind wie eine geheime Schwesternsprache, die ihr sagt, dass ich gesund bin und es mir gut geht, mein zerbrochenes Herz gepolstert in all diesem sanften Grün. Und ihr geht es auch gut.

Ich halte die Hand über das Telefon, um das Sonnenlicht abzuschirmen. Da fällt mir der üppige Blumenschmuck auf unserem Esstisch hinter Pilar auf. »Bei dir ist aber auch viel Grünzeug im Hintergrund.«

»*Dios mío.* Ashleys Hochzeit. Die war am Sonntag.« Sie dreht die Kamera herum und *wow*.

Jetzt ist mir alles klar. Die Tochter unserer Nachbarn hat geheiratet. Und ich wäre auch dabei gewesen, wenn ich zu Hause gewesen wäre. »Okay, aber normalerweise sagt Mami doch immer, man sollte nur einen großen Tischschmuck pro Person mitnehmen, und das«, sage ich und deute auf den Tisch im Hintergrund, »sind mit Sicherheit mehr als zwei Blumengestecke.«

Pilar schlägt sich die Hand vor die Stirn. »Mami hat sich auch daran gehalten und wir haben zwei mitgenommen. Gut, okay, damit kann ich ja noch leben. Aber Isabella hat ihren Kindern erlaubt, welche mitzunehmen, und dabei ganz vergessen, dass sie kurz darauf nach Italien fliegen würden. Damit die Blumen also nicht sofort eingehen, hat die kleine Grace uns gestern Abend vier Blumengestecke rübergebracht. Mami war natürlich begeistert.«

Orion lacht, obwohl er noch gar nicht die ganze Geschichte kennt.

»Sind das etwa *Nelken*?«, frage ich.

»Es war furchtbar. So kitschig. Nur Mamis Hochzeitstorte war perfekt.« Pilar rupft eine trostlose Blume heraus. »Sie haben sie in Ombré-Blau gefärbt, damit es zu den *vestidos* der Brautjungfern passen würde.«

Ombréblaue Nelken – schluck.

Orion setzt sich auf, nachdem ich versprochen habe, Pili später noch einmal anzurufen, und mein Handy wieder verstaut ist. »Also, was hat es mit all diesen Blumen auf sich?«

»Bist du bereit, die wichtigste kubanisch-amerikanische Folge von *Mission: Impossible* zu hören?«

»Mehr als bereit.«

»Jede Feier, die etwas auf sich hält – Hochzeit, Babyparty und so weiter –, erfordert einen großen Blumenschmuck für jeden Tisch. Das ist superwichtig. Und es ist die Mission vieler kubanischer Mütter und Tanten, so viele dieser Blumengestecke mit nach Hause zu nehmen wie sozial verträglich. Da werden alle vornehmen Seidenhandschuhe ausgezogen, das kann ich dir sagen.«

Orion stößt ein lautes Lachen aus. »Wie ein Wettstreit?«

»Der verbissensten Art. Stefanies Mutter und meine liefern sich seit Jahren diesen unausgesprochenen Konkurrenzkampf in Sachen Tafelschmuck, aber Mami ist die unangefochtene Meisterin. Schon seit Ewigkeiten sieht ihre Strategie bei Hochzeiten so aus: Gegen Ende der Feier schickt sie Pilar und mich los, um uns mit Freunden an anderen Tischen zu unterhalten. Dann rücken wir ihren Tafelschmuck langsam in unsere Richtung, während wir unsere neuen Tischnachbarn in Gespräche verwickeln. Wenn schließlich zum letzten Mal ausgeschenkt oder zum Tanz aufgespielt wird, schnappen wir uns die Blumen, werfen den anderen eine Kusshand zu und verschwinden.«

»Das ist echt unglaublich.« Er grinst mich über die letzte *Empanada* hinweg an.

»Ich weiß nicht, ob es unglaublich ist, aber so sind wir.« Meine Familie, mein Miami.

»Aber warum unbedingt Blumengestecke? Abgesehen davon, dass euer Esstisch dann duftet wie ein Garten?«

Ich nehme auch noch ein paar Bissen. Mein Zitronenkuchen ist frisch aus dem Ofen und wunderbar saftig dank Abuelas Zuckerguss mit Zitronenschale. »Feiern sind ein wesentlicher Bestandteil unserer Kultur. Wir sind ganz generell ein soziales Völkchen. Unsere Freuden mit unseren Lieben zu teilen, ist wichtig für uns. Oft sparen kubanische Väter schon Jahre im Voraus für die Hochzeiten ihrer Töchter, wenn sie können. Meiner Meinung nach hat das mit dem Tischschmuck etwas mit dem Bedürfnis zu tun, etwas von der Party mit nach Hause zu nehmen und zu konservieren. Es ist ein Andenken an ein schönes Ereignis, das noch für ein paar Tage weiterblüht.«

Er lächelt über dieses Bild. »Die Vorstellung gefällt mir. Man will nicht, dass die Feier zu Ende geht. Das gemeinsame Erlebnis und die Erinnerungen. Es ist mehr ein Ritual als ein Aberglaube.«

»Oh, du willst Geschichten über kubanischen Aberglauben hören? Da fallen mir ein paar ein.«

Er sieht mich wieder mit gespielter Empörung an. »Da kenne ich dich nun schon seit Wochen und du rückst erst jetzt damit raus?«

»Hey, ich war zu sehr damit beschäftigt, andere Früchte dazu zu bewegen, sich wie Guave zu verhalten, und Gäste zu verköstigen.« Ich pikse ihm mit einem Finger in den Bauch. »Dich zu verköstigen.«

Orion greift nach meinem Finger und umschließt meine Hand mit seiner. Dann steht er auf und zieht mich mit festem Griff hoch. »Lass uns noch das kleine Wäldchen erkunden, während du mir eine Lektion in kubanischem Aberglauben gibst.«

Während wir zu der kleinen Baumgruppe ganz oben auf dem Hügel wandern, erzähle ich ihm als Erstes vom *mal de ojo*. Das böse Auge.

»Böse Augen kenne ich, aber sag diese Worte noch mal.«

»*Mal de ojo*. Warum?«

»Ich höre dich gerne spanisch sprechen.«

Sofort bin ich knallrot – ich wende leicht den Kopf ab, als würde das die Röte verschwinden lassen. »Na ja, eine Stunde mit mir und Pilar und etwas geschmuggeltem Rum, und du würdest uns anflehen aufzuhören.« Wir erreichen das Wäldchen auf dem Gipfel. Unsere Turnschuhe knirschen durch feuchte Erde, Steine und totes Laub. Die Bäume drängen sich eng aneinander und werfen gesprenkelte Schatten auf uns. »Meine Familie hat es nicht so besonders mit dem *mal de ojo*, aber der Fluch entspringt aus Neid und wird meist ausgelöst, wenn Leute im Vorbeigehen neugeborene Babys oder kleine Kinder anstarren. Die sind besonders anfällig dafür.«

Orion entdeckt einen gefällten Baumstamm, auf dem wir wie unter einem Schirm aus Blättern sitzen. »Es muss doch einen Talisman geben, um den Fluch abzuwehren?«, fragt er.

»Typischerweise ein Amulett mit einem schwarzen Auge oder ein winziges Stück Pechkohle oder Azabache.« Wieder sitzen wir nah zusammen, unsere Oberschenkel berühren sich und unsere Arme streifen einander. »Dann ist da noch dieser Aberglaube, dass man abends nie mit nassen Haaren rausgehen soll, und die Regel, dass man nach dem Essen drei Stunden nicht schwimmen darf. Das ist beides äußerst wichtig. Diese Regeln zu missachten, wird mit Sicherheit einen Schlaganfall oder einen Husten nach sich ziehen, oder vielleicht braucht man auch eine Herztransplantation.«

Er lacht aus vollem Halse, mit Grübchen und allem. Als er sich wieder einkriegt, lehnt mein Kopf schon an seiner Schulter, bevor es mir überhaupt bewusst wird.

»Auf dem Schwimmverbot nach dem Essen hat meine Mum auch immer beharrt, auch wenn wir nach ihrer Regel nur eine Stunde warten mussten«, erzählt Orion.

Ich will schon scherzen, dass er da ja gut weggekommen ist, aber ich schlucke die Worte hinunter.

»Siehst du, so unterschiedlich sind wir doch nicht«, fügt er hinzu.

Nein, nicht im Inneren. Aber vom Äußeren her sind wir so entgegengesetzt wie unsere Küsten auf verschiedenen Seiten eines Ozeans. Ich kubanisch, gebräunt und brünett. Er britisch, blass und blond. Strandsand und Kopfsteinpflaster, Spaghettiträger und Wollpullover. Aber dann fällt mir ein, dass wir beide Sterne sind. Estrellita und Orion, ein glühender kleiner Stern und eine Kriegerkonstellation. Wir sitzen noch ein bisschen länger zusammen auf diesem Baumstamm, schweigend, aber goldwarm, wie eine Sonne im kühlenden Schatten.

Kapitel 19

Kein kitschiges Blumengesteck schmückt unseren Tisch in der Bridge Street Tavern, aber diese Gesellschaft braucht so etwas auch nicht. Die Schulprüfungen sind gelaufen, für die Jugend von Winchester haben die Ferien begonnen und Gordon hat einen begehrten Teilzeitjob in einem Architekturbüro ergattert. Es gibt also Gründe genug, um zu feiern. Gestern Abend sind wir zusammen ins Kino gegangen, aber an diesem Samstagabend dreht sich alles ums Essen.

Alle sind hier. Und mit allen meine ich nicht nur Orions Freunde, sondern auch deren Eltern und Geschwister. Selbst Flora am anderen Ende des Tisches scheint gut gelaunt zu sein. Remys Mom platziert unsere große Gesellschaft auf einer Seite des Pubs und gibt dann ihre üblichen Pflichten als Gastwirtin ab, um sich zu uns zu setzen. Die Eltern hocken zusammen um einen angrenzenden Tisch und beachten uns nicht weiter. Es ist ganz schön eng. Orion sitzt in der Ecke und ich eingezwängt zwischen ihm und Jules zu meiner Linken.

Eine Kellnerin bringt mein Zitronenwasser und stellt zwei Pints vor Orion, eines in einem hellen Bernsteinton und das andere goldbraun.

»Danke, Bridget«, sagt er.

»Du hast wohl besonders viel Durst heute, Orion?« Bridget wartet nicht auf eine Antwort, sondern serviert unserer restlichen Truppe die Getränke.

Ich ziehe eine Augenbraue hoch. »Da bin ich mal kurz auf dem Klo und du bestellst *zwei* Bier?«

»Och, kann gut sein, dass ich zwei trinke, aber nicht zusammen. Du musst ja noch ein paar Wochen warten, bevor du dir selbst eins bestellen kannst. Eigentlich wollte ich ein helles Ale.« Er deutet auf das erste Glas. »Und ein dunkleres, aber leicht süßliches nussbraunes Ale. Probier sie beide, und trink das, was dir besser schmeckt.«

Ich sehe über seine Schlitzohrigkeit hinweg und lächele über seine Zuvorkommenheit, bevor ich mich auf diesen neuen Geschmackstest einlasse. »Das Nussbraune«, entscheide ich. Es schmeckt voller und hat genau die richtige Würze.

Remy beugt sich vor und sagt an Jules vorbei: »Mir ist klar, was du im Schilde führst, Alter.«

»Was denkst du, wo ich mir das abgeguckt hab?« Orion deutet auf die sechzehnjährige Jules und das ähnliche bernsteingoldene Pint, das näher vor ihrem Gedeck steht als vor dem des achtzehnjährigen Remy.

Ich nippe an meinem Bier. »Hast du auch schon entschieden, was ich essen soll?« Das Bridge Street hat keine Speisekarten. Auf einer großen Tafel an der Wand sind ein paar Tagesgerichte aufgelistet, und ich habe beschlossen, dass jetzt Orion an der Reihe ist, mir etwas zu essen zu empfehlen. Normalerweise kocht Spencer und ich habe bisher nur ein paarmal mit den Wallaces im Pub gegessen. Ich wende mich an meinen örtlichen Reiseführer.

Gordon beugt sich vor. »Bestell unbedingt Black Pudding, Ri. Da muss Lila noch herangeführt werden.«

»Wenn er das macht, landet alles auf seinem Hemd.« Ich sehe die runden Blutwurstscheiben vor mir. Nein. *Nunca.* »Lila muss an nichts herangeführt werden, was aus Schafsblut oder irgendwelchem Ekelfleisch gemacht ist.«

Orion hebt beide Hände. »Dann muss ich mir über meine Kleidung keine Sorgen machen. Ich hab schon bestellt, während du auf dem Klo warst, und ich glaub, ich hab genau das Richtige ausgesucht.«

Stimmt. Als unser Essen kommt, stelle ich fest, wie sehr der Shepherd's Pie hier unseren kubanischen *Papas rellenas* ähnelt. Gewürztes Hackfleisch unter einem kohlenhydratreichen Traum aus Kartoffelbrei, der überbacken wird, bis er oben ganz golden und knusprig ist. Ich greife herzhaft zu und schnappe mir zwischendurch noch ein paar frittierte Kartoffelecken von Orions Fish & Chips-Teller.

»Hey.« Er tut, als würde er meine Hand abwehren, reicht mir aber gleichzeitig die Currysoße zum Eintunken, die Remys Mutter selbst macht.

Ich muss unbedingt nach dem Rezept fragen, denke ich. Dann höre ich einen Augenblick auf zu schlingen, um die ganze Szene in mich aufzunehmen.

Ein Stimmengewirr wie in einem Bienenstock. Klirrende Gläser und derbe Witze. Remy, der Jules auf die Schläfe küsst, während er mit Gordon über die Vor- und Nachteile zweier neuer Spielkonsolen debattiert.

Wenn es möglich wäre, Menschen und Orte auszutauschen, könnte dies auch eine der Dinnerpartys meiner Großfamilie sein. In der Bridge Street Tavern bin ich umgeben von einer anderen Art von Familie. Sie heißen mich in ihrer Mitte willkommen – mit allem, was zu mir gehört, einschließlich meiner verlorenen und verschütteten Seiten. Aber sie fassen mich nicht mit Samthandschuhen an. Sie foppen und triezen mich wie eine von ihnen, behandeln mich wie ein Sandwichkind, das sich auf einem Extrastuhl dazwischenquetschen muss.

Einen Moment später springen meine Gedanken zurück ins Jetzt. Von meinem Bier ist nur noch ein Drittel übrig und Orion hat sich schon das nächste bestellt. Gordon erzählt seinen Freunden gerade von seinem zukünftigen Job.

»Wahrscheinlich werde ich vor allem Kaffee kochen und andere niedere Arbeiten verrichten, aber immerhin bekomme ich mal einen Einblick, wie das alles so läuft.« Gordon beißt ein großes Stück Wurst ab und schluckt es hinunter, bevor er weiterredet: »Die haben auf Instagram Fotos von meinen Hauszeichnungen gesehen. Das hat mir einen Vorteil gegenüber einem anderen Typen verschafft.«

Ich denke an das kleine gerahmte Miami-Haus in meinem Zimmer. Die pfirsichfarben-pinken Farbtöne und Palmen. »Dann hat sich ja all die Arbeit an deinem Zeichentisch und das ständige Hin- und Herschalten zwischen Songs gelohnt. Was zeichnest du denn als Nächstes?«

Er prostet mir mit seiner Cola zu. »Vielleicht noch ein paar Gebäude in typischer Winchester-Bauweise.«

»Aber Winchester ist doch so langweilig im Vergleich zu London«, sagt Flora. »Notting Hill zum Beispiel – so viele Farben! Hier sieht man immer nur dieselben roten Ziegel und den alten grauen Stein. Total eintönig. Wir bräuchten hier ein paar schrägere Bauten dazwischen. Ein grellviolettes Haus vielleicht, mit drei ganz unterschiedlichen Stockwerken und schwarzen Fensterrahmen.«

»Genau«, stimmt Jules zu. »Oder eines, das gestreift ist wie ein Zebra, mit einem Regenbogen aus wild wuchernden Blumen davor.«

»Wenn ihr es grell und bunt wollt, müsst ihr mich in Miami besuchen«, sage ich und erhasche Orions Blick bei meinen Worten. Grau, trübe, düster – die Farben in seinem Gesicht verändern sich, bevor er den Daumen an sein Kinn stützt und mir ein halbes Lächeln schenkt. Jetzt funkeln seine blauen Augen. Welches Gesicht ist näher an der Wahrheit?

Heute Abend ist meine Wahrheit immer noch diese: fünfundachtzig Tage, und sie vergehen nicht mehr so langsam. In letzter Zeit verfliegen Stunden wie Sekunden. Wir sehen uns in die Augen, und Orion hebt eine weitere in Currysoße getunkte Kartoffelecke zwischen uns in die Höhe, das Funkeln in seinen Augen jetzt ein neckisches Feuerwerk. Ich schnappe mir die Kartoffelecke, bevor ich meine Chance verpasse.

»Schau mal, Henry ist da«, sagt er, während ich kaue. »Das wird dir gefallen.« Orion deutet auf einen fülligen älteren Mann mit strubbeligen schwarz-grauen Haaren und einem dazu passenden strähnigen Bart. Henry schleppt ein birnenförmiges Saiteninstrument zu einem bereitgestellten Mikro und Hocker. Die einheimischen Gäste scheinen ihn zu kennen. Sie jubeln ihm zu, dann werden sie still und lauschen erwartungsvoll. Die Lampen werden gedimmt, und alle, die uns gegenübersitzen, drehen ihre Stühle um.

»Er ist ein Lautenspieler«, erklärt mir Jules. »Traditionelle britische Folkmusic stirbt immer mehr aus und das ist echt schade. In London dreht sich alles um neuen Sound und Rave.

Aber Remys Eltern wollen unsere Geschichte lebendig halten.«

Die ersten lieblichen Lautenklänge und Akkorde lassen die Anspannung aus meinen Schultern weichen. Locker und entspannt lausche ich der Musik und denke an Miamis Jugendliche, die in den Salsaclubs von Little Havana tanzen oder jüngeren Cousins Domino beibringen, während sie frittierte Kochbananen knabbern. In meiner Kultur gibt es auch viele Dinge, die vom Neuen verdrängt werden. Wir bemühen uns, sie zu pflegen, damit sie weiterhin wachsen wie die hohen kubanischen Maispflanzen im Garten meines Großonkels.

Nach ein paar Liedern rufen die Leute Jules' Namen. Henry entdeckt sie und winkt sie zu sich. Ich finde es toll, dass alle sie kennen. Jules-bloß-nicht-Juliana ist wirklich ein Juwel Winchesters.

»Geh schon, Süße«, ermuntert Remy sie. »Zeig Lila mal, was du sonst noch mit deinen Stimmbändern anstellen kannst.«

Jules winkt ab. »Nur ein bisschen Zeitvertreib«, sagt sie zu mir und schlängelt sich zwischen den Stühlen hindurch, um sich mit Henry abzusprechen.

Ich hänge in Gedanken noch der Musik nach. »Hab ich mir das nur eingebildet oder wurden ein paar der Goldline-Songs in Teilen von Henrys Melodien oder Akkorden inspiriert?«

Orion nickt. »Das macht Jules immer so. Wenn sie Songs schreibt, ist sie eine echte Mash-up-Queen. Sie liebt es, in ihrer modernen Musik alte Themen aufzugreifen. Dieser Zug-Song, der dir so gefiel, ist in Anlehnung an alte englische Wiegenlieder entstanden.«

Wir drehen uns wieder um, als Henry ein neues Intro spielt. Jules hat noch keine zwei Zeilen in diesem holzgetäfelten Pub gesungen und mir steht der Mund offen. Ihr kräftiger Sopran füllt eine alte Volksballade so meisterhaft mit Leben, dass es das Ergebnis jahrelanger Übung sein muss.

»Das ist eine Ballade aus dem sechzehnten Jahrhundert«, flüstert Orion und beugt sich zu mir. »*Flow my Tears*.«

Das Lied überwältigt mich. Eine eindringliche Melodie, eine bittersüße Geschichte und dann diese *Stimme*. Schon bei der zweiten Zeile kann ich nicht verhindern, dass mir selbst ein paar Tränen über die Wangen laufen. Orion legt einen Arm um meine Schulter und bietet mir an, mich an ihn zu lehnen. Es ist dasselbe Gefühl von Sicherheit, wie wenn ich mich in mein Bett kuschele. Wie wenn meine Hände sich um einen Teigklumpen legen. Ich schmiege mich an seinen schwarzen Baumwollpulli und verschmelze mit ihm.

Ich sehe hinauf in sein sanftes Gesicht und stelle fest, dass ich nicht die Einzige bin, die feuchte Augen hat. Ich würde meine Bäckerei verwetten, dass er gerade an seine Mutter denkt, die heute Abend sicher auch gerne Fish & Chips gegessen und Jules singen gehört hätte. Ich drücke ihn sanft. *Ich weiß. Ich verstehe.*

Orions Lippen streifen meinen Scheitel, als er seinen Kopf bewegt. Freunde sitzen normalerweise nicht so. In letzter Zeit scheine ich Orion Maxwell ständig zu berühren. Es spielt keine Rolle, dass meine Tage hier gezählt sind. Er scheint meine Berührungen immer zu erwidern, jedes Mal. Wer ich bin und wo ich herkomme und wo wir leben, was bedeutet das schon? Was bedeutet das in diesem Moment?

Nach noch mehr Musik, einem leckeren »Pudding« und einem herzlichen Abschied von den anderen sind Orion und ich auf dem Weg zu Millie, als er plötzlich stehen bleibt. »Es ist schön heute Abend, nicht wahr? Wollen wir zu Fuß zurücklaufen und mein Dad fährt das Motorrad nach Hause?«

Ich nicke. »Er fährt Millie auch?«

»Sie hat meinem Dad gehört, als er so alt war wie ich. Warte, ich sag ihm schnell Bescheid und bringe ihm den Schlüssel.« Orion läuft los und ist zehn Sekunden später wieder da. Er führt uns in eine Seitenstraße der High Street.

In meinem Kopf schwirren noch immer viele Fragen. Bis auf die kurze Schlüsselübergabe hat er mich vom Ecktisch zum Fußweg nicht einen Moment losgelassen. Unsere Arme sind untergehakt, und unsere Köpfe neigen sich einander zu, sodass wir uns trotz Straßenlärm leicht unterhalten können. Aber Winchester ist ziemlich klein. Es dauert nicht lange, bis wir in St Cross herauskommen, wo nur noch das Rauschen der Bäume zu hören ist.

Allmählich halte ich es nicht mehr aus. Ich muss mir in Erinnerung rufen, dass ich mutig bin. In der Küche habe ich das Kommando! Kann ich da nicht auch jetzt das Kommando übernehmen und eine simple Frage stellen? Schließlich bin ich doch keine unbeholfene Grüblerin, sondern mutig. »Orion.«

»Lila.« Er knufft mich in die Seite, während wir immer weitergehen.

»Was machen wir hier eigentlich?«

»Wir gehen nach Hause, Süße.«

Ein zärtliches Wort und mein Mut ist dahin. »Nein. Ich meine, du und ich. Was … ist das?«

Orion bleibt stehen und sieht mich an. Aber er ist immer noch ganz nah, denn das ist er in letzter Zeit ja immer. In seinem Gesicht blitzt der Schalk auf. Verflixt, er wusste eben genau, worauf ich hinauswollte. Dieser Schuft!

»Okay, vielleicht müssen wir tatsächlich ein paar Dinge besprechen«, sagt er.

Ich nicke.

»Zunächst einmal und in jedem Fall: Wir sind Freunde.«

»Das sehe ich auch so.«

»Gut, das ist gut.« Er lächelt. »Aber wie wir mit einander umgehen, die *Art*, wie wir …«

»Ja, all das. Ich meine, Freunde verhalten sich doch nicht …«

»Nein, das tun sie nicht. Dann bedeutet das wohl, dass *wir* …« Die letzten Worte spricht er in den Himmel, an dem die Sterne im Licht der gelben Straßenlaternen verblassen.

»Aber.«

Pero. Zwei Silben, in seiner Sprache und in meiner.

»Du sagst es: Aber«, wiederholt er, wieder an mich gewandt. »Siehst du, das ist der Punkt, an dem ich nicht weiterkomme.« Er streckt die Hand aus, um über meinen Unterarm zu streichen, vom Ellenbogen zum Handgelenk. »Wenn das normal wäre oder üblich …«

Wir sprechen keinen Satz zu Ende und doch begreife ich jedes Wort. »Richtig. Nur, dass es das nicht ist. Normal.«

Seine Hand gleitet in meine. »Nein, überhaupt nicht. Ich verstehe, was du durchgemacht hast und was du alles verloren hast. Und ich weiß auch, dass dein Flugticket nie wirklich ein One-Way-Ticket war.«

Miami. Das dritte Herz, das mit unseren beiden hier in dieser Gasse um die Wette schlägt und meine Liebe einfordert.

»Aber du und ich«, stammele ich. »Ich bin gern mit dir zusammen und genieße es ...«

Er legt seine Hände auf meine Schultern. »*Ich* bin auch gern mit dir zusammen und genieße es. Viel zu sehr, um jetzt einfach kehrtzumachen.«

»Dann tu es nicht.« *Lass du mich nicht auch noch allein.*

»Das werde ich auch nicht, Lila.« Er umarmt mich, um seine Worte zu besiegeln, und hält mich fest, während er sagt: »Also lass es uns einfach so machen: Wir erschaffen uns eine neue Kategorie für unsere Art von *wir*. Wir müssen es nicht definieren. Wir lassen es einfach offen und sehen, wie die Dinge sich entwickeln.«

»Ist es das, was du gemeint hast, als du gesagt hast, dass du von Gott oder dem Universum oder dem Leben selbst nicht zu viel erwarten willst?«

Ich spüre sein Nicken. »Genau das habe ich gemeint.«

»Ich habe das noch nie gemacht. Ich habe immer alles eingefordert, was ich wollte – von allen, die mich anhören wollten. Und auch wenn sie nicht hören wollen, sage ich, was ich will. Das hat mich irgendwann eingeholt. Und mich hierhergebracht.« Ich sehe ihm in die Augen, als ich hinzufüge: »Aber es hat mich eben auch *zu dir* gebracht.«

Er atmet langsam aus und führt mich wieder weiter. »Miami wartet – diese Stadt hat so ein Glück. Und deine Familie und deine Bäckerei warten«, sagt er nachdenklich.

»Ja.« Ich spüre die goldene Taube auf meiner Brust.

»Und wenn die Zeit reif ist, wirst du wieder jemanden finden.« Er umfasst mich fester. »Aber ich bin der Meinung, ein zukünftiger Typ müsste bestimmte Voraussetzungen mitbringen. Hypothetisch gesprochen natürlich.«

Ich stoße ein kleines Lachen aus. Und schniefe. »Welche Voraussetzungen denn?«

Er sieht mich an, als sei ich beschränkt. »Na, er müsste natürlich ein Motorrad haben, wobei ich nicht darauf bestehen würde, dass es einen Namen hat.«

»Wie großzügig von dir.«

»Ja, das bin ich.« Er bewegt warnend einen Zeigefinger. »Und er muss in der Lage sein, eine anständige Tasse Tee zu kochen. Schließlich brauchst du jetzt deinen Afternoon Tea. Und er muss hin und wieder mit dir irgendwohin gehen, um einfach dazusitzen und diese wunderschöne Welt zu bestaunen, denn du neigst dazu, zu viel zu arbeiten.«

»Einverstanden.« Meine Stimme kippt. »Noch etwas?«

»Noch so viel mehr, Lila.«

Sie muss ihm Sandwiches machen können. Ich jogge durch St Cross, aber es ist kein normales Joggen, sondern die Art von Joggen, bei der ich renne wie ein Lauffeuer und hoffe, dass mich das Rennen ausgeschwitzt und hohl wie eine leere Maishülse zurücklässt.

Cate hat mir das Versprechen abgenommen, nie in der Nacht zu joggen, aber ich konnte einfach nicht anders. Als Orion mich beim Crow abgesetzt hat, waren wir uns einig, dass wir alles ganz locker nehmen würden, ohne die Zukunft näher zu definieren und uns zu viele Gedanken zu machen. Mein Kopf weiß, dass es das Beste ist, aber dieses Nicht-Planen ist neu für mich. Nicht-Pläne sind neu für ein Mädchen, dessen Namensschild seit Jahren mit unlöschbarer Tinte beschrieben ist: *Lila Reyes, Chefbäckerin.* Neu für ein Mädchen, dessen Leben bisher immer durch Liebe fest verortet war: die kubanische Lila, Tochter und Schwester und Nichte, in Miami geboren und für immer zu Hause.

Mein Herz hatte keine Ahnung, wie es sich auf Orions Idee einstellen sollte, jeden Tag für sich zu nehmen. Ich musste das beim Laufen verarbeiten.

Ich trete fest auf, als ich den Fußweg entlangrenne. Der aufziehende Nebel streicht über meine Haut und kühlt all die Hitze, die in mir aufsteigt, wenn ich mich den Fragen in meinem Kopf stelle.

Sie muss ihm Pasteten und andere Leckerbissen backen. Meine Gedanken richten sich auf diese Voraussetzung. *Muy importante.* Er liebt Zitrone. Es muss ja nicht kubanisches Gebäck sein, aber es muss Qualität haben. Ich bin sicher, sie wird zu viel Zucker verwenden – dieses Mädchen, das Orions Herz gewinnen wird.

Aber meine Gedanken wandeln sich, als ich an einer weiteren Straßenkreuzung in eine andere Richtung laufe. Wie viele Pläne habe ich in letzter Zeit geschmiedet, die sich dann in Luft aufgelöst haben? Eine Wohnung mit Stef und ein aufwendig geplanter Trip nach Disney World zu meinem achtzehnten Geburtstag? *Puff.* Die Zukunft, die ich in unserer Küche in Stein gemeißelt hatte, wo ich an Abuelas Seite kochen und backen würde, bis sie vollkommen grau geworden wäre? *Zerschmettert.* Das Datum auf ihrem Grabstein ist ein Monster.

Orion und ich werden nichts planen oder definieren. Vielleicht erhöht sich dadurch sogar die Chance, dass es funktionieren wird.

Oder das Gegenteil ist der Fall und in ein paar Wochen wird die Zeit sich auch als Monster entpuppen.

Sie muss mit ihm joggen gehen. Nach ungefähr vier Kilometern wird er wahrscheinlich langsamer werden und anfangen zu jammern. Dann muss sie ihm in den Arsch treten, damit er bis zum sechsten Kilometer durchhält. Aber er wird es schaffen. Und dann wird er einen Tee für sie kochen, für diesen Glückspilz von einem Mädchen.

Dieses glückliche Mädchen, das ich vielleicht sogar hasse – einfach dafür, dass sie dieses Mädchen ist, dass sie hier ist, während meine Lebensziele diktieren, dass ich nicht hier sein werde, sondern … dort? Die Emotionen schnüren mir die Kehle zu. *No puedo.* Heute Abend gibt es nicht genügend Joggingwege für mich, um all das zu verarbeiten, also beschließe ich, mich, so gut ich kann, auf Orions Methode des Nicht-Planens einzulassen. Es fühlt sich an, als würde ich ein neues Rezept ausprobieren.

Nur dass ich nicht einen Teig bearbeite, sondern meinen Körper.

Jetzt ist es schon so spät, dass die Bäume nur noch Schemen im Nebel sind. Ich laufe durch einen geisterhaften Nachtdunst, der mir einen Schauer über den Rücken jagt. Aber hier brauche ich keine Angst zu haben. Ich bin kilometerweit gelaufen und habe nichts gehört als das gespenstische Atmen der Blätter, das rhythmische Auftreten meiner Turnschuhe und das metallische *Kling-kling-kling,* wenn der Reißverschluss meiner Joggingjacke auf und ab wippt. Aber als ich an eine weitere Weggabelung komme, die entweder in die Stadt oder auf die Landstraße führt, ist hinter der nächsten Kurve ein fremdes Geräusch zu hören. *Schsch-schsch-schsch, zisch.* Dann noch einmal.

Ich verlangsame mein Tempo und hole mein Handy hervor, für alle Fälle. Ich gehe an der Schutzmauer entlang, und als ich um die Kurve komme, sehe ich eine Gestalt in einem Hoodie. Dann Streifen von schwarzer Sprühfarbe auf einem kleinen Mauerabschnitt – ein Unendlichkeitssymbol. Ich hab sie erwischt! Ich habe Roth oder einen seiner Kumpel bei ihren Graffitischmierereien erwischt, etwas, das Orion schon seit Ewigkeiten versucht.

Die Gestalt dreht sich erschrocken um und zieht geräuschvoll die Luft ein.

Ich kann das Gesicht klar erkennen. Aber … »Du?«

Kapitel 20

Flora.

»Du bist das«, wiederhole ich unnötigerweise. Monatelang hat Flora Maxwell ihren Bruder und die Hälfte der Ladenbesitzer Winchesters vergeblich auf Verfolgungsjagd gehen lassen. Roth und seine Gang tyrannisieren die ganze Stadt – von wegen. Die Vandalin und Graffitikünstlerin, wenn man sie so nennen kann, hat die ganze Zeit allmorgendlich mit Orion am Frühstückstisch gesessen.

Ich schwöre, ich kann Floras Herz trommeln hören. Ihr Blick schießt hin und her, wie ein Kaninchen, das Haken schlägt. Doch dann seufzt sie und lässt niedergeschlagen die Schultern sinken. Ich bin eine schnelle Läuferin mit einer funktionierenden Smartphone-Kamera. Sie hat keine Chance.

»Warum?«, frage ich.

Sie weicht zurück. »Musst du mich die ganze Zeit stalken?«

»Wie bitte?«

Flora lässt die Sprühdose fallen und vergräbt ihre Hände in der Kängurutasche ihres Hoodies. »Jedes Mal, wenn ich mich in letzter Zeit umdrehe, bist du da – wie ein verdammter

Schatten. Im Club, als ich mich mit Will unterhalten hab. Beim Inn.«

Will sie den Spieß etwa umdrehen? »Jetzt lenk nicht ab. Ich hab dir eine Frage gestellt.« Soll ich bis morgen warten oder sie direkt eigenhändig nach Hause schleifen? »Du hast deiner Stadt Schaden zugefügt. Menschen mit Geschäften wie eurem. Orion hat schon diverse Wände geschrubbt und –«

»Oh Gott, bitte sag ihm nichts«, fleht sie und macht einen Schritt auf mich zu. »Bitte, Lila.«

Oha. Okay. Ich weiß zwar nicht, was genau hinter diesem plötzlichen Umschwung von Patzigkeit zu Panik steckt, aber ich erkenne den Ausdruck winchesterkalter Angst.

»Bitte. Ich höre auch auf. Wenn du es nur nicht Orion erzählst.« Sie zittert; ihre schreckgeweiteten blauen Augen blicken wolfartig in der Dämmerung. »Du verstehst nicht, wie das ist. Es gibt schon so viel. *So* viel, womit sie fertigwerden müssen.« So viel, womit auch sie fertigwerden muss.

»Doch, ich weiß, wie das ist. Du hast ja keine Ahnung, was ich hinter mir habe.« Ich atme in Zeitlupe aus und zeige auf die obskure Zeichnung auf der schulterhohen Mauer. »Kannst du mir sagen, warum?«

Sie starrt auf den Boden, als würde sie mit ihren Schnürsenkeln sprechen, und sagt: »Mein Dad und mein Bruder meinen es gut, aber sie kontrollieren mich *ständig*. Viel mehr als die Familien meiner Freunde.« Sie fuchtelt mit einer Hand ziellos durch die Luft. »Jeder meiner Schritte wird genau überwacht. Wegen Mum.«

Das Eis in meinen Adern bekommt Risse.

»Manchmal komme ich mir vor wie ein kleines Mädchen. Als würden meine Wünsche überhaupt nicht zählen.«

»Und da wolltest du sie damit austricksen?« Ich deute auf die Mauer. »Ihnen zeigen, dass sie nicht alles kontrollieren können?«

Sie zuckt die Achseln. »Es ist einfach … vom Zug nach London aus kann man all diese imposanten Gebäude sehen. Aber wenn man an einem mit Graffiti vorbeikommt, wird das Auge sofort darauf gelenkt, stimmt's? Man sieht das Gebäude, aber eigentlich sieht man das Graffito. Die Buchstaben oder Symbole. Ich hab die Sprühflasche im Lagerraum des Teeladens gefunden, und da hab ich mich daran erinnert … an dieses Gesehen- und Bemerkt-Werden.« Sie geht auf die Mauer zu und streicht mit den Fingerspitzen über die noch nasse Farbe, die ihre Hände schwarz färbt. »Das Nicht-vergessen-Werden.«

Dios, die Demenz. Ich versuche den Gedanken Orions zu übernehmen, gelassen all das zu akzeptieren, was das Leben bereithält, und das Universum nicht in seinem Gleichgewicht zu stören, indem ich mehr verlange. Flora, deren Schmerz dieselben Wurzeln hat, lebt ihr Leben entgegengesetzt. Mit ihren Graffiti auf den Wänden will sie das Universum stören. Es kontrollieren, verändern. *Seht mich.* Sie lehnt sich auf gegen ein Universum, das sie verleugnet – eines, das eine Krankheit über ihre Familie gebracht hat, die so grausam ist, dass ihre eigene Mutter sie vergessen hat. *Ich bin noch da*, sagt das Graffito.

Aber das ändert nichts daran, dass Flora damit sich selbst und anderen schadet. Ich weiß das, weil ich mich genauso verhalten habe. Ich verstehe, wie es sich anfühlt, am Boden zu liegen, dehydriert, dreckig und leergeweint. Ich war so weit durch den Verlust gerannt, der mich überrollt hatte, weil ich es konnte.

Oh. Ich mustere Flora, und zum ersten Mal dämmert mir, was in Pilar vorgegangen sein muss, als sie mich damals im Park angeschaut hat. Mein Magen krampft sich zusammen, Übelkeit steigt in mir auf. Ich sehe mich selbst durch die Augen meiner Schwester. Ich war so weit gerannt. Wie viel weiter und tiefer wäre ich noch gegangen und hätte mir selbst geschadet, wenn ich weiter versucht hätte, mein eigenes Universum des Verlustes zu übertrumpfen? Pilar hatte an jenem Abend keine Antwort, nur Angst. Aber dann hatten sie und Mami und Papi die Idee mit England, die Chance auf einen neuen Ort für mich mit einem neuen Ziel. So etwas braucht Flora auch.

»Bitte. Bitte sag nichts zu Orion.«

Er ist kein Mensch, vor dem ich irgendetwas geheim halten will, aber ich mustere das Gesicht dieses Mädchens, das mich anfleht, zugleich schwach und stark, resolut und verzweifelt. *Flora.* Flora, die sich aus dem Haus schleicht und Wände und Zäune markiert, weil sie sich danach sehnt, gesehen und bemerkt zu werden.

Eine Erinnerung drängt sich mir auf. *Lila.* Ein Mädchen, das in Miami erschöpft im Gras liegt, Kilometer von zu Hause entfernt.

Würde ich für dieses Mädchen lügen?

Meine Familie hat ihrer Empfindung nach Schlimmeres in Kauf genommen, als zu lügen. Etwas, das weit über die Grenze des Schmerzhaften hinausgeht. Sie haben mich in ein Flugzeug gesetzt, das mich wegbringt von allem, was ich kenne. Weg von ihnen.

Mit einem Seufzer, der mich genau wie mein Vater klingen lässt, verschränke ich meine Arme vor der Brust. »Ich werde Orion nichts erzählen – unter zwei Bedingungen.«

»Ja. Okay.«

»Versprich mir auf der Stelle, dass du mit den Graffiti aufhörst.«

Sie nickt heftig. »Ich verspreche es, Lila. Ich höre mit den Graffiti auf.«

»Gut. Das andere ist: An drei Tagen der Woche wirst du mit mir in der Owl-&-Crow-Küche arbeiten. Ich fange morgens um sechs an.«

Flora weicht misstrauisch einen Schritt zurück. »Ich kann gar nicht kochen oder backen.«

»Dann bringe ich es dir bei. Zuerst ganz einfache Sachen.«

»Aber ich arbeite doch schon fast jeden Nachmittag bei Maxwell's.« Sie schiebt ihren Unterkiefer vor. »Und jetzt soll ich auch noch meine Vormittage opfern? Wer steht denn so früh auf in den Ferien? Das ist doch nicht …«

Jetzt fängt sie an zu maulen. Flora will sich gerade beschweren, dass mein Vorschlag nicht fair ist, aber – *nein*. Mildernde Umstände oder nicht, was sie gemacht hat, ist Vandalismus. »Drei Tage die Woche. Du wirst es überleben.« Ich strecke ihr meine Hand entgegen. »Deine Entscheidung.«

Sie starrt mich an, bis sie sich fast festgeguckt hat. »Was soll's.«

Sí, claro, das ist ein Ja. Das ist eine weitere Sprache, die ich gut verstehe. »Alles klar. Dann sehen wir uns Montag.«

Flora hebt die Sprühflasche auf. »Keine Panik, ich werfe sie nachher weg.«

»Sehe ich aus, als hätte ich Panik?« Ich werfe einen Blick auf meine Uhr. »Aber ich bring dich noch nach Hause.«

»Es ist nicht weit. Ich finde schon allein nach Hause.«

Ich sollte sie bis zu ihrer Türschwelle bringen. Aber sie hat mir ja gerade erzählt, wie eingeengt sie sich fühlt. Die vier Straßenblöcke schafft Flora schon allein. Das muss ich ihr zugestehen. »Okay.«

Ich lasse sie fliehen, dann gehe ich durch eine nahe Parallelstraße zum Crow zurück. Da Flora durch Nachbarstraßen nach Hause läuft, würde ich hören, wenn etwas nicht stimmt. Wahrscheinlich sollte ich mir schon mal überlegen, was ich zu Orion sagen werde, wenn er das Graffito erwähnt und von Floras neuem Trainingsprogramm in meiner Küche erfährt. Allein schon der Gedanke daran, etwas vor ihm geheim zu halten, liegt mir im Magen wie ein verdorbenes Essen.

Als ich den Rosenbogen erreiche, brennt in einigen Gästezimmern im ersten Stock noch Licht. Die Wohnung im zweiten Stock jedoch liegt im Dunkeln.

Ich kenne die Treppe mittlerweile so gut, dass ich auf mein Handy gucken kann, während ich die Stufen nach oben gehe. Spät ist für mich die perfekte Zeit, um Pilar anzurufen. Ich hatte das Handy auf stumm geschaltet. Als ich den Ton wieder anschalte, sehe ich, dass auf meinem Homescreen eine Nachricht blinkt. Ich war wohl so sehr mit Flora beschäftigt, dass ich Pilars Nachricht verpasst habe. Dann stolpere ich fast über die nächste Stufe. Der Name unter der Nachricht lautet nicht Pilar Reyes.

Er lautet Andrés Millan.

Ein paar Minuten später vibriert mein Telefon – aber nicht von selbst, sondern wegen meiner zitternden Hände, in denen ich es halte, während ich auf meinem Bett sitze und immer wieder Andrés' Nachricht lese.

Andrés: Hey du. Ich weiß, das kommt ein bisschen plötzlich. Wollte mich einfach mal melden.

Dann kommt noch eine Nachricht durch.

Andrés: Bist du gerade busy?

Mir schwirrt der Kopf. Ich sollte seine Nummer blocken. Oder am besten gleich das ganze Telefon aus dem Fenster werfen. Doch ich mache nichts von beidem. Auch wenn meine Gefühle sich gewandelt und verschoben haben, ist Andrés' Schatten immer noch da, dunkel und schwer vor süßen Erinnerungen. Und ich schlucke den Köder noch immer.

Ich: Ich bin da.

Nicht einmal fünf Sekunden, bevor er antwortet.

Andrés: FaceTime?
Ich: Ruf mich an.

Das tut er. Ich melde mich mit einem krächzenden »Hallo«, das klingt, als hätte ich es aus einer verstaubten alten Kiste gekramt.

»Hallo, Lila«, sagt Andrés mit dieser Stimme, die ich so oft an meinen Lippen gehört habe, an meinen Ohrmuscheln und schließlich bei unserem furchtbaren Abschied.

»Ich weiß, das kommt jetzt ein bisschen plötzlich«, wiederholt er.

Ich öffne den Mund, aber die Worte gehorchen mir nicht.

»England also, hm?« Er muss sich auch meine Instagram-Posts angesehen haben. »Wie, äh, ist es denn da so?«

»Kalt.« Aber dafür gibt es Wollstrickjacken – eine ganz bestimmte Strickjacke, und die ist weich und warm und grau.

»Aha«, sagt er.

»Warum?«, frage ich, denn allmählich kommt meine Kühnheit wieder durch. »Warum gerade heute?«

Ich höre seinen tiefen Seufzer. »Ich hab einfach gerade an dich gedacht und mich gefragt, wie es dir geht. Ich weiß, das ist alles beschissen gelaufen. Ich. Wir. Die Prom. Abuela. Und ich hab das mit Stefanie erfahren. Das ist wirklich alles große Scheiße. Da wollte ich einfach mal hören, wie es dir geht.«

»Mir geht es gut. Wirklich.« Meine Antwort ist keine Lüge.

»Gut. Das freut mich. Du weißt, du kannst mich immer anrufen.«

Meine Augen füllen sich mit Tränen. Habe ich darauf nicht gewartet? Habe ich mir das nicht seit Monaten gewünscht? Aber im Gegensatz zu der verlässlich warmen und vertrauten Stadt, aus der er anruft, gibt mir dieses Gespräch nicht das Gefühl, als würde in meinem Inneren ein Puzzleteil seinen Platz finden. Stattdessen steigt mir ein bitterer Geschmack die Kehle hoch. »Okay.«

»Darf ich dich auch wieder anrufen?«

Mies. Erbärmlich. Schwach. »Klar.«

Kapitel 21

Es ist ein regnerischer Sonntagmorgen, als die Hintertür sich öffnet und Orion zu mir in die Küche kommt. Eigentlich habe ich heute frei, aber ich brauche die Küche, um den neuen Dreifachen Fluch der Sorgen loszuwerden, die mich seit gestern Abend belasten:

1. Orion und unser Nicht-Planen
2. Flora, die Vandalin
3. Andrés und unser dreiminütiges Telefongespräch

Ich erwidere Orions Gruß und liebäugele mit ein paar Leckerbissen aus Mamis zweitem Carepaket, das gerade im richtigen Moment gekommen ist. Diese kleinen Dinge brauche ich jetzt wirklich. Gestern Abend vor unserem Pub-Besuch ist das braune Postpaket angekommen, das richtig nach meinem West-Dade-Haus roch, als ich den Deckel öffnete.

Als Orion sich aus seiner nassen Windjacke schält, habe ich völlig widersprüchliche Gefühle. Sein Anblick in Jeans und blauem Poloshirt beruhigt mich irgendwie und zieht meinen Körper zu ihm wie nach Hause. Aber zugleich krampft sich dabei mein Magen zusammen, wenn ich an die Sache mit

Flora und das Gespräch mit Andrés denke. Es scheint unmöglich und doch sind beide Gefühle wahr.

»Aah, noch mehr Köstlichkeiten von deiner Mum?«, fragt Orion und streicht mir über die Schulter.

Ich zeige ihm den Stapel Dosen mit Guavenpaste und die Plastiktüte mit drei Mini-Döschen goldgelbem Bijol-Gewürz. Ich schwenke die Tüte durch die Luft. »Du weißt ja, ich bin eine Gewürzfanatikerin. Jetzt kann ich dir *Arroz con pollo* machen.«

»Das verstehe ich ja sogar: Hühnchen und Reis.« Er runzelt die Stirn. »Das klingt aber ziemlich einfach.«

»Wenn du nach dem ersten Bissen noch denkst, dass mein *Arroz con pollo* irgendetwas mit einfachem Hühnchen und Reis zu tun hat, hänge ich meine Schürze an den Nagel, bevor du einen weiteren Bissen nehmen kannst.«

»Bestimmt nicht.« Er ist nur einen Wimpernschlag entfernt. »Wie absurd, an dir zu zweifeln. Das müsste ich eigentlich längst wissen.«

Ein Lächeln erhellt mein Gesicht, doch im nächsten Moment spüre ich, wie es wieder verblasst. Orion hat guten Grund, an mir zu zweifeln. Das nagt an mir, jetzt noch mehr, da er neben mir steht.

Ich zeige ihm die letzte kubanische Kaffeekostbarkeit: eine Dose Café Bustelo. »Du hattest bestimmt schon genug Koffein zum Frühstück, oder?«

»Nur zu. Wenn ich nachher total überdreht bin, kann ich dir die Schuld geben. Das wird lustig.«

Ich drehe mich herum, um ihm einen Klaps zu geben, aber er ist schneller. *¡Basta!* Der neue Dreifache Fluch macht mich matt und langsam. Orion greift nach meiner Hand und drückt sie. »Wo wir gerade von Frühstück reden – Flora hat sich heute Morgen zu Dad und mir in die Küche gesetzt. Das macht sie sonst nie. Und diese neue Entwicklung, dass sie dir beim Backen helfen will, überrascht mich auch. Sie opfert ihren heiligen Schlaf und kommt hierher, um ein paar neue Dinge zu lernen?« Er verzieht die Mundwinkel und fixiert mich mit einem fragenden Blick. Ich kann mir nicht helfen, aber ich habe das Gefühl, dass hinter seinen hochgezogenen Augenbrauen mehr als Neugierde steckt.

Was verschweigst du mir, Lila?

Ich will ihn nicht anlügen. »Sorry, dass ich dir noch gar nicht davon erzählt hab. Ich hab sie total spät getroffen.« Beim Graffiti-Sprühen. Voller Angst, dass ich sie verrate.

»Sie sagt, sie war auf dem Nachhauseweg von Katy und du warst joggen.« Er zieht die Nase kraus. »Allein. Ich hätte doch mit dir kommen können. Nicht, dass du Begleitschutz brauchst, aber …«

Mir gehen mehrere Gedanken gleichzeitig durch den Kopf. Als Erstes begreife ich, welches Alibi Flora die ganze Zeit benutzt hat, um abends aus dem Haus zu gehen. Und dann sind da Orions Worte, die mich direkt in sein Gesicht starren lassen, wie in eine anziehende Sonne. Oder in ein gefährliches schwarzes Loch. Beides ist wahr. *Ich konnte nicht mit dir laufen. Du warst ja der Grund, warum ich laufen musste.*

Meine Hände müssen irgendetwas zu tun haben, irgendetwas berühren, nur nicht Orion. Ich weiche zurück und schüttele die Kaffeedose. »Wir, ähm, haben uns auf drei Vormittage die Woche geeinigt.« Ich hole den Espressokocher für den Herd, den ich immer benutze, wenn ich Gebäckfüllungen mit Kaffeegeschmack mache. »Ich dachte, das wäre eine gute

Idee. Ich kann sie ein bisschen in die Küche einführen. Ein paar Grundkenntnisse können doch nicht schaden, oder?« Ich messe den Kaffee ab und drehe die Flamme auf.

»Hm, stimmt. Aber ich glaube, sie muss da noch einen Hintergedanken haben, wenn sie bei dir hier hospitieren will.«

Ich hole nervös Luft und drehe mich zu ihm um. »Was? Ich meine, wie hat sie es dir denn erklärt?« Wie hat sie die Sache verpackt?

»Wie du gesagt hast. Sie hat Ferien und du machst so köstliche Sachen für uns. Da hat sie sich überlegt, dass es an der Zeit für sie wäre, auch ein paar nützliche Handgriffe in der Küche zu lernen. Solange du ... hier bist.«

Die letzten Worte spricht er so leise, dass sie aus weiter Ferne zu kommen scheinen.

Dann fügt er hinzu: »Wie gesagt, ich vermute, es steckt noch mehr dahinter. Vielleicht sucht sie nach einer Gelegenheit, sich zu bewähren. Diese heimlichen Treffen mit Will. Und weißt du noch, wie Gordon sie neulich Abend viel zu spät zu Hause abgeliefert hat? Ich glaube, sie will zeigen, dass sie selbst die Initiative ergreift. Dass sie zielstrebiger und vertrauenswürdiger geworden ist.«

Zum Glück ist der Kaffee gleich fertig. Ich krame zwei Mokkatassen und eine kleine Glaskanne hervor. So wie Orion bei seiner Teezubereitung demonstriere ich jetzt die einzelnen Schritte für einen perfekten *Café Cubano*. »Wir machen *Espuma*, oder *Crema*, indem wir etwas Kaffee mit Zucker verquirlen.«

Er grinst. »Du immer mit deinem Zucker.«

»Aber nie zu viel«, betone ich, während ich mit der Espressokanne hantiere. Ich gieße den Rest des aufgebrühten Kaffees über die *Crema* und gebe einen Klecks Schaum in unsere beiden Tassen. Schließlich gieße ich den Kaffee in die Tassen – ganz vorsichtig, um den Schaum nicht zu zerstören.

Wir rücken zwei Hocker an die Kücheninsel. »Ich weiß, du hast schon gebruncht, aber du kennst mich ja.«

»Wenn ich jetzt sagen würde, das mit dem Brunch war eine Lüge und ich bin mit leerem Magen hergekommen, würde das meine Chancen auf das erhöhen, was du mir anbieten wolltest?«

Ich hole einen frischen Laib *Pan Cubano* herüber und schneide zwei dicke Scheiben ab. Ein paar Flocken irische Butter darauf, dann schiebe ich ihm seinen Teller zu.

Orion leckt sich die Lippen, bevor er trinkt.

Mein Blick geht zu seinem Mund, dann zu seinen Augen. »Du lügst doch nie.« Ich inzwischen schon. Hoffentlich merkt man mir das nicht an. Und dann ist da noch diese Sache mit Andrés. Neulich Abend habe ich mit Orion so offen über ihn gesprochen, da sollte ich ihm doch von seinem Überraschungsanruf erzählen können. Aber ich kann es nicht, auch wenn sich mein Schweigen falsch anfühlt. Ich brauche noch ein bisschen Zeit, um das zu verarbeiten – Zeit, um erst mal selbst herauszufinden, was Andrés' Wiederauftauchen zu bedeuten hat, bevor ich es einem Jungen erzählen kann, dem ich eigentlich alles erzählen kann.

Fast alles.

»Ich wusste, dass ich dich hier finden würde«, sagt Cate, die gerade durch die Schwingtür kommt. »Und du, Orion, bist nie weit von ihren Backwaren zu finden. Ist das Café Bustelo?«

»Ein kleiner Initiationsritus für mich«, erklärt Orion. »Dieser kubanische Kaffee hat es ganz schön in sich.«

»Soll ich dir auch einen machen?«, frage ich Cate.

Sie schnuppert an meiner Tasse. »Mmh, nächstes Mal. Gestern Abend hab ich mit *tu mamá* telefoniert und jetzt dieser Kaffeeduft. Oh Miami, *te extraño tanto.*« Sie legt eine Hand auf ihr Herz, um zu zeigen, wie sehr sie ihre Heimatstadt vermisst. »Was ich noch sagen wollte – ich habe gerade mit einer jungen Frau gesprochen, die im Moment bei uns zu Gast ist. Ich hab ihr alles von La Paloma erzählt. Sie war so begeistert von deinen Backkünsten, dass sie dich unbedingt kennenlernen will, bevor sie abreist.«

»Klar, gerne.«

Ein paar Minuten später führt Cate eine zierliche Rothaarige, wahrscheinlich in den Zwanzigern, in die Owl-&-Crow-Küche. Sie stellt sich als Lauren vor, und wir stellen uns ebenfalls vor – als Lila, die ihr Frühstücksgebäck gebacken hat, und Orion, der den English-Breakfast-Tee dazu geliefert hat.

»Der Tee war hervorragend«, schwärmt Lauren. »Ich muss auf dem Weg zum Bahnhof unbedingt noch bei Maxwell's reinschauen.« Dann wendet sie sich an mich: »Lila, nicht wahr?« Als ich nicke, fährt sie fort: »Ich war bei einer Hochzeit eingeladen und das ganze Wochenende hier, sodass ich eine Menge von deinen Köstlichkeiten probieren konnte. Ich muss sagen, die Geschmacksbalance und Konsistenz waren bemerkenswert. Diese Blätterteigtaschen und diese Feigenbrötchen mit Zimt – raffiniert.« Sie deutet auf den abkühlenden Ofen. »Und deine Brote – wirklich außergewöhnlich.«

»Das ist sie«, wirft Orion ein.

Ich lächele ihn an, dann wende ich mich an Lauren: »Danke. Es ist immer schön, zu hören, wenn mein Backen jemanden glücklich gemacht hat.«

»Das geht mir genauso«, sagt Lauren. »Ich mache selbst ein kulinarisches Studium. Am Cordon Bleu in London.«

Von Le Cordon Bleu in Paris habe ich schon gehört. Jede Köchin, die ihre Küchenclogs wert ist, kennt die weltweit renommierteste Schule der französischen Cuisine. Aber … »Die haben auch einen Campus in London?«

»Ja, es ist eine fantastische Schule. Ich absolviere das *Diplôme de Cuisine*-Programm, aber es gibt verschiedene Kurse, die man dort machen kann. Wie den *Diplôme de Pâtisserie*-Studiengang. Konditorei und Backen. Hast du denn eine formelle Ausbildung?«

»Nur die durch meine Großmutter.«

»Sie muss eine tolle Lehrerin gewesen sein. Aber guck dir die Schule mal an, ob sie dich nicht interessiert. Ihr habt es ja von hier nicht weit nach London.«

Sie sagt das, als wäre ich von hier. Als gehörte ich in diese kleine mittelalterliche Stadt, die zufällig in der Nähe von London ist. Ich korrigiere sie nicht, bevor Cate Lauren aus der Küche führt, um sie auszuchecken.

Orion bestreicht eine weitere Scheibe *Pan Cubano* mit Butter, als ich zurück zu meinem Hocker schlurfe und mein Handy hervorhole. Einen Moment später fragt er mich: »Du hast es gegoogelt, nicht wahr? Le Cordon Bleu?«

»Ich bin einfach neugierig.« Ich drehe mein Display so, dass wir beide die vornehme Website sehen können, passend für eine vornehme Institution. Wir scrollen durch die Seite mit den Details des umfangreichen Studienprogramms und den Farbfotos der kulinarischen Ergebnisse. »Schau dir diese Desserts und Kuchen an! Ich kann ja gut backen, aber das ist noch mal ein anderes Level.« Komplizierte Details und filigrane Formen, fast schon zu schön, um sie zu essen. Kunstwerke.

»Hast du überhaupt schon mal über ein kulinarisches Studium nachgedacht?«, fragt Orion.

Ich schüttele den Kopf. »Abuela hat mir alles beigebracht, was ich für La Paloma brauche.« Ich scrolle weiter und finde drei verschiedene Kurslevel. Neun Monate Studium der französischen Pâtisserie zum Erlernen neuer Techniken, die ich auf meine eigene Arbeit anwenden könnte, um unsere Bäckerei noch weiter von anderen abzuheben. London. Eine andere Stadt drängt sich dazwischen: Miami und alles, was es für mich war und immer noch ist. »Das ist … ich meine, es ist eigentlich unmöglich.«

»Und trotzdem kannst du dich nicht von der Seite losreißen.« Orion nippt an seinem Kaffee. »Lass mich mal sehen, wo die Schule ist.« Ich zeige ihm die Adresse und er reißt die Hand in die Höhe. »Das ist ja in Bloomsbury. Direkt im Herzen Londons, in der Nähe von Covent Garden. Eine meiner Lieblingsgegenden.« Mein verständnisloses Gesicht scheint ihn zu entsetzen. »Jetzt, wo ich das sage, wird mir klar, was für ein beschissener Tourguide ich bin, dass ich in all diesen Wochen noch nicht einmal mit dir nach London gefahren bin.«

»Ich war hier ja auch ziemlich eingespannt, aber ich würde wahnsinnig gern hinfahren. Und es könnte ja nicht schaden, mal bei der Schule vorbeizugucken. Zu sehen, wo sie ist und all das.«

»Klar. Heute geht nicht, denn Dad und ich wollen später Mum besuchen. Außerdem sollten wir unbedingt einen ganzen Tag veranschlagen.« Er runzelt die Stirn. »Nächstes Wochenende bin ich dran, den Laden zu führen.«

»Dann in zwei Wochen. Ich meine, die werden wie im Flug vergehen.« Ich mache eine schwungvolle Bewegung mit dem Arm. Etwas zu schwungvoll anscheinend, denn mein Kaffee schwappt dabei über.

Orion schnalzt mit der Zunge und hat wieder einmal dieses schelmische Funkeln in den Augen. »Ach, *das* ist ja interessant. Jetzt ist es passiert.«

Ich wische den Kaffee von der Holzplatte der Kücheninsel. »Ich ahne es schon, da kommt ein Aberglaube auf mich zu.«

»Vielleicht kommt noch einiges mehr auf dich zu«, meint Orion. »Nach alter Überlieferung heißt es, wenn du Kaffee verschüttest, denkt ein Geliebter an dich.«

Was das *wirklich* bedeutet, erfahre ich erst nach dem Abendessen. Das Ganze ist so ironisch, dass ich schon glaube, der Staat Florida selbst hat sich einen schlechten Scherz mit mir erlaubt.

Wenige Stunden nachdem Orion meinen verschütteten Kaffee mit den Gedanken eines Geliebten gleichgesetzt hat, leuchtet Andrés' Name auf meinem Handybildschirm auf. Ein emotionaler Schnellrücklauf zu gestern Abend. Dabei ist Andrés Millan doch gar nicht mehr *mi amado*.

Die FaceTime-Benachrichtigung pingt, immer wieder. Ich beobachte selbst mit Interesse, wie ich die Hand ausstrecke, um auf das vertraute *Antworten*-Icon zu tippen. Wie ich dann auf seinen Anblick reagiere, als wäre es mein erster Schluck eines hochprozentigen Drinks, wie mein ganzer Körper das in sich aufnimmt.

»Lila.« Sein Gesicht und seine Stimme; die Art, wie er den Kopf schieflegt; selbst seine langen dunklen Wimpern, um die ich ihn immer beneidet habe – all das sieht aus wie immer. Es sind ja auch nicht einmal drei Monate vergangen, wird mir bewusst.

»Du hast mich gefunden«, sage ich. *Ich habe dich verloren.*

»Ich weiß, ich hab gestern erst angerufen, aber …« Er reibt sich das Gesicht. »Gott, du siehst gut aus. Du siehst echt gut aus.«

Ich kann ein paar vereinzelte Tränen nicht unterdrücken. Ich schüttele den Kopf.

»Lila, bitte wein nicht. Ich hab nicht angerufen, um dich noch mal zum Weinen zu bringen.«

Was erwartet er denn? Dass ich nichts fühle? Mich an nichts erinnere? Kapiert er nicht, dass er ein nicht unerheblicher Teil des Grundes ist, warum ich überhaupt hier bin? »Warum machst du das?«

»Ich …« Schließlich sagt er: »Das versuche ich ja selbst gerade herauszufinden.«

Und er könnte leicht zu dem Schluss kommen, mich im Frühling verlassen zu haben, sei genau das Richtige gewesen. So leicht. Mein Kopf pocht. Ich streiche mir das Haar aus der Stirn. »Du hast wohl viel unternommen in letzter Zeit?«

»So dies und das, ja.«

»Dann warst du bestimmt auch viel am Strand. Deinem Lieblingsstrand.« Mein Lachen klingt eine Spur hysterisch. »Ich vermisse South Beach. Jetzt noch mehr, da ich es auf deinem Instagram gesehen hab. Aber du gehst immer noch nicht allein, stimmt's?«

Sein Gesicht zuckt zusammen und diese kleine Bestätigung trifft mich wie ein Schlag. Jetzt weiß er, dass ich von Alexa Gijon erfahren habe. Pilars Büro für kubanische Detektivarbeit hat wieder einmal einen Volltreffer gelandet. »Lila.«

»Wie lange schon?«

Er atmet scharf ein. »Es hatte nichts zu bedeuten. Ein Irrtum.«

Es aus seinem eigenen Mund zu hören, lässt meine Tränen erst richtig fließen. Ich sauge die Gewissheit mit einem tiefen Atemzug ein, halte sie kurz fest. Halte das Brennen aus.

»Es waren gerade mal zwei Wochen, Lila. Die Sache ist längst vorbei.«

»Zwei Wochen sind mehr als ein Irrtum.« Er will etwas erwidern, aber ich sage: »Ich will nur noch eins wissen.« Er neigt sein Kinn. »Und erspare mir diesen ›Es liegt nicht an dir, es liegt an mir‹-Scheiß. Was. Habe. Ich. Getan?«

»Wir waren fast drei Jahre zusammen«, erwidert er. »Das sind drei Ewigkeiten in Highschool-Dating-Jahren.«

Schweigen.

Er zuckt mit den Achseln. »Wir sind zusammen erwachsen geworden. Du warst schon immer strahlend, stark und voller Energie. Und deshalb hab ich mich auch in dich verliebt. Aber gegen Ende …« Mein Gesichtsausdruck verunsichert ihn; er presst die Lippen aufeinander. »Ich habe mich immer mehr selbst aus den Augen verloren.«

»Was meinst du damit?«

»Du hast uns immer mit voller Kraft vorangetrieben, alles so weit im Voraus geplant. Immer hast du mich gepusht – mir gesagt, welche Kurse ich belegen soll oder dass ich in Miami studieren soll. Du hast mich herumdirigiert, wie du die Angestellten in deiner Bäckerei herumscheuchst. Ich brauchte einfach etwas Freiraum, um eine Weile meinen eigenen Weg zu gehen. Mir meine eigenen Gedanken zu machen.«

Der ausgebrannte Stern, genau wie Abuela gesagt hatte. Ich

hatte ihre Warnungen damals abgeschmettert, sie mit unserem dünnsten Blätterteig verhüllt. Aber hier sind sie wieder; Andrés richtet sie wie ein Scheinwerferlicht auf mich. Und auf Stefanie.

Ich hätte ihr zuhören sollen, als wir jede Woche gelaufen sind.

»Warum machen wir das hier eigentlich?«, hatte Stefanie im letzten Winter gekeucht, als wir den nächsten Meilenstein entlang der Key Biscayne Bridge passierten.

Ich riss meinen Blick von der türkisfarbenen Bucht los. »Es ist Samstag.«

»Nein, ich meine, warum quälen wir uns so? Mit diesem Gerenne?« Ihr blonder Pferdeschwanz wippte im Takt mit ihren Füßen auf und ab.

»Mehr Platz für *Pastelitos*? Außerdem: Du liebst doch Joggen.«

»*Du* liebst es«, sagte Stefanie.

Aber ihr hatte es nie Spaß gemacht. Und ich hatte mich nie wirklich für ihre Meinung interessiert. Ich kann mich jetzt nicht bei ihr entschuldigen, aber ich kann mich bei Andrés entschuldigen.

»Es tut mir leid«, flüstere ich. »Dass ich dich so verplant habe.« Einatmen, ausatmen.

Sein Unterkiefer klappt herunter; dann presst er wieder die Lippen zusammen. »Die Sache ist die, ich glaube, mein Weg hat mich zu weit weggeführt. Von dir.«

Oh.

Vor zwei Monaten und sogar noch vor zwei Wochen wäre ich ganz der strahlende Stern gewesen und über Kontinente und den Atlantik zu ihm zurückgeeilt.

Jetzt bin ich diejenige, die sich nicht bewegt. Ich bin reglos. Ich sage ihm, er soll mir etwas Zeit geben und mich eine Weile nicht anrufen. Nachdem das Gespräch beendet ist und der Bildschirm wieder schwarz wird, strecke ich mich in der Stille meines antiken Bettes aus, in diesem uralten Gasthaus. Ich halte inne und beobachte die Sterne, aber mein Teleskop, meine Suche, ist nach innen gerichtet.

Vielleicht hat Orion vorhin mit seinem Aberglauben über den verschütteten Kaffee den Nagel auf den Kopf getroffen. Aber jetzt, während der Himmel in die Dämmerung getaucht wird, denkt noch jemand über mich nach.

Ich selbst.

Kapitel 22

Meine Küche. Nicht Floras Küche. Meine Nerven. »In der nächsten Schublade sind noch mehr Geschirrtücher«, erkläre ich meiner Schülerin wider Willen, die ich zum Abwaschdienst eingeteilt habe. Das kann sie wenigstens unbeaufsichtigt erledigen. Vielleicht.

»Wir haben doch nur drei Sachen gebacken. Wie kann man für drei verfluchte Rezepte so viel Ausrüstung brauchen?«, murrt Flora, die Arme bis zu den Ellenbogen im Schaum.

Ich hole ein paar Erdbeerküchlein für später aus den Formen. Schon jetzt bin ich reif für einen sechsstündigen Mittagsschlaf und einen neuen Kopf, um meinen Brummschädel zu ersetzen, der gerade zu zerspringen droht. *Großartig, Lila.* Was habe ich da nur getan? Vielleicht sollte ich Flora doch nur für eine Woche hier arbeiten lassen. Das würde sicher auch schon eine Wirkung erzielen. Und es würde mich davon abhalten, mit voller Reyes-Rage auf eine Fünfzehnjährige loszugehen.

Ich backe Süßes, aber innerlich bin ich mehr Salz, dank einer durchwachten Nacht des Hin- und Herwälzens nach der aufwühlenden FaceTime-Session gestern Abend.

Die Hintertür quietscht. Ich drehe mich um und fange Orions Lächeln ein, bevor er seine Schwester entdeckt.

»Respekt, Pink.« Er geht auf die Spüle zu. »Wie war dein erster Tag in der Küche?«

Mein Herz zieht sich zusammen – sein aufmunterndes Lächeln, der Anflug von Neugier, der seine Augen leuchten lässt. Das ungute Gefühl, ihn hintergangen zu haben, kann ich immer noch nicht ganz abschütteln.

»Okay«, antwortet sie achselzuckend. Doch dann erinnert sich Flora Maxwell schlagartig daran, dass sie sich besser verkaufen sollte. Sie wirft ihrem Bruder ein schiefes Lächeln zu. »Ich habe den Zuckersirup für einen Kuchen gemacht. Und wir haben Brotteig gemischt, die Zutaten abgewogen und all das. Dann haben wir noch einen Obstteller mit einer Vanillecremesoße zum Eintunken gemacht.«

Ich hatte das Frühstücksangebot absichtlich einfach gehalten. Keine aufwendigen Zimtschnecken oder anspruchsvollen französischen oder kubanischen Brote. »Dein Sport-Snack.« Ich deute auf den Teller, den wir für Orion zur Seite gestellt haben.

Seine Augen funkeln, als er eine Melonenscheibe in die Vanillecreme tunkt. »Köstlich«, sagt er zu Flora. »Ich find es wirklich toll, dass du das hier machst. Und Dad auch.«

Ein winziges bisschen von Floras Lächeln ist vielleicht sogar echt.

Ich seufze, während ich meine Arbeit zu Ende bringe. »Flora, du kannst jetzt gehen. Ich mach den Abwasch fertig.«

Sie trocknet sich die Hände ab. Dann löst sie die Bänder ihrer Schürze und reicht sie mir. Unsere Blicke treffen sich in einem stillen Einverständnis über zwei Wahrheiten: Sie will eigentlich nicht hier sein. Aber ich habe Informationen, die sie für wichtig genug hält, um trotzdem hier zu sein. Meine dritte Wahrheit verschließe ich in mir, aber ich hoffe, dass sie in meinem abgespannten Gesicht ein wenig durchscheint. *Ich werde dich nicht aufgeben.*

»Du hast das echt gut gemacht heute«, lobe ich sie. »Wir sehen uns dann Mittwoch?«

Sie zuckt mit den Schultern. »Mittwoch.«

»Und ich sehe dich später im Laden«, fügt Orion hinzu.

Als wir allein sind, schnappt sich Orion noch mehr Obst mit Vanillecreme, während ich mich zur Spüle schleppe. »Wie hat sie sich wirklich angestellt?«, fragt er.

Ich will ihm erklären, dass sie null Ahnung hat. Aber dann würde er sich furchtbare Vorwürfe machen. »Kochen und Backen braucht Übung. Sie wird schon noch dahinterkommen.«

Meine Hände haben Floras im heißen Spülwasser abgelöst. Schrubben und Wischen. Schäumen und Spülen. Und noch mal. Doch alles Schrubben kann die FaceTime-Session und den Anblick einer graffitibeschmierten St-Cross-Mauer nicht aus meinen Gedanken löschen.

»Lila. Was ist denn los?«

Ich kann es ihm noch nicht sagen, und mein selbst auferlegtes Schweigen schmerzt ebenso sehr wie das, was ich verschweige. Wieder halte ich mich an das, was der Wahrheit entspricht. »Ich bin völlig erschossen. Hab furchtbar schlecht geschlafen.«

»Hm, ich kann zwar nicht backen, aber Umarmungen sind meine Spezialität.«

Ich nicke, und er zieht mich an sich, mit schaumigen Händen und allem. Ich verschmelze mit Orion Maxwell wie Zucker in einer Mischung aus Butter, Ei und Vanille. »Deine Umarmungen sind die allerbesten.« Er lacht glucksend und ich atme seinen Duft ein. Regen und Äpfel und eine natürliche seifige Note.

Ich vergrabe mich noch tiefer in seinen Armen, wenn das überhaupt möglich ist. Seine ruhige Stärke verdeckt alles Düstere in mir – die Geheimnisse, die ich nicht verraten darf, und jenes, das ich vor mir selbst verberge. Meine verborgene Wahrheit wird zu einer Frage: Muss das hier wirklich aufhören? Albern. Lächerlich. Unmöglich für ein Mädchen, das nach Miami gehört.

»Ich helfe dir, das Geschirr wegzuräumen, bevor wir versuchen, deine furchtbare Nacht auf Winchesters Joggingpfaden abzuschütteln. Und dann nehme ich dich noch mal mit in den Laden und koche dir einen Tee, bevor du zum Wochenmarkt gehst.« Orion macht einen Schritt zurück und streicht meine Haare unter mein Stirnband, bringt meine Frisur in Ordnung.

Bringt noch so viel mehr in Ordnung.

Es ist keiner von den grünen. Mein Lieblingstee, meine ich. Nach dem Joggen sitzen Orion und ich bei Maxwell's an der Verkostungstheke, vor uns drei winzige asiatische Teetassen.

»Immer noch nicht?«, fragt er, als er mir als Letztes eine Tasse grünen Silbernadel-Tee eingeschenkt hat. Eine Delikatesse – vollmundig und grasig.

»Ich mag diese Tees, besonders den mit Jasmin. Ob ich ihn allerdings als meinen Lieblingstee bezeichnen würde … Das ist schon ein ziemliches Commitment. Aber ich bin sicher, wir finden ihn noch.«

Orions Lächeln wechselt zu seinem Dad, der gerade ein paar Kunden zur Tür hereinführt. Teddy nimmt die Bestellungen entgegen, während Mr Maxwell zu uns an die Theke kommt.

»Lila.« Wir begrüßen uns. »Danke, dass du Flora in der Küche mithelfen lässt. Mit ihrer Hilfe brauchst du für deine Aufgaben wahrscheinlich doppelt so lange, aber ich weiß deine Mühe sehr zu schätzen.«

Diese Mühe fühlt sich allmählich immer besser an.

»Ich mach hier nachher weiter«, sagt Mr Maxwell zu Orion. »Nimm dir ruhig den Rest des Tages frei.«

Eine gedrückte Stimmung breitet sich zwischen Vater und Sohn aus. Ich kenne Letzteren inzwischen gut genug, um das deutlich zu spüren. Irgendetwas stimmt da nicht.

»Das mache ich. Danke, Dad.«

Als wir wieder allein mit unserem Tee sind, frage ich: »Ist alles in Ordnung?«

Orion starrt in die Tasse mit dem Drachenbrunnentee, dem kräftigsten der drei Grüntees auf der Theke. »Also, bevor ich davon anfange, wollte ich noch sagen: Ich hab Dad von deiner Geschäftsidee erzählt. Du weißt schon, dass wir den Laden um einen kleinen Gastronomieservice erweitern sollten. Vielleicht ein paar Bistrotische hinstellen, damit die Leute einen Tee bestellen und dazu ein kleines Gebäck essen können.«

»Er ist nicht darauf angesprungen?«

Orion schüttelt den Kopf.

Als Mitbesitzerin eines eigenen Geschäfts kapiere ich das einfach nicht. In meinem Kopf ist die Antwort so eindeutig, liegt so klar auf der Hand. Mach diese eine Sache und dein Geschäft wird wachsen. Mach mehr, als auf demselben Level zu bleiben.

»Er würde es schon gerne machen und er sieht auch den Wert darin. Aber ich kann ihn im Moment nicht drängen, er schafft einfach nicht mehr als das Minimum. Das Leben verlangt uns allen zurzeit eine Menge ab.«

»Okay.« Ich atme aus und lasse meine unfehlbaren Erfolgsideen, meine *eigenen* Vorstellungen, los. Ich könnte meine Ideen den ganzen Tag lang in die weißen Mauern meißeln und ich hätte recht. Aber Maxwell's ist nicht mein Geschäft.

»Wir haben gestern Mum besucht«, fügt Orion jetzt hinzu. »Sie kommt in Schüben, diese Krankheit. Manchmal stabilisiert sie sich für eine ganze Weile, dann geht es wieder bergab.« Er zieht den Kopf ein.

Oh. Meine Hand auf seiner. »Dann geht es ihr schlechter?«

»Das kann man wohl so sagen. Es war im Grunde das Nächste, womit wir gerechnet hatten, und na ja, nun ist es passiert. Sie hat komplett aufgehört zu laufen. Sie war schon seit einer Weile nicht mehr so mobil, aber diese Woche war es, als hätte ihr Gehirn einfach gesagt: ›Ich hab genug davon.‹« Winterkalte blaue Augen suchen meinen Blick, und bevor mir die besten oder richtigen Worte einfallen, sagt er: »Ich will dich etwas fragen. Und du weißt ja, dass ich es mir zum Prinzip gemacht habe, nie nach unmöglichen Dingen zu fragen. Aber in letzter Zeit habe ich das Gefühl, dass mein Wunsch vielleicht doch nicht so unmöglich ist.«

Alles. Dieses Wort springt aus meinen Gedanken. Ich wiederhole es laut.

Er verschränkt seine Finger mit meinen. »Würdest du einmal mit mir kommen? Bald? Mitkommen und meine Mutter kennenlernen, auch wenn sie dich nicht wirklich kennenlernen kann?«

Sein Vertrauen überwältigt mich. »Ja.«

»Gut. Dann noch eine Frage. Da ich auf meinen Dad hören

und den Rest des Tages freinehmen werde, würdest du ihn mit mir verbringen? Wir könnten aufs Land fahren oder so?«

Immer wieder Ja.

Nach meinem Wochenmarkteinkauf und einer kurzen Dusche holt Orion mich mit Millie ab. Wir setzen Helme auf und starten unsere bisher längste Tour durch Hampshire. Orion verspricht mir drei Dinge: etwas geradezu abartig Bezauberndes, eine älter-als-alte Überraschung und Fish & Chips.

Wir fahren weit durch eine ungleichmäßige Schachbrettlandschaft aus Grau-, Grün- und Brauntönen. Entlang der kurvigen Straßen grasen Kühe auf den Weiden, und als wir am Rande eines kleinen Dorfes anhalten, blinzelt die Sonne durch die Wolken. Orion parkt Millie in einer kleinen Seitengasse und versichert mir, dass mein schwarzer Trenchcoat in der Satteltasche sicher ist. Ich beschließe, der kühlen Nachmittagsluft Orions Wollpullover entgegenzusetzen. Es hat mich nicht einmal überrascht, dass Orion die vertraute Strickjacke zusammen mit meinem Helm als »Ausrüstung« für mich dabeihatte.

Wir gehen eine Zufahrtsstraße entlang, bis sie steil nach unten führt und wir in der Nähe einer Tunnelbrücke aus getünchtem Backstein herauskommen. Hier passen nur kleine Boote durch.

»Ist das die abartig bezaubernde Sehenswürdigkeit, die du mir versprochen hast?«

»Ein Stück weiter noch.« Orion greift nach meiner Hand und führt mich die letzten steilen Stufen hinunter. Grünzeug wuchert umher, so weit das Auge reicht, und es riecht nach Moos und verwelkten Blättern. Wir sind auf einem kiesbedeckten Leinpfad, der an einem schmalen Kanal entlangführt, dessen Wasser die Farbe von dunkler Jade hat. »Es ist wirklich abartig. Geradezu schäbig«, scherzt Orion, als wir gemütlich weitergehen. Wir sind am Basingstoke Canal, erklärt er mir. Hunderte von Jahren ist er alt und verbindet diese Region mit der Themse in London.

Ich merke mir das meiste von seinen Erläuterungen, genauso wie die eingestreuten historischen Fakten über die Hart-Region von Hampshire. Vor allem aber bin ich total perplex, dass wir – abgesehen von ein paar vereinzelten Touristen und Radfahrern in diesem grünen Urwald mit dem einlullend plätschernden Wasser – ganz allein sind. Reihenweise Bäume verneigen sich vor mir, bis sie mit ihren Kronen die Wasseroberfläche berühren. Ich bin ja in einem Land mit einer Monarchie, fällt mir ein. Warum nicht so tun, als sei ich eine Latina-Prinzessin mit einem Hofstaat von Bäumen, die vor mir in die Knie gehen? Als ich Orion diese Gedanken verrate, muss er mir schwören, dass er das nie einer Menschenseele erzählt.

Als wäre dieser verwunschene Weg am Wasser nicht schon märchenhaft genug, entdeckt Orion auch noch ein vorbeigleitendes Schwanenpärchen. »Guck mal, die beiden Schwäne! Aber komm ihnen lieber nicht zu nahe. Das sind erstaunlich angriffslustige Kerle.«

»Ich mag sie jetzt schon«, sage ich und zupfe Orion an der Jacke, damit er stehen bleibt. Ich will einfach eine Weile zusehen, wie sie im Kreis schwimmen, ihr Gefieder aufplustern und ihre kurvigen Hälse recken.

Ich gucke so lange zu, dass Orion mich schließlich in die Seite knufft. »Habt ihr keine Schwäne in Miami?«

»Doch, aber nicht diese Schwäne an diesem Ort.« Und nicht Orion, der sie mit mir beobachtet. In seiner abgewetzten Lederjacke sieht er so zu Hause aus in dieser Landschaft, als wäre er hier zwischen den Baumstämmen geboren worden. Würzig und holzig und stark.

»Stimmt. Aber was einen hier erwartet, ist besser als Schwäne. Für diejenigen, die wacker genug sind, ein paar Stunden Fußmarsch durch, äh, unwegsames Gelände auf sich zu nehmen.«

Ich fixiere ihn mit einem unbeirrten Seitenblick, bis ich losprusten muss und wir beide anfangen zu lachen. Nach einem anstrengenden Vormittag schmeckt das besser als eine Scheibe *Pan Cubano* mit schmelzender Butter.

Wir gehen weiter um die nächste Wegbiegung, doch plötzlich springt Orion einen Schritt voraus und fordert mich auf, auf seinen Rücken zu klettern. »Mylady, Eure Kutsche wartet.« Ein Huckepack-Angebot, das niemand ablehnen würde. »Nur noch ein Stück weiter, und wir kommen zu der älter-als-alten Überraschung, die ich angekündigt habe.«

Er beugt sich noch weiter vornüber und ich halte mich an seinen Schultern fest. Dann fasst er mich unter den Knien und zieht mich hoch. Ich halte mich fest, aber bald läuft Orion im Zickzack den Weg entlang, wie eine britische Version von Disneylands *Mr Toad's Wild Ride*. Er ignoriert meine gespielte Angst und wird erst langsamer, als ich mit der Faust auf seinen Rücken trommele.

»Okay, okay, ich bin ja schon brav. Wir sind sowieso gleich da. Jede Latina-Prinzessin sollte ihr Schloss haben, findest du nicht? Ich fürchte, Odiham Castle hat schon bessere Tage gesehen und wird nicht ganz deinen Anforderungen entsprechen. Aber es ist trotzdem ein ganz besonderer Ort.«

Als Orion mich am Ende einer weiteren Wegbiegung absetzt, klappt mein Unterkiefer herunter. Direkt vor uns ragt eine Burgruine aus dem Grün entlang des Weges. »Ist das wirklich ein waschechtes Castle? Direkt hier vor unserer Nase?«

Er führt mich zu einem kleinen Pfad. »Waschecht und von King John im Jahr 1207 als Jagdschloss erbaut. Wir befinden uns hier auf halbem Weg zwischen Winchester und Windsor, ein praktischer Standort.«

Eine Touristenfamilie kommt uns entgegen, als wir den Pfad zum Castle hinaufgehen. Ein breiter kreisförmiger Donut aus Gras umgibt das halb zerfallene Fort und dahinter steht in einem Halbkreis eine Reihe hoher Bäume Wache. Älter als alt – das stimmt. Das Einzige, was von dem Bauwerk übrig ist, sind die dicken Außenwände, und der verwitterte Stein erinnert an eine dunkelgraue c-förmig angelegte Anhäufung von Seekorallen. Es könnte auch eine Sandburg sein, denn es gibt keine scharfen Kanten mehr. Wir können direkt in die Mitte des alten Gemäuers treten und drehen uns langsam im Kreis. Ein paar Schilder beschreiben das Leben in der Burg und zeigen in Zeichnungen und Gebäudequerschnitten, wie das Castle vor Hunderten von Jahren ausgesehen hat.

Nach dieser Geschichtsstunde bin ich noch nicht ganz bereit weiterzugehen, noch nicht bereit für die besten Fish & Chips, die es nur wenige Fahrminuten von hier geben soll. Wir lassen uns neben Odiham Castle ins Gras fallen. Außer uns ist niemand hier, und es ist ganz still – abgesehen von dem leichten Wind, der über das Kanalwasser streicht, und dem geschwätzigen Zwitschern der Vögel.

Aber ich höre noch mehr. Wenn in diesen verfallenen Burgmauern Geister herumstreifen, flüstern sie mir Dinge ein.

Oder vielleicht bin es auch nur ich, die seit Tagen das gleiche Flüstern hört, und es ist jetzt endlich Zeit, zuzuhören. »Ich muss dir ein Geheimnis verraten.«

Er spielt mit einem Grashalm. »Dass du all diese kubanischen Köstlichkeiten gar nicht selbst gemacht hast?«

»Pah – das bestimmt nicht. Aber hier ist die Hintergrundgeschichte. Heute auf dem Wochenmarkt hat mir einer der Händler persönlich geholfen, die besten Paprikaschoten, Zwiebeln und Tomaten auszusuchen. Er wüsste ja, wie wählerisch ich sei, hat er gesagt. Und dann hab ich noch Mr Robinson getroffen, den Schlachter. Er hat mir erzählt, dass er diese Woche besonders gute Bio-Hühnchen reinbekommt, und gefragt, ob er mir ein paar der besten zurücklegen sollte.«

Orion zuckt mit den Achseln. »Das ist Winchester. So sind wir.«

»Und ich habe noch Dutzende weitere Beispiele. Die Menschen haben mich total herzlich aufgenommen. Und überall, wo mein Blick hinfällt, sieht es aus wie im Bilderbuch. Burgen und Kopfsteinpflaster, alte Dinge vermischt mit Neuem. Dann die Landschaft – eine solche Weite. Und nun habe ich auch noch vom Cordon Bleu erfahren und muss immer wieder an diesen Konditorei-Studiengang denken.«

Jetzt spiele ich auch mit den weichen Grashalmen herum. »Dabei wollte ich nicht einmal hierherkommen.«

»Ich weiß.«

»Aber jetzt bin ich ganz verliebt in England.« Und dahinter steckt auch ein gewisser Junge, der nach einem Sternbild benannt ist. Mein Herz schlägt zwar weiter, wenn er nicht bei mir ist, aber die Sehnsucht nach ihm pulsiert genauso in meinen Adern wie mein Blut. »Das ist mein Geheimnis.«

»Es ist mehr als bei einer Touristin, die ein Lieblingsreiseziel gefunden hat«, füge ich hinzu. »Es ist *Liebe*. Echte Liebe.«

Orion strahlt mich an. Aber wenn er Worte oder Antworten oder sogar noch mehr Fragen hat, überlässt er sie den Burggeistern. Und das ist auch okay. Alles ist okay. Heute will ich nichts als sein Lächeln. Und meines.

Also erzähle ich ihm den anderen Teil nicht. Dass es sich anfühlt, als würde ich meine eigene Stadt verraten, weil ich einen anderen Ort auf diese Art liebe. Ich lasse diesen Gedanken für einen kurzen Moment zu, so präzise, als würde ich die Zutaten für einen Kuchen abmessen. Dann beweise ich mir, dass ich doch gut darin sein kann, Dinge zu vergessen.

»Dein Geheimnis ist sicher bei mir, Lila Reyes«, sagt Orion schließlich, mehr zu den Burgmauern als zu mir.

Ich *weiß*, was ich fühlen sollte und was nicht. Wie bei Gemüse und Vitaminen weiß ich, was gut für mich ist. Aber heute werde ich etwas lieben, einfach, weil ich es tue. Ich werde einen Ort lieben, der so magisch ist, dass ich selbst an seine Zauberkräfte glauben könnte – die Luft, so klebrig süß wie Karamell. Ich konzentriere mich auf Orions Versprechen, mich in einem gemütlichen Pub zum Abendessen einzuladen, und auf meines, wieder Pommes von seinem Teller zu klauen. Und auf das Versprechen, das eine englische Sommernacht bereithält, wenn wir auf einem Oldtimer-Motorrad zurückfahren und der Wind unsere Gesichter kühlt wie geraspeltes Eis, das auf der Zunge zergeht.

Ich liebe England. Ich tue es einfach. Und wenn es eines gibt, was ich weiß, ist es, wie es sich anfühlt, sich zu verlieben.

Kapitel 23

Der Mittwoch steht ganz im Zeichen der Frucht-*Empanadas*. Flora hat sich auf der anderen Seite der Kücheninsel platziert und füllt die Teigtaschen. Ihre Aufgabe ist einfach: die Füllung auf die ausgestochenen Teigkreise geben, zuklappen und die Ränder mit einer Gabel herunterdrücken, dann mit Ei bestreichen.

Wir haben zwei süße Füllungen vorbereitet, aber die Gedanken in meinem Kopf kreisen um Bittersüßes. Montag – das waren Schwäne, eine zauberhafte Burg und köstliche Fish & Chips. Und ein Junge, der mir das alles gezeigt hat. Ich habe ihm ein Geheimnis verraten. England hat sich gewandelt – von einem Ort, den ich hassen wollte, zu einem Ort, den ich nicht verlassen kann, ohne mich gewaltsam loszureißen. Beim Castle habe ich mich geweigert, an diesen Teil zu denken, und mich einfach an all den anderen Dingen erfreut. Aber zwei Tage später ist dieser Gedanke des Sich-losreißen-Müssens wieder da, versteckt hinter meinem Herzen.

Das Piepsen des Küchentimers unterbricht meine Erinnerungen. Ich springe von der Spüle zum Ofen, um vier Honighaferbrote auf ein Abkühlgitter zu befördern. Und jetzt:

Empanadas-Time. »Holst du das Blech mit den Erdbeertaschen?«

»Okay.« Flora bringt die ungebackenen *Empanadas* von unserer Füllstation herüber.

Ich werfe noch mal einen prüfenden Blick darauf, bevor ich den Ofen seinen Zauber entfalten lasse. »Sehr schön. Davon mache ich immer ein paar mehr. Diese Sorte mögen die Gäste besonders.« Die Mini-Halbmonde sind gleichmäßig geformt – perfekt. Vorhin habe ich Flora genauso angelernt, wie Abuela es mit mir gemacht hat: Ich mache ein paar, dann machen wir ein paar zusammen, dann machst du ein paar.

Ich stelle mich auf die Zehenspitzen und versuche abzuschätzen, wie weit sie an ihrer Workstation vorangekommen ist. »Hast du die Blaubeertaschen auch schon fertig?«

Sie nickt mit einem matten Lächeln. »Nur noch ein Blech.«

Weil Flora die ersten zwei Dutzend so gut hinbekommen hat, habe ich ihr die Blaubeertaschen allein überlassen und in der Zwischenzeit einen Topf kubanischen Vanille-Zimt-Pudding gekocht und kalt gestellt. Ich wische mir die Hände ab, dann drehe ich mich zu dem Gestell um, auf das sie die fertig gefüllten *Empanadas* gelegt hat. »Dann zeig mal her, deine Mini-Meisterwerke«, sage ich und ziehe ein Blech mit zwölf *Empanadas* heraus. Entgeistert starre ich auf die Teigtaschen. Mein Magen zieht sich zusammen, als ich hastig das andere Blech herausziehe. »Flora, was ist denn hier passiert?«

Zwei Dutzend der *Empanadas* sind nicht einmal ansatzweise gleichmäßig verschlossen. Bei der Hälfte von ihnen ist der Teig sogar so unsauber zusammengeklappt, dass er nicht an die unteren Ränder heranreicht und die Füllung auf das Backpapier tropft. Einige quellen über, andere haben viel zu wenig Füllung. Und dann die Eistreiche! Total ungleichmäßig, und dann hat sie noch eklige Zuckerklumpen daraufgestreut. Die kann ich nicht anbieten.

»Das verstehe ich nicht. Ich hab doch selbst gesehen, wie du die Erdbeertaschen gemacht hast.« Und außerdem war ich extra früh aufgestanden, um schon mal den Teig für das Honighaferbrot anzusetzen, bevor Flora kam. So hatte ich später mehr Zeit, um ihr noch ein paar Grundkenntnisse beizubringen. Wir haben geübt, wie man nasse und trockene Zutaten einheitlich abmisst und verschiedene Arten von Messern benutzt. Ich dachte, sie würde sich allmählich wirklich dafür interessieren.

Flora bindet sich die Schürze ab. »Ich hab dir doch gesagt, dass ich das nicht kann. Ich bin dir in der Küche nur ein Klotz am Bein.«

Sie späht in den Ofen, wo die kleinen Erdbeerteigtaschen zum Leben erwachen. »Wenigstens die und das letzte Blech mit der Blaubeer-Sorte kannst du aufs Buffet legen. Ich meine, das müsste doch eigentlich reichen.«

Espérate. Jetzt rieche ich den Braten. Ich erinnere mich an das, was Jules neulich Abend über Flora gesagt hat.

Sie vergisst immer wieder, dass etwas, das sie heute tut, Auswirkungen auf morgen haben kann.

Flora hat das hier mit Absicht gemacht, damit ich unseren Deal platzen lasse. Sie hat eine einfache Fluchtmöglichkeit gesehen, aber keinen Gedanken an mich oder das Gasthaus verschwendet. Es wäre so einfach, ihre Schürze zu nehmen und sie rauszuschmeißen, aber auch diesmal erkenne ich mich selbst in ihrem Verhalten. So etwas hätte ich wahrscheinlich auch getan – nein, nicht in der Küche, aber dieser Trick könnte genauso gut aus Lila Reyes Handbuch *Wie man Situationen zu seinem Nutzen manipuliert* stammen.

Ich bin in Versuchung, ihr spöttisch zu applaudieren – *bien hecho*, Flora. Gut gemacht. Doch weil ich dieses Spielchen so gut kenne, muss ich nicht lange überlegen, was jetzt zu tun ist. Das einzige Problem ist, dass ich dabei einiges aufs Spiel setze: meinen Ruf.

Bevor ich es von Anfang bis Ende durchdenken kann, tue ich es. »Hm, nein, wir haben nicht genug. Alle Gästezimmer sind belegt, viele mit Familien. Und die Gäste wollen meistens mehr als eine Teigtasche.« Ich stoße einen resignierten Seufzer aus. »Ich hab keine Zeit, noch mehr *Empanadas* zu backen, also müssen wir einfach die servieren, die du gemacht hast.«

»Du willst die wirklich anbieten?« Sie starrt mit offenem Mund auf das Blech. Begreift sie erst jetzt, wie furchtbar sie aussehen?

»Ich hab keine andere Wahl.« Ich mache ihr ein Zeichen. »Und jetzt binde deine Schürze wieder um, denn wir müssen noch ein paar Butterplätzchen machen, für später zum Nachtisch.«

»Du meinst, du willst mich nicht loswerden?«

Ich versuche ein unbeeindrucktes Gesicht aufzusetzen. »Loswerden? Natürlich nicht. Jede Bäckerin vermasselt mal was. Und du hast doch gerade erst angefangen. Mach dir keine Vorwürfe.«

Dreißig Minuten später sind die Albtraum-Teigtaschen im Speisesaal. Ich wasche meine Hände, in Unschuld und in Spülwasser, während Flora sich über die Kücheninsel beugt und den unglückseligen Vormittag von der Arbeitsplatte schrubbt.

Cate kommt herein. »Lila, kann ich mal kurz mit dir sprechen?«

Ich nicke, während meine Gedanken zu dem vorauseilen, was jetzt kommen wird.

»Geht es dir gut?« Cate legt den Kopf schief und beäugt mich neugierig.

»Jaja, nur müde. Ich kann in letzter Zeit so schlecht einschlafen.« Was ja auch stimmt. Das Durcheinander in meinem Kopf und Herzen beeinträchtigt mittlerweile auch den Rest von mir und hält mich länger wach, als für eine Bäckerin ratsam ist.

»Ah. Ich frage nur wegen der Frühstücks-Teigtaschen.« Sie runzelt die Stirn. »Die waren heute so ganz anders als das, was wir sonst von dir gewohnt sind. Makellose, konstante Qualität.«

Autsch. Ich werfe einen verstohlenen Blick zu Flora. Sie steht wie erstarrt da und umklammert mit der Hand ihre Scheuerbürste. Ich könnte die Schuld von mir weisen, sie dorthin schieben, wo sie hingehört, aber da kommen mir Orions Worte wieder in den Sinn. Flora driftet wieder ab, ist flatterhafter als je zuvor. Egal, ob diese kleine Sache, die ich jetzt tun werde, einen Unterschied machen wird – Orions Familie ist es wert, dass ich jetzt den Kopf hinhalte. Aber nur dieses eine Mal. *Das* wird in meiner Küche nicht noch mal passieren. Ich stoße kurz die Luft aus. »Du hast recht. Tut mir leid wegen der Blaubeertaschen. Es war meine Schuld. Ich war nicht ganz bei der Sache.«

Cate streicht mir über die Schulter. »Ich verstehe, Lilita. Es ist nur – unsere Belegung war seit Monaten nicht mehr so gut. Wir sind bis in den September ausgebucht! Gestern habe ich gehört, wie der Herr aus Zimmer sechs von deinem Essen geschwärmt hat. Nur deshalb hat er die Familie seines Bruders überzeugt, hier zu übernachten statt in einem Hotel im Stadtzentrum. Und unser Rating auf dieser TripTell-Website ist noch nie so hoch gewesen. Allein die Kommentare über den Afternoon Tea! Was du hier machst, ist wichtig für uns – vergiss das nicht.«

»Das werde ich nicht.«

»Gut.« Sie reckt den Hals. »Und, Flora, ich bin ja so froh, dass Lila sich hier etwas Hilfe geholt hat.«

Flora sieht sie mit großen Augen an und nickt nur.

An der Schwingtür bleibt Cate noch einmal stehen. »Ich werde Spence sagen, er soll dir heute Abend mal einen Kurkumatee mit Kokosmilch machen. Danach schläfst du wie ein Stein.«

Als ich wieder an der Spüle stehe, kommt Flora zu mir, die Lippen fest aufeinandergepresst. »Du kannst gehen. Ich erledige den Rest«, sage ich zu ihr.

»Ich … du hast deinen Kopf für mich hingehalten. Warum?«, fragt sie, den Blick auf den Fußboden geheftet.

Ich stelle eine Glasschüssel auf das Abtropfgestell. »Ich trage die Verantwortung für das, was in dieser Küche passiert.«

»Aber –«

»Orion kommt gleich, um mit mir zu joggen.« Ich wende mich wieder meinem Abwasch zu. »Ich habe ihm eine der Erdbeer-*Empanadas* aufgehoben, die wir zusammen gemacht haben. Die mag er besonders gerne, er wird begeistert sein.« Ich sehe Flora direkt ins Gesicht. »Also. Freitag dann?«

»Äh, okay. Freitag.«

»Was soll das heißen, du hast Andrés Millan gesagt, er soll mal lockerlassen und sich eine Weile nicht melden? Und wie lange ist eine Weile?«

»Argh. Scheiße. *Argh.*« Ich bin sicher, Pili kann mich auf dem FaceTime-Bildschirm ihres Laptops auch noch sehen, als ich mich mit dem Gesicht zuerst auf mein Bett fallen lasse. »Ich weiß auch nicht«, murmele ich in meine Bettdecke. »Ich weiß überhaupt nichts mehr im Moment.«

»Lila.«

Ich zwinge mich, meinen Kopf zur Seite zu drehen, immer noch bäuchlings auf dem Bett.

»He, hier geht es um Andrés«, stellt sie klar. »Den Kerl, wegen dem du im Tiefkühlraum geheult hast! Und er hat womöglich seine Meinung geändert?«

Ja, es geht um Andrés und dieses *wir*, das für so viele Jahre eine feste Konstante in meinem Leben war. Schreibt es auf die Fahnen, hisst sie hoch über West Dade. *Andrés Millan & Lila Reyes forever.* Aber in dem Moment, als ich erfahre, dass Andrés vielleicht wieder mit mir zusammenkommen oder zumindest darüber reden will, sage ich ihm, er soll mich nicht mehr anrufen?

»Du siehst irgendwie anders aus«, sagt Pilar nachdenklich. Ein wehmütiges Lächeln umspielt ihre Lippen.

»Wie anders?« Ich strecke meinen Arm aus und betrachte die Unterseite. »Blasser?« Ich greife nach einem Büschel meiner Haare, die ihren so ähnlich sind. »*Mira*, keine sonnenblonden Strähnen wie zu Hause.«

»Die Schwester, die ich kannte, hätte jetzt unaufhörlich angerufen, getextet, gefacetimed und Hilferufe an den Himmel schreiben lassen, um unbedingt früher nach Hause zu kommen.«

»Ach ja, und was würde sie sonst noch machen? Die Lila, die du kanntest?« Wie hat Pili mich wirklich all diese Jahre gesehen, nicht so sehr als Schwester, sondern einfach als Person?

Pilar kichert ein bisschen. »Lass mich mal überlegen. Du würdest wahrscheinlich nach Gables eilen. Andrés mit Küssen überhäufen. Ihn dazu bringen, dich wieder zu seiner Freundin zu machen.«

Ihn dazu bringen. Und es stimmt genau, was sie über das Mädchen sagt, von dem sie sich am Flughafen verabschiedet hat. Ich starre meine Schwester an – sie ist ein Teil von mir, den ich unglaublich liebe. »Pili«, sage ich stockend, »es wird gerade etwas milder hier. Aber ich hab schon all die warmen Sachen getragen, die du mir mitgegeben hast. Ich vermisse dich.«

»Ich vermisse dich noch mehr. Ich vermisse uns.«

Ihre Worte treffen mich wie ein Messer ins Herz. Wie ein Magnet zieht sie mich zu sich, zieht mich nach Hause. *Las Reyes*, Lila und Pilar. Unser Plan, mit unserer Bäckerei die Welt zu erobern, erstrahlt so hell und lebendig wie eh und je, in meinen Augen und meinem Herzen. So einfach, so mühelos – das ist meine Zukunft, wie sie schon immer feststand.

»Ich kann nicht einfach so zu Andrés zurückrennen«, sage ich. Dafür ist mir mein Herz zu wichtig. »Diesmal kann ich es nicht überstürzen. Du verstehst nicht, wie viel in mir zerbrochen war.«

»Ach nein? Bist du da so sicher?« Eine schwesterliche Ahnung huscht über ihr Gesicht, auch über siebentausend Kilometer.

»Danke«, sage ich versöhnlich, »dass ihr mich dazu gebracht habt, hierherzukommen.«

Pilar stößt einen langen, langsamen Atemzug aus. »Ich sag's ja. Anders.«

Kapitel 24

Ich koche wie verrückt. Die Arbeit erdet mich. Das Schnippeln von Gemüse und das Köcheln von Zwiebeln mit Butter, Milch und Mehl für eine Béchamelsoße. Heute verwende ich nichts aus der Dose, schäle und dünste meine eigenen Wochenmarkttomaten für die Soße, koche Knochen und Kräuter für Hühnerbrühe.

In meiner Schürzentasche vibriert mein Handy. Keine Textnachricht, sondern eine E-Mail. Als ich sehe, wer sie geschickt hat, zieht sich mein Herz zusammen. Stefanie.

> Liebe Lila,
> ja. Wir sollten reden. Ich ruf dich bald an,
> versprochen.
> Stef

Nun, das ist ja schon mal etwas. Ein erster Schritt, wenn auch nur ein Tippelschritt. Wird sich unser erstes richtiges Gespräch anfühlen, als würden wir über Glassplitter laufen oder mitten in einem brennenden Zimmer sitzen? Dutzende von Klischees kommen mir in den Sinn, aber ich muss mir in Erinnerung rufen: Wir können das schaffen. Wir können uns wiederfinden, auch wenn wir uns am Anfang auf alles zurückbesinnen müssen, was wir jahrelang waren.

Die Hintertür öffnet sich knarrend und schlägt wieder zu. Normalerweise ist es Orion, aber an diesem Nachmittag kommen Jules und Flora in meine Küche, ganz ins Gespräch vertieft.

»Klar, Nicks ist cool. Legendär.« Flora bewegt ihren Zeigefinger hin und her. »Aber Benatar erst. Die hat sogar ein klassisches Studium an der Juilliard absolviert! Und das merkt man auch an der Spannweite ihrer Stimme.«

»Ich weiß, was du meinst«, räumt Jules ein. »Aber Nicks hat doch die Rockmusik der Achtziger praktisch erfunden.«

Ich rühre die Brühe um. »Äh, hallo?«

»Sorry, Süße«, sagt Jules. »Okay, vielleicht kannst du unseren Streit schlichten. Unangefochtene Queen des Eighties-Rock – Stevie Nicks oder Pat Benatar?«

»Die Frage solltet ihr besser meiner Schwester stellen«, erwidere ich. »Die kennt sich aus mit Platten.«

Jules sieht sich in der Küche um und schnuppert. »Mein Gott, Lila, so muss es im Himmel duften.«

»Himmlischer Genuss ist immer mein Ziel. Aber hat Orion euch nicht gesagt, dass es um sieben losgeht? Ihr seid etwa vier Stunden zu früh.«

»Das ist meine Schuld«, gesteht Flora. »Wir sind auf dem Weg in die Stadt, und ich glaub, ich hab heute Morgen meine Sonnenbrille hier liegen lassen.«

Ich nehme die fertige Brühe vom Feuer und deute mit meinem Holzlöffel auf die gegenüberliegende Arbeitsfläche. »Hab ich dort hingelegt. Außerhalb des Tomatenspritzbereichs.«

Während Flora ihre Sonnenbrille holt, späht Jules über meine Schulter. Auf allen Herdplatten köcheln Soßen, Bouillons und Füllungen.

»Wir freuen uns schon total auf heute Abend. Remy auch. Wenn wir sonst zum Abendessen eingeladen werden, gibt es meistens Pizza oder ein Take-away vom Fish-&-Chips-Shop.«

Ich reiße die Arme hoch, als sei ich tödlich verwundet worden.

Jules lacht. »Ich koche selbst auch nicht viel. Meine Mum kocht ganz ordentlich, außerdem schnorren Rems und ich natürlich im Pub ständig was zu essen.«

»Dafür kochst du Songs, Jules.«

»Stimmt. Aber es wäre schon cool, ein paar Tricks zu lernen.«

Küchentricks sind *meine* Musik. Ich lege meinen Kochlöffel zur Seite. »Ihr könntet ja hierbleiben und mit mir kochen.«

»Unterricht von der Küchenchefin?« Jules strahlt und wendet sich an Flora. »Was meinst du? Kaffee trinken und durch Victorias Laden stöbern können wir doch jeden Tag. Lila ist bald nicht mehr hier.«

Die melancholischen Worte versetzen mir einen kleinen Stich, aber ich denke sowieso die ganze Zeit daran. *Ich weiß, ich weiß.*

Flora schiebt einen Teller mit übrig gebliebenen Zitronenplätzchen in Jules' Richtung. Ich halte immer ein paar Kekse bereit, um einen gewissen Teehändler zu beköstigen. »Probier mal einen. Ich hab dabei geholfen, die zu backen.«

Jules beißt in einen der knusprigen Kekse und tut so, als wollte sie den ganzen Teller verputzen.

»Klar«, stimmt Flora zu. »Wir bleiben hier und helfen.«

Nachdem ich die Aufgaben erklärt und verteilt habe, positioniere ich meine Souschefinnen mit Schürzen und gewaschenen Händen an der Kücheninsel. Wir drehen Achtziger-Rockmusik auf, während Flora Kartoffeln schält und Jules Gemüse schnippelt wie ein Profi.

Cate kommt in die Küche spaziert. »Lila, du hast doch von *Arroz con pollo* gesprochen, nicht von einem halben kubanischen Kochbuch.«

Ich winke sie zu mir. Sie steckt ihre Nase in den Topf mit blubberndem Milchreis. »*Arroz con leche* auch noch?«

»Und *Papas rellenas* und *Croquetas de jamón.*«

Cate holt sich einen Hocker. Sie beobachtet mich schweigend, aber ich kann die Gedanken, die ihr durch den Kopf flitzen, geradezu sehen. »Bevor du geboren wurdest – lange bevor Spencer und ich uns kennenlernten –, haben deine Abuela und dein Abuelo mich oft zu einem Abendessen wie diesem eingeladen. Ständig. Deine Mutter wusste eine Menge darüber, aber kubanisches Essen in Miami – das war Abuela. Ihre alte Küche war klein wie eine Schuhschachtel, aber sie hat jedes Eckchen genutzt. Dieser Duft, Lila – genau wie jetzt. Ich bin ihm hierher gefolgt. Die Gäste werden staunen, wenn sie beim Abendessen sitzen.«

Der kubanische Sirenengesang.

»Wenn ich meine Augen schließe, bin ich wieder in Miami«, fährt Cate fort. »Die Klimaanlage ist kaputt und wir triefen alle vor Schweiß, während hinter uns die Ventilatoren brummen und nur noch von unserer Musik übertönt werden.« Sie presst die Hände an ihr Herz. »In ihrer Vorstellung hätte deine Abuela Lydia in der größten Luxusküche stehen können. Und noch mehr als ich wollte sie jeden mit ihrem

Essen beglücken. Wenn ihre Nachbarn eine harte Zeit durchmachten, brachte sie ihnen *Pan Cubano* und einen Topf *Caldo de pollo*.«

Die Erinnerungen kleben wie süßer Sirup an meinen Gedanken, als ich den Blick hebe. Flora und Jules haben aufgehört zu schnippeln und hören fasziniert zu. *Das* ist mein Miami, meine Geschichte. Das bin ich. »Bleib doch«, sage ich zu Cate. »Du kannst mit uns kochen.«

Cate antwortet mit einem Grinsen und nimmt sich eine Schürze.

Meine kubanischen Verwandten kamen von einer kleinen Farm in der Nähe von Cienfuegos – wörtlich: Einhundert Feuer. In der Küche des Inns ist es jetzt fast genauso heiß, so sehr dampft und qualmt es hier. Ich zeige den Mädels, wie man Hühnerfleisch schneidet, und mache mich dann mit Flora daran, das Geschnetzelte für *Arroz con pollo* in einer gusseisernen Pfanne anzubraten. Cate und Jules geben gewürztes Rinderhack in eine Hülle aus Kartoffelbrei, den Jules gekocht und gewürzt hat. Zuerst beobachten die beiden meine Handgriffe, dann übernehmen sie es, die Mischung zu Bällchen zu formen. Als Nächstes wenden sie die Masse für die Schinken-*Croquetas* in den Semmelbröseln. Wir werden die Kroketten dann kurz vor dem Essen frittieren.

»Du musst das Gemüse immer wieder umrühren, damit es nicht anbrennt«, erkläre ich Flora.

Pflichtbewusst wendet und rührt Flora den Pfanneninhalt. Dann lasse ich sie den trockenen weißen Reis hinzugeben, die Brühe und schließlich das *Bijol*-Gewürz. »Ist das richtig, dass jetzt alles gelb wird?«, fragt sie.

»*Arroz con pollo* muss diese Farbe haben. Wie Safran. Und dieses Gewürz gibt dem Ganzen auch noch mehr Geschmack.« Ich rühre die Mischung noch einmal um. »Pass auf – es kocht schnell auf. Wenn es zu sehr zu blubbern anfängt, weißt du, dass es Zeit ist, die Temperatur zu einem Köcheln zu reduzieren und den Deckel draufzutun. Übernimm du mal – ich muss nach unserem Milchreis gucken.«

Flora reckt einen Daumen in die Höhe.

Als die Kartoffel-Fleisch-Bällchen und Schinkenkroketten fertig sind, holt Cate vier Colas herbei. Ich werfe ihr einen wissenden Blick zu, als sie eine Limette schneidet und auf den Rand jedes Glases eine Scheibe steckt.

»Cola mit Limette?«, fragt Jules skeptisch.

»Eine Miami-Spezialität. Probier mal«, antwortet Cate.

»Oh, gar nicht übel. Spritzig.« Jules bewegt ihre Schultern zu ihrem eigenen Rhythmus und nippt noch einmal. »Gibt einem gleich die Florida-Vibes.«

»Also wenn du echte Miami-Vibes willst, musst du Miami hören«, sage ich zu ihr. »Lassen wir mal die Achtziger und drehen ein bisschen Salsa auf.«

»So viele durchtanzte Nächte«, schwelgt Cate in Erinnerungen. »Ich weiß noch, wie Mami und ich mit unseren Freunden die Clubs unsicher gemacht haben.«

Ich verbinde mein Smartphone mit meinem Bluetooth-Lautsprecher und drehe kubanische Musik auf. Nachdem wir unser Abendessen so weit vorbereitet haben, dass es zugedeckt vor sich hin köcheln kann, macht Flora einen Schritt vom Herd weg und nimmt sich einen Drink. Ihr Nacken und ihr Gesicht sind gerötet von der Hitze der brodelnden Töpfe. Aber sie lächelt.

»Diese Musik!« Jules' Augen strahlen vor Begeisterung. »Diese Polyfonie, Trommelklänge und Rhythmen sind fantastisch. Das klingt wie ein tropisches Urlaubsparadies und eine bunte Straße mit Händlern und …«

»Was?«

»Ich weiß, das ist seltsam, aber die Musik klingt, wie dieses Essen duftet. Würzig und sexy.«

Ich stoße die Mitbesitzerin des Inns an, die heute ganz anders ist, als ich sie in all diesen Wochen erlebt habe. Viel weniger Cate Wallace aus Winchester. »Catalina, wir müssen ihnen den Tanz zeigen.«

»Ja, bitte!« Jules packt Flora am Ellenbogen. »Bringt uns Salsa bei.«

Und das machen wir. Es sieht wahrscheinlich total albern aus, aber wir schaffen es, ihnen die Grundschritte beizubringen. »Das ist es, *chicas*«, rufe ich. »Pause auf dem vierten und dem achten Beat. Den Fuß über den Boden schwingen, nicht absetzen.« Wir demonstrieren, wie Hüfte und Schulter gehalten werden. Wie man jede Bewegung perfektioniert, sie abschließt. Flora macht sich gut, doch Jules hebt den Salsa-Unterricht auf ein anderes Level. Aber warum überrascht mich das?

Jules kann nicht anders, als mit ihrer wunderbaren Stimme in die Songs einzustimmen. Mit geübtem Ohr schnappt sie die spanischen Liedzeilen auf und singt im Einklang mit den Interpreten eine zweite Stimme. Sie ist wirklich großartig, meine Freundin.

Mein Blick geht zur Tür. Die Jungs sind aufgetaucht. Alle drei sind sie dabei, Fotos zu machen oder uns zu filmen. Und alle drei haben sie dieses selbstgefällige Grinsen auf dem Gesicht. Wie lange stehen sie schon da?

»Keine Ahnung, was zum Teufel hier abgeht«, stellt Remy fest. »Aber eines Tages, wenn Jules berühmt ist, wird dieses Video viral gehen.«

Jules stürzt schon zu ihm hinüber und versucht ihm sein Telefon wegzuschnappen.

Gordon sieht bei alldem ein bisschen schockiert aus. Liegt es daran, dass er diese neue Seite seiner Mutter und ihren formidablen Hüftschwung erst mal verarbeiten muss? »Mir fehlen die Worte.«

»Na, das kommt nicht oft vor«, sagt Cate und strubbelt ihm durch die Haare. »Ich geh jetzt nach oben. Kannst du deinem Dad und mir unsere Portionen bringen, wenn Lila später das Essen serviert?«

»Klar, Mum.«

Cate dreht sich in der Schwingtür zur Diele noch mal um und fängt meinen Blick ein. Sie presst kurz ihre Finger auf ihre Lippen und an ihr Herz, dann verlässt sie die Küche.

Ich erwische Orion dabei, wie er in den Topf mit dem *Arroz con pollo* späht und das Fingerfood auf der Anrichte beäugt. Als ich auf ihn zukomme, zieht er mich kurz in seine Arme. Nach Stunden des aufgedrehten Herumalberns beruhigt sich mein Atem.

»Jetzt hab ich aber echt ein schlechtes Gewissen. Ihr habt hier geschuftet, und alles, was wir mitbringen, sind ein paar Flaschen billiger Wein und etwas Bier.« Er deutet auf Remy, der Rotwein und ein paar Bierflaschen auf die Anrichte stellt.

»Aber es gibt doch bestimmt noch ein paar Last-minute-Aufgaben, bei denen wir noch mit anpacken können, oder?«

»Mehr als ein paar.« Ich zupfe spielerisch am Ärmel seines

verblichenen Band-T-Shirts. »Und ein schlechtes Gewissen ist nicht erlaubt. Die Arbeit in der Küche ist doch mein Ding. Meine Leidenschaft.«

Er lächelt und streicht sanft mit dem Finger über mein Gesicht. »Du hast Mehl auf der Nase.«

»Wahrscheinlich nicht nur auf der Nase.« Ich sehe auf meine enge Jeans und mein schwarzes Tanktop unter meiner Schürze hinunter. »Ich muss total abgewrackt aussehen.«

»Nee.« Er hebt mein Kinn mit seinem Daumen und sieht mich mit einem versonnenen Lächeln an. »Du bist immer wunderschön.«

Oh. Das hat er noch nie gesagt. Schon viele Male habe ich es seinem Blick angesehen. Nur die Worte sind neu und mein Herz schlägt nicht mehr ruhig. Wir sind wieder bei aufgedreht. »Schenkst du mir was von dem billigen Wein ein, den du mitgebracht hast?«

Der Abend fängt mit diesem ersten Schluck Wein an und wird lang, laut und köstlich. Remy ist durch seine Arbeit im Pub ein Profi an der Fritteuse. Die Schinkenkroketten und Kartoffelbällchen kommen golden und knusprig heraus und die Füllungen sind ein triefender, fettiger Genuss. Orion hilft mir, den *Arroz con pollo* zu servieren. Ein begeistertes »Oooh!« und »Aaah!« ist zu hören, als wir das Hühnchen zum Tisch bringen, angerichtet auf dem gelben Reis mit Erbsen, Paprika, Zwiebeln und herzhafter Soße.

Wir beugen uns alle über den Holztisch. Unsere Mägen füllen sich mit Essen und unsere Ohren mit Geschichten. Orion lässt sich von Gordon ein zweites Ale reichen und bietet mir auch eins an, aber ich bleibe bei dem roten Hauswein, den Remy aus dem Pub mitgebracht hat.

»Lila, hast du Ri denn schon mal besoffen gesehen?«, fragt Gordon. »Ich meine, total hacke?«

Bei diesem Gedanken und Orions finsterem Blick, den er seinem Kumpel zuwirft, muss ich grinsen. »Hm, beschwipst auf jeden Fall. Aber ich kann nicht behaupten, dass ich schon mal das Vergnügen hatte, ihn in sturzbetrunkenem Zustand zu erleben.«

»Tja, dafür braucht es auch mehr als zwei Bier«, wirft Remy ein. »Aber als einer der Eingeweihten kann ich bestätigen: Er ist *hinreißend*, wenn er besoffen ist.«

Orion schluckt den letzten Bissen seines tausendsten Kartoffelbällchens hinunter. »Halt die Klappe, Rem.«

»Ich denke ja gar nicht daran.« Remy kommt erst richtig in Fahrt. »Orion ist ein schläfriger Betrunkener. Das letzte Mal, als ich ihn so erlebt hab, war bei mir zu Hause.«

»Oh Gott, das weiß ich auch noch.« Jules kichert.

»Jaja.« Remy kippt seine Flasche. »Er hat auf meinem Sofa gefläzt und allen möglichen Scheiß vor sich hingemurmelt, bevor er total abdriftete. Einiges konnte man verstehen, anderes nicht. Wir waren uns nicht mal sicher, ob er wach war oder träumte.«

»Wichser«, murrt Orion mit einem gequälten Lächeln.

»Aber wir sagen die Wahrheit«, beharrt Gordon. »Nächstes Mal filmen wir dich.«

Die Witze und Sticheleien über meinen englischen Tourguide verstummen, als sich alle wieder dem Essen zuwenden. Es ist wohl ein gutes Zeichen, dass alle eine Weile still sind und nur hin und wieder ein Lob einwerfen oder um Nachschlag bitten. Als es »Pudding«-Zeit ist, bitte ich Flora, die Auflaufförmchen mit dem *Arroz con leche* zu holen.

»Ich muss noch meinen tüchtigen, Salsa tanzenden Gehilfinnen ein Lob aussprechen: Jules und Flora!« Auch meinen Worten hört man die drei Gläser Wein an, die ich inzwischen getrunken habe.

Jules und Flora verbeugen sich, als die Jungs applaudieren, und dann machen wir uns alle über den Milchreis her, eines der süßesten kubanischen Seelenfutter. Danach helfen alle beim Abwasch, und ehe ich michs versehe, bin ich allein mit Orion und den Essensresten, die wir in Plastikdosen verpacken. Ich stelle die Dose mit dem übrig gebliebenen Reis in den Kühlschrank und wirbele herum. Vielleicht etwas zu schnell.

Orion stand nicht direkt hinter mir, aber er ist blitzschnell zur Stelle und hält mich fest. »Langsam, langsam. Besoffen bist du nicht. Aber seit deinem zweiten Glas doch etwas mehr als beschwipst.«

Warm. Wunderbar warm. Meine Wangen und seine Arme und das Gefühl in meinem Kopf. Wie zur Bestätigung seiner Worte gebe ich ein herzhaftes Gähnen von mir.

»Okay. Ich wollte gerade vorschlagen, einen Film zu gucken, aber du schläfst ja im Stehen ein und musst morgen obendrein früh aufstehen. Wir haben ja noch viele Gelegenheiten für einen Filmabend.«

Haben wir das?

Sein Lächeln verändert sich mit jeder verstreichenden Sekunde – ein grübchenbreites Grinsen, ein schiefes Lächeln, dann nur noch ein leichtes Schmunzeln. »Aber das war *kein* einfaches Hühnchen mit Reis, sondern vielleicht das beste Essen, das ich je gegessen habe. Und Flora hier zu erleben, mit dir …« Er spricht nicht weiter. Muss er auch nicht.

»Ich weiß.«

»Schlaf jetzt. Aber pass auf, dass du morgen auf derselben Seite aus dem Bett steigst, auf der du reingestiegen bist, um das unheilvollste Unheil zu vermeiden.«

»Da kann man nicht vorsichtig genug sein.«

Orion zwinkert mir zu. »Gute Nacht.« Er drückt mir einen sanften Kuss auf die Stirn.

Dann geht er hinaus in den lauen Sommerabend und ich gehe mit meinen schmerzenden Füßen, meinem vollen Magen und meinen weinseligen Bewegungen nur noch die Treppe hinauf. Halb gedimmtes Licht empfängt mich, als ich die Wohnung erreiche. Der Anblick einer schemenhaften Cate in einem flauschigen Morgenmantel zieht mich zum plüschigen Sofa. Zwischen ihrem Daumen und Zeigefinger balanciert sie ein Weinglas und aus dem Fernseher dringt monotones Gemurmel.

Als sie mich sieht, rutscht Cate ein Stück zur Seite und klopft dann auf das Polster neben sich. Stellt den Fernseher leiser. »Ein Glas Wein? Spence ist noch mit ein paar Freunden unterwegs.«

Ich schnaube und lockere meine schmerzenden Gliedmaßen. »Noch ein Glas und die Gäste haben morgen nichts zu essen. Aber danke.«

»Gordon ist vor einer halben Stunde hochgeschlurft. Pappsatt und todmüde. Du warst unglaublich heute. Das Kochen und Tanzen und In-Erinnerungen-Schwelgen hat so viel Spaß gemacht.« Ich nicke, und sie fügt hinzu: »Und dass Flora bei dir arbeitet – das tut ihr richtig gut.« Sie schnipst gegen ihr Weinglas, lässt das Kristall klingen. »Ich kenne die Wahrheit über die missglückten Blaubeertaschen. Selbst im Schlaf würdest du keine *Empanadas* machen, die so aussehen.«

Ich zucke zusammen, dann hebe ich die Achseln. »Tja.«

»Lila«, fährt Cate mit belegter Stimme fort, »was du für Flora getan hast – das war das, was Abuela dir wirklich beigebracht hat, mehr als Brot backen oder *Pastelitos* machen oder wie man ein Geschäft führt.«

Meine Gedanken driften zurück zu diesem Abend. Die Worte und das Schweigen. Der Wein, die Freunde und das Essen. Der kleine Stromstoß, den Orions flüchtiger Kuss auf meiner Stirn auslöste. Das Salz in meinem Hals. Dieser Ort, den ich liebe und vielleicht verlieren muss. Ich gebe nach, schließe meine Augen.

»Ich hab gesehen, wie du die Website des Cordon Bleu in London studierst, während das Brot im Ofen ist. Es erinnert mich an Gordon, wenn er sich prachtvolle Wohnhäuser und Gebäude anguckt und seine Augen vor Staunen immer größer werden. Was es alles für Möglichkeiten gibt.« Ein kurzer Seufzer, dann sagt sie: »Ich will nur, dass du weißt, dass du hier immer eine Bleibe hast. Unser Gästezimmer gehört dir, solange du es brauchst.«

Ich hebe den Blick und blinzele die Feuchtigkeit aus meinen Augen. »Danke. Ich liebe dieses Inn wirklich sehr. Und alles, was ich bisher von England gesehen habe.«

Cate spielt mit dem Gürtel ihres Morgenmantels. »Ganz besonders scheint dir ja der Tee hier zu gefallen.«

Oh Cate. »Ja, den Tee hier habe ich wirklich lieben gelernt.«

»Wir finden alle, dass er was ganz Besonderes ist. Eine seltene Mischung. Solchen Tee findet man nicht einfach überall. Und er scheint dir auch gut zu bekommen.«

»*Mucho*«, sage ich. Sehr gut sogar. Ich schüttele den Kopf. »Sag mal, nachdem du mit Spencer aus Miami weggezogen bist, wann hast du aufgehört, alles so furchtbar zu vermissen? Deine Familie, deine Freunde?«

Sie nippt an ihrem Wein, dann nickt sie mir zu. »Es muss jeden Moment so weit sein.«

Kapitel 25

Einen Tag bevor Orion mit mir nach London fahren will, um eine gewisse Schule anzusehen, bin ich Head Instructor in einem anderen Kurs: Das Einmaleins des Brotbackens. Nach zwei Wochen Erlernen von Grundlagen ist Flora heute bereit zum Kneten. Wir verdoppeln die Mengen, um für meinen zusätzlichen freien Tag vorzuarbeiten.

»Gut, jetzt eine Vierteldrehung«, instruiere ich sie, als wir unsere Handballen in den lockeren weißen Teig pressen. Sie verfolgt jede meiner Bewegungen, dosiert den Druck und beherzigt meine Warnung, nur gerade so viel Mehl zu verwenden, dass der Teig nicht zu klebrig wird, und nicht mit den Fingerspitzen zu kneten.

»Das macht richtig Spaß«, stellt Flora fest. »Sich so an etwas abzuarbeiten. Und der Teig macht dann, was man will.«

»Ha. Nur, wenn du weißt, wann du aufhören musst. Zu viel Mehl oder Kneten macht das Brot ganz hart und zäh.« Flora sieht heute aus wie eine echte Bäckerin. Ihre kurz geschnittenen Locken quellen unter einem blauen Bandana hervor. Ihre Schürze ist bestäubt mit Zimt vom Apfel-Frühstückskuchen, den wir gemacht haben, während der Brotteig gehen musste.

»Aber du hast recht«, füge ich hinzu. »Meine Familie hatte immer tagelang Brot zu essen, wenn mein Ex-Freund und ich uns wieder einmal gezofft hatten.«

»Eine bessere Zielscheibe für Wut als Gesichter, oder?«

Ich drehe mich zu ihr um und zwinkere ihr übertrieben zu. »Du hättest mich mal am Prom-Abend sehen sollen. Die ganze *Nachbarschaft* konnte ich am nächsten Tag mit Brot versorgen. Warte, habt ihr überhaupt so was wie Prom? Einen großen formellen Ball am Ende des letzten Schuljahres?«

»Haben wir, nur dass es bei den Bällen an meiner Schule mehr darum geht, wie viel Alkohol du an einem Abend in dich hineinschütten kannst. Flachmänner. Billigen Wein, den die Schüler im Gebüsch verstecken, Alcopops«, erzählt sie und bricht ab, um die verschiedenen Marken von Punsch und alkoholisierter Limonade aufzuzählen. »Massenhaft Tesco-Champagner, bevor du mit deinem Date überhaupt das Haus verlässt.«

Ich werfe ihr einen schiefen, wissenden Blick zu. »Das klingt eigentlich genau wie unsere Prom. Okay, Zeit zum Wenden.« Der Teig klatscht auf die Arbeitsfläche.

»Und wie war dein Prom-Abend? Hattest du tatsächlich noch Zeit, Teig zu kneten und Brot zu backen, bevor du dich fertig gemacht hast?« Sie lacht. »Wenn einer das kann, dann wohl du.«

»Danke. Kann sein.« Meine Stimme wird düsterer. »Aber ich bin gar nicht zur Prom gegangen. Am Tag seiner Prom hatte mein Ex Pfeiffersches Drüsenfieber. Und dann hat er mir ein paar Tage vor meiner Prom den Laufpass gegeben.«

Flora hört für einen Moment auf zu kneten. »Kann es noch schlimmer kommen?«

»Es ist eine lange Geschichte, aber es war eine der schlimmsten Wochen meines Lebens. Pilar und ich hatten mein Kleid schon vor Urzeiten ausgesucht. Lang und eng anliegend, champagnerfarben und mit diesem raffinierten Schlitz. Es hatte ein paar unaufdringliche Perlenstickereien und Schulterträger, die am Rücken über Kreuz verliefen.«

»Hatte? Hast du es etwa zurückgegeben?«

Ich sehe wieder vor mir, wie Pilar mein Zimmer von allen Prom-Spuren befreit. Das wunderschöne Kleid, die passenden High Heels in Gold. Die Chandelier-Ohrringe. Sie versteckte alles und ließ es dann verschwinden, nachdem ich ihr grünes Licht dafür gegeben hatte. All das erzähle ich Flora, als wir mit dem Kneten der nächsten zwei Teigkugeln anfangen.

»Ich glaube, ich wäre trotzdem gegangen«, sagt Flora. »Ich meine, ich verstehe total, warum du es nicht gemacht hast, aber ich hätte mein umwerfendes Kleid angezogen, hätte mir die Haare ganz toll frisieren lassen und wäre stolz mit meinen Freundinnen losgezogen oder so was.«

»Das hätte ich vielleicht auch getan, aber im Monat davor war meine Großmutter gestorben.«

»Oh. Verstehe.« Ihre Stimme wird einen Tick leiser. »Du sprichst viel von ihr, aber ich hab gar nicht gewusst, dass sie nicht mehr lebt. Hat sie dir das wirklich *alles* beigebracht? Das Kochen, das wir zusammen gemacht haben, und all das Backen?«

»Das ist nur ein Bruchteil. Meine Schwester hatte auch ein enges Verhältnis zu Abuela, aber ihr Austausch fand eher im Büro der Bäckerei statt als in der Küche. Meine natürliche Liebe zum Kochen und Backen machte mich zu Abuelas Schatten. Mein Großvater starb schon, als ich drei Jahre alt war, und dann zog sie bei uns ein. Ich war ständig mit ihr zusammen. Ich wollte einfach … so sein wie sie.«

Flora nickt. »Meine Oma ist auch bei uns eingezogen. Etwa ein Jahr nachdem meine Mum die Diagnose erhalten hatte. Sie war zwei Jahre bei uns, bis Dad dann eine Pflegerin engagiert hat, um uns zu helfen.«

Davon hat Orion mir nie erzählt. »Du warst damals erst acht, stimmt's?«

»Ungefähr. Meine Oma hat versucht, für Ri und mich die Lücke zu füllen. Hat mir vor der Schule die Haare gemacht und so was. Aber sie hatte nie Zeit, mit mir Kekse zu backen.«

»Sich um eure Mutter zu kümmern, war bestimmt ein Fulltime-Job.«

Flora wendet ihren Teig im selben Moment wie ich. »Mehr als das. Eines der Symptome von Mums Krankheit ist ständige Unruhe. Es kam selten vor, dass sie einfach dasaß und eine Fernsehsendung guckte. Sie tigerte die ganze Zeit im Haus umher. Lief die Treppe hinauf, die Treppe hinunter, hob irgendwelche Dinge auf und legte sie woanders ab. Man konnte sie nie allein lassen und nachts kam sie nur mit einem starken Schlafmittel zur Ruhe. Für uns blieb da keine Zeit mehr.« Flora streut ein bisschen Mehl auf die Arbeitsfläche. »Vor ungefähr einem Jahr hat Mum sich dann den Knöchel gebrochen. Da hat Dad eingesehen, dass es zu Hause nicht mehr sicher ist für sie.«

»Die Betreuungseinrichtung.« Das Heim, zu dem Orion mich mitnehmen will.

»Genau.« Floras Blick verschleiert sich. »Und jetzt dieser Wechsel von der ständigen Bewegung zu nichts. Wir wussten ja, dass das kommen würde, aber …«

»Es tut mir so leid, Flora.« Der Geruch von Butter, Zucker und Hefe hängt schwer in der Luft. »Ist deine Großmutter denn noch … da? Weiß sie Bescheid?«

»Ja, Dad hat es ihr diese Woche erzählt. Und sie kommt ein paarmal im Jahr aus Manchester zu Besuch. Aber ich hatte nie so richtig Zeit mit ihr wie du mit deiner Großmutter.«

Das Brot ist fertig zum Backen. Ich zeige Flora, wie man einen Backschieber verwendet, um die Brotlaibe in den Ofen zu schieben. Für eine Weile starren wir in den heißen Backofen. Was wir hier machen, wird jemanden freuen, der später im Salon mit einer Zeitung und einer Tasse Tee entspannen will.

»Vielleicht könntest du deine Großmutter mal besuchen?«, schlage ich vor. »Dich in den Zug setzen und eine Woche bei ihr verbringen? Vielleicht könnte sie dir ein paar ihrer Lieblingsrezepte beibringen.«

»Meine Oma kann zwar einigermaßen kochen und backen, aber nicht wie deine. Nicht, wie du das kannst. Allerdings kann sie fantastisch stricken. Ich habe total viele gestrickte Schals und Beanies von ihr.«

Bei der Vorstellung muss ich lächeln. »Wer weiß, vielleicht bist du auch total gut im Stricken. Du könntest was für deine Freunde stricken.«

»Ja, vielleicht könnte ich das.« Ihr Mundwinkel zuckt. »Dieser graue Cardigan von Orion, den du immer trägst. Den hat sie auch gestrickt.«

Kapitel 26

Später bin ich dabei, meine Wäsche zusammenzufalten, als mich jemand anpingt und sich das FaceTime-Fenster über der Le-Cordon-Bleu-Website auf meinem Laptop öffnet. Ich habe mir die Werbevideos jetzt schon hundertmal angeguckt. Es ist Mami. Als ich antworte, sehe ich meine Familie eng zusammengedrängt an unserem Esstisch sitzen. Mamis Gesicht ist ganz rot und sie umklammert ein vielfach benutztes Taschentuch.

»*¿Qué pasó?*«, stoße ich erschrocken hervor. »Ist wer gestorben? Lässt sich jemand scheiden? Oder ist was mit der Panadería? Ist jemand in der Notaufnahme?« War es Javi oder Marta oder unser Nachbar Chany oder –

»*Tranquila, Lilita*«, beruhigt mich Papi. »Wir haben sehr, sehr gute Nachrichten.«

Mami schnieft noch einmal, dann verkündet sie: »Wir haben ein frühes Geburtstagsgeschenk für dich.« Während mein Herz wieder ruhiger wird, fährt sie fort: »Es geht um *Family Style*. Der Produzent von *Family Style* hat uns kontaktiert und sie wollen Ende nächsten Monats eine Sendung über uns machen! Sie haben so viele Kunden-Nominierungen für uns bekommen, und ein anderes Café musste absagen, also hat man uns vorgezogen. Kannst du das glauben? *¡No puede ser!* Jahrelang haben wir diese Sendung geguckt und jetzt sind wir selbst dabei. Im Fernsehen.«

Alle Ruhe ist verflogen. Die Lieblings-Food-Network-Show meiner Eltern, in der die besten der besten familiengeführten Restaurants und Geschäfte vorgestellt werden? »Oh.« Mehr bringe ich nicht heraus. Meine Gedanken rasen so schnell wie mein Puls. Was für eine Chance, was für eine Publicity! Scharen von neuen Kunden, Umsatz und finanzieller Boost. La Paloma wird berühmt!

»Wir haben so viel vorzubereiten. Zeit für dich, nach Hause zu kommen. Wir buchen dir einen früheren Rückflug und du kannst sogar an deinem Geburtstag zu Hause sein und –«

»Nein.« Ein einzelnes, scharfes Wort, begleitet von einem Stoß Luft aus meinen Lungen. *Nein* ist mein erster Gedanke, impulsiv und planlos. Neue Panik überkommt mich, während hinter meinem Fenster der englische Sommer wartet und der Nachmittag allmählich in die Dämmerung übergeht. Ich kann jetzt noch nicht wegfliegen. Wie ist es überhaupt möglich, dass ich dasselbe Mädchen bin, das noch vor ein paar Wochen darum gebettelt hat, nach Hause zurückzudürfen?

Aber ich bin es und ich kann es nicht. Es ist zu früh. Ich brauche noch mehr Zeit mit meinen neuen Freunden und ich will mir die Konditoreischule ansehen und London besichtigen. Flora hat so viele Fortschritte gemacht und … Orion. Dieser Schmerz sitzt besonders tief, tiefer als ein Messerstich. Ich bin noch nicht bereit, Orion Maxwell zurückzulassen.

»Was meinst du damit – nein?«, fragt Mami, und sofort füllen sich meine Augen mit Wasser, einer anderen Art Salzwasser. Meine liebe Mutter hat gedacht, sie schickt mich nur leihweise nach England, damit ich mal etwas Abstand bekomme und meine Wunden heilen können. Hätte sie mich je hierhergeschickt, wenn sie gewusst hätte, dass sich in meinem Herzen heimlich so treulose Gefühle entwickeln? Noch einmal *nein.*

»Das Inn«, platze ich heraus. »Ich kann doch Cate und Spencer nicht einfach so im Stich lassen – nach allem, was sie für mich getan haben. Polly kommt erst Mitte August zurück und bis dahin brauchen sie jemanden in der Küche.«

»Ah, *tienes razón*«, erwidert Papi. »Daran haben wir ja gar nicht gedacht.«

Ich nicke. »Bucht mein Ticket für zwei Wochen vor der Aufzeichnung. Dann habe ich noch genug Zeit, euch bei den Vorbereitungen zu helfen.«

»Wir müssen eine Farbe aussuchen, um den Verkaufsraum neu zu streichen«, erzählt Pilar, »und uns genau überlegen, welche Delikatessen wir präsentieren wollen.«

»Ich kann auch von hier aus helfen. Das wird ganz großartig. Perfekt.« Aufregung durchströmt mich. Mein Familienbetrieb, dieses wertvolle Etwas, das meine Großeltern begonnen haben, wird wachsen und expandieren wie nie zuvor. *Abuela, dies ist dein Vermächtnis.*

Wir reden noch ein wenig länger, tauschen Neuigkeiten aus und schmieden Pläne. Als wir uns schließlich verabschiedet haben, denke ich überhaupt nicht über das nach, was ich als Nächstes tue. Ich bin schon auf dem Sprung, in einem einfachen T-Shirt und Yogahose, die Haare zu einem unordentlichen Knoten zusammengerafft. Ich schlüpfe einfach in meine Chucks und stürme los.

Ich bin ganz außer Atem, als die Haustür geöffnet wird. »Hey«, sagt Orion und blinzelt überrascht.

»Sorry, dass ich dir keine Nachricht geschrieben habe.« Mein Blick springt von links nach rechts. »Ich musste einfach –«

»Red keinen Quatsch.« Er öffnet die Tür weiter. »Komm rein. Du siehst nicht gut aus.«

Ich schleppe mich ins warme Haus und die Tür fällt hinter mir ins Schloss. »Ich weiß, du kommst gerade erst von der Arbeit.«

Orion sieht mich an und legt beruhigend seine Hände auf meine Schultern.

»Kein Problem. Dad ist noch im Laden und Flora ist von dort direkt zu Katy gegangen. Ich wollte mir gerade noch etwas von dem fantastischen Schmorfleisch aufwärmen, das du gemacht hast. *Ropa*?«

Ich schniefe. »*Ropa vieja.*« Alte Kleider. Ein passender Name für das duftende, gezupfte Rindfleisch, das ich gestern Abend mit schwarzen Bohnen und Reis serviert habe, bei einem albernen klassischen Film und jeder Menge Wein. August ist auf einmal nicht mehr lange hin, und wenn mein Flieger abgehoben hat, wird niemand mehr für ihn kochen.

Er beugt sich zu mir und mustert mich besorgt. »Komm«, sagt er und führt mich zum Ledersofa im Wohnzimmer. Dann setzt er sich ganz nah neben mich und nimmt meine Hände in seine. »Was ist los?«

Ich erzähle ihm alles, angefangen vom Anruf meiner Eltern, und beobachte, wie sich seine Gesichtszüge mit dem Auf und Ab meiner Stimme verändern. Als ich fertig bin, sitzen wir schweigend da, während unsere Blicke die unfassbare, furchtbare Wahrheit aussprechen.

Schließlich sagt Orion: »Ich kann mir nur vage vorstellen, was diese Möglichkeit für dich bedeutet. Eure Bäckerei wäre ja nicht ausgewählt worden, wenn du und deine Familie nicht so viel Arbeit hineingesteckt hättet.«

»Ja.« Meine Familie. »Aber die Aufnahmen. Ich hab nicht damit gerechnet, zwei Wochen weniger hier zu haben.«

»Ich auch nicht. Aber im Grunde wussten wir das ja alles. Jeden Tag, den wir zusammen hatten, haben wir ausgekostet und dabei genau gewusst, dass es bald zu Ende sein wird.« Orions Stimme balanciert auf dem dünnsten Seil. Eine falsche Bewegung und wir stürzen beide ab. »Wir wussten von Anfang an, dass du nach Florida zurückgehen würdest.«

»Florida«, sage ich nachdenklich. Und dann spucke ich es einfach aus, weil ich es satthabe, dass die Vergangenheit weiter an meinem Inneren nagt. »Andrés hat angerufen. Zwei Mal. Er hat gesagt, er … will noch mal reden. Er ist sich wohl nicht mehr so sicher.«

Orion stößt einen Schwall Luft aus seinen Lungen. Seine Augen verdüstern sich, wirken auf einmal dunkel und tief. Er steht abrupt auf und geht zum Klavier hinüber. Mein Herz bricht, als er sich von mir abwendet. »Na dann«, sagt er, als spräche er mit dem Familienfoto aus Irland. Mit einer Zeit, als dieses Haus noch alle seine Lieben beherbergte. »Das sollte doch alles sehr viel leichter für dich machen. Miami; dein erfolgreiches Familienunternehmen; der Freund, nach dem du dich verzehrt hast. Mit dieser Sternenkonstellation liegt eine großartige Zukunft vor dir.«

»Leichter?«

»Lila, du bekommst alles, wovon du geträumt hast.«

»Nein«, sage ich zum zweiten Mal heute Abend.

Er schüttelt den Kopf. »Andrés will dich.«

»Orion, stopp. Bloß weil –«

»Es ist so einfach. Ein Grund, warum du überhaupt hier bist, ist doch er –«

»*¡Me cago en diez!* Jetzt hör doch verdammt noch mal zu!«

Das lässt ihn verstummen. Er dreht sich um, der Kiefer zusammengepresst und der Blick verschwommen. Nein, er sollte nicht verletzt sein. Nicht wegen Andrés. In der Sekunde, als mir das durch den Kopf schießt, leuchtet die Antwort vor mir auf, klar und deutlich.

Vor Erleichterung breitet sich ein Lächeln auf meinem Gesicht aus, bevor mir all die anderen Verletzungen wieder einfallen. Ich stehe auf; es liegen nur ein oder zwei Schritte zwischen uns. »Soll ich dir die Uhrzeit des Videocalls mit meinen Eltern zeigen? Dann wirst du nämlich sehen, dass ich nicht einmal fünf Minuten nach diesem Gespräch vor deiner Tür gestanden habe, total erledigt. Was sagt dir das?«

Er reibt sich das Gesicht und zuckt die Achseln. »Dass du verdammt schnell gelaufen bist, wie immer.«

»Du darfst noch mal raten. Ich bin nicht zu Andrés mit meinen Neuigkeiten. Habe ihn nicht angerufen oder ihm eine Nachricht geschickt oder auch nur an ihn gedacht. Ich kann nicht mit jemandem zusammen sein, der es sich vielleicht noch mal anders überlegt. Ja, ich habe ihn lange geliebt, aber ich kann nicht zurück zu ihm, Orion.« Ich ringe nach Luft und verhaspele mich. »Er sollte mit einem Mädchen zusammen sein, das zuerst zu ihm läuft. Und ich wollte es nicht.«

Orion nimmt das alles mit einer schnellen Abfolge von Reaktionen auf. Ein erstauntes Gesicht mit aufgerissenen Augen verwandelt sich in ein schiefes Lächeln und endet in einem bissigen, sarkastischen Lachen. »Ich hab's dir doch gesagt: Kein Motorrad, keine Chance.«

»Außerdem hasst er Tee wie die Pest«, gebe ich genauso bissig zurück.

»Echt jetzt? Na *dann*«, sagt er und kommt immer näher. Gleich wird er entweder mit mir zusammenstoßen oder mich in seine Arme ziehen. Was passiert, ist Letzteres. Zu Hause. In seinen Armen fühle ich mich total zu Hause. »Lila Reyes aus West Dade kommt ins Fernsehen. Das sind echt coole Neuigkeiten.«

Ich vergrabe mich in seinen Armen, und für ein paar Momente gibt es nur mich und diesen Jungen, der nach einem Sternbild benannt wurde und seinen Finger in meinen Kuchenteig getaucht hat. Ein paar Wochen später gibt es keinen Teil meines Lebens, den er nicht berührt hat.

Aber die Zeit holt uns ein. Orion bewegt sich, aber er lässt mich nicht los. Wir wissen, genau wie dieses Haus in St Cross sind auch wir ein Zuhause, das nicht vollständig sein kann. »Andrés hin oder her, du musst trotzdem nach Miami zurück. Für deine Familie da sein, für La Paloma.«

»Das bin ich ja«, murmele ich in sein Poloshirt. Und meine es auch. »Aber gleichzeitig gibt es hier Dinge, die ich nicht zurücklassen will. Und Menschen.« Und auch das meine ich so.

Er löst sich ein Stück von mir. »Tag für Tag. Das ist alles, was wir haben.« Und mehr sagt er nicht. *Aber du könntest zurückkommen.* Die Worte schweben zwischen uns, wandern von seiner Haut zu meiner. Aber würde er sie je aussprechen? Oder bin ich nur ein weiteres Ding der Unmöglichkeit, das er sich nicht traut von irgendeinem Gott oder dem Universum einzufordern?

Er tupft mit seinem Daumen die Tränen unter meinen Augen weg. »Bleib doch ein wenig hier. Wir können uns das aufgewärmte Essen teilen, aber zuerst mache ich uns mal eine Tasse Tee, was meinst du? Ich habe unsere Vorräte hier aufgefüllt.«

»Das ist genau das, was ich brauche.«

Ich warte auf der Couch, die Arme um meinen Oberkörper geschlungen. Schritte sind zu hören und schon liegt seine weiche graue Strickjacke über meinen Schultern. Natürlich hatte er sie griffbereit. Ich schlage den Kragen hoch und sage über die Sofalehne: »Du hast mir gar nicht erzählt, dass deine Großmutter die gestrickt hat.«

»Nicht, nachdem ich erfahren hatte, dass du deine verloren hast.« Er setzt sich wieder zu mir und reicht mir eine angewärmte Teetasse. »Und dann habe ich es vergessen.«

Ich nippe an dem duftenden Tee und stoße einen kleinen Seufzer aus.

»Ziemlich gut, was? All diese leckeren Nachspeisen, die du für mich gemacht hast, haben mich jetzt auf diese Sorte gebracht. Vanilla Black. Schwarztee mit Vanille.«

Ich trinke noch einen Schluck. Der Geschmack zweier Städte mischt sich auf meiner Zunge. »Orion, der ist es.«

»Was?«

»Das ist mein Lieblingstee.«

Kapitel 27

Orions London – das sind die Straßen und Fußwege und Außenseiten der Dinge. Es sind die antiken Buchläden und versteckten kleinen Parks, die hippen Straßen von Covent Garden, wo man so schön Milchkaffee trinken und Leute beobachten kann. Neil's Yard mit seinen vielen bunten Fassaden und der elektrisierende Pulsschlag von Soho. Orions London – das sind wir mit den Ellenbogen auf einer Ufermauer der Themse, wo wir an diesem strahlenden Sonntag die Sonne genießen können, er mit kurzen Ärmeln und ich in meinem Jersey-Maxikleid.

Vor uns fließt der breite Fluss und schlängelt sich durch die Stadtviertel. Auf der anderen Seite der Westminster Bridge dreht sich das über einhundertdreißig Meter hohe Riesenrad London Eye über South Bank. Das gleißende Mittagslicht fällt auf den Elizabeth Tower am Ende des riesigen Parlamentsgebäudes. »Viele Touristen denken, Big Ben ist der Glockenturm. Dabei ist es eigentlich die Glocke im Turm«, erklärt Orion.

Ich starre so lange auf diese Kulisse, in der sich Mittelalterliches und Modernes mischt, bis mein Blick verschwommen wird. »Bitte hör nie auf damit«, sage ich und lasse den Fluss meine Worte davontragen.

»Womit?«

»Damit, mir solche Dinge zu erzählen.«

Er lächelt und führt uns in Richtung Parlament und Westminster Cathedral. Ich hake mich bei ihm unter und bitte ihn, mir den Buckingham Palace zu zeigen.

»Wir sollten versuchen, noch mindestens zwei Mal herzukommen, bevor …« Er muss den Satz nicht zu Ende führen. »Das British Museum ist auch echt cool. Und der Londoner Tower. Die Kronjuwelen werden dir gefallen und all die Rüstungen und Waffen. Alles, was du mal von innen sehen willst, können wir uns anschauen.«

Aber heute steht die Sonne hoch am Himmel und die Einkaufspromenade führt uns zu einer langen Durchgangsstraße mit einem Märchenpalast am Ende. Union-Jack-Flaggen flankieren unseren Weg, als meine Buckingham-Träume wahr werden, und dann zeigt Orion mir den noblen und herausgeputzten Stadtteil Mayfair und führt mich in die Kensington Gardens.

Während ich verträumt durch einen italienischen Wassergarten gehe, erinnere ich mich an die Pläne, die Stefanie und ich damals in der Mittelstufe geschmiedet haben. Wir wollten uns London und Paris das erste Mal zusammen ansehen. Dass ich heute mit Orion hier bin statt mit ihr, fühlt sich nicht an wie ein Verlust. Es fühlt sich an wie eine Veränderung. Und außerdem ist da ja immer noch Paris.

Orion durchbricht unser Schweigen, indem er mir noch mehr »Dinge« erzählt – zum Beispiel, dass Prince Albert diesen Ziergarten 1861 hat anlegen lassen, als Geschenk für

Queen Victoria. Wir schlendern an italienischen Pflanzvasen und zurechtgestutzten Hecken vorbei.

»Es ist bestimmt schon ganze fünf Minuten her, dass ich dir von einem Aberglauben erzählt habe.«

Ich lache auf und knuffe ihn in die Seite. »Na, dann schieß mal los. Du hast doch bestimmt irgendwas über Gärten oder Blumen parat.«

»Nein, aber über Bienen. Ohne diese Tierchen hätten wir ja gar keine Gärten. Und dieser Aberglaube stammt aus England, passt also wunderbar«, sagt Orion, während wir in die spiegelnden Teiche blicken. »Früher dachten Imker, sie müssten mit ihren Bienen sprechen, damit sie guten Honig produzierten. Mit den Bienen reden, wie sie es nannten, wurde also zu einem absoluten Muss. Sie erzählten den Bienen von allen möglichen Familienereignissen wie Geburten oder Hochzeiten. Und besonders von Todesfällen.«

Mein Spiegelbild lehnt den Kopf an seine Schulter.

»Wenn jemand starb und die Familie Trauer trug, mussten die Bienen auch Trauer tragen. Man musste es ihnen erzählen.«

»Wie soll denn das aussehen, wenn Bienen Trauer tragen?« Das ist mal eine Frage, die ich in meinem Leben in Miami nie stellen würde.

Orions melancholisches Lächeln kräuselt sich auf der Wasseroberfläche. »Die Imker erzählten den Bienen von dem Todesfall und verhängten die Bienenstöcke meistens mit schwarzem Stoff. Es hieß, sonst würden die Bienen die Stöcke verlassen oder sogar sterben. Als Strafe für die Familie.«

»Abuela hätte dich geliebt.« Mein Geschichtenerzähler und Teezubereiter. Der Junge, der mir das Herz brechen könnte, nur weil er unter einer anderen Flagge lebt.

»Sie hat ein paar kleine Reisen gemacht, aber sie war nie in Europa. Ich wünschte, sie hätte die Chance gehabt, durch einen Londoner Park zu gehen. Ich wünschte, sie hätte Paris und Rom gesehen.« Jetzt sehe ich den echten Orion an, nicht das verschwommene Gesicht zwischen Seerosen und Lotusblüten. »Es ist seltsam. Wir sind eine Stunde mit dem Zug gefahren, um hierherzukommen. Und auf der ganzen Fahrt musste ich daran denken, dass ihr Flug von Havanna nach Miami nur etwa dreißig Minuten gedauert hatte.«

»Echt, mehr nicht?« Wir gehen weiter zum Hyde Park und dem riesigen Serpentine-See, der den Park von Kensington Gardens trennt.

»Echt. So nah und doch Welten auseinander. Sie war erst siebzehn. So alt wie ich jetzt. Und so mutig, ihre Familie zu verlassen … ihr Heimatland, ganz allein.«

»Wie konnte sie das überhaupt?«

»Ein besonderes Angebot ihrer Kirche und einer Gemeinde in Miami – so was wie ein Austauschprogramm. Heute ist das natürlich viel schwieriger. Ich bräuchte mehr als eine Stunde Zugfahrt, um dir kubanisch-amerikanische Politik zu erklären. Jedenfalls hat Abuela daraus einen Austausch für immer gemacht. Noch Jahre nach dem Ende des Austauschprogramms lebte sie bei ihrer Gastfamilie und eröffnete schließlich mit meinem Großvater La Paloma. Meine Mutter hat das Talent zum Kuchenbacken nicht geerbt, aber sie lernte früh, Torten zu dekorieren. Und das macht sie immer noch.«

»Und dein Vater?«

»Er arbeitete im Marketing. Aber als meine Eltern heirateten, stieg er ins Geschäft ein und unterstützte Abuela und Mami, damit sie mehr Zeit für die kreative Arbeit hatten.

La Paloma wuchs, und sie kauften den Laden nebenan dazu, um das Geschäft zu vergrößern. Pilar kommt sehr nach unserem Vater.« Wir gehen den Fußweg entlang und beobachten Londoner und Touristen, die zu zweit über den See rudern oder in gemieteten Tretbooten durch das Wasser strampeln.

Ich gehe drei Schritte, bevor ich merke, dass Orion stehen geblieben ist. Ich drehe mich um. Er starrt auf sein Handy, tippt eine Nachricht und schüttelt ungläubig den Kopf.

»Was ist passiert?«, frage ich und gehe zurück zu ihm. Wir sind noch immer im selben Park, aber die ganze Umgebung hat sich verändert.

»Verdammte Scheiße. Jetzt haben sie's getan. Und ich bin ...«

»Wer hat was getan?«

Er wechselt zu einem anderen Screen und mein Magen krampft sich zusammen. Mehr Graffiti. Nur sind es diesmal sowohl die Seiten- als auch die Rückwände von Maxwell's Teeladen, die beschmiert wurden. Und zwar mit mehr Farbe als bisher. Ein Großteil der Hauswände wird neu gestrichen werden müssen. Meine Gedanken schwärmen durcheinander wie die Bienen in Orions Aberglauben-Geschichte. Flora. Aber sie hat es mir doch *versprochen*. Und würde sie wirklich ihren eigenen Laden beschmieren?

»Diese Scheiß-Wichser«, schimpft Orion. »Moment mal, Dad schreibt mir gerade zurück.«

Mein Handy vibriert auch.

Flora: Ich schwör, ich war es nicht.

Bevor ich überhaupt antworten kann, schreibt sie noch einmal.

»Es ist nicht Roth, der all diese Symbole gesprüht hat, in all diesen Monaten. Sie waren es nicht, Orion. Versteif dich nicht so darauf.«

»Woher willst du das wissen?«, fragt er, die Stimme rau wie verwitterter Backstein.

Ich blinzele und schüttele hektisch den Kopf. »Ich …«

»Lila, ich verstehe, warum du mich davon abbringen willst. Aber ich muss diese Sache jetzt beenden und ich kann gut auf mich –«

»Es war deine Schwester«, platze ich heraus und hasse mich dafür. »Flora. Ich hab sie beim Sprühen erwischt.« *Verzeih mir, Flora.*

Ein atemloser Schock, dann versteinert sein Gesicht zu hartem Marmor, als ich erzähle, was ich an jenem Abend nach dem Essen in Remys Pub beim Joggen erlebt habe.

»Bitte sag Flora nicht, dass ich es dir erzählt habe. Und sag nichts zu deinem Dad. Lass Gras darüber wachsen. Sie hat mich darum gebeten. Mich *angefleht*. Dieser Schaden an eurem Geschäft gestern Nacht – das war sie ganz bestimmt nicht. Das kann sie beweisen, okay? Sie hat mir versprochen, dass sie aufhört, und das hat sie auch getan.« Tränen verschleiern meinen Blick. »Du musst es mir versprechen.«

»Ich soll *dir* das versprechen?« Ich spüre, wie Hitze in Schüben von ihm ausströmt. »Mein Gott, Lila, ist das der Grund, warum sie bei dir arbeitet? Als eine Art Schweigegeld für dich?«

»Es ist kein Schweigegeld. Ich wollte ihr helfen. Sie ist so unglücklich.«

»Denkst du etwa, das weiß ich nicht? Ausgerechnet ich? Du denkst, ich weiß das nicht?« Wütend boxt er mit der Hand in die Luft. »Unglücklich oder nicht – sie hat trotzdem einen Fehler gemacht und muss dafür zur Rechenschaft gezogen werden.«

»Das sehe ich auch so.« Ich presse meine Finger an meine schmerzenden Schläfen. »Aber Freitag hat sie mir erzählt, dass sie hingegangen ist und die Wand sauber gemacht hat, bei der ich sie erwischt habe. Und sie macht sich richtig gut in der Küche. Sie taut immer mehr auf. Sie war einfach verzweifelt und wollte, dass man sie sieht und hört. Sie wahrnimmt. Es war ein Hilferuf –«

»Du hattest kein Recht, das zu entscheiden.« Ein Schritt nach vorn. »Sie ist nicht deine Schwester. Du bist nicht für sie verantwortlich. Hier geht es um *unsere* Familie. *Unser* Geschäft. Und du hast das einfach über unsere Köpfe hinweg entschieden.«

So viele Worte. Ich habe keinen Platz, keinen Raum mehr in mir, um sie für mich zu behalten. Also stelle ich mich direkt vor ihn und setze eine eiserne Miene auf. »Flora ist meine Freundin. Bedeutet das denn gar nichts? Sie wünscht sich einfach nur, dass die Dinge wieder so werden, wie sie waren. Ich weiß, wie sie sich fühlt, auch wenn wir nicht genau das Gleiche durchmachen.« Meine Hände fahren durch die vergiftete Luft zwischen uns. »Ja, ich hätte sie verraten können, aber ich habe es nicht getan. Ich habe beschlossen, ihr eine Chance auf etwas Neues zu geben, genau wie ich sie hatte.«

Er dreht sich halb um und zeigt auf mich. »Du hast aber nie Menschen oder ihr Eigentum verletzt, wie sie das getan hat. Du hast deiner Stadt nicht wehgetan.«

»Ich habe *mir selbst* wehgetan. Ist das nicht genauso schlimm?«

Ich drehe mich auf dem Absatz um und stürme los. Nicht ein einziges Mal blicke ich mich um. Die Wut strömt durch meine Adern und treibt mich an, als ich den Pfad am See entlangrenne.

Minuten später weiß ich nicht einmal, wie weit ich schon gelaufen bin. Da ist so viel Grün, so viel freier Raum für meinen wutentbrannten Sprint. Aber jetzt werde ich langsamer und bleibe stehen, lasse mich auf eine der vielen Bänke am Ufer fallen. Wie konnte ich nur glauben, eine halbe Lüge wäre ein guter Plan, nur weil ich die ehrliche Absicht hatte, jemandem zu helfen? Heute *gab* es einfach keine bessere Entscheidung, keine Gewinnertür, hinter der sich ein Preis befand.

Mit der Entscheidung, Flora zu helfen und ihr Geheimnis zu bewahren, habe ich Orion verletzt, weil ich ihn hintergangen habe.

Aber hätte ich Orion die Wahrheit erzählt, wie er es von mir erwartet hätte, wäre Flora so verletzt gewesen, dass sie sich vielleicht eine andere Form von Graffiti gesucht hätte. So verletzt, dass sie fortan vorsichtiger gewesen wäre und vielleicht noch zerstörerischer.

Und jetzt ist es passiert. Ich kann nicht darum herumbacken oder noch mehr Zucker zu dem Bitteren hinzufügen, um es zu einem Gewinn für alle zu mischen. Ich muss eine weitere Sache akzeptieren, die ich nicht ändern kann. Und dann muss ich nach vorn blicken und mich erinnern, warum ich hergekommen bin.

Ich rufe mir in Erinnerung: die Schule, Backkünste, meine Leidenschaft. Auch wenn es nicht zu meiner Zukunft gehören sollte – an der Entscheidung, die ich schon getroffen habe, bevor ich in Winchester in den Zug gestiegen bin, halte ich noch immer fest, für mich. Ich werde mich auf den Weg nach Bloomsbury machen und mir Le Cordon Bleu ansehen. Ich hole mein Smartphone hervor. Den Weg dorthin kann ich schon selber finden, und wenn es nötig ist, finde ich später auch allein zurück nach Winchester.

»Lila.« Die Stimme hinter meiner Bank klingt staubig.

Oh. Ich presse meine Lippen aufeinander und halte meinen Kopf gesenkt, den Blick stur auf den Rasen gerichtet.

Er setzt sich neben mich, weiter von mir entfernt, als er je gewesen ist.

»Ich wollte dich nie anlügen. Es tut mir leid«, sage ich. Meine nächsten Worte messe ich so vorsichtig ab wie die Zutaten für Souffléteig. »Denkst du etwa, dass mir nicht ganz elend dabei gewesen ist, Floras Geheimnis für mich zu behalten? Dass ich das nur aus einer Laune heraus getan habe? Meinst du, es wäre einfach gewesen, das jedes Mal auszublenden, wenn ich mit dir zusammen war?« Ich sehe ihm direkt in die Augen.

Herzen sollten nicht entzweigerissen werden, gespalten zwischen Meeren und Kontinenten. Gespalten zwischen zwei Menschen, die mir wichtig sind und …

Orion rutscht ein Stück zu mir, nur ein paar Zentimeter. »Das habe ich nicht gedacht, keine Sekunde.« Er reibt sich das Gesicht. »Aber ich bin dabei, sie zu verlieren, Lila. Sie ist kaum noch zu Hause und sie redet nicht mehr mit mir. Sie besucht nicht mal mehr Mum so oft, wie sie es immer getan hat.«

Eine Schwester zu verlieren. Eine Mutter zu verlieren.

»Aber ich habe eben ein bisschen nachgedacht«, fügt er hinzu und presst seinen Rücken an die Lehne der Bank. »Neulich, als ich bei Mum war und nicht mit dir joggen gehen konnte, hat Flora einen Laib frisches Brot mitgebracht. Sie war so stolz darauf und das will etwas heißen. Ich habe so lange nicht mehr erlebt, dass Flora auf irgendetwas stolz war.«

»Ich weiß, wie sehr du sie liebst. Wie sehr du das Bedürfnis hast, ihr nah zu bleiben und einen neuen Draht zu ihr aufzubauen. Aber sie fängt gerade an, etwas lockerer zu werden. Manchmal ist sie echt lustig. Wir haben richtig Spaß in der Küche, selbst zu nachtschlafender Zeit.«

»Ich weiß. Und das will auch etwas heißen.« Ein schwerer Seufzer. »Also, ich gebe dir das Versprechen, um das du mich gebeten hast. Von jetzt an teilen wir beide ihr Geheimnis.«

Vor Erleichterung strömt ein Schwall Luft aus meinen Lungen. »Ich versuche nicht, mich einzumischen. Ich wollte nur ein sicherer Ort für sie sein. So wie jemand anders, den ich kenne, es für mich ist.«

»›Sicher‹.« Er hält sich die geballte Faust vor den Mund, zieht scharf die Luft ein und nickt. »Und dabei habe ich dir furchtbare Dinge an den Kopf geworfen. Ich versuche ja immer, mein Leben gut und richtig zu führen. Aber das bedeutet leider nicht, dass ich immer das Richtige sage.«

Ich strecke meine Hand aus. Er greift danach und drückt sie fest.

»Sonst wärst du ja auch kein Mensch, sondern ein teeverrückter, geschichtsbesessener Cyborg auf einem zu lauten Motorrad. Also eher eine Comicfigur. Du weißt doch, dass du bei mir wirklich der sein kannst, der du bist.«

»Ich will aber nicht jemand sein, der dir wehtut.«

»Nein, aber das wirst du«, sage ich. »Und ich werde dir auch wehtun. Es gibt da eben diese Art von Verletzungen, die zwischen … Freunden vorkommen, die uns menschlich machen.

Über diese Verletzungen kann man hinwegkommen.« Ich denke an Stefanie und daran, auf welche Weise wir einander wehgetan haben. Unsere Zukunft liegt immer noch im Schatten, ist nicht mehr beständig und warm wie das Sonnenlicht auf meinen nackten Schultern.

Ich rutsche näher. »Aber dann gibt es eben noch eine gefährliche Art von Verletzungen zwischen Menschen. Vor diesen Verletzungen rennt man davon.«

»Du bist gerade vor mir davongelaufen.«

»Ich musste Klarheit über meine Gefühle bekommen, ohne meinen Reyes-Zorn auf dich loszulassen.«

Er zieht die Augenbrauen hoch und lässt meine Hand los. »Das war noch nicht der Reyes-Zorn?«

»Nein. Witzig, dass du das denkst.«

Er stößt ein nervöses Lachen aus, aber als er mir ins Gesicht sieht, wird er wieder ganz ernst. »Und wie sieht es jetzt mit deinen Gefühlen aus? Gibt es einen Teil von dir, der bereit ist, meine Entschuldigung anzunehmen?«

Ich nicke. »Alle Teile von mir.«

Er lächelt und nimmt meine andere Hand. »Willst du zurück nach Winchester fahren? Oder erlaubst du mir, dich noch zum Cordon Bleu zu bringen? Dir die Umgebung der Schule zu zeigen?«

»Lass uns gehen.«

Aber statt aufzustehen, legt er seinen Kopf auf meine Schulter. »Ich bin nicht der Typ für die gefährliche Art von Verletzungen, Lila.« Wir werden gleich aufbrechen, aber noch nicht jetzt. Jetzt in diesem Moment ist Orion neben mir, warm wie ein Wollpullover und beständig wie die Sterne. Und auf manch andere Art gefährlich.

Kapitel 28

Flora bleibt noch ein bisschen länger, als ich vorschlage, uns einen *Café con leche* zu kochen, den wir zu unseren frisch gebackenen Guaven-*Pastelitos* trinken können. Sie lässt sich auf einen Hocker fallen, schneidet zwei dicke Scheiben von dem Brot ab, das wir auch noch gebacken haben, und beobachtet, wie ich kubanischen Kaffee in zwei bauchige Becher mit aufgeschäumter Milch gieße. »So ähnlich wie Latte macchiato, oder?«

»Ziemlich nah dran.« Ich mustere sie. Flora hat heute wirklich hart gearbeitet und ihre ersten *Pastelitos* allein gebacken. Und jetzt kann sie die Leckerbissen probieren. Aber während wir mit Mischen, Schichten und Falten beschäftigt waren, ist mir aufgefallen, dass sie ungewöhnlich still ist. Da haben Mädchen so ein Gespür, das bei anderen Mädchen zu bemerken. Ich habe es bemerkt, aber meinen Mund gehalten.

Stattdessen hole ich die Kaffeebecher, Zucker und den Teller mit den Extra-*Pastelitos*, die wir für ihre Familie zurückbehalten haben. Ich drehe eine Teigtasche in meinen Händen – perfekt golden und blättrig, mit gerade genug Guavenfüllung, die an den Seiten und oben zwischen dem eingeritzten Blätterteig hervorguckt. In Gedanken bin ich wieder zurück in London am Samstag und schaue hinauf an einer vornehmen Fassade aus elfenbeinfarbenem Stein und rotem Ziegel in einer Reihe von Sandsteinhäusern. Le Cordon Bleu.

Die Schule war geschlossen, aber ihr öffentliches Café, das an den benachbarten Vorplatz grenzte, war gut besucht. Wir studierten Fotos der Studentinnen und Studenten in ihren weißen Kochkitteln mit dem Cordon-Bleu-Wappen über weiten grauen Hosen. Dann setzten wir uns unter einen der blauen Sonnenschirme und probierten schamlos vier verschiedene Desserts und Gebäcksorten. Luftig-leichte Blätterteigtaschen mit Schokoladenverzierungen und feinste Kuchen mit Creme- und Fruchtfüllungen.

»Warum diese Schule?«, fragte Orion bei einer Mini-Zitronentarte, die mit winzigen Flocken von geröstetem Baiser bestreut war, wie kleine Wölkchen.

»In der kubanischen Backkunst gibt es nicht mehr viel für mich zu lernen. Aber es gibt noch so viel anderes da draußen – so viele Techniken, die ich nicht kenne. Wie man Zucker und Schokolade modelliert und zahllose andere Tricks.« Ich deutete mit meiner Gabel auf die Schichttarte, die wir uns gerade teilten. Wie hatte der Bäcker oder die Bäckerin es geschafft, all diese Füllungen in so dünnen Lagen übereinanderzuschichten? »Ich hab keine Ahnung, wie man so eine Tarte macht. Es ist ein Kunstwerk. Außerdem war Abuelas Philosophie im Hinblick auf das Süßen ganz anders als die Einstellung vieler Kubaner, nämlich dass man gar nicht genug Zucker verwenden kann.«

Orion lachte und aß den letzten Bissen Zitronentarte.

»Als sie La Paloma eröffnete, hatte sie einige französische

Desserts probiert und festgestellt, dass diese eher reichhaltig als süß waren.«

Orion gab mir einen neckischen Knuff. »So würde ich dein Gebäck auf jeden Fall auch beschreiben.«

»Genau. Zu Hause habe ich keinen Grund gesehen, noch mehr zu lernen. Aber hier zu sein und aus meiner kleinen Miami-Ecke herauszukommen, hat das alles geändert. Es hat mir bewusst gemacht, dass die Welt größer ist als mein Stadtviertel und dass auch meine Fertigkeiten größer sein könnten.«

»So wie das, was du im Inn gemacht hast? Neue Kombis?«

»Ja, nur besser. Zum Beispiel ein raffiniertes französisches Dessert mit kubanischen Geschmacksnoten. Oder britischen. Natürlich werde ich auch immer noch nach meinen alten Rezepten backen. Aber die Kunden lieben abwechslungsreiche Kombis und einfallsreiches Essen. Und dafür brauche ich noch Hilfe. Ja, es gibt auch kulinarische Schulen in den Staaten, aber nicht vom Kaliber des LCB. London wäre für mich am naheliegendsten, weil ich …«

Er schlang seine Finger um mein Handgelenk. »Weil du hier Menschen hast, die dir nahestehen.«

Ich nickte. »Es ist eine Stunde vom Inn, aber zu Hause gibt es auch viele Leute, die in Fort Lauderdale arbeiten und so lange fahren, und zwar in dem stressigsten Verkehrschaos, das du dir vorstellen kannst. Ich könnte gemütlich mit dem Zug fahren. Lesen, Nachrichten schreiben oder telefonieren.« Mit meiner Familie telefonieren? Mit ihnen telefonieren, während sie in Miami geblieben sind und mein Geschäft ohne mich führen? Auch hier gab es keine Entscheidung, die alles besser machen würde. Irgendwann würde ich mich entscheiden müssen, wer bei alldem am meisten verletzt werden würde. Und in jedem Fall würde ich für diese Verletzungen mitverantwortlich sein.

»Man hat mir nie ausdrücklich gesagt, dass ich nicht weggehen, dass ich in Miami bleiben soll, aber bisher ist das in meiner Familie das übliche Schema. Die meisten meiner Cousins und Cousinen haben zu Hause gewohnt, bis sie heirateten. Einige von ihnen waren schon um die dreißig.«

»Dann ist das also das Gegenteil dieser unausgesprochenen Ideale? Abzuhauen, nicht nur weg von deiner Familie, sondern in ein anderes Land. Eine andere Kultur.«

»Ein anderes Leben.«

Jetzt tauche ich aus meinen Erinnerungen an diesen Sonntagnachmittag in London auf und wende mich wieder Flora zu. In einer Hand hat sie eine Blätterteigtasche, in der anderen eine Scheibe *Pan Cubano* mit Butter. Ich proste ihr mit meinem Kaffeebecher zu. »Pass bloß auf, Mädchen, du bist auf dem besten Weg, dich in eine Kubanerin zu verwandeln.«

Sie lacht, aber es ist kein herzliches Lachen und ihr Blick bohrt sich in die Holzplatte der Kücheninsel.

Ich tunke mein Brot in den milchigen Kaffee. »Und, gibt es was Neues?«

»Nicht wirklich.«

»Okay.« Ich breche ein Stück von meinem *Pastelito* ab und werfe einen kurzen Blick in den Ofen, wo das letzte kleine Blech mit Gebäck braun wird. Meine Finger sind ganz fettig von der Butter, und während ich esse, kleben kleine Blätterteigkrümel an meinem Lipgloss.

Gordon platzt in die Küche, ganz windzerzaust und mit einem Rucksack über der Schulter. »Ri hat gesagt, du hast noch ein paar Extraportionen von diesem Vanillepudding im Kühlschrank versteckt.«

Ich schnaube. »Verräter. Aber nur zu, bedien dich.«

Warum Gordon so lange und so laut durch die Küche poltern muss, um sich ein Förmchen *Natilla*, ein Glas Wasser, einen Löffel und was auch immer noch zu holen, ist mir ein Rätsel. Er rumort im Vorratsraum, dann kramt er in einer weiteren Schublade, dann wieder im Kühlschrank. »Lasst euch nicht stören.«

Das tun wir auch nicht. Dafür ist die Guavenfüllung zu gut. Und der Kaffee noch besser.

»Also«, sagt Flora, als der Störenfried endlich wieder durch die Hintertür verschwunden ist. »Kann ich dich was fragen, auch wenn es ein bisschen weird ist?«

»Abgesehen von Backen zu merkwürdigen Tageszeiten umfasst mein Spezialgebiet auch alles, was weird ist.«

Sie holt tief Luft, atmet aus und sagt: »Ist es normal, wenn ein Typ, mit dem du chattest und den du allmählich kennenlernst … ich meine, ist es weird, wenn er dich Sachen über deine Freundin fragt? Ständig?«

Ah, *sí*. »Nicht nur weird. Es ist ein Warnsignal, würde man bei uns sagen.«

»Bei uns auch.«

Ich sehe Flora direkt an. »Ich glaube, du kennst die Antwort.«

Sie beißt noch einmal von ihrem Brot ab und wischt sich einen Klecks Butter vom Kinn. »Hm, ja. Will. Ich fürchte, er hat mich benutzt, um an Jules ranzukommen. Wollte sich vielleicht in unsere Clique einschleichen, aber um Roths willen, nicht um meinetwillen.«

Mein fünfzehnjähriges Ich fühlt mit ihr. Ich schaue in mein Herz, auf meine eigene Wahrheit. »Jedem, der das Glück hat, mit dir Zeit zu verbringen, sollte es wirklich um *dich* gehen. Ich meine, er muss einfühlsamer sein.« Ich nippe an meinem Kaffee und nehme den Mund voll – nicht nur in Bezug auf den Blätterteig. »Wie Gordon zum Beispiel.«

»Gordon?« Sie wirbelt herum und sieht mich an, ausdruckslos wie ein englischer Morgenhimmel. »*Gordon*?« Sie lacht sogar. »Gott, nein. Den kenne ich doch schon, seit ich in den Windeln lag. Und er ist auch ein super Kumpel und so. Aber nicht *mehr*.« Sie schüttelt den Kopf, um ihre Worte zu besiegeln. »Kannst du dir etwa vorstellen …«

Das kann ich durchaus, aber ich bin keine Kupplerin. »Okay, aber wer auch immer es ist, muss dir das Gefühl geben, dass du etwas ganz Besonderes bist.«

»Tja, das würde mir natürlich gefallen.«

»Und das wirst du auch erleben. Aber es muss ja nicht sofort sein. Freue dich an den Freunden, die du jetzt hast.«

»Ja, ich habe Freunde. Aber manchmal nehmen sie die Dinge einfach so hin. Wenn deine Schwester mitkriegen würde, dass ein Typ wie Will so etwas mit dir macht, würde sie sich wahrscheinlich tierisch aufregen, oder?«

Ich lache und schüttele den Kopf bei dem Gedanken. »Davon kannst du ausgehen.«

»Ich muss immer an das denken, was du von deiner Prom erzählt hast. Ich hätte so gerne jemanden, der in so einer Situation in mein Zimmer gehen würde, und zwar *nicht* Orion. Jemanden, der einen Jungen aus meinem Leben räumen würde, wenn der mich verletzt. All diese Dinge aus dem Weg räumen würde, bevor ich sie sehe.«

»Ich glaube, Jules würde das machen, wenn du sie lassen würdest.«

»Stimmt. Sie würde allen möglichen Scheiß aus meinem Fenster werfen. Und dann würde sie einen wütenden Song darüber schreiben.«

»Einen furchtbar wütenden.«

Wir lachen, und dann murmelt Flora leise in ihren Kaffeebecher: »Du wärst aber auch gut darin. Mal abgesehen von dem Song-Part.«

Das Piepen des Ofen-Timers übertönt meinen lauten Herzschlag. »Du bist dran.«

Flora greift nach dem Ofenhandschuh. »Igitt! Was zum Teufel?«, ruft sie dann. Als sie ihre Hand herauszieht, klebt eine schaumige weiße Masse daran, und Flora leckt sich die Finger ab. »Schlagsahne?«

Ich bin schon beim Ofen, drehe die Temperatur herunter und benutze ein dickes Geschirrtuch, um das Blech herauszuholen.

Flora stürzt zur Spüle. »Jemand hat unseren Ofenhandschuh präpariert?«

Ein verräterisches Geräusch lässt unsere Köpfe zur Schwingtür herumschnellen. Sie steht einen Spalt offen und eine rote Locke guckt hindurch. Im nächsten Moment schwingt die Tür wieder ganz zu und hastige Schritte sind zu hören.

»Gordon!«, kreischen wir wie aus einem Munde.

Flora runzelt die Stirn und deutet auf den Kühlschrank. »Warum musste er zwei Mal darin herumkramen, um sich einen Pudding rauszuholen?« Sie reißt die Edelstahltür auf, findet eine Dose Sprühsahne und hebt sie triumphierend hoch.

Ich nehme die Sprühdose und verziehe das Gesicht. »Ich weiß nicht, was schlimmer ist – sein Streich und dass er uns heimlich beobachtet hat oder dass er es gewagt hat, diesen industriell verarbeiteten künstlichen Scheiß in meine Küche einzuschleusen.«

Für einen Moment starren wir beide auf die Sprühdose, dann tauschen wir verschwörerische Blicke aus.

»Ich kenne sein Versteck. Er ist bestimmt schon zur Haustür raus, glaub mir«, sagt Flora.

Ich drücke ihr die Sprühdose in die Hand und wir stürmen hinaus auf den Innenhof. »Er hat einen Vorsprung, aber wir sind schlauer.«

Floras Grinsen, ihr glänzendes Haar in der Sonne nach dem Regen. »Er wird super aussehen in Weiß.« Wir rennen durch St Cross wie meine Cousins über das Baseballfeld.

Kapitel 29

Statt Millie nehmen wir den VW von Orions Dad, um seine Mutter zu besuchen. Rucksäcke und Tiefkühltaschen haben wir schon oft auf dem alten Motorrad transportiert, aber Millie ist nicht dafür gebaut, einen riesigen weißen Bäckereikarton zu tragen.

Ich bringe Scones, Erdbeer-*Empanadas* und Käse-*Pastelitos* für die Angestellten mit und trage den großen Karton mit dem Deckel wie einen behelfsmäßigen Schutzschild vor mir her. Aber ist das nicht das, was ich immer mache? Mich hinter Brot und Gebäck verstecken?

Es ist nicht so, dass ich nicht mitkommen will zum Elmwood House. Ich will diesen wesentlichen Teil von Orion Maxwell. Ich will den Teil seines Herzens kennenlernen, der am Ende eines dieser blau gestrichenen Korridore lebt.

»Sara«, sagt Orion zu einer Dame am Empfangstresen. »Meine Freundin Lila hat ein paar Leckerbissen für alle mitgebracht.«

Während die dankbare Rezeptionistin Orion ins Büro der Heimleitung schickt, um ein paar Unterlagen zu holen, schwärmen die Angestellten herbei, wie es Menschen üblicherweise beim Anblick von Süßem tun. Krankenschwestern tauchen auf, gefolgt von ein paar Pflegern und Verwaltungsangestellten.

Ich warte in diesem Empfangszimmer mit seinen Topfpflanzen und lavendelblauen Tapeten und beobachte, wie lang erwartete Besucher ihre Familienangehörigen begrüßen oder sich nach allzu kurzer Zeit wieder von ihnen verabschieden. Mein Herz zieht sich zusammen, als eine Frau sich beim Hinausgehen die Tränen aus den Augen wischt.

Immerhin kann sie wiederkommen, muss ich denken. *Ich werde Abuela nie in einem Heim wie diesem besuchen.*

Rezept für eine Beerdigung

Aus der Backwerkstatt von Lila Reyes

Zutaten: Eine trauernde Familie. Ein Sarg (er *muss* weiß sein wie Mehl und Zucker). Eine Kathedrale. Eine weiße Schürze. Eine Abuela, tot, gekleidet in ihr liebstes blaues *vestido*.

Zubereitung: Setze dich zwischen deinen Freund und deine beste Freundin, die versuchen, dich auf der Kirchenbank aufrecht zu halten. Umklammere eine weiße Schürze auf deinem Schoß. Schau zu, wie deine Eltern eine Reihe vor dir weinen und deine Schwester sich an die Schulter deiner Mutter lehnt. Wirf einen Blick zurück durch die riesige Kathedrale und staune über die Menschenmassen, die für sie gekommen sind.

*Vermeide es, deine Abuela tatsächlich anzusehen, so liebevoll in den weißen Sarg gebettet. Sie ist nicht *dort.* Knie dich stattdessen während der privaten Aufbahrung hin und kneife die Augen fest zusammen.

Backtemperatur: 100 Grad Fahrenheit. Die kälteste Einstellung, die dein Ofen hat.

Noch Monate später weiß niemand, dass ich Abuela an diesem Märztag nie in ihrem blauen Kleid gesehen habe. Gibt es irgendein uraltes kubanisches Trauergesetz, das ich mit diesem Verhalten gebrochen habe? Wahrscheinlich. Aber es war mir egal. Für mich musste sie dort bleiben, wo ich sie für immer bewahren konnte, in einem Herz-Zuhause, warm und ihrer würdig. Ich ließ sie dort, wo sie mich als kleines Kind so oft gefunden hatte, mit ein paar scheppernden Messlöffeln zu ihren Füßen. Ich ließ sie dort, wo sie mich großgezogen hatte. Nein, sie gehörte nicht in einen weißen Sarg. Und nicht in ein Langzeitpflegeheim. Für mich bleibt meine Abuela in der Küche.

»Lila?« Orions Stimme holt mich zurück in dieses Heim, zu diesem Tag. »Alles okay?«

Ich nicke. Sein liebevoll besorgter Blick und seine Hand auf meiner Schulter sorgen dafür, dass das auch stimmt.

Ich sammele meine Kräfte, als wir zusammen durch den breiten Korridor gehen, die Hände fest ineinander verschränkt. *Evelyn Maxwell* steht auf dem Schild an ihrer Tür. Bevor wir eintreten, bleibt Orion einen Moment in sich gekehrt stehen. Er senkt den Blick und schaut weg, und ich frage mich, ob er das jedes Mal macht. Nur ein Wimpernschlag oder zwei und er ist mit einem sanften Lächeln zurück. »Sei nicht traurig. Ich meine, für mich.«

»Okay«, verspreche ich. Mitleid, Traurigkeit und Trauer – darum geht es bei unserem Besuch nicht, und das ist auch nicht das, was er von mir braucht.

Eine Krankenschwester in einem grünen Kittel kommt aus dem Zimmer, bevor wir eintreten. Sie tippt etwas auf einem Tablet, dann sagt sie: »Ah, guten Tag, Orion. Ich wollte gerade zur Rezeption. Hab gehört, es gibt Gebäck.«

Orion stellt mich Kelly als die verantwortliche Bäckerin vor, und wir erfahren, dass seine Mum gerade ein frühes Abendessen zu sich genommen hat und nach unserem Besuch noch einmal in den Garten gebracht werden soll.

In dem gemütlichen Zimmer hängen impressionistische Kunstwerke an den blassgrünen Wänden und ein Fenster mit geblümten Gardinen geht zu einem Innenhof raus. Ein an der Wand befestigter Fernseher läuft, aber der Ton ist ausgeschaltet. Dann fällt mein Blick auf das ordentliche Einzelbett und eine Mutter.

»Hallo, schöne Frau«, sagt Orion zu der Blonden in einem langärmligen rosa Top. Jemand hat ihren Mund mit einem Lippenbalsam leicht gefärbt.

Sie bewegt sich unruhig hin und her, aber sie sieht mich nicht an, nicht einmal ihren eigenen Sohn. Wir schieben zwei Stühle ans Bett. Orion sitzt am nächsten und streckt die Hand aus. »Ich halte immer ihre Hände oder berühre ihr Gesicht«, erzählt er mir. Dann sieht er ihr direkt in die blauen Augen, die sie gemeinsam haben. »Mum, ich habe heute Lila mitgebracht. Das Mädchen aus Miami, von dem ich dir erzählt habe. Und sie hat ganz schön für Aufsehen gesorgt an der Rezeption, weil sie für alle leckeres Gebäck mitgebracht hat. Ich wollte unbedingt, dass du sie kennenlernst.«

Mein Herz dehnt sich aus wie ein Ballon, und er hat recht: Traurigkeit ist nicht das stärkste Gefühl, das ich empfinden will. Dieser Raum ist erfüllt von Liebe und stiller Annahme des Schicksals. Orion erzählt Geschichten und bringt Leben in dieses Zimmer, zeigt seiner Mutter heitere Schnipsel von sich selbst, von mir, von Musik und Motorrädern, von Freunden. Er gießt Leben in sie und füllt sie mit einer Welt, mit der sie sich selbst nicht mehr füllen kann.

»Hast du ihr von dem Vorfall mit der Teigschüssel erzählt?«

»Noch in derselben Woche. Und wie du mich zusammengestaucht hast – Gott, dein Gesicht.« Er lächelt. »Ich dachte mir, das soll sie ruhig wissen.«

Er erzählt noch mehr Neuigkeiten. Dass er mir mein erstes Castle gezeigt hat und wie wir zusammen durch London gezogen sind. Ein paarmal murmelt seine Mutter etwas und nickt wahllos. Orion bemerkt diese Funken einer Reaktion und kostet sie aus, bevor er zu abenteuerlicheren Geschichten übergeht. Ist dies der Raum, in dem mein Geschichtenerzähler geboren wurde?

Bald fühle ich mich entspannt genug, um auch etwas beizusteuern. »Flora hat Brotbacken gelernt. Das Kneten mag sie am liebsten, weil sie da den Teig rumkommandieren kann«, erzähle ich und sage ihr, dass sie stolz auf ihre Tochter sein könne. Das hört schließlich jede Mutter gerne. »Und Orion weiß einfach am besten, wann jemand eine Tasse Tee braucht oder eine richtig dicke Umarmung. Ich würde noch bis tief in die Nacht brauchen, all die Dinge aufzuzählen, die er am besten kann.«

Aber als unser Besuch immer länger dauert und das Sonnenlicht blasser wird, verändert sich die Welt zwischen Lila Reyes und Evelyn Maxwell. Nach einer Weile stelle ich fest, dass ich ins Spanische abdrifte und mir erlaube, Orions Mutter Dinge zu erzählen, die ich kaum mir selbst erzählen kann. *Los secretos*. Sie erfährt meine Geheimnisse, während ihr Sohn seinen Blick zwischen uns beiden hin- und herwandern lässt. Mir ist klar, dass sie kein Wort verstehen kann. Aber ich erzähle ihr meine Geheimnisse und Herzensangelegenheiten auch nicht, damit sie sie versteht. Ich verstehe sie selber nicht, und sie auszusprechen, ist alles, was ich tun kann.

Und das tue ich, bis ich alles gesagt habe, was ich sagen kann.

Plötzlich werde ich mir wieder bewusst, dass ich mit Orion hier sitze. Mir wird ganz heiß, als ich ihn ansehe. »Tut mir leid. Ich hab irgendwie alles um mich herum vergessen.«

»Das muss dir nicht leidtun.« Er drückt seiner Mutter einen Kuss auf die Hand, dann nimmt er meine. »Und wenn ein Brite dir sagt, es muss dir nicht leidtun, dann muss es dir wirklich, *wirklich* nicht leidtun, okay?«

Mein Mundwinkel bewegt sich nach oben. »In Ordnung.«

»Und im Hinblick auf das, was du gesagt hast – ich glaube, ich hab die Wörter *Schwester*, *Abuela*, *Flugzeug*, *Mutter* und *Bäckerei* aufgeschnappt. Und mein Name ist ja derselbe, also …«

Es tut mir zwar nicht leid, aber ich habe immer noch das Gefühl, dass er mich geradewegs durchschauen kann, und sehe verlegen aus dem Fenster. »Dann hast du das Wesentliche erfasst.«

Ohne es auszusprechen, wissen wir beide, wo wir nach dem Besuch im Elmwood House hingehen wollen. Auf dem St Catherine's Hill picknicken heute ein paar Ausflügler im Gras oder werfen Bälle für ihre Hunde, aber wir finden ein Plätzchen im schattigen Dickicht. Bald verdrängt die Dämmerung das letzte Nachmittagslicht und der Himmel färbt sich pflaumenblau. Wir verbringen den Abend auf unserer Baumstammbank.

Nach langem Schweigen beginnt Orion: »Ich beobachte dich schon die ganze Zeit, schamlos und geradezu unverschämt. Wie deine Gesichtszüge zucken, als wolltest du etwas sagen, und du dann den Mund verziehst. Ist es wegen Mum?«

»Ja und nein. Mein Flugticket ist heute angekommen, direkt bevor wir losgefahren sind. Davon habe ich deiner Mutter erzählt.«

»Oh«, haucht Orion mehr, als dass er es sagt. Wir sitzen Hüfte an Hüfte, Seele an Seele. Wir kannten ja beide schon das Datum, aber ich sehe immer wieder das offizielle Logo in der E-Mail vor mir. *British Airways. LHR-MIA.*

»Und ich hab ihr auch erzählt …« Ich verdrehe die Augen über mich selbst. »Ach, egal.«

Er legt den Kopf schief und sieht mich mit zusammengekniffenen Augen an. »Du weißt doch, dass es absolut nichts gibt, was du mir nicht erzählen kannst?«

»Das nicht, glaub mir. Es ist schrecklich. Furchtbar.« *Desgraciada* – ich bin taktlos und fies. »Zwing mich nicht dazu, es zu sagen.«

»Ich würde dich nie zu etwas zwingen. Aber an Furchtbares bin ich gewöhnt. Das kannst du mir also zumuten.«

Traurigkeit spüre ich auch jetzt nicht. Wut mischt sich in mein Blut, färbt die Worte, die in meiner Kehle feststecken. Ich grabe meine Finger in die harte, raue Baumrinde. »Also gut. Ich wollte es wissen, okay? Was ist schlimmer: Nach der

Schule in deine Küche zu kommen und deine Großmutter, dein *Ein und Alles*, tot auf dem Fußboden zu finden –«

»Mein Gott.« Orion zieht mich an sich. »Ich hab nicht gewusst, dass *du* sie gefunden hast. Verdammte Scheiße.«

»Ja … also das, oder eine Mutter zu lieben, die noch da ist, aber doch nicht anwesend? Zu beobachten, wie sie jeden Monat ein bisschen mehr abbaut, und dich darauf vorzubereiten, sie ganz zu verlieren? Ich hasse es, dir dein Leben so vor Augen zu führen. Und ich habe ja meine eigene Mutter noch. Aber … Abuela – ich konnte mich nie von ihr verabschieden.« Beschämt vergrabe ich meinen Kopf an seiner Brust. »Und ich weiß nicht, was schlimmer ist – sich nicht verabschieden zu können oder jedes Jahr ein bisschen mehr Abschied nehmen zu müssen.«

»Die Flutwelle oder die Sanduhr.«

»Genau.«

Er fährt mit den Fingern durch meine Haare. »Muss denn das eine schlimmer sein als das andere? Kann nicht beides gleichermaßen furchtbar sein? Solche Erfahrungen verändern uns und machen uns stärker, und wir versuchen unser Bestes, trotzdem weiterzumachen, oder?«

»Das tun wir«, erwidere ich und lasse zu, dass Orions Worte die Risse in meinem Inneren füllen. »Und du hast recht. Es ist großartig, wie du mit all dem umgehst, was das Leben dir zumutet. Aber hast du denn nie das Bedürfnis, dich wenigstens ein bisschen zu wehren? Das Universum auszutricksen? Mal einen Moment für dich zu beanspruchen und nicht zu warten, bis das Leben den Rest für dich plant?«

Seine Augen versinken in meinen. Strahlendes Winterblau in Braun. »Oder dir etwas wegnimmt?«

»Oder das.«

»Jeden einzelnen Tag.«

»Und trotzdem … kannst du es nicht?« Und ich kann ihn nicht mehr ansehen.

»Lila«, sagt er, und seine Hand umklammert so plötzlich meinen Unterarm, dass ich zusammenzucke. »Bin ich denn so ein totaler Depp, dass du keine Ahnung von meinen Gefühlen hast? Für dich?«

Trau dich. Schau ihm in die Augen. Sieh ihn an. Ich hebe den Kopf und spüre ein Gefühlschaos in mir – eine Sehnsucht nach warmen Getränken und warmen Pullovern, aber auch das kalte Gefühl, nackt und bloß zu sein. »Doch. Die spüre ich mehr als alles andere. Und ich wünschte …« Ich schüttele den Kopf. »Aber was soll das? Wollten wir nicht aufhören, das zu tun? Uns etwas zu wünschen? Wenn wir eine Sternschnuppe sehen oder uns nach Momenten nur für uns sehnen?«

Er legt seine Hände in meine. »Was ist denn dein Wunsch?«

»Äh, nein. *Nein.* Dein abergläubisches Ich sollte doch wissen, dass man da besser nicht nach Details fragt. Es gibt schon genug im Universum, was sich dagegenstemmt, dass mein Wunsch wahr wird.« Ich setze mich aufrecht hin und schniefe. »Und wenn du es nicht ohnehin schon weißt, bin *ich* wohl der Depp und –«

Orion stößt meine Worte zur Seite und verschließt meinen Mund mit seinem. Ein leiser Fluch dringt aus seiner Kehle. Heilige Scheiße, das ist neu. Was machen wir hier eigentlich? Egal, wir machen es trotzdem, denken nicht länger nach, überlassen uns unseren ungestümen Bewegungen – Zähne schaben aneinander, Nasen stoßen sich, Arme rudern.

Er weicht zurück, atemlos wie ein erschöpfter Jogger. »Dann hatte ich also recht. Derselbe wie meiner – wenn ich der Typ fürs Wünschen wäre.«

Ich stoße eine Art zustimmenden Laut aus.

»Aber ich kann es noch besser.«

Gott, das kann er. *Das kann er das kann er das kann er.* Orion umfasst meine Wangen mit seinen Händen und sieht mich an, als wäre ich das köstlichste Dessert, das ich je gemacht habe. Er hebt mein Kinn mit seinem Daumen und lässt seinen Mund unendlich langsam auf meinen sinken. Nimmt sich Zeit, als hätten wir unendlich viel davon.

Seine Hände wandern hinunter, weiter und weiter hinunter, bis sie sich hinter mir verschränken und mich auf seinen Schoß heben. Er schmeckt nach Frucht und Zucker. Und dann sein Lächeln – noch süßer –, bevor er meine Stirn und meine Wangenknochen mit Küssen bedeckt.

Ich ziehe ihn wieder hinunter. Goldene Funken von all den Stadtlichtern, die wir gesehen haben, schießen durch meine Adern, sprühen durch alle Straßen in mir. Ich kann nicht aufhören, ihn zu berühren. Kann mich nicht nah genug an ihn schmiegen. Mein Körper drängt in seinen, und ich spüre, wie mich die drahtige Kraft seiner Muskeln und Knochen umfängt.

Bleib bei mir? Noch ein Wunsch, den ich nicht einmal den Sternen anvertrauen kann. Welche Sprache soll ich benutzen, um mir zu wünschen, dass Kontinente und Kulturen sich in Bewegung setzen? *Bleib bei mir, auch wenn es unmöglich ist.* Das wünsche ich mir mit meinen Händen, bis meine Nägel einen nach einem Sternbild benannten Jungen mit Halbmonden markieren.

Heute Abend küsse ich ihn unter einem Buchenblätterdach und lerne, dass die Sternbilder, die in den halbdunklen Himmel graviert sind, keine Rolle spielen. Orion Maxwell ist das Nordlicht und der Nordstern – mein Leitstern, auch wenn mein Vermächtnis mich südwärts ruft.

Südwärts. Miami.

In diesem Moment setzen die Uhren sich wieder in Gang und Phantomräder setzen auf der Rollbahn auf. Wir spüren beide die Veränderung und lösen uns in demselben unausgesprochenen Moment voneinander. Ich sitze immer noch auf seinem Schoß, um ihn gewickelt wie Wolle. Meine Stirn lehnt an seiner, siebentausend Kilometer zwischen uns.

»Als du herkamst«, beginnt er mit rauer Stimme, »gehörte dein Herz einem anderen.« Als ich nicke, fügt er hinzu: »Aber selbst jetzt noch gehörst du zu einem anderen Ort. Und ich kann nicht einmal daran denken, für Jahre mit dir nach Miami zu gehen. Nicht, solange Mum und Flora ...«

»Ich weiß.« Ich habe es immer gewusst.

»Mein Leben ist voller flüchtiger Dinge, voller Abschiede. Ständig verliere ich Menschen und dieses Gefühl habe ich so satt. Und *du* ...« Das einzelne Wort spiegelt sich in seinen Augen. »Du könntest kein kurzes Abenteuer sein. Verstehst du, das kann ich nicht – ein paar Sommerwochen lang vögeln und die ganze Zeit ein Enddatum im Kopf. Um dich dann in ein Flugzeug zu setzen und nur die Erinnerung daran zu behalten. An dich.«

Mein Atem gerät ins Stocken. Ich verstehe ihn und weiß, dass er recht hat. Hasse es, dass er recht hat. Und liebe ihn dafür, dass es ihm wirklich um mich geht – auf diese wunderbarfurchtbare Weise. »Dann können wir das nicht noch mal machen, oder?«

Seine Augen werden feucht und er schüttelt den Kopf. »Verdammt, es ist einfach zu schwer. Lass unsere Zeit hier unser Moment sein – nur für heute.«

Der Moment, den wir Welten, Leben und Universen abgeluchst haben.

Auch wenn sie trotzdem noch gewinnen. *Por ahora.*

Fürs Erste.

Kapitel 30

Am Abend meines achtzehnten Geburtstags wird mir gesagt, ich solle mein schönstes Kleid anziehen und in meinem Zimmer bleiben, bis mich jemand abholt. Ich habe tatsächlich ein neues Kleid, ein kurzes, hauchzartes Teil, das mir Victoria von Come Around Again empfohlen hat. Sie hat gesagt, es würde perfekt an mir aussehen. Der Preis war auch perfekt und es passt wie angegossen. Schwarzer geblümter Chiffon schmiegt sich an meinen Körper und der rechteckige Ausschnitt ist mit schmalen Trägern versehen.

Während ich noch an meinem Outfit herumbessere, fange ich an zu packen. Nur noch zwei Tage, aber ich versuche mich so gut wie möglich in Feierlaune zu bringen und nicht zu sehr darüber zu brüten, was oder wen ich zurücklassen muss. Um das durchzuhalten, musste ich einen perfekten gestohlenen Moment mit Orion auf einem Hügel im Abendlicht festhalten und in eine Schatzkiste in meinem Inneren verschließen. *Fürs Erste.*

Aber Orion hatte noch andere Schätze und Geschenke für mich parat. Zum Geburtstag habe ich heute noch mehr Zeit in London bekommen, dieses Mal mit Besichtigungen drinnen. Den ganzen Tag lang habe ich die Kronjuwelen begafft und

Orion durch jede Haushalts- und Lebensmittelabteilung von Fortnum & Mason geschleift, Gourmet-Zutaten bestaunt und Souvenirs für Mami und Pilar ausgesucht. Aber die größte Überraschung war, dass Orion mich zu einem sündhaft teuren Afternoon Tea im dortigen Diamond Jubilee Tea Salon eingeladen hat. Den ganzen Nachmittag haben wir dort geschlemmt, umgeben von weißen Tischdecken und eierschalenblauem Geschirr. Wir haben den hauseigenen Royal Blend getrunken und uns mit kleinen Sandwiches, Scones und raffinierten Kuchen vollgestopft.

Anschließend haben wir einen frühen Zug zurück genommen, damit in Winchester noch genug vom Abend übrig ist. Aber wofür? Ich schließe gerade die letzte Schnalle an meiner goldenen Sandale, als es an der Tür klopft.

Der Jemand, der mich abholen soll?

»Hey«, sage ich in den Flur hinaus, und dann: »*Wow!*« Orion hat geduscht und trägt jetzt einen engen schwarzen Anzug, komplett mit silbrig blauem Hemd und passender Krawatte. *Tan guapo* – umwerfend – und alles so elegant.

Er kommt herein und beugt sich vor, um mich auf die Wange zu küssen. Auch wenn wir uns seit dem Abend auf dem St Catherine's Hill wieder an das Prädikat »jugendfrei« halten, haben unsere Augen das noch nicht begriffen. Bestimmt starre ich ihn an wie eine Idiotin.

Seine Augen sind groß und ozeantief genug, um mich in das Blau zu ziehen und darin ertrinken zu lassen – das ist *sein* Sirenengesang. Und dann nimmt dieser elegante Junge im Anzug mich in den Arm. »Du siehst wunderschön aus«, flüstert er in mein Ohr, und ich habe den Geruch nach Seife, würzigem Kölnischwasser und Haargel in der Nase.

Ich streiche das Revers seines Blazers glatt. »Du hast dich ja ganz schön herausgeputzt, Maxwell. Aber für Abergläubische bist du eine wandelnde Gefahr, wenn du mit nassen Haaren aus dem Haus gehst.« Sanft fahre ich mit den Fingern über seine gewaschenen und gestylten Locken.

»Gefahr und Leichtsinn und massenhaft Alkohol sind hier nun mal typisch für einen Schulabschlussball.« Er hebt vielsagend die Augenbrauen.

»Einen was?«

Er zieht seine andere Hand hinter dem Rücken hervor und mein Herz macht einen Sprung. Orion überreicht mir eine durchsichtige, gewölbte Schmuckschachtel mit einer pinkfarbenen Rose fürs Handgelenk.

»Ist das etwa …?«

»Ja, ist es. Wir wollten etwas Besonderes für deine Geburtstags-Schrägstrich-Abschiedsparty auf die Beine stellen. Flora hatte eine brillante Idee, und du wirst gleich sehen, was ein paar Heinzelmännchen hier zuwege gebracht haben, während wir in London waren.« Er öffnet die Schachtel und stellt sie auf meinen Schreibtisch. »Englische Rosen für ein kubanisches Mädchen. Willst du mit mir zur Prom gehen?«

Ich nicke begeistert, während er mir den Blumenschmuck über das Handgelenk streift, und schlinge dann die Arme um ihn. »Danke. Ich habe zehn Minuten für diesen ›Smokey Eyes‹-Look gebraucht, und jetzt bin ich dabei, mich in einen Waschbären zu verwandeln.«

Er lacht und zieht mich näher an sich. »Keine Waldtiere. Nur wir beide heute Abend. Und ich muss dich warnen: Ich kann noch schlechter tanzen als kochen, aber wir werden trotzdem tanzen.«

»Bevor wir das tun – vielleicht kannst du mir das hier erklären?« Ich deute auf das mit einer Schleife zusammengebundene Set von Messlöffeln aus Teakholz, das ich nach unserem Tag in London auf der Kücheninsel gefunden habe. Zusammen mit einer Karte, die ich jetzt hochhalte.

Für Lila, aus Anlass deines Geburtstages. Ich bin sicher, die kannst du gebrauchen, um zu Hause viele wunderbare Dinge zu backen.
Viele Grüße, Polly
PS: Deine Zitronenkekse und Feigenteigtaschen und dein kubanisches Brot waren durchaus genießbar.

»Durchaus genießbar«, wiederhole ich mit meinem besten britischen Akzent. »Aber wie kann sie mein kubanisches Brot und all die anderen Sachen probiert haben?«

Orion nimmt die Löffel in die Hand und bewundert sie. »Das geht auf mein Konto. Polly kommt immer noch zu Maxwell's, um Tee zu kaufen. Und da hab ich sie von den Köstlichkeiten probieren lassen, die du mir den ganzen Sommer über mit nach Hause gegeben hast.« Er zuckt die Achseln. »Ich schätze, das ist eine Art Friedensangebot. Und eine nette Geste.«

Ich schüttele schmunzelnd den Kopf. »Das ist es. Ich werde ihr noch eine Dankeskarte schreiben, die du ihr geben kannst.« Wenn ich weg bin – diesen Teil spreche ich nicht aus. Ich lege die schönen Löffel wieder zurück auf den Tisch und greife nach Orions Hand. »Aber jetzt ist es Zeit, zu tanzen.«

Ein paar Schritte später schwebe ich an seinem Arm die Treppe hinunter und fange ein paar lächelnde Blicke von Gästen ein, als wir auf das Foyer zukommen. Orion schwenkt nach links. Die Türen zum Salon sind geschlossen, und über dem Eingang hängt ein Schild: *Geschlossene Veranstaltung.*

Und dann führt er mich in einen Festsaal – eine kleinere, gemütlichere Ausgabe des Prom-Balls, den ich nie hatte. Jubel und Rufe durchfluten meine Ohren, als ich versuche, alles auf einmal in mich aufzunehmen. Alle unsere Freunde sind hier, selbst die Goldline-Mitglieder, alle in improvisiertem Prom-Aufputz. Orions Dad sitzt mit Cate und Spencer am großen Panoramafenster. Eine Discolampe wirft helle Lichtstrahlen durch den schummrig beleuchteten Raum. Alle kommen auf mich zu, um mich zu drücken. Meine Arme sind voller Menschen.

Jules taucht als Letzte auf, mit umwerfenden Wasserwellen in den Haaren und einem schwarzen ärmellosen Kleid. Unter dem wadenlangen Saum gucken mehrere Lagen Tüll mit Pünktchenmuster hervor. Jules drückt mich fest, mein überschwänglicher Dank in ihrem Ohr. »Ach, das hat uns doch alles Spaß gemacht.« Sie grinst. »Happy Birthday, Süße. Schau, wir haben alle Sofas zur Seite geschoben, damit wir Platz zum Tanzen haben.«

Sie und Orion führen mich durch den verwandelten Raum. Remys Eltern haben Obstplatten, Pommes (mit meiner Lieblings-Currysoße) und kleine Burger mitgebracht. Alle Tische sind in der Nähe des Buffets gruppiert, aber es ist das, was auf den Tischen ist, was mich ungläubig staunen lässt.

»Moment mal. Blumengestecke?« Und dann wird mir bewusst, dass sie überall sind. Auf sämtlichen Tischen, auf der Bar, sogar auf dem Kaminsims stehen kunterbunte Blumengestecke, in allen Farben und Formen.

»Leider kannst du sie nicht mit nach Hause nehmen und die heimlichen Blumenambitionen deiner Mutter wahr werden lassen. Wir haben sie von ein paar lokalen Geschäften ausgeliehen und müssen sie morgen zurückgeben, aber wir dachten …«

»Alles.« Orion hat für meine englische Party mein Miami hierhergeholt. »Du hast wirklich an alles gedacht. Ein Danke kann da gar nicht ranreichen.«

»Aber dein Lächeln«, beteuert Orion.

Gordon taucht hinter uns auf. »Und keine ombrégefärbten Nelken weit und breit. Da haben wir drauf geachtet.«

Mein Abend fließt dahin, traumartig und wunderschön. Musik spielt, und ich tanze mit jedem, sogar mit Orions Dad und mit Spencer. Aber meine schönsten Tänze sind die mit einem Prom-Partner, auf den ich gewartet habe, ohne es zu ahnen, an einem Meilenstein-Geburtstag, den ich vor Kurzem noch am liebsten übersprungen hätte.

Gibt es einen Aberglauben darüber, dass man Dinge loslässt, um dann später mit einer neuen Version dieser Dinge überrascht zu werden, die so viel besser ist? Dieses Bessere habe ich jetzt. Aber ich will Orion keine Frage stellen. Ich will nur tun, was ich gerade tue – so eng mit ihm tanzen, dass kein Platz für irgendwelche heiligen Gottheiten zwischen uns ist. Mein Kopf sinkt schwer auf seine Schulter und seine Hände verschränken sich in meinem Kreuz. Ein Song nach dem anderen.

Eine Weile später überlagern Bilder und Stimmen in meinem Kopf die sanfte Tanzmusik.

»Du hast dich gerade total angespannt«, stellt er fest.

»Als du an meiner Tür geklopft hast, hatte ich gerade angefangen zu packen. Jedes meiner Kleidungsstücke erinnert mich an etwas, das wir gemacht haben, als ich es anhatte. Und ich will nicht diesen Abend verderben, aber ich sehe ständig das Flugticket vor mir.«

Seine Hände zeichnen Kreise auf meinem nackten Rücken. »Ich werde jetzt nicht mehr sagen, lass uns jeden Tag für sich nehmen, denn wir haben ja nur noch zwei Tage. Aber weißt du, ich bin auch nicht zu meiner Prom gegangen. Und jetzt genieße ich diesen Abend. Als ich die Schule verließ, hätte ich das nicht für möglich gehalten, aber jetzt tue ich es, Lila.«

»Ich auch.« Und ein gestohlener Moment ist besser als ein ganzes Leben in einem champagnerfarbenen Kleid mit einem anderen Jungen, der mein Gestern war, aber nicht mehr in mein Heute passt.

Und was ist mit *mañana*? Morgen? Was und wer passt dort hinein, und wo? Orion nimmt mich auf in sein Heute, innig, warm und gewollt. Aber selbst nach seinem Kuss neulich, nach diesem Abend, mit dem er mich heute verwöhnt, kann er immer noch nicht über morgen sprechen.

Ich finde Möglichkeiten, im Jetzt zu bleiben und mich auf das Feiern zu konzentrieren. Ich verberge meine tickenden Uhren und Gedanken an das Unmögliche in den Blumengestecken, ertränke sie in Gläsern mit perlendem Champagner. Ich mustere die Gesichter meiner neuen Freunde und versuche, sie mir einzuprägen. Wir werden Textnachrichten und FaceTime haben, aber jetzt will ich sie lebensecht, in RealTime, ihre Herzen und all ihre kleinen Eigenheiten. Damit mir so viel wie möglich in Erinnerung bleibt.

Orion kommt mit einem großen Teller Pommes zurück und dreht mich herum, als Jules und ihre Goldline-Freunde sich in der gegenüberliegenden Ecke gruppieren. »Noch mehr Überraschungen.«

»Sie wird singen?«

Die Bandmitglieder fangen an zu spielen, in kleiner Besetzung mit zwei akustischen Gitarren, Keyboard und einer Kistentrommel. Jules greift nach einem Mikro, das für das Inn leise gestellt wurde. »Wo ist Lila?« Sie entdeckt mich im schummrigen Licht und grinst. »Ah, da ist sie ja. Also, zu Ehren deines großen Geburtstags und, na ja, zu Ehren von jemandem, der einfach verdammt großartig ist, wollte ich heute Abend Goldlines neuesten Song vorstellen. Er heißt ›Sweaters‹, ähm, nicht ›Jumpers‹, wegen Amerika und so. Dieser Song ist für dich.« Sie wirft mir eine Kusshand zu und ich habe jetzt schon Tränen in den Augen.

Orion zieht mich an sich, als die ersten Mollakkorde erklingen. Remy filmt, als Jules mit ihrer lässigen Singer-Songwriter-Stimme dazukommt. Mein Herz zerspringt bei so viel Schönheit, als sie den Refrain anstimmt.

Sweaters for my shoulders
Blankets for the cold
You're painting stars where
I colored black holes
Your embers, my ashes
Your sugar for this sinking sand
You cover me again
You cover me again

Es ist, als hätte Jules alles aus mir herausgenommen – die Bestandteile und Bausteine meines Herzens – und es in Musik übertragen. Diese ganzen Wochen lang hat sie alles beobachtet und mein Leben geschrieben – in einem Songtext.

Orion muss mich festhalten, als die ersten Töne einer Bridge erklingen. Die Gitarrenspieler stehen auf und grinsen. Leah, die Schlagzeugerin, zwinkert mir zu. Dann verändern sich die Akkorde, der Beat, die Rhythmen: Goldline ahmt Salsaklänge nach. In der einfallsreichsten Bridge, die ich je gehört habe, wechselt Jules zwischen Englisch und Spanisch. Und das alles wirkt nicht fehl am Platze, sondern ist eine perfekte Mischung – wie eine kubanische Blätterteigtasche mit englischen Früchten.

»Was?« Ich sehe Orion an und er grinst über das ganze Gesicht. »Du hast davon gewusst?«

Die Musik geht weiter und wechselt zurück zu den zarten Mollsequenzen. »Nur, dass sie einen Song plante. Sie ist wirklich verdammt gut. Der kubanische Groove in der Mitte fügt sich perfekt ein. Unerwartet, aber nicht fehl am Platze.« Er drückt mir einen Kuss auf die Schläfe. »Genau wie du.«

Als der Song zu Ende ist, spielt die Band ein paar akustische Stücke, während ich Jules in die Arme schließe. »Du bist unglaublich«, sage ich ihr. »Danke. Das werde ich nie vergessen.«

Sie weicht ein Stück zurück und sieht mich an. »Nach diesem Abend in der Küche, als wir zusammen gekocht und getanzt haben, konnte ich nicht anders. Ich hatte schon Teile des Songtextes im Kopf, konnte aber noch nicht alles zusammenfügen. Und dann hatte ich es plötzlich. Vielleicht war es die Cola mit Limette.« Sie lacht, aber ihre Augen werden feucht. »Kann ich dich mal in Miami besuchen? Verdammt, du wirst mir total fehlen.«

Ich nicke und schmiege mich an ihre nackten Schultern, während ich sie noch einmal umarme. »Bald – bitte. Ganz bald.«

Und dann wird es immer später, und wir lassen uns immer mehr gehen, was ja nicht weiter überraschend ist. Unsere Aufsichtspersonen ziehen sich zurück. Wein und Champagner und Cider fließen, und auch der Zuckerkonsum steigt, als wir uns noch einmal an der Eiscreme-Bar bedienen, die Cate anstelle von Kuchen (für die beste Bäckerin in Winchester?) vorbereitet hat.

Genauso wenig überraschend ist, dass die Mädchen irgendwann zusammen in einer Ecke des Zimmers abhängen, auf dem Bauch liegend oder im Schneidersitz auf dem Teppich, die Schuhe längst abgestreift. Flora, bezaubernd in einem pflaumenblauen Minikleid mit Spitze, leckt ihren Eislöffel ab und krümmt sich vor Lachen, als Jules uns mit parodierten Songs und schmutzigen Witzen unterhält.

»Wie, denkst du, wird sich das anfühlen? Im Fernsehen zu sein?«, fragt Carly von Goldline.

»Beängstigend«, antworte ich lachend. »Aber hoffentlich etwas weniger, nachdem meine Schwester und ich eine Woche lang von einem Beauty Salon zum anderen gezogen sind. Augenbrauen, Maniküre und Strähnchen.« Mein anderes Leben lockt – ich sehe vor mir, wie ich mit Pilar in meinem Mini Cooper umherflitze und knapp einem Strafzettel entkomme.

»Jaja«, stimmt Jules mir zu. »So auszusehen, ist immer eine Gemeinschaftsanstrengung.« Sie schüttelt ihre Haare.

Mein Blick bleibt an Orion hängen, der mit seinen Kumpeln schlaff in den Seilen hängt. Flaschen und Schnapsgläser stehen hinter ihnen. Er lächelt – ein schiefes Lächeln, das über sein Gesicht rutscht. Ich muss schmunzeln. Er könnte tatsächlich auf einer der typischen Prom-After-Partys sein. Der Alkohol lässt seine Gliedmaßen schlackern wie bei einer Marionette.

Zurück zu meinen Mädels: Leah, Jules und Carly sitzen jetzt etwas abseits, quatschen und kichern zwischen dem einen oder anderen Schluck Cider. Doch Flora lehnt sich nur mit dem Rücken an die getäfelte Wand und mustert mich still. Ich rutsche näher zu ihr.

»Ich werde trotzdem weitermachen. Weiter backen, wie du es mir gezeigt hast«, verkündet Flora.

Ich spiele mit der Rose an meinem Handgelenk. Der einzige Blumenschmuck, den ich mit nach Hause nehmen will. »Da wird sich deine Familie freuen.« Ich sehe ihr in die Augen. Sie hat sich gar nicht ungeschickt mit grauem Lidschatten geschminkt. »Auch wenn ich wieder zurückmuss – du kannst mich jederzeit auf FaceTime anpingen, texten oder anrufen.« Ich hebe die Achseln. »Wenn du eine Backfrage hast oder einfach reden willst. Mit meiner Schwester war ich auch ständig in Kontakt.«

»Ja, das würde ich gern.« Sie dreht sich herum, um für ein paar Momente ihren Bruder zu beobachten. »Ich sorge schon dafür, dass er ordentlich isst. Wenn du wieder in Miami bist. Ich meine, du kannst dich am Telefon über seine ewigen Käsesandwiches aufregen, aber ich kann mehr tun.«

Ihre Worte rühren mich total. »Ja, ihr könnt aufeinander aufpassen. Und auf euren Dad.«

Ein Lächeln landet auf ihrem Gesicht und verschwindet wieder, als würde es die Flügel ausbreiten und davonfliegen. »Aber ich werde es trotzdem vermissen, mit dir Brot zu backen und es in diesen superleckeren Kaffee zu tunken, den du machst.«

Ich muss meine Augen schließen, spüre einen Kloß im Hals. *Hazlo* – es ist vollkommen klar, was ich tun muss. Es fühlt sich vollkommen richtig an. Ich öffne meine goldene Halskette und nehme den kostbaren Taubenanhänger ab. Ich binde den kleinen Vogel an eines der Bänder an meinem Blumenschmuck und lasse die filigrane Kette in Floras Handfläche gleiten. »Für dich.«

Sie hebt die Kette hoch. »Das kann ich nicht annehmen. Die hast du doch von deiner Großmutter.«

»Mir geht es mehr um den Anhänger. Ich kann mir zu Hause eine andere Goldkette dafür kaufen.«

Flora lächelt. »Danke, Lila.« Sie lässt mich den Verschluss in ihrem Nacken schließen.

»Du kannst ja irgendwann deinen eigenen besonderen Glücksbringer daran hängen. Aber wenn du diese Kette trägst, weißt du, dass jemand immer an dich denkt.« *Du wirst nicht übersehen. Nicht vergessen.*

Später sind nur noch zwei Gäste im Salon, und einer beziehungsweise eine trägt eine pinkfarbene Blume. Der andere hält sich leicht taumelnd am Türrahmen fest, nachdem er seinen letzten Freund hinausgescheucht hat. Schnell hake ich ihn unter. »Du. Couch. Jetzt.«

Orion macht ein paar torkelnde Schritte an meinem Arm und gibt einen britischen Laut der Zustimmung von sich. »Wunderbar … warst du. Wunderbare Tänzerin.«

Ich führe ihn zu einem der Sofas. Helfe ihm aus seinem Jackett.

»Mmh, das ist schön.«

Ich setze mich neben ihn und er lehnt sich sofort an mich. Sogar seine Haut riecht nach Bier und einem Barschrank mit Hochprozentigem. »Ein Prom-Abend mit allem Drum und Dran, was?« Ich lockere seinen Schlips und ziehe ihn unter seinem Kragen hervor.

Noch ein leises, schnaufendes Lachen, dann sackt er auf dem Sofa zusammen und lässt seinen Kopf in meinen Schoß sinken.

»Oh. Okay dann. Hi.« Wunderland oder Märchenland oder Traumland – er hat eine Eintrittskarte dafür.

Seine Augen fallen zu, seine Lippen verziehen sich zu einem Lächeln, das sofort wieder verrutscht, und ich erlebe zum ersten Mal den schläfrig-betrunkenen Orion, über den sich seine Freunde amüsiert haben.

»Wir haben«, nuschelt er, »gar nicht alles gemacht … so viel mehr.«

»So viel.« Ich kaue auf der Innenseite meiner Wange und streichele seine.

Er schmiegt sich an meine Hand. »Ich mag Buchläden.«

Mein tränenersticktes Lächeln. »Ich auch.«

»Besser. Muss man nicht … zurückgeben. Kann Eselsohren machen und was reinschreiben. Die Ränder … vollkritzeln.«

Mein Magen wird ganz heiß. Ich streiche ihm eine einzelne Locke aus der Stirn.

»Besser als … Büchereibücher. Kann man nur ausleihen.«

Im Schummerlicht dieses Abends nehme ich mir Zeit und studiere sein Gesicht. Seinen markanten Kiefer und seine scharfkantige Nase. Ich berühre das kleine Grübchen an seinem Kinn, starre auf diesen Punkt, als würde er in die Ewigkeit führen. Er schnarcht jetzt leise, vollkommen weggetreten. Seine Augenlider zittern.

Im Schummerlicht sehe ich meine verbotene Wahrheit wie einen Schriftzug vor meinem inneren Auge. Ich verkleide mich als mich selbst, die Lila Reyes, die manchmal nicht nachdenkt und nicht auf andere hört. Auf nichts und niemanden aufpasst, wie sie sollte. Manchmal rennt sie zu weit und reagiert zu schnell und tut sich selbst und ihrer Schwester weh, wenn sie verletzt ist.

Im Schummerlicht dieses Abends bin ich noch immer sie. Nur eine andere Geschmacksrichtung des Mädchens, das vor Wochen hierhergekommen ist. Wenn sie nach Hause geht, ist sie dieselbe und doch eine andere.

Sí, claro, ich mache diese verbotenen Dinge. Diesmal bin ich wagemutig mit meinen Worten. Ich bewege sie in meinem Mund und schleudere sie aus meinem Herzen. Ich flüstere sie auf Englisch. Ich sage sie auf Spanisch. Ich lege sie in meine Hände, die für ganze Städte backen und Orion bis zum Morgengrauen halten werden. »*Te amo.*«

Kapitel 31

Zwei Koffer warten in Spencers Range Rover, nachdem ich mich von allen außer Orion verabschiedet habe. Jetzt bleiben uns nur noch Minuten und wir verbringen sie auf der Bank im Kirchhof.

Ich gähne herzhaft, kopfschmerzig und übernächtigt. Meinen Taubenanhänger trage ich jetzt an einer silbernen Kette, die ich in der Stadt gekauft habe.

»Die Dame hat ja gesagt, sie will die ganze Nacht wach bleiben, und das hat sie dann auch gemacht.« Er gibt mir einen Knuff.

»Du ja auch. Ich kann wenigstens im Flugzeug schlafen.« Nach Miami. Nach Hause.

Ich war achtsam mit meinem letzten Tag. Ich wollte nichts Neues mehr. Keine neuen Orte oder Erinnerungen. Ich wollte noch ein paar Stunden mit meinen alten und mit den Menschen, die ich kennen- und lieben gelernt habe.

Rezept für einen Abschied

Aus der Backwerkstatt von Lila Reyes

Zutaten: Ein kubanisches Mädchen. Ein englischer Junge. Eine englische Stadt.

Zubereitung: Gib Polly ihre Küche zurück und tausche ein echtes Lächeln aus, von einer respektablen Bäckerin zur anderen. Mache auf einer alten Triumph Bonneville eine Spritztour über Land. Gehe durch Winchester, durch die ganze Stadt und all deine Joggingwege entlang. Trinke einen Vanilla-Black-Tee bei Maxwell's. Iss Fish & Chips mit Currysoße im Pub deines Freundes. Schlafe in kurzen, unruhigen Etappen, zusammengekuschelt auf dem St Giles Hill.

*Lasse alle Zukunftsgespräche weg. Jede Form des Wortes *morgen*.

Backtemperatur: 200 Grad Celsius. Die Umrechnung kannst du jetzt auswendig.

Plötzlich steht Orion auf und geht hinüber zum Brunnen. Ist das unsere neue Realität? Müssen wir erst mal üben, nicht zusammen zu sein?

»Flora«, sagt er. »Als ich heute nach Hause kam, um mir die Zähne zu putzen, war sie gerade dabei, einen Teig zum Gehen zuzudecken.«

Ich stehe auch auf und halte jetzt Abstand. »Ich bleibe mit ihr in Kontakt. Chatte so oft mit ihr, wie ich kann.«

»Sie hängt total an dir.« Seine Hand ballt sich zur Faust, dann vergräbt er sein Gesicht darin, noch immer von mir abgewandt. Doch mit dem nächsten Atemzug dreht er sich wieder zu mir um, die Kiefer so fest aufeinandergepresst wie die Steine der Mauern. »Du bist hierhergekommen und hast alle mit deinen Backkünsten glücklich gemacht. Nicht nur mich und nicht nur mit Sandwiches und Teigtaschen. Du hast die Gäste im Inn verwöhnt, und auch die Leute in der Stadt werden morgen fragen, wo du bist. Du hast Jules' Musik genährt. Du hast meine Freunde mit mehr als nur Gebäck versorgt und meine Schwester mit Backwissen und Liebe, und auf einmal bist du …« Er lässt den Kopf sinken.

Ein Schauder geht durch mich hindurch, als ich begreife, was das bedeutet. Heute lehnt er sich auf gegen die Welt und das Universum, weigert sich, die Bordkarte in meiner Tasche zu akzeptieren. Das zu akzeptieren, was er nicht ändern kann. Morgen wird er es vielleicht wieder akzeptieren. Aber nicht jetzt.

»Orion.«

Er hebt den Blick und sieht mich gequält an.

»Und ihr habt mir alle so viel zurückgegeben.«

»Das ist das Beschissene daran, oder? Nach alldem sind wir immer noch ausgehungert.« Er reibt sich heftig das Gesicht. »Es tut mir leid, Lila. Es ist nicht deine Schuld. Du hattest dein eigenes Leben, bevor du hier gelandet bist.«

Ich beiße die Zähne aufeinander und nicke. »Du bist wirklich ein Vollidiot, wenn du denkst, dass ich dich vergessen oder dich aufgeben würde. Glaubst du wirklich, ich würde zulassen, dass das passiert?«

»Natürlich nicht … aber versprich jetzt nicht noch mehr. Du kehrst nach Hause zurück, in eine großartige Zukunft.«

Was, wenn meine Zukunft unter einer anderen Flagge steht? Jetzt in diesem Moment kann ich nicht einmal diesen Gedanken zulassen. Heute muss Miami mein rechtmäßiges Castle sein, nicht eine englische Ruine.

Er kommt auf mich zu. »Na dann. Spencer wird dich gleich rufen. Wir können es genauso gut jetzt hinter uns bringen und nicht in fünf Minuten.« Orion mustert mich von Kopf bis Fuß. »Pass auf dich auf. Ruf mich an, wenn du gelandet bist, egal wie spät es ist.« Er drückt mich an sich. Küsst mich auf beide Wangen und nickt einmal, als wollte er mich nach Hause schi-. cken.

Ich tippe mit den Fingern an meine Lippen und drehe mich dann Richtung Brunnen um. Ich will nicht zusehen, wie er davongeht. Es ist passend, dass unter der Heiligenstatue kein Wasser mehr ist. Ich versuche mich selbst abzustellen wie den Wasserzufluss dieses Brunnens. In diesem Moment bräuchte ich Mathematik, wie Pilar. Ich stelle Gleichungen auf: die Quadratwurzel aus *Family Style* plus Flan, geteilt durch Miami-Regen, minus South-Beach-Sand. Ich denke mir noch mehr mathematische Gleichungen aus, wiederhole sie, bis das kühle Grau von Grafit mein ganzes Herz verdeckt und Spencers Stimme von nebenan nach mir ruft.

Es ist Zeit, meine Füße in Bewegung zu setzen. Zeit, nach Hause zu gehen. Aber als ich das Tor erreiche, stoße ich fast mit Orion zusammen, der mir den Weg versperrt und mich an sich reißt.

»Ich habe gelogen«, ist alles, was er sagt, bevor er mich küsst. Innig und lang und bittersüß. Ein letztes Mal stillen wir unseren Hunger, bevor er sich von mir löst. »Auf Wiedersehen, Lila.«

Ich kann die Worte immer noch nicht erwidern.

Kapitel 32

Es ist einfach viel zu heiß in dieser Stadt. Mein an den britischen Sommer gewöhnter Körper muss sich umstellen wie Reptilien und Amphibien von der schattigen Kühle zu glühend heißen Felsen. Ich wache zu früh auf, und selbst jetzt schon, kurz vor der Morgendämmerung, dampft die Luft und verspricht einen weiteren Tag, an dem Make-up verschmiert, Kleidung an der Haut klebt und Schweiß sich an ungünstigen Stellen sammelt. Ein Miami-August hält seine Versprechen immer.

Gestern hat meine Stadt mich zurück in die Arme meiner Familie geführt. Ich habe geweint und mich an Pilar geklammert wie ein kleines Kind. Ich habe ihr gesagt, sie sehe wunderschön aus, aber sie müsste mal wieder zum Friseur. Und sie hat mir gesagt, ich sähe aus wie ein Desaster aus der Flugzeugkabine und absolut perfekt. Ich habe Orion eine Nachricht geschickt und mich nach ein paar leeren Worten und Emojis in den Schlaf geflüchtet. Dann hab ich noch eine Runde geschlafen und bin nur zum Essen aufgewacht.

Später werde ich zu La Paloma gehen, um zu sehen, was noch genauso ist und was sich verändert hat. Aber jetzt schlendere ich mit einem großen Becher *Café con leche* durch West Dade, bevor die Klatschtanten wach werden. Chany hat seinen Garten neu gemacht und Susana hat einen brandneuen Honda. Grace, Cristina und Sophie haben ihr Trio von pink- und lilafarbenen Vespas auf ihrer Einfahrt stehen lassen.

An unser Haus muss ich mich auch erst mal wieder gewöhnen. *Sí*, der Wasserhahn in der Küche tropft, wenn man den Hebel nicht ganz fest herunterdrückt. An dieser Stelle knarrt der Fußboden und die Wände riechen nach Knoblauch und Zwiebeln. Und in meinem Zimmer – meine halb ausgepackten Koffer sind ein totales Durcheinander – hört man nur das Ticken einer alten Uhr von Abuela und das Rauschen des Wassers, wenn Pilar eine Dusche nimmt. Aber sogar mein verschleierter Jetlag-Blick entdeckt das Paket auf meinem ungemachten Bett. Auf dem gelben Klebezettel steht:

Sorry, das hab ich ganz vergessen, weil meine Schwester wieder zu Hause ist. Das ist gestern in der Bäckerei angekommen. Hast du gut geschlafen?
P

DHL Express? Der Absender lässt ein Prickeln über meine Arme laufen. Vorsichtig entferne ich Klebeband, Kartondeckel und Seidenpapier. Ich stoße einen hilflosen Schluchzer aus, als ich den Inhalt heraushole – den weichsten, grauesten, englischsten, wolligsten, orionsten Cardigan aller Zeiten. Ich drücke ihn an mich, atme tief ein: Winchester-Stadthaus, Regen und Seife. Ich atme Erinnerungen ein – an Küsse und Kopfsteinpflaster, Motorräder und Musik. Dann hole ich eine einfache weiße Karte hervor:

Der war immer für dich bestimmt.
In Liebe, Orion

Es ist ganz schön schwierig zu texten, wenn einem die Hände zittern.

Ich: Hab dein Paket bekommen. Das kannst du nicht machen!
Orion: Natürlich kann ich das.
Ich: Aber deine Großmutter ...
Orion: ... wird mir einen neuen Cardigan stricken. Dieser gehört dir.
Ich: Ich liebe ihn total. Tausendmal danke.
Orion: Halt dich warm und meld dich bald wieder.
Ich: Gute Nacht, England.
Orion: Guten Morgen, Miami.

Ich ziehe die graue Wolle mit Zopfmuster über mein Tanktop. In dieser Stadt ist es zu heiß, viel zu heiß für englische Strickjacken. Aber diese wärmt ein fröstelndes Herz.

»Ich trau mich fast nicht, dich probieren zu lassen«, sagt Angelina, als sie mir ihren *Pastelito de guayaba* anbietet.

Ich beiße in einen lockeren, klebrigen Leckerbissen. Eine echte Köstlichkeit. Ich strahle sie an. »Angelina.«

»Wirklich?« Sie legt eine Papierserviette auf meinen Tisch.

»Die sind perfekt.« Ich bin an einen der Zweiertische in La Paloma gepflanzt worden. Vielmehr muss ich dort sitzen, um die Produktionspläne für *Family Style* durchzugucken, zu überlegen, welche Backwaren wir präsentieren wollen, und all die Kunden zu begrüßen, die seit Wochen nach mir gefragt haben. »Das ist Backen auf hohem Niveau, und ich weiß, das hast du den ganzen Sommer über gemacht. Danke.«

Sie lächelt und zieht ein Bandana über ihrem dunkelblonden Haar zurecht, bevor sie in die Küche zurückgeht.

Die anderen bestehen darauf, dass ich heute noch nicht wieder arbeite, sondern nur hier bin, um mich umzusehen und mich umarmen und begrüßen zu lassen. In drei Tagen schließen wir, um alles für das Shooting vorzubereiten. Die Wände unseres Verkaufsraums bekommen einen frischen Anstrich in dem warmen Elfenbeinton, den ich mit Pilar ausgesucht habe. Und wir werden den Boden und die Arbeitsflächen schrubben und zum Glänzen bringen.

Anstatt mich arbeiten zu lassen, setzt Papi mich auf einen Thron neben dem Eingang, als wäre ich die verlorene Tochter der Panadería. Ihre Opfergaben an meinem Thron sind *Cafecitos* und süße Kostproben aus der Küche. Meine Familie meint es gut, aber wissen sie denn nicht, dass ich backen muss? Ich muss meine Hände in Mehl tauchen, damit ich mich an diesem Ort wieder wie ich selbst fühle.

Stattdessen stehe ich auf, um Dinge zu begutachten, die unsere Angestellten gebacken haben, und streiche um das große Verkaufsregal voller Brote und kubanischer Brötchen. Die Vitrinen quellen über mit Blätterteigtaschen, Miniatur-Desserts und *Croquetas* mit herzhaften Füllungen. Süß und warm und verlockend.

Ich bleibe an der Wand stehen, an der seit vier Jahren der gerahmte Artikel aus dem *Miami Herald* hängt. Ein übergroßes Foto in der Lifestyle-Rubrik zeigt Pilar und mich, wie wir mit einem Tablett gemischter *Pasteles* in die Kamera strahlen.

Die Schlagzeile verkündet stolz in Großbuchstaben: *West-Dade-Teenager retten den Tag bzw. die Fundraising-Gala des Kongressabgeordneten Millan.*

Es kommt mir vor wie gestern, dass derselbe Reporter, der über die Fundraising-Gala der Millans berichtet hatte, hier saß und Pilar und mich interviewte. La Palomas exponentielles Wachstum begann mit meiner Entscheidung, diesen Auftrag nicht zu canceln. Die Nacht durchzuarbeiten und im Alter von dreizehn Jahren zusammen mit meiner Schwester das Kommando in der Küche zu übernehmen. Ein einziger Zeitungsartikel hat so viele Veränderungen gebracht. Jetzt kommen wir ins Fernsehen, und ich kann mir nicht mal ansatzweise vorstellen, was das für unsere Bäckerei dieses Mal in Gang setzen wird.

Aber dieses Mädchen auf dem schwarz-weißen Zeitungsausschnitt dort an der Wand ist nicht mehr dasselbe Mädchen, das hier sitzt. Ich denke nicht in Schwarz und Weiß; ich denke in so vielen Farbabstufungen, über die alten Grenzen meines Selbst hinaus, balancierend zwischen Gestern und Morgen.

Basta. Genug gesessen und gegrübelt und genug von dem Raum hier vorne.

Hinten läuft die Küche auf Hochtouren, mit einem Treibstoff aus Fett, Hefe und Zucker. Ich will meinen üblichen Platz einnehmen und stelle fest, dass für die Morgenschicht zu viele Bäcker eingeteilt wurden. Sie brauchen mich heute nicht.

Marta schlägt gerade Mangomousse und lässt mich einen Löffel probieren.

»*Qué rico*«, lobe ich sie.

Sie fängt an, die Mousse in einzelne Formen zu geben. »Wollt ihr für die Sendung *Tres Leches*-Kuchen machen oder *Flan*?«

»Beides, wenn genügend Zeit ist.«

Ich streife weiter durch die Küche, spähe in die Etagenöfen und schaue durch die Vorratsregale. Schließlich lande ich in Papis Büro und bleibe verdutzt in der Tür stehen. »Was ist denn hier los?«

Meine Familie sitzt zusammengekauert auf dem kleinen Sofa, ein Trio der Liebe. Papi, mit seinen grau melierten Haaren und von all der Arbeit ganz müden Augen, und Mami, die noch ihre Schürze trägt. Pilar sitzt in der Mitte und hält alle zusammen wie ein Klebstoff.

Mami sieht von ihrem Laptop auf. »Warum hast du uns das nicht erzählt, Lilita?«

»Was?« Meine Gedanken überschlagen sich. Ich lasse mich auf Papis Schreibtischstuhl fallen.

Sie sehen mich mit diesen traurigen Mienen an und Pilar verschränkt nervös ihre zappelnden Finger.

»Catalina hat uns ihre Fotos von deiner Geburtstagsparty geschickt. Die Prom, die sie für dich organisiert haben«, berichtet Mami. »*Qué linda.*«

»Das war es.« Diese Fotos sind auch in meiner E-Mail-Inbox. Ich habe mich noch nicht überwinden können, die Nachricht zu öffnen. Noch nicht. Orions Blume liegt auf meiner Kommode, schon fast getrocknet.

»Wir haben darauf gewartet, dass du etwas sagst«, fügt Pilar hinzu. »Doch es kam nichts. Gestern am Flughafen warst du natürlich auch total übermüdet«, ihre Hand macht eine ziellose Bewegung, »aber heute hast du auch nichts gesagt, am Morgen beim Frühstück zum Beispiel.«

Meine Handflächen werden ganz feucht und mein Herz trommelt in meiner Brust, und das liegt nicht an den zwei *Cafecitos.*

Papi dreht den Laptop herum und scrollt durch die Bilder. Cates Schnappschüsse haben nicht nur die schönsten Momente meiner Party, sondern auch meine Wahrheit eingefangen. Einige Bilder zeigen, wie Orion mit mir tanzt, die Augen geschlossen und die Lippen zu einem Kuss geformt, den er mir auf die Stirn drücken will. Ich habe mein Gesicht verträumt an seinen Hals geschmiegt. Dann noch einmal ich, wie ich mich an seine Seite kuschele, während Jules meinen Song singt, und noch eine ganze Reihe Fotos von mir und meinen neuen Freunden.

Mir fehlen die Worte. Ich fühle mich, als hätte man mir heute nicht nur meine Schürze genommen, nackt und bloß. Ich muss meine Arme vor meiner Brust verschränken, um zu verhindern, dass meine treulosen Gefühle in diesen Ort hereinbrechen, den wir alle zusammen aufgebaut haben. Das Schluchzen steigt in mir auf, rollt wie Wellen heran, aber ich halte es mit einer Flutmauer auf und verankere mich fest im Stuhl meines Vaters.

»Wir wissen vom Cordon Bleu«, offenbart Papi. »Catalina hat viel davon erzählt. Von deinen Plänen und wie viele Spuren du in Winchester hinterlassen hast. Wie sehr du die Stadt liebst und wie du unser Essen dorthin bringen könntest. Nur *du* hast nichts zu alldem gesagt.«

Soll ich es wirklich sagen? Es wirklich aussprechen und dieses kleine quadratische Büro mitten entzweireißen?

Pilar rutscht an die Sofakante vor und beugt sich zu mir. »Mach es nicht wieder so wie vorher. Friss nicht alles in dich rein.«

Die Mauer bekommt Risse. »Okay, gut.« Jetzt kommt die Flut. Ich stehe auf und lasse alles aus mir heraus. »Es stimmt. England, die Schule, Orion – alles. Aber Miami ist mein Zuhause und alles hier ist mein Zuhause. Meine Zukunft. Wie kann ich da einfach … gehen? Einfach alles vergessen, was wir sind, alles, worauf wir hingearbeitet haben?«

»Lila, beantworte die einfachen Dinge«, sagt Papi. »Deine Schwester hat uns von deinem Orion erzählt. Liebt dieser Junge dich auch?«

Ich schließe die Augen und sehe eine Abfolge von inneren Bildern vor mir. Orion hat die Worte nie ausgesprochen, aber gleichzeitig hat er sie tausendmal auf tausend unterschiedliche Arten herausgeschrien. »Das tut er.«

Mami legt ihren Arm um Pilar. Sie klammern sich aneinander, während sich auf ihren Gesichtern verschiedenste Emotionen abwechseln, bis sich ein zögerndes Lächeln durchsetzt.

»*Bueno.* Und wir haben uns den Konditorei-Studiengang angesehen. Wirklich großartig. Willst du auf diese Schule gehen?«

»Die Studiengebühren sind sehr teuer, genauso wie die Zugfahrkarten. Und mit einem Studentenvisum könnte ich dort nicht lange arbeiten.«

»Was Abuela dir hinterlassen hat, würde reichen.«

Wie kann ich auch nur daran denken? Das Geld, das Abuela mit La Paloma verdient hat, für eine Zukunft zu nutzen, die vollkommen anders ist als die Zukunft, auf die sie mich vorbereitet hat? »Ich will die richtige Entscheidung treffen. Die beste für unsere Familie. Für unser Geschäft und uns alle.«

»Und was ist mit der besten Entscheidung für *dich*?«, fragt Papi.

Für mich. Mein Vermächtnis. Mein Herz. Meine Zukunft.

Aber eine schmerzende Wahrheit durchfährt mich wie Tíos Messer die Maisstengel. Ich wende mich an meine Mutter. »Du hast mich doch nicht nach England geschickt, damit ich es anschließend meiner Familie, Miami und La Paloma vorziehe.« Nicht die Frau, die schon ihre beste Freundin an dieses Land verloren hatte. »Hättest du das gewusst, dann hättest du mich sicher nicht in dieses Flugzeug gesetzt. Aber du hast es getan, und sieh dir an, was dabei rausgekommen ist!«

Mami steht auf und streckt die Arme nach mir aus, verschränkt ihre Hände mit meinen und richtet ihre Augen wie Pfeilspitzen auf mich. »Hat dein Herz denn in England Frieden und einen gewissen Abschluss gefunden und einen neuen Grund, zu lächeln?«

»*Sí*, Mami«, flüstere ich. »Absolut.«

Jetzt weint sie, eine dicke Träne kullert ihre Wange hinunter, und sie duftet nach Alpenrosen. »Genau deshalb haben wir dich dorthin geschickt.«

Gesättigt von Schweinefleisch und kubanischen Beilagen, garniert mit jeder Menge Küssen, Tänzen und Dominospielen, wie es sich für eine Großfamilie gehört, sitze ich auf meinem Bett. Genauso schwer im Magen liegen mir die Entscheidungen, die ich treffen muss, die neuen Möglichkeiten, die mich zu zerreißen drohen. Ich fahre mit den Fingern über die Buntstift-Zeichnung des Owl & Crow-Inns, Gordons Geburtstagsgeschenk.

FaceTime pingt, und der Name, der auf meinem Laptopbildschirm aufleuchtet, versetzt mir einen kurzen Stich. Aber ich bin bereit. Ich nehme den Anruf an.

Stefanie starrt mich vom anderen Ende der Welt aus an. »Lila.« Ihre Stimme ist leise und ich erkenne dieses Mädchen mit Strohhut und ohne Make-up fast nicht wieder.

»Hi.« Wie sollen wir anfangen? Was sollen wir sagen?

»Es tut mir leid wegen –« Die Worte kommen aus meinem Mund, genau in dem Moment, als auch sie ansetzt: »Es tut mir leid, dass ich –«

Wir lachen beide nervös, und ich mache ihr ein Zeichen, zuerst zu reden.

»Ich hab schon seit ein paar Wochen Internet, seit meiner E-Mail. Aber du warst ja in England, und ich dachte, du bist bestimmt busy dort und … ich hatte ein bisschen Bammel, anzurufen, ehrlich gesagt.« Ich nicke, und sie sagt: »Ich fand es furchtbar, wie wir auseinandergegangen sind. Ich konnte dir das alles gar nicht richtig erklären. Lila, ich hab jahrelang nichts anderes gemacht, als zuzusehen, wie du mit deinem Essen jeden Raum für dich einnimmst.«

»Stef –«

»Nein, hör mir zu. Du brauchtest nur ein paar *Croquetas* oder deinen *Flan* mitzubringen und die Leute fingen einfach an zu strahlen. Sie vergaßen für einen Moment ihre Probleme oder ihren Stress. Und ich hab immer gedacht, das ist deine Gabe. Deine Magie.«

Mein Kinn fängt an zu zittern. Aber ich höre weiter zu.

Stef senkt kurz den Blick, dann schaut sie mich wieder an. »Ich wollte einfach meine eigene Magie, unabhängig von uns beiden zusammen. Ich wollte auch Menschen für mich einnehmen und ihnen helfen. Und ich wollte nicht mehr länger warten. Ich werde zurückkommen und studieren, aber später. Ich wusste nicht, wie ich es dir sagen sollte –«

Ich hebe meine Hand. »Warte. Ich hab mich ja auch nicht wie eine Freundin verhalten, der du es hättest sagen können. Also, es tut mir leid. Es tut mir leid, dass ich dich dazu gedrängt habe, all diese Kilometer mit mir zu rennen, und dass ich versucht habe, dein Leben zu planen.«

Ihr Gesicht wird weicher. »Wir haben es beide verbockt.«

»Ja, das haben wir.« Ich atme ein, dann wieder aus. »Bist du glücklich?«

Ihr Nicken kommt sofort. »Total glücklich.«

Sie erzählt mir von Afrika und der Arbeit, die sie macht – Leben retten und verändern. Ihr Gesicht strahlt und ihre Mimik ist lebhaft, aber sie erzählt nichts Genaueres von ihren Abenteuern.

»Ich hab mich endlich an das Klima gewöhnt, ohne Airconditioning.«

»Wenn wir neue Verpflegung geliefert bekommen, streiten wir uns immer um die dunklen Schokoriegel.«

»Ich halte mich an Sonnenhüte und langärmelige weiße T-Shirts.«

Stefanie schildert Ghana, die Menschen und die Dinge, die sie dort lernt, als würde sie aus einer Hochglanz-Reisebroschüre vorlesen, in der ihr neues Leben beschrieben wird. Meine Freundin ist nicht wirklich offen mit mir.

Ich weiß nicht, wie ich darauf reagieren soll. Ich bewege die Beine hin und her, dann vergrabe ich mich unter meiner Decke. Doch irgendwie finde ich keine gemütliche Position, also übernehme ich das Reden und erzähle von England. Aber von England zu erzählen ist, als würde ich mir das Herz aus der Brust schneiden. Als ich es so vor mir hinhalte, stelle ich fest, es pocht in einem gleichmäßigen Metronom-Rhythmus und hält mich am Leben. Aber dieses Herz, das zwischen meinem Körper und Stefs Gesicht auf dem Monitor schlägt, ist kälter und blasser, als Herzen sein sollten.

Also kann auch ich nicht in die Tiefe gehen. Was ich preisgebe, sind oberflächliche Details, wie Verzierungen in letzter Minute. Meine Geschichten sind wie Puderzucker und Mangoglasur. Von den üppigen, bittersüßen Füllungen aus alten Burgen und schwarzem Tee mit Vanille kann ich meiner Freundin nicht erzählen. Oder von dem köstlichen, luftigen Kuchen aus neuen Freunden und Songs. Ich kann nicht vom Motorradwind, dem Grün und dem Backstein erzählen, die als neue Zutaten in mein knuspriges Brot eingegangen sind – und in die Bäckerin selbst. *Mich.*

»Es regnet total viel dort. Mehr als in Miami.«

»Der Akzent der Leute würde dir gefallen. Und sie entschuldigen sich ständig für irgendwas.«

»Alles ist so alt. Da kann schon mal eine Tanke neben einem fünfhundert Jahre alten Gebäude stehen.«

Stef zieht die Nase kraus. »Seit wann sagst du denn Tanke?«

Das war mir gar nicht bewusst. Tanke – das haben Orion und seine Freunde immer gesagt. Ich will ihr erzählen, warum ich so viel von einem anderen Land in mein eigenes mitgenommen habe, aber es funktioniert nicht. Genauso wenig wie mein Mund gehorcht, als ich versuche, ihr von Orion zu erzählen. Nichts. *Nada.*

Ich bin zu hundert Prozent unfähig, dem Mädchen, das stundenlang mit mir über Andrés geweint hat, auch nur ein einziges Wort über Orion zu erzählen. Unsere gemeinsame Zeit in England gehört mir; die teile ich nicht. Ich kann nicht einmal seinen Namen erwähnen oder dass ich seinen Pullover auf meinem Schoß halte, denn sobald ich das tue, werde ich mich ganz und gar zerfleischen. Ich muss ihn in meinem Inneren einschließen, um mein Innerstes zusammenzuhalten.

Aber ist Stef nicht meine beste Freundin? Andererseits, was, wenn es einen afrikanischen Orion gibt oder ein Dutzend andere Geschichten jenseits von Schokoriegeln und Strohhüten, die sie *mir* nicht erzählt?

Wenn das stimmt, dann ist es okay. Und weil es okay ist, wird mir bewusst, wie sehr wir uns beide verändert haben.

So ist das also, wenn unser Gespräch nur noch dahintröpfelt und wir uns immer häufiger lange anschweigen. Ich habe kein Rezept dafür. Ich hatte noch nie eine beste Freundschaft, die zu Ende ging. Wir improvisieren.

»Ich glaube, ich werde meinen Aufenthalt hier verlängern«, erzählt sie.

Was ich mir schon gedacht hatte. »Ich bin stolz auf dich. Ich werde immer stolz auf dich sein.« Das sind die Worte, die sich am ehesten richtig anfühlen.

»Ich weiß nicht, wann wir uns wiedersehen werden«, sagt sie.

Tränen treten in meine Augen, aber mein Herz ist jetzt wieder in meiner Brust und schlägt ruhig vor sich hin. Genau dort, wo es sein soll. »Ich weiß auch nicht, wann wir uns wiedersehen werden.«

Ihre Augen sind glasig. »Ich werde auch immer stolz auf dich sein, Lila.«

»Ich werde mich auf dem Laufenden halten. Mir anschauen, was du so machst. Was du Gutes tust.«

Sie nickt und lächelt. »Und ich werde verfolgen, wie du die Welt eroberst.« Dann blickt sie nach links und nach rechts.

Für ein paar Sekunden – zu viele – ist das Schweigen zwischen uns schwer und grau wie Wolken. »Ich muss jetzt Schluss machen«, flüstert sie.

Damit meint sie nicht nur unseren Chat.

»Ich hab dich lieb, Stefanie.«

»Te amo, Lila.«

Der Bildschirm wird schwarz. Und eine beste Freundschaft stirbt nicht. Stattdessen nimmt sie jetzt ihren eigenen Lauf, meilenweit über Brücken und Straßen und Wüstensand. Ohne uns.

Kapitel 33

Ein paar Tage später hängt ein Schild an der Tür: ***Wegen*** *Filmarbeiten vorübergehend geschlossen.* Ich bin hier, als das Geschäft noch dunkel ist und schlafen will. Ich wecke es auf, bringe es dazu, mir zuzuhören. Ich bin zurückgekommen, um diese Küche noch einmal kurz für mich zu haben, bevor die Welt in sie hineinschaut.

Ich weiß nicht, warum Pilar hier ist.

»Du bist in meinem Revier«, stelle ich fest. Pilar Reyes, die im Büro nistet und die Klebrigkeit von staubigem Mehl an ihren Händen nicht ausstehen kann.

»Hab ich doch gewusst, wo ich dich finden würde.« Nur ein paar der Lampen unter den Küchenschränken brennen. Meine Schwester trägt einen fließenden kurzen Rock mit einer adretten weißen Bluse, die sie an der Taille zusammengeknotet hat – halb Meerjungfrau, halb Mathematikerin. Dieses Haar, das wir gemeinsam haben – so einzigartig, dass es seine eigene Postleitzahl haben müsste, wie wir immer sagen –, wallt um ihr Gesicht und wartet auf unsere Stylisten morgen.

Wir steuern beide auf die Kücheninsel zu und machen etwas, wofür Mami und Abuela uns immer gerügt haben. Eins, zwei … *hoch!* Wie rutschen nah zusammen und lassen unsere Beine schwingen und baumeln. Ich lehne mich an die Schulter, die immer so unglaublich stark war. Stark genug, um sich selbst immer aufrecht zu halten – und mich.

»Warum trägst du deine Taube an einer silbernen Kette?«, fragt Pili.

Ich greife nach dem goldenen Vogel. »Ich habe meine Orions Schwester geschenkt. Flora.«

»Du würdest diese Kette doch nicht einmal bei einem Raubüberfall herausrücken.«

»Na ja …« Mehr bringe ich nicht heraus. Zwei Schwestern: Welche wird die FaceTime-Lila bekommen und welche die Realtime-Ausgabe?

»Ich habe überlegt, du solltest vielleicht eine der speziellen Kreationen präsentieren, die Abuela hier gebacken hat. Für *Family Style*.«

»*Sí*. Noch eine Möglichkeit, sie einzubeziehen.« Langsam begreife ich erst, was meine Großeltern alles aufgebaut haben. »Erinnerst du dich, wie sie immer Korinthen statt Rosinen in den *Picadillo* getan hat? Sie liebte das intensive Aroma, auch wenn sie teurer waren.«

»Und dieser spezielle Zucker, der glitzernde, den sie für extravagante Partys auf die *Pastelitos* gestreut hat«, fügt Pili hinzu.

»Wie sie für verschiedene Feiertage Ananas-, Haselnuss- oder Kürbisflan gebacken hat oder einen Extra-Sirup zum Kuchen gegeben hat und sich alle gefragt haben, warum er so besonders saftig schmeckte. Und sie wusste genau, wie man die Mengenverhältnisse beibehält, sodass es die gleichen Gerichte oder *Pasteles* waren, aber gleichzeitig einfach *bessere* Variationen davon.«

Pili knufft mich in die Seite. »Genau das kannst du auch.«

Weil Abuela mir beigebracht hat, Rezepte abzuwandeln. Aber immer erst, nachdem ich das Original perfekt hinbekommen hatte. In meinem Kopf erwachen ihre Lektionen zum Leben, nicht aus einem weißen Sarg, sondern aus all den Mais-, Mehl- und Zuckerjahren. Ich hüpfe von der Kücheninsel und stelle mich dorthin, wo sie mir all das beigebracht hat.

Wie man Rezepte abwandelt.

Ich stehe mitten in ihrem Lebenswerk. Ich stehe mitten in ihrem Leben selbst. Und dann …

Ihr eigenes Rezept hat sie auch abgewandelt.

Ich öffne mein Herz wie ein Geschichtsbuch. Es handelt von einem siebzehn Jahre alten kubanischen Mädchen namens Lydia Rodriguez, das eine kleine kubanische Farm verlässt. Sie steigt alleine in ein Flugzeug, ohne Familie, ohne Freunde. Mit einem einzigen Koffer überquert sie einen Ozean und kommt in ein anderes Land, eine andere Kultur. Sie lebt bei einer amerikanischen Gastfamilie. Und statt nach dem Ende ihres Austauschprogramms nach Hause zurückzukehren, arbeitet sie sich durch tausend Papiere, um bleiben zu können. Sie entscheidet sich für ein neues Leben in einem neuen Land und baut ein eigenes Geschäft auf – mit den Rezepten, die ihre eigene Mutter ihr beigebracht hat.

Aber es ging nicht nur um Backrezepte. Abuela hat ihr Lebensrezept abgewandelt.

In meinem Herzen sagt mir Abuela, dass ich die ganze Zeit unrecht hatte. Sie hat mir nie einen Löffel in die Hand gegeben und Kenntnisse an mich weitergereicht, um mich an einen Ort zu ketten. Sie hat mir Wissen vermittelt, damit ich mich auch entscheiden könnte: der Ort, den sie aufgebaut hat. Oder jene, die ich aufbauen werde.

Yo puedo – ich *kann*.

Ich kann die Rezepte beibehalten, die sie an mich weitergereicht hat, und hier danach backen.

Ich kann in England studieren und lernen, französische Kunstfertigkeit mit meinem Backwissen zu kombinieren.

Ich kann in La Paloma bleiben und Seite an Seite mit meiner Schwester arbeiten.

Ich kann unter denselben Himmel ziehen wie ein britischer Junge.

Ich kann mit Leib und Seele Kubanerin sein – in Miami.

Ich kann mit Leib und Seele Kubanerin sein – in England, Afrika, Frankreich oder sonst irgendwo.

Ich bin für diesen Ort großgezogen worden, aber auch ich kann mein Lebensrezept ändern.

Ich kann. Und ich werde.

Jetzt höre ich Pilars Schritte hinter mir. Sie berührt meinen Arm und ich drehe mich um. Miami-Tränen regnen aus zwei Wolken. »Du gehst, nicht wahr?«

»Ich gehe«, sage ich zum ersten Mal. »*Pero, hermana*. Du und ich. Las Reyes …«

»Werden wir immer sein. Ganz egal, wo wir sind.« Als ich einen sorgenschweren Seufzer ausstoße, fügt sie hinzu: »Geh ruhig, Lila. Dieser Ort wird immer für dich da sein. Und zu Weihnachten kommst du doch nach Hause?«

Ich drücke sie fest. »Und im Sommer.«

Sie drückt mich noch fester. »Und ich besuche dich und du kannst mir dein England zeigen. Ich quartiere mich mit dir bei Catalina ein und Orion kann meinen Lieblingstee finden.«

»Aber du hasst doch Fliegen.«

»Auch ich kann mich ändern.«

Das Paket mit den neuen Schürzen kommt etwas verspätet, aber noch rechtzeitig genug, damit die Belegschaft sie für das *Family Style*-Shooting tragen kann. Noch achtundvierzig Stunden. Ich stehe in der La-Paloma-Küche und begutachte das neue Design mit dem frischen weiß-blau gestreiften Baumwollstoff.

»Das war tatsächlich Señora Cabral«, sagt Pili, die lachend aus dem Laden zurückkommt. »Seit zwei Wochen haben wir angekündigt, dass wir schließen werden, aber es war ja klar, dass sie das ignoriert.«

Weshalb ich auch ein paar Sachen für sie eingefroren habe, bevor wir zugemacht haben. Ich nicke Pili zu. »Keine Fernsehsendung kann diese Frau davon abhalten, sich ihren *Pan Cubano* zu holen.«

»Ich hab ihr nicht einmal etwas dafür berechnet. Warum für einen einzigen Brotlaib das System starten?« Pilar zieht den Karton mit den Schürzen zu sich heran, späht hinein und hebt den gestreiften Stoff an. »*Qué bueno*«, sagt sie, bevor sie zurück ins Büro geht.

Noch zwei Tage. Ich bin kaum dazu gekommen, Orion anzurufen, aber er versteht das. All meine Stunden habe ich für die Essens- und Menüplanung gebraucht, und für den Friseurbesuch mit Pilar und Mami, plus Maniküre und Augenbrauen-Wachsen, für Familien-Meetings und die Beaufsichtigung des Facelifts für unsere Bäckerei. Ich bin sogar zu beschäftigt gewesen, um darüber nachzudenken, wie nervös ich sein sollte.

Es klopft noch einmal vorne an der Tür. Ist Señora Cabral etwa zurückgekommen, um sich auch noch die *Pastelitos* zu holen, die ich zusammen mit dem Brot für sie eingefroren habe? »Ich mach auf!«, rufe ich.

Als ich ins Geschäft komme, ist niemand zu sehen. Gerade als ich mich wieder umdrehe, erhascht mein Blick eine glänzende Silberfolie auf dem leeren Brotgestell.

Ich kehre dem Verkaufstresen den Rücken zu, und bevor ich überlegen kann, wie die Maxwell's-Teepackung mit der Aufschrift *Vanilla Black* hierherkommt, höre ich von hinten: »Es bringt furchtbares Unglück, wenn man die letzte Scheibe eines Brotes isst und die Bäckerin nicht küsst.«

Dios mío.

Mein Herz klopft mir bis zum Hals, und ich drehe mich extra langsam um, denn das kann eigentlich nicht wahr sein. Es ist unmöglich, dass Orion in meiner Tür steht, in meinem Geschäft, in meiner Stadt. Aber er tut es und ich renne schon auf ihn zu.

Orion hat kaum Zeit, die Arme zu heben, um mich aufzufangen, und jede Begrüßung oder Erklärung geht in stürmischen Küssen unter. Er ist warm – zu warm –, als würden wir uns mitten in einer Sauna küssen. Er ist Salz und Schweiß und Dampf, und ich würde ihn für nichts in der Welt wieder hergeben.

Irgendwann lösen wir uns wieder etwas voneinander, gerade so weit, dass ich seine verschwommenen Augen betrachten kann – noch blauer und strahlender, als ich sie in Erinnerung habe –, dann seine feuchten, zerzausten Haare, das zerknitterte schwarze T-Shirt und die verblichenen Jeans. »Was? Wie kannst ...« Ich bringe ein paar Laute hervor, aber der Schock raubt mir den Rest.

Er küsst meine Stirn und strahlt mich an, grübchentief. Dann verdunkelt sich sein Gesicht mit Ernsthaftigkeit. »Du hast etwas vergessen in Winchester.«

Ich werfe mich noch einmal in seine Arme, vergrabe meinen Kopf an seiner Brust. Doch dann fange ich an zu kichern. »Du siehst aus wie …«

»Wie ein britischer Trottel, der seine erste Runde gegen den Miami-Sommer verloren hat?« Ich kann die übersprudelnde Freude in seiner Brust spüren.

»*Na ja* … Bist du hierhergejoggt oder so?«

Er hält mich weiter fest umschlungen, sieht mir aber in die Augen. »Ich bin eine Bushaltestelle zu früh ausgestiegen und hab mir gedacht, ich lauf das letzte Stück. Die App hat gesagt, es wären nur noch fünfzehn Minuten, aber schon nach fünf Minuten hab ich meinen großen Fehler bemerkt. Gott, es ist echt vulkanisch heiß hier.«

»*Bienvenido a Miami*, Orion«, sage ich mit einem Lachen, das in einen leisen, ungläubigen Seufzer übergeht. »Du bist wirklich hier.«

»Tja, das kam so«, erzählt er und streicht mein Haar zurück. »Dad war kurz davor, mich im Itchen zu ertränken. Er meinte, ich würde mich aufführen wie ein – Zitat – ›miesepetriger Vollidiot‹. Da hab ich ihm alles erzählt und dass ich hierherfliegen müsste. Um ein paar Dinge zu sagen, die ich hätte sagen sollen. Aber er beschloss, dass unser letzter richtiger Familienurlaub schon viel zu lange her sei. Ganz spontan ist mein Onkel gekommen, um sich um den Laden zu kümmern, und heute sind wir dann gelandet. Flora liegt schon, dick mit Faktor fünfzig eingeschmiert, am Hotelpool und kann es nicht erwarten, dich zu sehen.«

Ich mache einen kleinen Sprung nach hinten. »Oh, sie ist auch mitgekommen?« Ich nehme sein Gesicht in meine Hände und stelle mich auf die Zehenspitzen, um ihn noch einmal zu küssen.

Orion setzt sich auf einen der Café-Stühle und zieht mich hinunter auf meinen Lieblingsplatz – seinen Schoß. »Als wir in England waren, wollte ich einfach nicht ›dieser Typ‹ sein. Ich konnte dich nicht bitten, deine Familie zu verlassen, dein Geschäft, dein Land – nur für mich.« Er streichelt meine Schulter. »Also, ich wollte, dass du dich für eine Zukunft entscheidest, die zuerst und vor allem deine eigene ist. Dass du nicht *zu* mir gehörst, sondern dass du *mit* mir zusammen bist. Diesen Teil hab ich nicht genug betont.«

Mir stockt der Atem.

»Ich weiß zwar noch nicht, wie wir das hinkriegen können – du hier und ich dort –, aber ich gebe nicht auf.« Seine Stimme bebt. »Und ich hatte unrecht. Manchmal müssen wir mehr wollen, als wir bekommen haben. Ausgerechnet ich stehe jetzt hier und wünsche mir dich, so unmöglich und unerreichbar das auch ist.«

Er senkt den Kopf, aber ich hebe sein Kinn, damit er mich ansieht. »Du warst ein ausgezeichneter Tourguide, aber eines hast du vergessen.«

Er legt den Kopf schief und lächelt resigniert. »Und zwar?«

»Dein Sternbild. Um das nachzuholen, muss ich mir vom St Giles Hill den Oriongürtel ansehen – mit dir. Und da es Winter sein wird, werde ich deinen Cardigan und die dickste, molligste Jacke tragen, die ich je besessen habe. Wir werden wahrscheinlich viel zu lange draußen bleiben. Und am nächsten Morgen werde ich die ganze Zeit gähnen, wenn ich im Zug nach London sitze.« Ich vergewissere mich, dass er mich ansieht, als ich hinzufüge: »Auf dem Weg zur Schule. Für meine Zukunft. Meine Entscheidung.«

Er zieht ungläubig die Luft ein, aber ich nicke, bis mein Geheimnis zu ihm durchgedrungen ist. »Du willst das wirklich machen? Das Wintersemester am Cordon Bleu?«

»Sieht so aus. Heute Morgen hab ich meine Bewerbung abgeschickt und ein Studentenvisum beantragt. Ich war gerade dabei, mir eine coole Art zu überlegen, wie ich es dir später auf FaceTime erzählen könnte. Aber so ist es natürlich tausendmal besser.« Ich grinse und lege meine Hände um seinen Nacken. »Allerdings gehe ich nicht nur für den Konditoreikurs zurück nach England. Kein anderes Mädchen darf dir kubanische Sandwiches und Zitronenkekse machen und mit dir joggen oder auf Millie umherfahren. Niemand außer mir.«

Er wartet einen Moment, lässt uns beide meine Worte ins Gedächtnis schreiben. Dann küsst er mich bis zu den Sternen.

»Komm, du musst La Paloma sehen und meine Familie kennenlernen.« Ich springe auf und ziehe ihn mit mir. »Mach dich auf eine kubanische Begrüßung gefasst, bei der alle in Ohnmacht fallen oder zumindest theatralisch so tun, als ob.«

Er folgt mir in die riesige Küche. »Also, was das anbelangt … es *könnte* sein, dass deine Familie schon weiß, dass ich hier bin.« Als ich überrascht die Augen aufreiße, fügt er hinzu: »Ich habe, ähm, mit Pilar gesprochen. Sie hat mir geholfen, meine kleine Überraschung zu arrangieren. Sicherzustellen, dass du auch hier bist und all das. Und anscheinend ist ein Riesenessen für meine Familie geplant, wenn die Filmarbeiten beendet sind. Bei deinem Onkel, mit all deinen Verwandten?«

Meine Familie und seine Familie – mein Herz lächelt. »Ich muss dich warnen: am besten vorher für zwei Tage nichts essen.«

Er lacht, und nachdem er sich in der Mitarbeitertoilette frisch gemacht hat, führe ich Orion durch den Raum, in dem ich groß geworden bin. Geräte und alte Fotos und ein paar der vorbereiteten Gebäcksorten und Kuchen, die wir im Fernsehen präsentieren wollen. Der Platz, an dem ich mein erstes Brot geknetet habe.

Orion macht eine ausholende Handbewegung, und als er weiterspricht, wirkt er ernüchtert: »All das hier. Kannst du … wirklich?«

Yo puedo. »Ich kann und ich bin bereit. Aber ich werde nicht lügen, es wird wehtun.« Schon wieder kommen mir die Tränen. »An manchen Tagen mehr als an anderen und manchmal ohne Vorwarnung in den seltsamsten Momenten. Dann werde ich Tee und eine Extra-Umarmung brauchen.«

Er schlingt die Arme um mich. »Darin soll ich ja besonders gut sein, hat man mir gesagt.«

»Lila!«, ruft da Pilars Stimme hinter uns. »Bist du jetzt vielleicht mal damit fertig, Orions Gesicht abzuknutschen?«

»Nein?!«

Sie kommen trotzdem heraus. Innerhalb von zehn Minuten verliebt sich Mami. Pilar und Orion beginnen sofort eine lockere Unterhaltung über Musik und die Londoner Szene, über die sie unbedingt alles erfahren will. Ich erwische sie sogar dabei, wie sein Akzent und sein natürlicher Charme sie rot werden lassen.

Aber wir hören alle auf zu reden, als Papi weggeht und mit zwei Gläsern Cola wiederkommt, Limettenscheiben auf den

Rändern. Er reicht Orion ein Glas, und nachdem er ihn eindringlich gemustert hat, klopft er ihm kurz auf die Schulter. Dann dreht er sich zu der Tochter um, die in drei Monaten sein Haus verlassen wird. Er nickt einmal, die Augen feucht und schwer von Abschied und Neubeginn.

Todo está bien. Alles ist gut.

Mami und Pilar schließen mich von beiden Seiten in die Arme und drücken mich an sich; dann nehmen alle wieder ihre eigenen Räume ein und lassen mich zurück in meinem. Diese Woche werde ich La Paloma der Welt präsentieren, eine Winterjacke bestellen und mit Flora in dieser Küche Brot backen. Ich werde einem nach einem Sternbild benannten Jungen sagen, dass ich ihn liebe, vor dem Maisfeld meines Großonkels – nicht im Verborgenen, sondern unter dem für alle Wünsche offenen, weiten Sommerhimmel Miamis.

Aber bevor es morgen so weit ist, muss ich heute noch eines tun. Ich nehme Abuelas Schürze von der Kücheninsel. Die Haken aller Bäckerinnen sind nebeneinander an der Wand befestigt, und dort, wo Abuela jeden Abend ihre weiße Baumwollschürze aufgehängt hat, lächelt ihr gerahmtes Erinnerungsfoto auf uns herab.

»*Gracias, Abuela. Te amo*«, flüstere ich und drücke einen einzelnen Kuss auf das gestickte *L*. Zum letzten Mal hänge ich ihre Schürze auf. Dann gehe ich zu dem Karton mit den blau-weiß gestreiften Schürzen.

Und nehme mir meine eigene.

Dank

Als ich dieses Projekt begann, wollte ich damit meiner Mutter eine Ehre erweisen, die, kurz bevor Castro an die Macht kam, von einer kleinen kubanischen Farm als Austauschstudentin in die Vereinigten Staaten kam. Die meisten meiner Verwandten folgten ihr in den nächsten Jahren. Als ich geboren wurde, war meine erweiterte Familie schon zu dem liebevollen, lebendigen Netzwerk zusammengewachsen, das ich heute kenne. Meine Familiengeschichte wurde das Grundgerüst für eine Geschichte über eine andere mutige und lebendige Jugendliche, in die viele meiner eigenen Teenager-Erlebnisse eingeflossen sind. Ich war noch bei den ersten Entwürfen, als ich zwei der geliebten Verwandten verlor, die in diesen Seiten leben. Was als ein Buchprojekt begann, wurde eine greifbare Möglichkeit für mich, ihnen nahe zu bleiben. Ihr Geist erfüllt diese Szenen. Ich kann mir keinen besseren Ort vorstellen, an dem ich sie bewahren kann, bis ich sie wiedersehe. Wenn ihr Lilas Geschichte gelesen habt, habt ihr viele Anekdoten mitbekommen, die ich als Mädchen mit meinen geliebten kubanischen Verwandten erlebt habe. Ich habe sie beobachtet und ihnen zugehört, mit ihnen gegessen und gekocht.

Danke an all meine *tíos* und *primos*, dass ihr mich auf so vielerlei Weise genährt habt.

Danke an meine brillante Lektorin Alex Borbolla. Vom ersten Tag an hast du echtes Verständnis für mich und die unverwechselbaren Aspekte dieser Geschichte gezeigt. Deine Liebe für dieses Buch und die Geschichte dahinter hat mich berührt. Und dein Können und deine Ratschläge haben mich inspiriert. Die Zusammenarbeit mit dir war eine meiner großartigsten beruflichen Erfahrungen. Es ist eine Ehre, mit dir zusammenzuarbeiten.

An meine Agentin Natascha Morris – danke, dass du dieses Buch, das du immer eine »dicke Umarmung« nennst, angenommen hast und dass du so gewissenhaft daran arbeitest, es zu managen und zu platzieren. Ich kann mir keine bessere Cheerleaderin, Vertraute und Advokatin für meine Geschichten und meine Karriere vorstellen.

Danke an meine Rezensions-Partnerinnen und zuverlässigen Freundinnen Joan Smith und Allison Bitz. Ohne eure ehrlichen Einschätzungen, Überarbeitungen, Denkanstöße und Weisheit wäre Lilas Geschichte heute nicht das, was sie ist. Ihr bedeutet mir beide sehr viel.

An die Grafikchefin Karyn Lee und die Illustratorin Andrea Porretta – danke, dass ihr eines der schönsten Cover entworfen und designt habt, das ich je gesehen habe. Ihr habt Lila und Orion so meisterhaft zum Leben erweckt und gleichzeitig die perfekte Mischung aus Miami, Kuba und England abgebildet.

An Clare McGlade, Tatyana Rosalia, Shivani Annirood und das gesamte Team bei Atheneum – danke für eure unermüdlichen Bemühungen, um dieses Buch in die Welt zu bringen.

Danke an meine frühen Leser*innen und Expert*innen, die mir mit allem Möglichen geholfen haben, vom sorgsamen Korrekturlesen über das Überprüfen der tückischen spanischen Akzente bis zu meiner Darstellung alles Britischen. Alexandra Overy, Marlene Lee, Ximena Avalos, Beth Ellyn Summer, Susie Cabrera und Yamile Saied Méndez – ohne euch hätte ich das nicht geschafft.

An meine *Las Musas hermanas* – danke für eure Freundschaft, Unterstützung und unsere fabelhafte Gemeinschaft. Ich fühle mich so geehrt, Teil dieser wunderbaren Organisation zu sein.

Ich danke Gott für die Möglichkeit und Gnade, dieses Buch schreiben zu können, und euch, meine Leserinnen und Leser, dass ihr es aufgeschlagen habt.

LAURA TAYLOR NAMEY ist eine New-York-Times-Bestsellerautorin, deren Bücher regelmäßig in *Reese's Book Club* empfohlen werden. Nach dem Studium war sie als Lehrerin tätig, bevor sie sich ganz dem Schreiben widmete. In ihrer Freizeit liebt sie es, nach Vintage-Schätzen zu suchen und sich dabei vorzustellen, sie sei gerade in London oder Paris. Sie ist sehr stolz auf die kubanischen Wurzeln ihrer Familie und lebt mit ihrem Mann und ihren zwei Kindern in San Diego.

MAREIKE WEBER studierte Literatur- und Verlagswissenschaften in Deutschland und Großbritannien. Für Verlage auf beiden Seiten des Kanals begutachtet, vermittelt und übersetzt sie Bücher. Ihre besondere Leidenschaft gehört dabei der Literatur für junge Leser. Inzwischen lebt Mareike Weber mit ihrer Familie in Schottland.

Mehr zu unseren Büchern auch auf Instagram

Amelia Cadan

Blossom

Ca. 350 Seiten, ISBN 978-3-570-16642-0

Leith, 22, Baseball-Ass und Jurastudent, versucht gerade sein gebrochenes Herz zu kitten, nachdem seine Langzeitfreundin ihn wegen eines anderen verlassen hat.
Jun, 21, brillante Schauspielstudentin mit japanischer Ex-Supermodell-Mutter, spielt auch im wahren Leben ständig eine Rolle, um nur ja nie ihre wahren Gefühle zu verraten. Denn hinter der glänzenden Fassade ihrer gutsituierten Familie verbirgt sich ein dunkles Geheimnis.
Als die beiden am selben Ostküsten-Ivy-League-College aufeinandertreffen, ist klar, dass sie NIE im Leben Freunde werden. Geschweige denn mehr. Doch das Schicksal führt sie unverhofft auf den gleichen Uni-Ball und zwischen ihnen sprühen plötzlich Funken, die unerwartete Gefühle entflammen ...

20329

cbj

www.cbj-verlag.de

Adriana Popescu

Morgen irgendwo am Meer

480 Seiten, ISBN 978-3-570-31532-3
demnächst auch im Kino

Was Romy, Konrad, Nele und Julian auf ihrem gemeinsamen Weg nach Lissabon erwartet, scheint der perfekte Sommerroadtrip nach dem Abitur zu sein. Doch dass jeder von ihnen weit mehr als nur leichte Sommerklamotten im Gepäck hat, wird dem eher durch Zufall zusammengewürfelten Quartett erst im Lauf der Reise klar. Denn in Wahrheit geht es bei diesem Roadtrip um nichts weniger als die Suche nach sich selbst, dem eigenen Leben, der großen Liebe und wahrer Freundschaft.

30475

www.cbj-verlag.de

Jacqueline Woodson

Die Miah- und Ellie-Reihe

Eine Weile bleibt die Zeit für uns stehen
Band 1, ca. 320 Seiten,
ISBN 978-3-570-16667-3

Seit du gegangen bist
Band 2, ca. 320 Seiten,
ISBN 978-3-570-16666-6
erscheint im September 2023

Als Ellie und Miah sich an ihrem ersten Tag an einer New Yorker Privatschule begegnen, berühren sich ihre Herzen. Ohne Schnörkel und doch unendlich zart erzählt National Book Award-Preisträgerin Jacqueline Woodson von einer allerersten jungen Liebe.

cbj

www.cbj-verlag.de